Boris Meyn, Jahrgang 1961, machte sich einen Namen mit einer Serie historischer Hamburg-Kriminalromane. Bereits der erste, «Der Tote im Fleet» (rororo 22707), avancierte in kurzer Zeit zum Bestseller («spannende Krimi- und Hamburglektüre», so die taz). Auch die Romane «Der eiserne Wal» (rororo 23195), «Die rote Stadt» (rororo 23407), «Der blaue Tod» (rororo 23894) und «Die Schattenflotte» (rororo 24705) entführen den Leser ins 19. und beginnende 20. Jahrhundert. Darüber hinaus sind von Boris Meyn mehrere in der Gegenwart angesiedelte Kriminalromane erschienen, «Die Bilderjäger» (rororo 23196), «Der falsche Tod» (rororo 23893), «Tod im Labyrinth» (rororo 24351) und «Das Haus der Stille» (rororo 24534).

BORIS MEYN
KONTAMINATION

KRIMINALROMAN

Rowohlt Taschenbuch Verlag

Für Ina, Christiane, Arne, Sven, Robert, Matthias, Martin, Lukas und alle, die noch hätten unter uns weilen sollen.

Originalausgabe
Veröffentlicht im Rowohlt Taschenbuch Verlag,
Reinbek bei Hamburg, Mai 2011
Copyright © 2011 by Rowohlt Verlag GmbH,
Reinbek bei Hamburg
Umschlaggestaltung any.way, Cathrin Günther
(Foto: plainpicture/fStop; Ocean/Corbis)
Satz Caslon 540 PostScript, InDesign,
bei Pinkuin Satz und Datentechnik, Berlin
Druck und Bindung CPI – Clausen & Bosse, Leck
Printed in Germany
ISBN 978 3 499 25622 6

PROLOG

Der Krieg ist noch lange nicht verloren, mein Lieber. Sie werden schon sehen ...» Mit einem zackigen Hitlergruß hatte Feldwebel Krüger die Wachstube verlassen. Anton hockte vor dem Bullerofen und starrte auf seine Kleidung. Die Wehrmachtsuniform war das Erste, was er verschwinden lassen musste, wenn sie kamen. Er hatte sich schon einen Satz unverfänglicher Kleidung zur Seite gelegt.

Die Tommys marschierten ungehindert auf die Elbe zu. Die Russen standen vor den Toren Berlins. Norddeutschland wurde zum Auffangbecken der aus dem Osten Flüchtenden. Der Krieg war verloren, daran gab es nichts zu rütteln. Wer jetzt noch an den Endsieg glaubte, dem war nicht zu helfen. Nur aussprechen durfte man es immer noch nicht. Das war tabu, wie so vieles. Nichts sehen, nichts hören und schon gar nicht über das sprechen, was doch jeder wusste. Auch Krüger musste es wissen. Er würde sich wahrscheinlich eine Kugel in den Kopf schießen, wenn es so weit war. Das war die naheliegendste Lösung für all diejenigen, die das Desaster mitzuverantworten hatten.

Anton hatte die Hasstiraden noch im Ohr, die Krüger bei seinen ersten Kampfreden in Möllers Gasthof herausgeschrien hatte. Dabei war er selbst nur ein kleines Rädchen in einer großen Maschine, die zu verstehen er nie genug Intelligenz besessen hatte. Dennoch war er einer der Ersten gewesen, die die Parolen der Partei wieder und wieder verbreitet hatten. Vielleicht gerade deshalb.

An sich hätte er das Geschäft seiner Eltern übernehmen sollen. Die Fischhandlung Krüger war ein Begriff gewesen in der Stadt. Aber der Glanz der Partei hatte ihn nach Höherem streben lassen, nach Macht und Ansehen. Vor allem nach Macht. Ohne Parteiabzeichen und Uniform war er ein Nichts gewesen, eine mickrige Figur mit zu kurz geratenem Hals und einer Visage, die ihm nicht einmal drittklassige Chancen bei der Damenwelt eingeräumt hätte. Vor allem nicht mit dem penetranten Geruch nach Fisch an den Händen. Uniform und gelackte Stiefel waren ihm da gerade recht gekommen.

Anton erinnerte sich noch genau daran, wie Krüger mit den Gesinnungsgenossen der ersten Stunde durch die Möllner Straßen gezogen war. Wer keine Zukunft hatte, der brauchte leere Versprechungen, die etwas verhießen. Und wenn es nur eine zwölfjährige Luftblase war. Nun drohte sie zu zerplatzen, unweigerlich. Dennoch hatten die Gedanken darüber noch keinen freien Lauf. Noch nicht. Die ständige Angst vor der Schutzhaft schwebte noch über den Menschen. Auch jetzt, wo alle, die mitgemacht und dieses System erdacht hatten, sich nun selbst vor Denunzianten fürchteten. Schon bald würde sich niemand mehr an Siegfried Krüger erinnern. Es war Zeit, dass es zu Ende ging.

Aber noch war es nicht so weit. Noch gab es einen Auftrag, den es offiziell zu erfüllen galt.

Wer war nur auf die Idee gekommen, diesen verdammten Zug hier abzustellen, den sie bewachen sollten? Jahrelang war die Fabrik verschont geblieben. Aber nun? Anton machte sich keine Illusionen. Wenn die feindlichen Fliegerverbände kamen, war alles zu spät. Sie würden wie ein Silvesterfeuerwerk in die Luft fliegen, alle. Mitsamt den Vergeltungswaffen, die man hier versteckt glaubte.

Allein der Name der Waffen war Programm. Vergeltung, wofür? Waren es nicht die überfallenen Nachbarstaaten, die sich zur Wehr setzten? War es jetzt nicht die Allianz, die Vergeltung wollte? Ein Überfall war es gewesen, nichts anderes, auch wenn Goebbels' Brandreden jedem Deutschen das Gegenteil eingeimpft hatten. Es war doch nur Suggestion gewesen. Genau wie die Vergeltungswaffen.

KAPITEL 1

Die wenigen Häuser am Ostufer waren der letzte Hinweis darauf, dass die gegenüberliegende Seite früher den deutsch-deutschen Grenzverlauf markiert hatte. Das mit Schilf gesäumte Ufer zeigte eine Idylle, wie sie wohl sehr lange schon bestand. Beobachtungstürme, künstlich angelegte Schneisen oder sonstige Kontrollstellen hatte es hier nie gegeben. Die hatten weiter im Hinterland gelegen. Wer hier wohnen oder zum See vordringen durfte, hatte Privilegien genossen. Hatte zur Führungselite gehört oder war zumindest ein zuverlässiger Funktionär gewesen. Von den Begünstigten des Systems war in der Regel keine Fluchtgefahr ausgegangen.

Eine seichte Morgenbrise verwirbelte das Spiegelbild auf der glatten Oberfläche des Sees. Das Schwanenpaar, das mit seinem Jungen am Ufer entlangschwamm, machte einen ausweichenden Bogen um den kurzen Steg. Außer dem Angler, der in seinem Ruderboot einsam inmitten des Sees trieb, war keine Menschenseele zu sehen. Während Gero sein Müsli auslöffelte, umschwirrte ihn eine große Libelle mit hektisch aussehender Flugakrobatik, bis sie einen geeigneten Platz für ein morgendliches Sonnenbad gefunden hatte. Fasziniert beobachtete er den schimmernden Glanz ihrer filigranen Flügel.

Die drei freien Tage würden ihm guttun. Lena hatte Verständnis dafür gehabt, dass er die Tage für sich allein haben wollte. Sie wusste nur zu genau, wann er eine Auszeit brauchte. Seicht plätscherte das Wasser gegen den hölzernen Schiffsrumpf. Gero nahm den Kessel vom Gaskocher und löste das Schokoladenpulver. Drei Tage ohne Kaffee, drei Tage keine Zigaretten und kein Alkohol. Fastenzeit am Ratzeburger See. Zum Seele-baumeln-Lassen war ihr Bootshaus genau der richtige Ort.

Wie lange war es her, dass sie hier gemeinsam ihre Wochenenden verbracht hatten? Die kleine Blockhütte war ihr Rückzugsort gewesen, abseits vom Trubel und Lärm der Stadt. Ein Refugium der Ruhe und der Entspannung. Erst seit sie ganz aus der Stadt geflohen und in Geros ehemalige Heimat im Lauenburgischen gezogen waren, hatten ländliche Abgeschiedenheit und die Arbeit am alten Hof das Bootshaus in Vergessenheit geraten lassen. Jetzt diente die kleine Hütte nur noch zum Lagern von Segeln und Bootsutensilien sowie als Notunterkunft, falls man von einem Gewitter überrascht wurde oder einen Platz zum Trocknen klammer Sachen benötigte.

Tatsächlich erschienen ihm die Räumlichkeiten viel beengter als vor zwanzig Jahren. Das mochte am vergleichbar üppigen Raumangebot ihres Hofes liegen – oder am fortgeschrittenen Alter. Die Sitzecke mit der kleinen Pantry, die winzige Veranda, die gerade eben zwei Stühlen Platz bot, und das offene Giebelgeschoss mit den beiden Matratzen, das man über eine angestellte Leiter erreichen konnte. Stehhöhe? Fehlanzeige. Aber immer noch komfortabler als die Kajüte und die Kojen auf dem kleinen Jollenkreuzer. Selbst den Kindern war die Hütte inzwischen zu spartanisch. Da sei ja nicht mal eine Dusche, hatte seine Tochter gemeint, als er ihr vorgeschlagen hatte, mit ihrer Clique an den Wochenenden doch einmal das Bootshaus zu beziehen.

In Gedanken sah er Charlotte noch als Kleinkind über den Steg krabbeln. Dieses Jahr wurde sie volljährig, was nichts daran änderte, dass sie vom Erwachsensein noch weit entfernt war. Zickig und launisch war sie, besserwisserisch und trotzig, voller romantischer Flausen. Spätpubertär eben. Gab es einen romantischeren Ort als diese Hütte? Gero seufzte. Hoffentlich brachte Charlotte von ihrem einjährigen Aufenthalt in Edinburgh neben ein klein wenig Lebenserfahrung auch eine Portion Reife mit nach Hause.

Einen Monat noch waren sie zu dritt. Auch Max hatte an der Hütte kein sonderliches Interesse. Sein Sohn bevorzugte die stickigen Gruppenräume der Ruderakademie. Momentan gab es nur Rudern und den Computer für ihn. Schule war lästiges Pflichtprogramm und Rudern mehr sportliche Gruppendynamik mit abendlichem Alkoholanschluss als Leistungssport oder Freizeit in der Natur. Auch das war heutzutage wahrscheinlich normal für einen Sechzehnjährigen. Nur keine falschen Freunde. Bislang hatten sie Glück gehabt. Gero hatte sich geschworen, den Kindern keine Vorhaltungen zu machen.

Er selbst hatte in dem Alter auch nur Blödsinn im Kopf gehabt. Die kleinen Sticheleien am Rande konnte er sich dennoch nicht verkneifen. Vor allem beim morgendlichen Beisammensein am Frühstückstisch, wenn Max ihm eine Steilvorlage nach der anderen lieferte.

Der Adler, der bereits gestern seine Kreise über ihm gezogen hatte, suchte auch an diesem Morgen das Ufer ohne einen einzigen Flügelschlag ab. Geros Blick folgte dem schwerelosen Gleitflug, bis ihm die benachbarten Baumwipfel die Sicht auf den Vogel nahmen. Zeit zum Aufbruch. Nur nicht an die Dienststelle denken, keine Berichte, keine statistischen Auswertungen, kein bürokratischer Papierkrieg. Stell das Positive in den Vordergrund, hatte ihm Lena geraten. Du bekommst jetzt A13, das sind netto immerhin zwei Tankfüllungen mehr im Monat. Ein bitteres Grinsen hatte auch sie sich bei dieser Feststellung nicht verkneifen können.

Natürlich hatte Lena recht, er hatte überhaupt keinen Einfluss. Nachdem die Ratzeburger Polizeiinspektion im Laufe der Organisationsreform in Schleswig-Holstein zur Polizeidirektion geworden war, hatte sich so gut wie alles verändert. Er war zwar nach wie vor Leiter der Kriminalpolizeistelle und sogar zum Kriminalrat aufgestiegen, was jedoch nichts zu bedeuten hatte. Bis auf ebenjene zwei Tankfüllungen. Viel gravierender war, dass er einen Großteil des Arbeitstags nun mit verwaltungstechnischen Aufgaben füllen durfte. Eine Arbeit, die ihm nicht fremd war, deren zeitlicher Umfang allerdings alles bislang Dagewesene sprengte. Wie hatte es der Innenminister auf einer Pressekonferenz so schön formuliert? Die Halbierung der Dienststellen mit Führungs- und Stabsaufgaben käme vor allem der operativen Arbeit der Polizei zugute. Davon hatte Gero bisher noch nichts gemerkt, aber in Ratzeburg hatte es ja auch bislang keine Führungs- und Stabsaufgaben gegeben. Wie sollte er davon also Ahnung haben? Und da diese Aufgaben natürlich nur von Polizeidirektoren bewältigt werden konnten, hatte man ihm gleich zwei davon direkt vor die Nase gesetzt. Nicht dass er grundsätzlich ein Problem mit Hierarchien gehabt hätte, dafür war er einfach schon zu lange dabei. Was ihn jeden Tag aufs Neue fuchste, war der Umstand, dass Ahloff und Hennemann so leidenschaftliche Uniformträger waren. Bei öffentlichen Auftritten war nichts dagegen einzuwenden, aber im täglichen Innendienst mit allen Rangabzeichen über die Flure zu stolzieren kam Gero einfach albern vor.

Da hatte vor der Reform doch eine vergleichsweise entspannte und lockere Atmosphäre geherrscht. Anscheinend zu locker, jedenfalls nach Ansicht der Neuen. Nach einer Woche hatte es für die Kollegen der Kripo ein internes Rundschreiben mit der auffordernden Bitte gegeben, soweit Einsatz und Sachlage es zuließen, doch bitte Hemd und Krawatte zu tragen. Und das ihm, der gewöhnlich in den Sommermonaten nicht einmal Socken trug. Da half nur eins: Segel setzen und so schnell wie möglich aufs Wasser, bevor die Rentnerkapitäne mit ihren Dickschiffen das schmale Gewässer unsicher machten.

Gero inspizierte Plicht und Schwertkasten. Der nächtliche Schauer hatte keine Spuren hinterlassen. Er schlüpfte in seine Segelhose, löste die Leinen und schob das Boot behutsam am Steg entlang. Was für ein Tag. Noch eine Windstärke mehr, dann schaffte er es vielleicht bis zum Dom und wieder retour. An der Stegspitze zog er die Segel nach oben und nahm die Pinne in die Hand. Der Verklicker signalisierte Nordwest. Und immer noch kein Segel auf dem See. Gemächlich schob sich der alte Jollenkreuzer durch die Binsengräser aus der Uferzone. Gero ließ Schwert und Ruderblatt herunter, dann machte er es sich hinter dem Traveller bequem und legte die Beine auf die Grätings.

Gerade in dem Moment, als er feststellte, dass es doch eigentlich nichts Schöneres gab, als auf einem Segelboot allein über das Wasser zu gleiten, vernahm er das Piepen aus der Kajüte. Das SOS-Signal, das eine eingehende SMS signalisierte, war nicht zu überhören. Gero suchte nach seiner Lesebrille, ohne die er auf dem Display nichts lesen konnte. In der Ablage hinter dem kleinen Kartentisch fand er sie schließlich. Die Nachricht kam von Rörupps Diensthandy: Leichenfund auf dem Gelände der Kieswerke von Kirst in Weiningenhaus. Gruß Matthias.

KAPITEL 2

Gordon Peacock klappte das Norden-Visier zur Seite und nickte stumm. «Good job», kommentierte der Navigator und beugte sich wieder über den Kartentisch. Peacock sagte nichts. Er hatte gerade Tonnen von Bomben ins Ziel geführt. Es war sein Job. Ob es gut gelungen war, wusste er in diesem Moment nicht zu sagen. Langsam tastete er sich aus der engen Kanzel nach hinten. Die Luke zum Fußraum des Cockpits stand offen. Der Lärm der Sternmotoren übertönte die immer noch anhaltenden Explosionen unter ihnen. Gleich würde es ernst werden, das ahnte er. Ein solches Geschwader würden sich die Krauts nicht entgehen lassen, zumal am helllichten Tag.

Als die Maschine nach Nordost abschwenkte, konnte er die Rauchschwaden am Hang sehen. Auf der anderen Seite blickte ihn der leere Bombenschacht wie ein zahnloses Gebiss an. Peacock dachte an Denver, an Lucy und die Kinder. Es waren nicht nur militärische Ziele, die sie anflogen. Er versuchte, seine Gedanken zu verdrängen. Immer noch kein Flakfeuer. Bisher waren sie kaum auf Gegenwehr gestoßen, es wirkte fast unheimlich. Peacock musste unweigerlich an ihren letzten großen Einsatz im Februar denken. Die Luft über Berlin war voller Jäger gewesen. Achtzehn Maschinen hatten sie verloren. Es wurde Zeit, dass die Sache zu Ende ging.

Wie verabredet schwenkte Larry Hartwell aus dem Verband aus und legte seine Gaylord auf neuen Kurs. Bis jetzt waren sie ungeschoren davongekommen, und es war eher unwahrscheinlich, dass sie einen einzelnen Bomber angriffen, wo doch ein ganzer Verband zu haben war. Dennoch hatte er kein gutes Gefühl bei der Sache. Ohne Begleitjäger war es auf dieser Höhe immer ein riskantes Unterfangen. Aber noch konnte er keine Höhe machen, was die Gefahr eines Angriffs vom Boden aus erhöhte. Noch einmal warnte er Jack ausdrücklich vor der verdammten Brücke am Kanal, um die der Verband einen Bogen machen sollte. Bei seinem letzten Rückflug waren sie am Hochdonn in ein massives Abwehrfeuer geraten. Hartwell wünschte den Jungs einen guten Rückflug, dann legte er die Kettenpanzer ab, die ihn an schnellen Bewegungen hinderten. Das Anschließen der elektrischen Heizung für Overall und Handschuhe konnte er noch etwas aufschieben. Er blickte auf Leutnant Steward Jackson, der abermals seine Ausrüstung kontrollierte. Ein Absprung am Tag war kein Kinderspiel, auch wenn das Zielgebiet abgelegen war. Einen verdammten Fallschirm sah man über viele Kilometer. Es war Wahnsinn, was Jackson vorhatte, aber der Mann wusste, was er tat. Es blieben ihm nur noch wenige Minuten.

Das Rattern der beiden Brownings des Heckschützen riss ihn aus seinen Gedanken. Hartwells Puls schnellte in die Höhe. Sie kamen also doch, um sich den Eindringling zu holen. Sollten sie es nur versuchen. Die Wahrscheinlichkeit, in das Dauerfeuer einer der dreizehn Brownings zu geraten, war immer ein Risiko, aber sie versuchten es anscheinend dennoch. An Bord wurde es hektisch. Peacock stürzte zurück an den vorderen MG-Turm. Außer den Piloten hatte jetzt jeder Mann seinen Platz hinter den Bordmaschinengewehren. So behutsam wie möglich zog Hartwell eine enge Rechtskurve. Wenn er die Kiste nur endlich auf Höhe bringen konnte. Sein Blick fiel auf die Sauerstoffmasken, dann auf die Instrumententafel. Der Höhenmesser zeigte knapp 2000 Fuß. Nur noch wenige Meilen bis point zero. Egal, was auch geschah, Jackson würde springen. Das hatte er ausdrücklich betont. Hartwell hoffte, dass es nicht zum Äußersten kommen würde. Jetzt konnte er seinen Feind sehen. Ein Strahljäger. Ein einzelner, verdammter Strahljäger. Er flog ungefähr 200 Fuß unter ihnen. Die Biester waren so gut wie

«Was sagt der Besitzer?»

«Den Firmenchef haben wir natürlich informiert. Wenn wir Fragen haben, steht uns Herr Kirst jederzeit zur Verfügung.»

«Abgelegener Ort», murmelte Gero. «Keine direkte Nachbarschaft, keine Zäune … Der ideale Platz, um eine Leiche verschwinden zu lassen. Oder für eine Abrechnung. Hier hört keiner einen Schuss. Was meinst du? Kommt vielleicht eine Tat aus dem Milieu in Frage?»

Rörupp schüttelte den Kopf. «Dafür gibt es keine Indizien. Auch Alter und Kleidung des Toten passen irgendwie nicht dazu.»

«Wissen wir schon, ob das Verbrechen hier geschah? Wurde der Mann in der Grube erschossen?»

«Keine Ahnung. Frag Vetter. Da kommt er gerade.»

Der Gerichtsmediziner brummelte irgendetwas Unverständliches, dann schaute er auf seine Armbanduhr. Ein kurzer Blick zu Rörupp, ein Kopfnicken, mehr nicht. Wie immer außer Atem, blieb er vor Gero stehen und musterte ihn. Schließlich sagte er lakonisch: «Etwa vierundzwanzig, mindestens zwölf, und genau neun.»

Gero blickte etwas gereizt zu Rörupp. «Was wollen uns diese Worte sagen?» Vetter und seine medizinischen Berichte waren immer für ein Rätsel gut. Der Mann hatte eine unvergleichliche Art, die Routine seiner Arbeit spannend wie ein Überraschungsei zu verpacken. Es hatte keinen Sinn, darauf einzugehen oder Kritik zu äußern. Man musste ihn so nehmen, wie er war. Das wusste auch Matthias. Die beiden Polizisten blickten ihn fragend an, und er lächelte, weil er das Unverständnis erwartet hatte.

«Der Mann hat vor etwa vierundzwanzig Stunden aufgehört zu atmen, liegt seit mindestens zwölf Stunden da oben und wurde mit sehr genau 9 mm erschossen. Das wird euch auch Peter Schweim gleich bestätigen. Ich bin mir jedenfalls ziemlich sicher. Das war die Kurzversion. Der Rest, wie immer, später.»

«Dann brauchen Peter und seine Leute also nicht nach Projektil und Hülse zu suchen. Du meinst, Fundort ungleich Tatort?»

«Müsste mich schon sehr irren», brummte der Mediziner. Wenn er sich zu einer solchen Aussage hinreißen ließ, hieß das in der Regel, dass es so war. «Nein, ich korrigiere: Das ist eigentlich ausgeschlossen.» Er hielt einen Augenblick inne. «Das heißt … es sei denn, die Arbeiter hier wollten …» Vetter blickte die beiden verwirrt an. «Hey, was soll das? Das ist euer Job.» Er zog eine hämische Grimasse, drehte sich ertappt um und zog schnaufend davon.

Kurz darauf kam Peter Schweim auf die beiden zu. Sein Kopfschütteln signalisierte schon von weitem, dass er so gut wie nichts gefunden hatte. «Kaum verwertbare Spuren», meinte er zerknirscht. «Es muss hier in der Nacht ziemlich geschüttet haben. Vielleicht fördert das Labor etwas zutage. An der Maschine hat sich wohl jemand versucht, aber die vorhandenen Fingerabdrücke und Spuren sind kaum zu gebrauchen. Nicht ein einziger Abdruck, der eine eindeutige Identifizierung zuließe. Auch die Reifenspuren taugen nichts.» Er blickte Gero an. «Alles Matsch. Ihr solltet herausfinden, um welche Uhrzeit es hier heute Nacht gegossen hat. Der Mann wurde auf jeden Fall vorher hierhergebracht.»

«Eine Befragung im Nachbardorf scheint mir so oder so

notwendig», sagte Rörupp. «Vielleicht hat doch jemand etwas gesehen oder gehört. Und wenn es nur die Scheinwerfer eines Autos waren. Die Ortsdurchfahrt ist sehr kurvenreich, und nachts herrscht hier bestimmt kein großer Verkehr.»

Gero nickte zustimmend. «Hast du irgendwas, das uns die Identifizierung erleichtern kann?»

Schweim schüttelte den Kopf. «Nein, ich habe eigentlich überhaupt nichts. Was wir an möglichen Spuren gefunden haben, wandert ins Labor. Zum jetzigen Zeitpunkt kann ich nichts dazu sagen. Wenn es nach mir geht, können wir die Zelte hier abbrechen.»

«Gibt es noch etwas, das dagegenspricht?», fragte Gero in Matthias' Richtung. Er erntete ein Schulterzucken. «Gut, dann könnt ihr meinetwegen abrücken.» Gero schaute zur Uhr. «Ich schlage vor, wir treffen uns in vier Stunden zur Lagebesprechung in der Dienststelle. Es wäre schön, wenn wir bis dahin einen Abgleich mit den aktuellen Vermisstenmeldungen haben und vielleicht schon erste Ergebnisse, was die Zeugenbefragung im Nachbarort betrifft. Die Staatsanwaltschaft informiere ich. Und ... Matthias?» Er musterte seinen Kollegen und legte die Stirn in Falten. «Was die Lagebesprechung betrifft: Ich kann mir gut vorstellen, dass die Direktion bei einem Tötungsdelikt anwesend sein wird. Also bitte denk daran, eine Krawatte umzubinden.»

Wider Erwarten fand die Sitzung im Ratzeburger Kommissariat ohne die Führungsebene statt. Auch Staatsanwältin Ines Wissmann sah zum gegenwärtigen Zeitpunkt keine Notwendigkeit, aus Lübeck anzureisen, bat Gero allerdings, sie auf dem Laufenden zu halten und sofort zu benachrichtigen, wenn erste Ergebnisse vorlägen. Conni Sonntag hatte noch zwei Wochen Urlaub, in dem sie ihren Umzug von Schwerin nach Lübeck organisieren wollte, und Jörn Lüneburg war wegen einer Sommergrippe seit einer Woche krankgeschrieben. So fand sich ein arg dezimierter Einsatzstab zur vereinbarten Zeit im großen Besprechungszimmer des Kommissariats ein. Matthias Rörupp gab das knappe Protokoll der Zeugenbefragung im Nachbardorf zum Besten, das allerdings kaum verwertbare Hinweise enthielt.

Von den 35 Anwohnern hatte man etwa die Hälfte angetroffen, aber niemandem war am Abend oder in der Nacht etwas Außergewöhnliches aufgefallen. Viele hatten vom Leichenfund in der benachbarten Kiesgrube noch gar nichts mitbekommen. Die meisten hatten vor ihrem Fernseher gesessen. Uneinigkeit herrschte darüber, wann es angefangen hatte zu regnen. Während die einen meinten, gegen zehn Uhr abends seien die ersten Tropfen gefallen, sprachen andere von einem heftigen Gewitterregen, der zwischen Mitternacht und drei Uhr morgens eingesetzt habe. Auch zur Identität des Toten hatte keiner etwas beitragen können. Das vorgelegte Bild des Mannes hatte bei vielen zwar Entsetzen hervorgerufen, aber der Mann war hier anscheinend unbekannt.

Der Abgleich mit der Datei vermisster Personen, so hatte Paul Dascher danach erklärt, sei zwar noch nicht abgeschlossen, aber in den letzten drei Tagen seien weder in Schleswig-Holstein noch in den angrenzenden Bundesländern männliche Personen dieses Alters als vermisst gemeldet worden. Auch die Anfrage beim Erkennungsdienst hatte nichts ergeben. Die Fingerabdrücke des Toten waren in keiner Datenbank gespeichert. Sie mussten also abwarten, was Gerichtsmedizin und Kriminaltechnik an verwertbaren Hinweisen lieferten. Vielleicht ließ die Kleidung des Mannes Rückschlüsse auf dessen Identität zu. Mit Ergebnissen war jedenfalls nicht vor morgen Mittag zu rechnen.

Einig waren sich alle, dass der Täter oder die Person, die den Toten auf das Laufband gelegt hatte, über gute Ortskenntnisse verfügt hatte. Zumindest waren die Anlage und die Funktion der Maschinen vor Ort bekannt, woraus man wiederum schließen konnte, dass diese Person aus der Umgebung kam oder ihr die Anlage vielleicht aus beruflichen Gründen geläufig war. Vom Defekt der Maschine hatte die Person aber sehr wahrscheinlich keine Kenntnis gehabt. Dadurch schieden die meisten der dortigen Arbeiter als Verdächtige aus. Was vorerst blieb, waren die Listen der ankommenden Fahrzeuge im Werk. Die Berufsfahrer mussten ihre Ladung an der Waage gegenzeichnen, was eine Identifizierung relativ einfach machte. Aber im Durchschnitt rollten mehr als hundert Lkws täglich auf die Anlage, und der Gesuchte musste in den letzten Wochen nicht unbedingt vor Ort gewesen sein. Die systematische Auswertung dieser Listen war von daher beim jetzigen Stand der Dinge kaum zielführend, da auch viele Privatfahrzeuge aus der Umgebung, die nicht registriert wurden, auf die Anlage fuhren. Wer ein paar Steine oder einen Anhänger mit Mutterboden oder Sand holte, der zahlte meistens bar und ohne Quittung – davon war jedenfalls auszugehen, auch wenn die Vorschriften anders aussahen.

Für eine hitzige Diskussion sorgte das Vorgehen des Täters, sich des Leichnams zu entledigen. Verschleierung einer Straftat durch Vernichtung der Indizien.

«Das ist für mich ein deutlicher Hinweis auf eine brutale Mentalität des Täters», erklärte Dascher. Einige Kollegen stimmten ihm zu. «Das Zerstückeln eines menschlichen Körpers setzt eine ganz andere kriminelle Energie voraus als das Vergraben, Verbrennen oder Versenken einer Leiche.»

Andere widersprachen. «Der Täter wollte die Zerstückelung aber nicht selbst ausführen», gab ein junger Kollege zu verstehen. «Er wäre ja nicht mal dabei gewesen, wenn die Maschine den Plan in die Tat umgesetzt hätte.»

Gero fand, dass es beim derzeitigen Stand der Ermittlungen noch zu früh sei, an ein Täterprofil zu denken. «Was für Erkenntnisse gibt es denn über den Fundort?», fragte er in die Runde. Auch hier herrschte Uneinigkeit.

«Können wir davon ausgehen, dass der Ort des Geschehens und damit die Art und Weise der Entsorgung gezielt ausgesucht gewesen ist, oder war das Areal nur die schnellste, weil örtlich naheliegendste Lösung?»

«Die Statistik legt jedenfalls den Verdacht einer Tat in Zusammenhang mit organisierter Kriminalität nahe», meinte Matthias. «Streitigkeiten rivalisierender Banden mit Todesfolge enden sehr häufig an ähnlichen Schauplätzen, an verlassenen und einsamen Orten. Dafür spricht auch, dass man dem Toten sämtliche Papiere und Wertgegenstände abgenommen hat.»

«Das mag sein», konterte Dascher. «Aber die gleiche Statistik weist ein Durchschnittsalter der beteiligten Personen von 20 bis 30 Jahren, im Höchstfall ein Alter von

Mitte 40 aus. Auch die äußere Erscheinung des Toten, Frisur und Kleidung, passen nicht ins Bild. Das Opfer ist mit Sicherheit über 50, hat fast schulterlange, graue Haare, und auch die Kleidung ist eher untypisch: lässige Turnschuhe, eine ausgewaschene Jeans, die Marke gibt es schon gar nicht mehr, schlichtes graues T-Shirt und ein beiges Cordsakko mit ledernen Aufnähern an den Ärmeln. Leute aus dem Milieu tragen so etwas nicht.»

Die Mehrheit der Anwesenden stimmte Daschers Einwand zu. Nichts passte wirklich zusammen, und Gero überkam eine Vorahnung, dass sie dieser Fall länger beschäftigen würde.

Die anderen mussten es ähnlich sehen. Vor allem weil das von ihm vor einiger Zeit eingeführte Brainstorming während der ersten Lagebesprechung noch nie zuvor in so unterschiedliche Richtungen geführt hatte. Jeder schien etwas anderes vor Augen zu haben. Auch nach vielen Jahren Kriminaldienst konnte sich Gero nicht daran erinnern, am Anfang eines Mordfalls, bei dem man die Identität des Opfers noch nicht kannte, jemals so unwissend dagestanden zu haben. Erfahrung und Intuition hatten bislang immer eine grobe Richtung vorgegeben, auf die sich die Ermittler konzentrieren konnten. Beziehungstaten, Tötungsdelikte aus Habgier, solche aus niederen Beweggründen – für alle diese Taten gab es Erkennungszeichen. Zum ersten Mal fühlte er sich, als habe er nichts in den Händen.

«Immer noch der alte Saab?» Die markige Stimme von Bernd Ahloff riss Gero aus seinen Gedanken. «Ich dachte, Sie hätten sich ein paar Tage freigenommen?» Auf dem Hof des Kommissariats quälte sich der Polizeidirektor umständlich aus dem tiefen Sitz seines deutschen Mittelklassefahrzeugs. Gehobene Mittelklasse, oder gehörte das neue Modell schon zur mittleren Oberklasse? Der Stern auf der Haube strahlte jedenfalls mit den Rangabzeichen an Ahloffs Uniform um die Wette. Gero lächelte stumm in sich hinein. Es gab nichts, was den Wagen aus der Masse moderner Mitkonkurrenten herausgehoben hätte. Alles sah mehr oder weniger gleich aus, und alle Hersteller versuchten, jede erdenkliche Nische mit einer gigantischen Modellpalette zu besetzen. Dennoch: Wer einen Mercedes in seinem Carport parkte, der hatte es geschafft. In kleinstädtischen Neubausiedlungen gab es keine Steigerung.

Gero hatte bereits einen bissigen Kommentar zur Abwrackprämie auf den Lippen, konnte es sich aber gerade noch verkneifen, schließlich war deren Inanspruchnahme momentan ein Indiz dafür, dass die automobile Nation dabei war, den Verstand zu verlieren. Anders war es für ihn nicht zu erklären, wenn Menschen für einen Zuschuss in der Größenordnung eines Monatslohnes reihenweise ihre intakten Fahrzeuge in die Schrottpresse beförderten.

«Gerade erst eingefahren», entgegnete Gero auf Ahloffs Feststellung, der Wagen habe ja auch schon einen beachtlichen Kilometerstand. Eine viertel Million war nichts für so einen alten Schweden.

Der Polizeidirektor rang sich ein Lächeln ab. Dann wurde er ernst. «Ich komme gerade von den Kollegen aus Geesthacht. Ich bin natürlich informiert worden. Ein Mordfall also … Gibt es denn schon Anhaltspunkte?»

«Wir kennen noch nicht einmal die Identität des Toten.»

«Sie haben also auch noch keine Presseerklärung aufgesetzt?»

«Nein. Ich denke, das macht erst Sinn, wenn wir etwas vorzuweisen haben.»

«Sehr vernünftig. Also erst einmal eine Nachrichtensperre.» Ahloffs Worte klangen gewohnt dramatisierend. Er reckte den Hals. «Wenn Sie in irgendeiner Form Unterstützung brauchen ... Ich weiß ja, dass Ihre Abteilung momentan personell etwas gehandicapt ist.»

«Es ist ja nicht so, dass wir sonst Däumchen gedreht hätten. Sie kennen ja die Statistiken ... Aber dennoch glaube ich, dass wir vorläufig ausreichend besetzt sind.» Gero wartete darauf, dass sich Ahloff verabschiedete; er hatte keine Lust mehr auf dieses formelle Geplänkel.

Endlich machte der Polizeidirektor Anstalten zu gehen, drehte sich aber abrupt wieder um.

«Ach, wissen Sie, Herbst ... Das brennt mir ja doch auf der Seele. Solche Dinge ... Also, die Sache mit Ihrem Sohn. Da sollten Sie aber dringend ein Wörtchen mit ihm reden.» Er blickte ihn erwartungsvoll an.

Gero war wie vom Schlag getroffen. «Max?», fragte er und versuchte vergeblich, seine Überraschung zu verbergen.

«Na ja, dass er erkennungsdienstlich erfasst wurde, wissen Sie ja sicherlich. Ich denke, das wirft kein gutes Licht auf ...»

Geros Hals zog sich immer enger zusammen. Wovon redete Ahloff, verdammt nochmal? Was war los, und warum wusste er nichts davon?

«Also, es geht ja viel mehr um die Männer, in deren Begleitung sich Ihr Sohn befand.» Ahloff machte eine abwertende Handbewegung. «Nun, mit sechzehn, da passiert so etwas schon mal. Wenn ich da an meinen Ältesten denke, der hat mir in dem Alter auch Sorgen bereitet. Aber jetzt ist er ja in Kingston und studiert Wirtschaftswissenschaften.»

Komm zur Sache, du Lackaffe, dachte Gero. Sein Magen verkrampfte sich. Jetzt nur keine voreiligen Äußerungen. Nicht, bevor er genau wusste, was wirklich vorgefallen war. Aber wahrscheinlich musste er erst einmal noch die Glückseligkeit der Familie Ahloff über sich ergehen lassen. Das kannte er schon zur Genüge, die Geschichten von deren Wunderkindern, die gleich mehrere Jahrgänge in der Schule übersprungen hatten, ihre sportlichen Glanzleistungen und musischen Begabungen. Das letzte Mal hatte ihm Ahloff ausführlich von ihren Hausmusikabenden vorgeschwärmt. Zu Gesicht bekommen hatte Gero bislang keines der Kinder. Hubert und Käthe. Allein die Namen. Vor seinem geistigen Auge sah Gero eine pickelige Blockflötenspielerin mit Wollstrümpfen und langen Zöpfen, die vom bürgerlichen Pflichtprogramm der Eltern um die eigene Jugend gebracht wurde.

Ahloff genoss Geros Unwissenheit sichtlich.

«Antifa. Wenn ich das schon höre. Gegen welche Faschisten kämpfen die denn hier?» Er schüttelte demonstrativ den Kopf. «Da fehlt mir ein bisschen das Verständnis. Ziehen vermummt durch Geesthacht und brüllen irgendwelche unsinnigen Parolen. Und dann wundern sie sich, wenn die Ordnungshüter einschreiten. Der Junge von Stadtrat Neubauer war auch mit dabei. Er soll da sogar eine ganz aktive Rolle spielen. Immerhin hat er versucht, sich der Feststellung seiner Personalien zu entziehen. Der hat doch überhaupt keine Ahnung, was er seinem Vater damit antut. Also wenn Sie mich fragen, da muss doch was grundlegend falsch gelaufen sein bei der Erziehung. Aber egal. Was ich sagen wollte, ich fände es schön, wenn sich Derartiges nicht wiederholt. Das macht sich nicht gut, wenn die Presse davon Wind bekommt. – Nun, ich habe noch einen Haufen Arbeit auf dem Schreibtisch.»

Ahloff setzte seine Dienstmütze auf und nickte Gero zu. «Wir sehen uns dann morgen.»

Auch Lena wusste von nichts, was Gero noch mehr beunruhigte. Andererseits war beiden klar, dass sich solche Momente wohl nicht vermeiden ließen, schließlich wurden ihre Kinder langsam flügge, und in dem Alter erzählte man seinen Eltern eben nicht mehr alles. Dennoch verbrachten sie den Abend recht angespannt, bis Max endlich den Kopf zur Tür hereinsteckte.

«Ich glaube, wir müssen ein paar Worte reden», sagte Gero, bevor sich Max in sein Reich des allabendlichen Chats zurückziehen konnte. Der Tonfall, den er angeschlagen hatte, signalisierte, dass weder er noch Lena einen Aufschub duldeten.

Schuldbewusst und mit gesenktem Kopf setzte sich Max zu ihnen, sagte aber nichts.

«Gestern ... in Geesthacht. Was war da los?», fragte Lena schließlich. «Meinst du nicht, dass wir das erfahren sollten?»

«Anscheinend wisst ihr's ja schon», entgegnete Max,

ohne den Kopf zu heben. Sein modischer Beatles-Pilzkopf verhinderte es so oder so, dass man ihm in die Augen schauen konnte.

«Also, was war los?», wiederholte Gero. «Wir haben dir noch nie den Kopf abgerissen, wenn du irgendwelchen Mist gebaut hast.»

«Was heißt Mist?», erwiderte Max nun aufgebracht. «Wir waren auf der Demo gegen die Wiederinbetriebnahme von Krümmel. Dieser Schrottreaktor darf nicht wieder ans Netz. Das ist doch eine Riesensauerei, was da passiert.»

«Mit wem warst du denn da?», fragte Lena.

«Mit Ole und Dennis. Selbst Herr Schaffner, unser Physiklehrer, war da. Da ist doch nichts dagegen einzuwenden, oder?»

«Im Prinzip nicht», meinte Gero. «Nur wüssten wir trotzdem gerne vorher Bescheid, wenn du auf eine Demo willst. Glaub nicht, dass deine Eltern so etwas früher nicht gemacht haben.» Er warf Lena einen Blick zu.

Nachdem klar war, dass keine elterlichen Sanktionen zu erwarten waren, brach das Eis, und Max berichtete, was im Anschluss an die Demo geschehen war. Demnach hatten sie neben vielen Bekannten und Mitschülern auch Lenny Neubauer aus der Dreizehnten getroffen. Der war mit einer Gruppe Hamburger Freunde gekommen, die schon etwas älter waren und wohl häufiger auf Demonstrationen gingen. Als er das hörte, hatte Gero sofort die schwarz vermummten Gestalten aus den Hamburger Krawallvierteln Hafenstraße, Schanze und ähnlichen Kulminationspunkten vor Augen, sagte aber nichts, sondern ließ Max weitererzählen. Nach der Demo seien sie mit Lenny und seinen Freunden noch nach Geesthacht in die Fußgängerzone gegangen, um ein Eis zu essen. Gero dachte an die Jugendgangs in der Geesthachter City, die bei ihren Zusammenkünften in der Regel eher Bierflaschen als Eistüten in den Händen hielten. Er konnte sich schon vorstellen, wie das gestern ausgesehen hatte, wollte aber den Redefluss seines Sohnes nicht unterbrechen.

«Okay, und wir saßen da ganz friedlich in lockerer Runde, das Wetter war super und die Stimmung auch ganz cool, als Weezel, das ist ein Kumpel von Lenny, von zwei so Fascho-Typen wegen seiner orangen Haare angemacht wird.»

«Fascho-Typen?», hakte Gero nach.

«Ja – keine Glatzen, sondern eben so Deutsch-Russen, die einen auf Klitschko machen.»

«Russen? Fascho-Typen? Sag mal, wie redest du eigentlich? Und seit wann findet man dich auf Demonstrationen? Habe ich was verpasst? Ich dachte bislang eigentlich …»

Lena signalisierte mit einer Handbewegung, dass Gero seinen Tonfall etwas mäßigen musste, wenn er das Gespräch weiterführen wollte.

«Und dann?», fragte sie mit sanfter Stimme.

Max zuckte die Schultern wie ein Unschuldslamm. «Irgendwer muss dann die Polizei informiert haben. Die kamen dann auch mit einem Mannschaftswagen von der Demo angerollt. Volles Bürgerkriegs-Outfit, sag ich euch. Aber nicht, dass die sich um die Faschos gekümmert hätten – *unsere* Ausweise wollten die.»

«Feststellung der Personalien», erklärte Gero überflüssigerweise.

«Das mag ja sein», hielt ihm Max entgegen, «aber das kann man auch freundlich abwickeln, ohne einen gleich auf den Boden zu zerren. Lenny ist dann völlig ausgerastet, hat die Typen beschimpft und um sich getreten. Tja, das war's dann eigentlich auch schon. Nachdem sie unsere Namen notiert hatten, haben sie uns ziehen lassen. Also, alles nicht der Rede wert.»

«Bis auf den Umstand, dass dein Vater auch bei dem Verein ist.»

«Na, das ist ja wohl was anderes. Du bist bei der Kripo.»

Gero machte einen tiefen Seufzer. «Das macht doch im Prinzip keinen Unterschied. Und das weißt du eigentlich auch. Jedenfalls wurde ich heute von Polizeidirektor Ahloff auf die Sache angesprochen. Kannst du dir vorstellen, wie ich mich gefühlt habe? Ich hatte nichts, was ich ihm hätte entgegenhalten können. Keine Info – ich wusste von nichts. Ich stand da wie ein kleiner Junge, dem man eine Standpauke hält und der nicht weiß, was er ausgefressen hat. Richtig vorgeführt hat der Typ mich. Und das, wo ich den Kerl so oder so gefressen habe … Das war absolut grenzwertig. Wenn du uns etwas erzählt hättest, was glaubst du, wie ich ihm die Meinung hätte sagen können. Aber so? Ich stand da wie ein Vollidiot.»

Max presste die Lippen aufeinander und schaute seinen Eltern nacheinander in die Augen. «Kommt nicht wieder vor», sagte er schließlich. «Versprochen.»

KAPITEL 4

Der Jäger hatte noch keinen einzigen Schuss abgegeben. Der Pilot schien seine Überlegenheit zu genießen. Wie eine Katze, die zuvor noch mit ihrem Opfer spielen wollte, umkreiste er sie. Er musste versuchen, den Jäger von unten angreifen zu lassen. Die größte Chance des Kugelturmschützen war es, ihn im Anflug frontal unter Feuer zu nehmen, da verfiel der Vorteil seiner enormen Geschwindigkeit. Hartwell zog die Boeing langsam in den Steigflug. Er hatte die ME nur für einige Sekunden aus den Augen verloren, aber was er jetzt sah, verschlug ihm den Atem. Als er gewahr wurde, was der Pilot der Messerschmitt vorhatte, war es auch schon zu spät. Mit einem schrecklichen Krachen bohrte der Jäger seine Nase von hinten in die rechte Tragfläche.

«Out! Out of here!», schrie Hartwell in das Kehlkopfmikro des Bordfunks. Im gleichen Augenblick kippte der Horizont, und die B-17 schmierte mit einem jaulenden Kreischen nach links ab. Hartwell dachte an den Mann im Kugelturm, der in seiner gläsernen Kanzel gefangen war und sich ohne fremde Hilfe nicht befreien konnte. Dann dachte er an ihre Mission. Aber für irgendwelche Handlungen war es längst zu spät. Er musste schleunigst raus aus der Maschine.

Wie gebannt starrte Steward Jackson auf den zweigeteilten Rumpf der fliegenden Festung, der eine regelrechte Schneise in den Wald gerissen hatte. Kurz war ihm, als hätte er einen weiteren Fallschirm gesehen, bevor ihm der Aufprall alle Sinne raubte. Natürlich waren sie für einen geordneten Absprung viel zu niedrig gewesen. Jackson wusste nicht, in welcher Höhe sie sich befunden hatten, es grenzte an ein Wunder, dass er aus dem Bomber herausgekommen war. Der Schirm hatte sich gerade vollständig geöffnet, als die Boeing in den Wald stürzte. Wenige Sekunden später war der Sprung bereits zu Ende gewesen.

Erleichtert stellte Jackson fest, dass er sich nichts gebrochen hatte. Alles nun Folgende war genauestens einstudiert. So schnell wie möglich raffte er den Fallschirm zusammen und stopfte das Bündel tief unter die Wurzeln eines umgekippten Baumes. Dann hastete er durch das Unterholz und hielt nach einem geeigneten Versteck Ausschau. Wenn man seinen Schirm am Himmel gesehen hatte, würden sie sich auf die Suche nach ihm machen, so viel war sicher. Aus der Ferne konnte er bereits Stimmen vernehmen. Gut hundert Meter trennten ihn vom Wrack des Flugzeugs. Dorthin würden sie als Erstes rennen. Jackson versuchte, sich zu erinnern, was er aus der Luft hatte sehen können. Sie waren in der Nähe dieses Kanals gewesen, der von der Elbe zur Ostsee führte, aber er wusste nicht, auf welcher Seite und auf welcher Höhe er sich befand. Die Stimmen wurden lauter. Offenbar hatten sie das Flugzeug erreicht.

Das Versteck lag zwar verdächtig nah am Waldrand, aber die alte Futterkrippe sollte ihm genug Deckung geben. Wenn er den Kopf in die Höhe reckte, konnte er durch das hohe Gras sogar den Weg sehen, über den die Leute gekommen sein mussten. Dahinter lagen Wiesen und Felder, aber kein Wasser. Stück für Stück setzte sein Orientierungssinn die Bilder, die er von oben in Erinnerung hatte, zu einem sinnvollen Ganzen zusammen. Jackson zog die Karte aus seiner Jacke, faltete sie aber rasch wieder zusammen. Er war viel zu weit östlich. Ein Kanal oder ein Fluss waren nicht eingezeichnet. Jetzt erinnerte er sich. Eine Bahnlinie. Er hatte auch eine Bahnlinie gesehen. Seine Beine schmerzten. Er presste seinen Körper dichter an den Boden, als erneut Gestalten auf dem Weg auftauchten, aber niemand blickte in seine Richtung. Das plötzlich einsetzende Gejohle kündete davon, dass man auf etwas gestoßen war. Kurze Zeit später konnte Steward Jackson erkennen, was man gefunden hatte. Es war Hartwell. So, wie es aussah, hatte auch er noch rechtzeitig aussteigen können. Was war mit den anderen? Hatte sich noch jemand aus der Maschine retten können?

Hartwell schien ebenfalls unverletzt zu sein. Aber das waren keine Soldaten, die ihn mit sich führten. Er konnte die Männer gut verstehen. Die wenigen Worte Deutsch, die er kannte, reichten aus, um ihr Vorhaben zu erahnen. Es waren aufgebrachte Zivilisten, die sich an der Besatzung eines feindlichen Bombers rächen wollten. Jackson tastete nach seinem Revolver, aber die Tasche war leer. Er musste ihn beim Aufprall verloren haben. Dann dachte er an seinen Auftrag. Hauptsache, die Instrumente hatten keinen Schaden genommen. Aber das konnte er hier an Ort und Stelle nicht kontrollieren. Er musste ausharren, bis ihm die Dunkelheit Schutz gab.

Ein Knacken hinter ihm ließ ihn schlagartig herumfahren.

KAPITEL 5

Die Schatten der Rotoren flogen in aberwitziger Geschwindigkeit über Straße und Felder. Es schien, als ermahnten ihn die großen Windräder, die er auf dem Weg von Gudow in die Dienststelle passierte, das morgendliche Gespräch über Kernenergie und deren Risiken nicht zu vergessen. Das Thema Energiepolitik war zu komplex, als dass man es am Frühstückstisch hätte abhandeln können. Außerdem war Gero nicht mehr in der Materie. Max hatte die sicherheitsrelevanten Störfälle und Daten des Reaktors sofort parat gehabt und wie ein Politiker gebetsmühlenartig aufsagen können, schließlich hatten sie das Thema im Physikunterricht behandelt. Genau das war es wohl, was Gero stutzig gemacht hatte. Bislang war es noch nicht vorgekommen, dass Max sich von einem schulischen Stoff so hatte beeindrucken lassen. Jedenfalls nicht so, dass er sich auch während seiner Freizeit mit einem Thema befasste.

Wie er diesmal jedoch darüber gesprochen hatte, war es für ihn deutlich mehr als die Faszination, die für einen Jugendlichen von der aufwühlenden Gruppendynamik einer Demonstration ausgehen konnte. Er hatte sich offenbar ernsthaft mit der Problematik der Kernenergie befasst, und da blieb es natürlich nicht aus, dass Max mit Aktivisten und Kritikern Tuchfühlung bekam. Etwas Sorge bereitete Gero lediglich die Vorstellung, dass Max durch sein Engagement eben auch mit Leuten zusammentraf, für die Demonstrationen nur ein inhaltsleerer Raum waren, der die Möglichkeit zu Randale bot.

Dennoch nahm er sich vor, diese Gefahr nicht in den Vordergrund zu stellen. Vielmehr wollte er die Gelegenheit nutzen, mit seinem Spross ein paar ernsthafte, themengebundene Gespräche zu führen. Dazu hatte er in letzter Zeit kaum Gelegenheit gehabt, weil alles, womit sich Max sonst so beschäftigte, eher die typischen pubertären Probleme waren, bei denen ein elterlicher Rat erfahrungsgemäß kaum akzeptiert wurde. Energiepolitik bot da schon eine ganz andere Gesprächsgrundlage, immerhin gehörte er selbst der ersten Generation an, die sich zwangsläufig mit den Gefahren der Kernenergie auseinandergesetzt hatte.

Gero war im Schatten dieses Atommeilers aufgewachsen. Als das Kernkraftwerk 1984 ans Netz ging, hatte er zwar nicht mehr dort gewohnt, aber die Bauzeit und die damit einhergehenden Proteste seit 1973 hatte er hautnah miterlebt.

Zugegeben, in seinem Elternhaus waren der Meiler und die von ihm ausgehende Gefahr nie ein Thema gewesen. Sie hatten einfach zu dicht an der Gefahrenquelle gewohnt, sodass Verdrängung der Alltag gewesen war. Seine Eltern hatten andere Probleme vor Augen gehabt, als sie sich entschlossen, ein Haus zu bauen, finanzielle, existenzielle, unmittelbare. Die Wirtschaftswunderjahre waren für die vom Krieg gezeichnete Generation ein Segen gewesen. Da trat man nicht mit Füßen, was einem die Aussicht auf Frieden und den Aufbau einer bürgerlichen Existenz ermöglicht hatte, und wenn diese auch noch so bescheidene Ausmaße hatte. Dazu kam der Umstand, dass die Silhouette des Siedewasserreaktors eben auch nicht so bedrohlich in der Landschaft stand wie etwa die Betonkuppel des Kernkraftwerks bei Stade.

Selbst der erste Defekt im Jahr 1986 hatte sie kaum beunruhigt. Genauso wenig wie der Unfall in Tschernobyl. Jedenfalls wurde nicht darüber gesprochen, als er seine Eltern kurz darauf besucht hatte. Die möglichen Risiken hatten in ihrem Leben keinen Platz gehabt. Vielleicht mangelte es auch einfach nur am technischen Verständnis, dass sie sich erst gar nicht mit der unsichtbaren Gefahr von Strahlung auseinandersetzen mochten. So war es mit vielen Dingen gewesen, immer nach dem Motto: aus den Augen, aus dem Sinn. Gero hatte stets darunter gelitten, wenn er das immer gleiche ‹Ach, Junge, das entscheiden andere› zur Antwort bekam. Vor allem wenn sie sich wieder einmal weigerten, für oder gegen eine politische Entscheidung Stellung zu beziehen. Immer nach der Devise: Nur nicht auffallen im System. Ein Folgeschaden aus der Denunziantenwelt der NS-Ära, der in der Kriegsgeneration noch lange das gesellschaftliche Miteinander bestimmt hatte. Zumindest bei seinen Eltern hatten die Jahre des Friedens dieses Trauma nur bedingt unterdrücken können. Die Angst war immer noch latent da, und diese Lebenserfahrung hatte bei seinem Vater bis ans Lebensende dem wirklichen Verständnis von Demokratie im Wege gestanden. Aber das hatte Gero erst Jahre später, nachdem er sein Elternhaus verlassen hatte, begriffen.

Seit 1992, dem Jahr, als sein Vater gestorben war, lebte seine Mutter allein in dem kleinen Haus in Kollow. Alle Versuche, sie mit ihren 79 Jahren auf den Hof nach Gudow zu holen, waren bislang gescheitert. Dabei war sie bis vor drei Jahren noch fast täglich auf den Hof gekommen und hatte den Kindern, wenn Gero und Lena beide Dienst hatten, nach der Schule etwas zu essen gekocht. Aber dort einziehen? Das kam für sie nicht in Frage, solange sie sich in Kollow noch selbst versorgen konnte und keine körperlichen Gebrechen hatte. Selbstbestimmung bis zuletzt – dem war kaum etwas entgegenzusetzen. Und solange sie keine geistigen Aussetzer bekam, war es auch Gero nur recht, wenn sie dort war, wo sie sich offenbar am liebsten aufhielt. Seither schaute Gero einmal in der Woche bei ihr vorbei, um nach dem Rechten zu sehen, ein paar Dinge einzukaufen oder nötigenfalls im Haus etwas zu reparieren. Ein Blick auf die Datumsanzeige seiner Uhr bestätigte sein schlechtes Gewissen. Ein Besuch war längst überfällig.

Als er in die Dienststelle kam, lag Dr. Vetters vorläufiger Bericht der Leichenschau bereits als Fax auf seinem Schreibtisch. Wie es aussah, hatte Vetter die Nacht über durchgearbeitet, wie eigentlich immer, wenn es darauf ankam. Gero blätterte die Seiten durch und war jedes Mal aufs Neue erstaunt, was ein Pathologe in so kurzer Zeit aus einem toten Körper herauslesen konnte. Das besondere Interesse galt natürlich den möglichen Auffälligkeiten, die ihnen die Identifikation erleichtern konnten. Und dafür galt es, neben den reinen Fakten auch zwischen den Zeilen zu lesen, was erst einmal voraussetzte, das übliche Mediziner-Latein und jede Menge Fachtermini in eine allgemeinverständliche Sprache zu übersetzen.

Demnach hatten sie es mit einem etwa 60-jährigen Mann zu tun, Gewicht 80 kg, Größe 1,75 m, Schuhgröße 43. Haarfarbe grau, Augenfarbe hellbraun. Brillenträger, aufgrund der Abdrücke sowie Linsenform lag sehr wahrscheinlich eine gewöhnliche Altersweitsichtigkeit vor. Die allgemeine Erscheinung hatte Vetter als gepflegt bezeichnet. Auch deuteten die Hände des Toten nicht darauf hin, dass er zu Lebzeiten schwerer, körperlicher Arbeit nachgegangen war. Bis vor etwa zehn Jahren hatte der Mann einen Ehering getragen. Demnach handelte es sich sehr wahrscheinlich um einen Witwer, oder er war geschieden. Unter äußere Auffälligkeiten hatte Dr. Vetter notiert: Appendix-Narbe älteren Datums sowie verheilter Bruch des linken Sprunggelenks, ebenfalls älteren Datums. Bis auf die Folgen der Schussverletzung war sein Knochenbau ansonsten intakt.

Eine ganze Seite nahm der Bericht zum Zustand von Kiefer, Gebiss und Zahnstand ein. Demnach war das Gebiss des Toten nicht vollständig. Die Röntgenbilder von zwei besonders gearbeiteten Implantaten sowie einer ebenfalls kunstvoll gefertigten Brücke waren gesondert auf dem Weg ins Kommissariat unterwegs. Laut Vetter war der Zahnersatz noch keine fünf Jahre alt und so aufwendig gearbeitet, dass eine gute Chance bestand, mit einer Anfrage bei allen größeren Dentallaboren fündig zu werden. Es folgten Blutgruppe und Zustand der inneren Organe. Dem Magen- und Darminhalt nach handelte es sich möglicherweise um einen Vegetarier. Die letzte Mahlzeit hatte der Mann etwa sechs Stunden vor Eintritt des Todes zu sich genommen.

«Der Zustand der Leber deutet auf regelmäßigen, aber keinen übermäßigen Alkoholkonsum hin. Lunge und Herz weisen keine Absonderlichkeiten auf» – für einen Raucher, hatte Vetter in Klammern hinzugefügt. Eine kleine persönliche Spitze am Rande. Gero hatte es nach diversen Versuchen immer noch nicht geschafft, das Rauchen aufzugeben, auch wenn er inzwischen tagsüber auf die Glimmstängel verzichten konnte. Bis auf Ausnahmen. Nach zwei Tagen Nikotinentzug war ihm gestern Abend tatsächlich schwindelig geworden, als er sich zum Rotwein eine Zigarette gönnen wollte.

Er las weiter. Der Mann hatte sowohl kleine Nieren- als auch Gallensteine und litt an einer malignen Transformation lymphatischer Zellen, einem sogenannten Lymphosarkom. Auf Deutsch: Der Tote hatte Lymphdrüsenkrebs in fortgeschrittenem Stadium. Es gab keinerlei Anzeichen oder Hinweise auf eine Behandlung, weder chemisch noch operativ. Nach Vetters Einschätzung hätte der Mann ohne Therapie eine verbleibende Lebenserwartung von einem, maximal zwei Jahren gehabt. Damit kam er zum Zeitpunkt des Todes und zur Todesursache. Bei beidem hatte er wie gewohnt mit seiner ersten Aussage richtiggelegen. Demnach war der Tod vorgestern zwischen zehn Uhr Vormittag und zwölf Uhr Mittag eingetreten – damit leitete Vetter zur Analyse der Schussverletzung über. Es folgte eine Auswertung der Untersuchung des Schusskanals mittels makro- und mikroskopischer Aufnahmen. «Eintritt des Projektils unterhalb des linken Jochbeins, Austritt seitlich horizontal nach Ablenkung, dabei Abriss des linken Temporallappens sowie Durchtrennung von Medulla oblongata und Nervus vagus. Der Verletzung zufolge war der Mann sofort tot. Die minimalen Schmauchspuren deuten auf ein relativ starkes Mündungsfeuer im Abstand von etwa 150 bis 200 cm hin. Von daher kann von einer älteren Handfeuerwaffe mit Kaliber 9 mm ausgegangen werden. Knochenpartikel mit Projektilabrieb sowie Proben der Haut- und Pulverspuren gehen ans Labor der Ballistik. Alle Laborbefunde innerhalb der nächsten 24 Stunden. Lübeck 7.28 Uhr.» Unterschrift Vetter.

Gero griff zum Telefon und rief bei der Spurensicherung durch. Auch dort war man die Nacht über nicht untätig gewesen. Peter Schweim sei erst vor einer Viertelstunde nach Hause gefahren, erklärte der Kollege von der Ballistik, erst nachdem die Proben aus der Rechtsmedizin abgeglichen waren. Wie von Dr. Vetter vermutet, wurde der Mann mit einer Faustfeuerwaffe Kaliber 9 mm erschossen. Genauer gesagt mit einem 9-mm-Para-Ogivalgeschoss. Messingspuren hatten sie keine nachweisen können, dafür Spuren von Sinter-Eisen. Die Zusammensetzung des Projektils sowie die verwendete Pulvermischung deuteten auf Wehrmachtsmunition hin, erklärte er weiter. Nach ihren Tabellen handle es sich dabei um den sogenannten Zündsatz 30, eine nach 1938 eingeführte Sinoxid-Zündung. Die Spuren von Sinter-Eisen wiesen zudem auf ein Eisenkerngeschoss hin, und solche Geschosse seien aufgrund von Materialknappheit nur in den Jahren 1941 bis 1944 produziert worden. Die Analyse der Rotationsgeschwindigkeit stehe noch aus, meinte der Kollege, aber der Chef sei sich ziemlich sicher, dass es sich bei der verwendeten Waffe um eine Luger P08 mit Kurzlauf handle.

Anschließend ließ sich Gero ins Labor der Kriminaltechnik durchstellen, aber dort war man noch nicht so weit. Zwei Kollegen seien krank, und die Proben seien auch erst gerade eingetroffen, erklärte Monika Fischer-

Dietz mit ihrer rauchigen Whisky-Stimme. Wenn man sie nicht kannte, hätte man sie glatt für eine schwergewichtige Jazzsängerin in den besten Jahren halten können. In Wirklichkeit war sie Anfang dreißig, zierlich gebaut und höchstens 1,65 Meter groß. Wie sie zu dieser Stimme gekommen war, war allen ein Rätsel. Eine Liste hatte sie trotzdem schon zusammengestellt. So hatte man am Sakko des Toten diverse Haare und etwa zwanzig bis dreißig weitere textile Fasern und Hautpartikel gefunden. Mit ersten Ergebnissen könne man etwa heute Nachmittag rechnen, die DNA werde spätestens morgen Abend vorliegen, meinte sie entschuldigend. Gerade jetzt sei sie dabei, die Erdreste an den Schuhen zu sondieren, aber er möge sich keine zu großen Hoffnungen machen. Auf den ersten Blick handle es sich dabei um gewöhnliche Sand- und Lehmspuren ohne farbliche oder strukturelle Auffälligkeiten.

Gero legte auf und starrte auf seine Notizen. Zu wenig. Es war einfach zu wenig. Er rückte den Stuhl vom Schreibtisch ab, faltete die Hände im Schoß und grübelte. Ein todkranker alter Mann, erschossen mit einer Wehrmachtspistole. Dazu der Versuch, die Leiche verschwinden zu lassen. Viel mehr hatten sie nicht an Fakten. Wenn sie innerhalb der nächsten 24 Stunden keine neuen Erkenntnisse bezüglich der Identität des Toten bekamen, blieb nur der von Vetter vorgeschlagene Weg über die Zahnlabore. Ein mühevolles und zeitraubendes Vorgehen. Zudem ohne Erfolgsgarantie, schließlich gab es auch viele privat arbeitende Zahntechniker, die sie auf diesem Weg kaum erreichten. Geros eigener Zahnarzt ließ die Gold-Inlays auch von einem Ein-Mann-Betrieb anfertigen. Dadurch musste Gero zwar eine Woche länger als üblich mit einem Provisorium klarkommen, aber sein Zahnarzt schwor auf die Qualität der Arbeit, und bislang hatte er damit recht behalten. Im zweiten Schritt mussten sie also auch alle Zahnärzte anschreiben. Erst im Kreis, dann auf Landesebene.

Blieb die Frage, zu welchem Zeitpunkt sie die Öffentlichkeit informieren sollten. Ermittlungstaktisch war ein solcher Schritt immer von Nachteil. In diesem Fall ganz besonders, denn damit informierten sie gleichermaßen den Täter darüber, dass sein Plan nicht aufgegangen war. Bis dahin wähnte er sich möglicherweise in Sicherheit und beging vielleicht einen Fehler. Eine Entscheidung dazu wollte Gero nicht alleine treffen. Er blickte zur Uhr. Es blieb noch eine knappe halbe Stunde, bis sich das Team zur morgendlichen Lagebesprechung traf. Genug Zeit, um zu prüfen, ob sich die örtliche Presse bereits Spekulationen über die Vorkommnisse in der Kiesgrube hingab. Mindestens zwei Journalistenteams waren vor Ort gewesen, wenn auch in gehörigem räumlichem Abstand. Über den Zustand der Leiche waren keine Informationen weitergereicht worden, einen ausdrücklichen Maulkorb hatte man der Presse jedoch nicht verpasst. Es war also eine Frage der Zeit, bis etwas durchsickerte. Gero schaltete den Computer ein und studierte die lokalen Nachrichten.

Das Einzige, was in aller Munde war, war Krümmel. Die Schnellabschaltung des Kraftwerks wegen des erneuten Transformatorenbrands füllte die Schlagzeilen, regional wie auf Landesebene. Selbst die Bundespolitik hatte sich des Themas angenommen. Nun gut, im September waren Wahlen, und der Wahlkampf hatte natürlich längst begonnen. Da kam der Vorfall in Geesthacht genau zur richtigen Zeit, um die Grundsatzdebatte um den beschlossenen Atomausstieg anzuheizen. Die selbsternannten Fachleute der Parteien warfen wie gewohnt mit wissenschaftlichen Fakten und moralischen Bedenken um sich. Die einen pro, die anderen contra. Die Lager waren gespalten wie zuvor. Bundespolitisch hatte der erneute Vorfall nichts verändert, weder in den Köpfen noch in den Parteiprogrammen. Dennoch war das Thema ein gefundenes Fressen, um die Öffentlichkeit anzuheizen und auf Wählerfang zu gehen. Und die Presse spielte natürlich mit.

Gero studierte die Meldungen über die bisherigen Demonstrationen. Demnach war alles friedlich verlaufen. Keine Erwähnung von schwerwiegenden Zwischenfällen oder Festnahmen. Die Bilder zeigten einen bunt gemischten Haufen mit großen Plakaten. Darauf markige Sprüche mit eindeutigen Forderungen sowie hintergründige Formulierungen, deren Wortwitz Sarkasmus und Kreativität voraussetzte. Nirgendwo waren Vermummte oder Steine werfende Chaoten zu sehen. Kein Wort von Personalienfeststellung oder gar erkennungsdienstlichen Maßnahmen.

Er griff zum Telefon und wählte die Kollegen der Geesthachter Außenstelle an. Ahloff hatte die Information über die Vorkommnisse in Geesthacht von dort erhalten. Auch wenn es sich nach Max' Schilderung sehr wahrscheinlich um Kollegen von der Bereitschaft oder der Bundespolizei gehandelt haben musste, wollte er wenigstens die Hintergründe in Erfahrung bringen und wissen, ob ein Protokoll des Einsatzes vorlag. Irgendwie wurde er den Verdacht nicht los, dass diese Personalienfeststellung keinen offiziellen Charakter hatte, sondern nur am Rande eines anderen Einsatzes durchgeführt worden war. Vielleicht war ein frustrierter Kollege etwas über die Stränge geschlagen. Kein Polizist riss sich um einen Sicherungseinsatz bei einer Großdemonstration – schon gar nicht, wenn es um Kernenergie oder Rechtsradikale ging. Da wurde man als Beamter von vornherein zum Prügelknaben abgestempelt. In Uniform fragte einen ja niemand nach der persönlichen Meinung. Gemacht werden musste der Job trotzdem.

«Das ging ja schnell», wunderte sich Erik Butenschön, noch bevor Gero sein Anliegen präzisieren konnte. Butenschön war seit einem knappen Monat Leiter der dortigen Kriminalpolizei. Ein netter Kollege, den Gero noch aus seiner früheren Zeit beim MEK kannte. Kein Sesselpupser, sondern ein erfahrener Mann aus der Praxis. «Ich habe das Fax vor einer Minute rausgeschickt.»

«Moin, Erik. Bei mir ist nichts angekommen», erwiderte Gero, dem die Sache nicht ganz geheuer war. Um Max konnte es jedenfalls nicht gehen. «Klärst du mich kurz auf?»

«Na, euer unbekannter Toter», erklärte Butenschön. «Ich dachte, deshalb rufst du an. Der Mann ist bei uns zwar nicht erfasst, aber ein Kollege meint, ihn auf dem Foto, das ihr an alle Außenstellen geschickt habt, zu erkennen. Demnach könnte es sich um einen gewissen Inger Oswald handeln. Er hat wohl hin und wieder für den Förderkreis des hiesigen Industriemuseums gearbeitet und dort diese historischen Stadtteilspaziergänge geleitet. Sven, also das ist der Kollege Baumgärtner, hat mal an einem teilgenommen und ist auch mit Oswald ins Gespräch gekommen. Er meint, das wäre er. Wir haben schon beim Förderkreis angerufen, aber da läuft nur der Anrufbeantworter.»

KAPITEL 6

Steward Jackson wusste nicht, ob er es als göttliche Fügung oder Glück im Unglück betrachten sollte. Er wusste nicht einmal, ob er in diesem Moment nicht sogar zur Beute geworden war. Zur Beute seiner Retterin. Einer Deutschen.

Das kleine Haus am Rande der Lichtung bot ihm erst einmal genügend Schutz. Hierher verirre sich niemand, hatte sie gesagt. Die Absturzstelle sei zu weit entfernt, als dass irgendwer auf die Idee käme, hier nach jemandem zu suchen. Außerdem gehe man bislang davon aus, dass niemand außer dem Piloten den Absturz überlebt habe. Und selbst wenn jemand den zweiten Fallschirm entdecke – Seide sei viel zu begehrt, als dass man einen solchen Fund melden würde. Anfangs dachte er, sie spekuliere vielleicht selbst auf den kostbaren Stoff. Aber das war es nicht gewesen.

Immer wieder hatte sie ihm den Finger auf die Lippen gelegt und ihm zu verstehen gegeben zu schweigen. Der Tee, den sie aufgesetzt hatte, war wunderbar gewesen. Dann hatte sie begonnen, ihn auszuziehen und die kleinen Wunden zu versorgen, die er sich beim Absprung und bei seiner Hast durchs Unterholz zugezogen hatte. Jackson ließ alles geschehen. Was blieb ihm im Moment auch anderes übrig? Er war ihr ausgeliefert, und sie schien diesen Umstand zu genießen. Und sie machte keinen Hehl aus der Tatsache, dass sie hungrig war. Aber es war nicht die Gier nach Zigaretten oder Schokolade, die sie trieb. Steward Jackson schloss seine Augen und genoss ihre Umarmungen. Fast wäre er der Versuchung erlegen, seinen Auftrag zu vergessen. Katherine, Mary und die anderen Mädchen aus seinem Heimatort waren auf einmal weit weg. Nie wäre er auf die Idee gekommen, dass man Tausende Kilometer fern der Heimat aus einem Flugzeug springen musste, um einem Engel zu begegnen.

Wie viele Stunden sie nebeneinandergelegen hatten, wusste Jackson nicht. Er hatte Raum- und Zeitgefühl völlig verloren. Als die Dämmerung hereinbrach, stand sie auf und zog sich an. Im Schimmer des Kerzenscheins konnte er erkennen, wie schön sie wirklich war. Sie habe Nachtdienst und müsse zur Arbeit, flüsterte sie ihm zu, als sie merkte, dass er wach war und sie anschaute. Und ob er noch da sei, wenn sie nach der Arbeit wiederkäme? Er müsse nur etwas erledigen, hatte er geantwortet. Etwas Wichtiges. Sie hatte nicht gefragt, worum es ging, was ihm insgeheim recht war. Im Schuppen stehe ein Fahrrad, hatte sie gemeint. Er solle vorsichtig sein. Dann hatte sie ihm einen zärtlichen Kuss gegeben und war gegangen.

Nachdem sie aufgebrochen war, zog sich Jackson an und kontrollierte den Inhalt seines Gepäcks. Er konnte immer noch nicht glauben, was ihm soeben widerfahren war. Und jetzt hatte er dazu noch ein Fahrrad; das würde ihm die Sache ungemein erleichtern.

Auch die Papiere waren noch vollständig. Am wichtigsten war das Schreiben, das vom Oberkommando der Wehrmacht ausgestellt war und ihm sowohl alle nur erdenklichen Befugnisse einräumte als auch jeden dazu verpflichtete, ihn bei seiner Arbeit zu unterstützen. Ausgestellt auf seinen richtigen Namen: Steward Jackson, Wissenschaftler. Tätig im Auftrag der Physikalisch-Technischen Reichsanstalt Berlin. In geheimer Mission. Natürlich eine Fälschung. Aber so gut gemacht, dass es niemandem auffallen würde, wie man ihm versichert hatte. Außerdem war das Schreiben nur für den äußersten Notfall gedacht, falls er von einer Patrouille entdeckt würde. Dass er Amerikaner war, würde man spätestens an seinem Akzent heraushören. Sein Deutsch war immer noch schlecht.

Jackson vermied große Straßen, so gut es ging. Wo immer es möglich war, wählte er Feldwege. Der Kompass wies ihm die ungefähre Richtung. Wer ihm dennoch begegnete, schenkte dem Mann auf dem Fahrrad kaum Beachtung. Zweimal traf er auf Uniformierte, denen er das akzentfrei einstudierte «Heil Hitler» zurief, beide Male erhielt er nur Schweigen als Antwort. Selbst die Soldaten waren es inzwischen wohl leid, zumindest nachts auf offener Straße.

Nach zwei Stunden hatte er den Damm der Marschenbahn erreicht. Er verglich den Verlauf mehrfach mit seinen Karten, dann wusste er, wo er sich befand. Bis zum Verladebahnhof durfte er nicht weiter. Dort war auch nachts mit Aktivitäten zu rechnen. Von hier aus musste er zu Fuß weiter und sich durchs Unterholz schlagen. Jackson versteckte das Rad hinter einem Gebüsch und tastete sich langsam durch die Dunkelheit. Endlich erreichte er den eingezeichneten Zaun.

In der Ferne konnte er die Lichter aus dem Gebäude erkennen, das auf seinem Plan als «Betriebsküche» gekennzeichnet war. Die ebenfalls eingezeichnete «Brandwache» war nicht besetzt. Mit einem Drahtschneider durchtrennte Jackson den Zaun unauffällig auf Bodenhöhe und schlüpfte durch das Loch. Von jetzt an galt höchste Vorsicht. Sein Ziel waren die Anlagen im Betriebsteil Birke, welche die Bomber ins Visier genommen hatten. Er brauchte nur den Schienen zu folgen. Die Laternen an den Wegen waren gelöscht. Wie es den Anschein hatte, lag der Betrieb brach. Wahrscheinlich waren die Zerstörungen zu schwer gewesen.

Auch wenn ihm bislang kein Mensch begegnet war, musste er auf der Hut sein. Mit Patrouillen musste man ständig rechnen. Immer wieder verglich er die Örtlichkeiten mit dem Wegesystem, das auf seinem Plan eingezeichnet war. Alles stimmte überein, doch plötzlich tat sich vor seinen Füßen ein Abgrund auf. Er stand vor einem riesigen Bombenkrater mit einem Durchmesser von über hundert Metern, dessen Ende sich im Dunkel seinen Blicken entzog. Eine so immense Explosion hatten sie während des Angriffs nicht registriert. Wahrscheinlich war die Detonation im Lärm der Flugzeugmotoren untergegangen. Er versuchte, die eingezeichneten Gebäude zu bestimmen, aber alles, was hier in der Umgebung stehen sollte, musste in die Luft geflogen sein. Auch das Lagerhaus musste vollkommen zerstört worden sein.

Endlich fand er ein paar Betonbrocken, die einen Hinweis darauf lieferten, dass hier einmal ein Gebäude gestanden hatte. Vorsichtig stieg er den Rand des Kraters hinab.

Plötzlich vernahm er Stimmen. Jackson presste seinen Körper gegen die Schuttmassen und verharrte in Regungslosigkeit. Er sah den Schein einer Laterne. Zwei Männer gingen am oberen Rand des Kraters entlang und leuchteten hier und dort in den Trichter. Der Schein der Laterne umkreiste Jackson, der sich wie eine Zielscheibe vorkam. Nirgends gab es eine Möglichkeit, sich zu verstecken. Er musste darauf hoffen, dass niemand wirklich nach etwas suchte. Atemlosigkeit begleitete die Sekunden, dann entfernten sich die Stimmen endlich. Steward Jackson wartete noch einige Minuten, dann stieg er im Krater vorsichtig bis zum Boden hinab. Er befand sich bestimmt fünf Meter unterhalb des übrigen Terrains. Was auch immer hier in die Luft geflogen war, es hatte nichts als Schutt und Trümmer hinterlassen. Alle Gebäude, die hier einmal gestanden hatten, waren dem Erdboden gleichgemacht worden.

Jackson hielt einen Augenblick inne, dann machte er sich an die Arbeit. Die Geräte konnte er mit geschlossenen Augen betriebsbereit machen. Er hatte es immer wieder in absoluter Dunkelheit geübt. Seine größte Sorge galt dem Zustand von Batterie und Kondensator. Hoffentlich hatten sie Transport und Aufprall unbeschadet überstanden. Wortlos flüsterte er die Bezeichnung der Einzelteile beim Zusammenbau vor sich hin. Anode und Kathode waren die entscheidenden Bauteile. Jackson schloss den Stromkreis und blickte voller Erwartung auf den Zähler. Erleichtert registrierte er, wie ihm das Glimmen der roten Lampe Funktionsbereitschaft signalisierte. Was er dann sah, übertraf jedoch alle Erwartungen. Die kleine Nadel der Anzeige schlug immer wieder gegen den Stift, der die Skala an ihrem Ende begrenzte. Nach einer Schrecksekunde wusste er, was zu tun war. Er musste dringend Farm Hall informieren. Und noch viel wichtiger: Er musste hier so schnell wie möglich weg.

KAPITEL 7

Die Informationen waren spärlich, genauer gesagt sehr spärlich. Jetzt, wo sie einen Namen kannten, hatte Gero mit mehr gerechnet. Inger Oswald, Jahrgang 1946, verheiratet, von Beruf Graphiker, wohnhaft in Bleckede. Mehr hatte der Computer nicht ausgespuckt. Im Zentralregister war Oswald nicht erfasst, die Meldeadresse hatten sie über die Amtsverwaltung in Erfahrung gebracht. Mehr gab es nicht. Der Mann hatte nicht mal einen Telefonanschluss. Das Gespräch mit den Kollegen in Lüneburg war kurz gewesen. Eine länderübergreifende Ermittlung stand nicht zur Diskussion, Unterstützung musste also bei Bedarf auf dem offiziellen Amtsweg angefordert werden. Der Fall blieb bei ihnen.

«Nehmen wir die 207 oder die 195?», fragte Paul Dascher, nachdem er den Kombi beladen hatte. «Das Navi schlägt die Route über Breitenfelde, Büchen und Lauenburg vor, aber ich denke, auf der 195 haben wir freie Fahrt.»

«Mach, wie du denkst», entgegnete Gero und nahm auf dem Beifahrersitz Platz. «Eilig haben wir's aber nicht», schob er rasch nach. Dascher war für seinen forschen Fahrstil bekannt. Gero schaltete demonstrativ die Klimaanlage aus und öffnete Schiebedach und Seitenfenster. Dascher hatte es mit seinem Rasierwasser etwas zu gut gemeint. Ein schwerer orientalischer Duft breitete sich im Wagen aus, der so gar nicht zu ihm passte. Weder vom Typ noch vom Alter her. Paul war zwar immer noch der Jüngste im Team, aber wenn Gero richtig mitgezählt hatte, dann musste auch er demnächst die vierzig erreicht haben.

Dafür hatte er sich gut gehalten. Etwas zu gut vielleicht. Man sah auf den ersten Blick, dass er regelmäßig trainierte. Und neuerdings tönte er sich die Haare. Ganz dezent nur, aber die grauen Schläfen waren von einem auf den anderen Tag verschwunden gewesen. Das war natürlich nur den Kolleginnen aufgefallen, und einige munkelten hinter vorgehaltener Hand, dass er bestimmt schwul sei. Verheiratet war er nicht, und auch über eine Freundin oder etwaige Verpflichtungen ließ er nie ein Wort über die Lippen kommen. Seine Erscheinung hätte jedenfalls dazu gepasst. Immer einen Tick zu gepflegt und stets modisch gekleidet. Heute hatte er einen Hauch Gel in die Haare gestrichen. Bis auf das Rasierwasser stimmte alles.

«Du hast dich bislang zurückgehalten, was eine Einschätzung betrifft.»

Paul nickte zögerlich. «Von dir gelernt. Erst müssen die Fakten auf den Tisch, bis dahin bleibt das Gefühl ausgeschaltet. Und so wenig, wie wir bisher haben … Das reicht nicht einmal zum wilden Spekulieren. Ich bin nur neugierig, was uns in Bleckede erwartet. Seine Frau wahrscheinlich. Allein die Vorstellung bremst meine Neugier. Ich mag die Rolle des Boten aus dem Reich der Toten nicht. Es ist für mich immer eine Gratwanderung zwischen Rücksichtnahme und unserer Pflicht zu ermitteln. Geht es dir auch so?»

«Ich habe es wohl schon zu oft gemacht, als dass man sagen könnte, ich hätte keine Routine. Auch wenn es viele abstreiten, es ist Routine. Zugegeben, eine unschöne, aber dennoch wissen wir, dass der Kloß im Hals nach einer Weile verschwunden ist. Vielleicht ist es vergleichbar mit dem Lampenfieber eines Schauspielers bei der ersten Vorstellung, bevor er auf die Bühne tritt. Mit dem Unterschied, dass wir schon vorher wissen, wie das Publikum reagieren wird. So weit ist die Spanne unterschiedlicher Reaktionen schließlich nicht, wenn für jemanden eine Welt zusammenbricht. Und genau das ist es ja, was in der Regel passiert. Der Überbringer einer furchtbaren Nachricht bin ich aber nur für einen Bruchteil. In Wirklichkeit ist es eher die sensible Kontaktaufnahme mit einem Verbündeten, denn danach bilden wir mit den Angehörigen eine Allianz.»

«Bei mir ist es anders. Ich stehe für einen Augenblick völlig neben mir, möchte diese Situation am liebsten ausblenden. Manchmal ist mir dann selbst zum Heulen zumute. Daran haben auch die zehn Jahre bei der Kripo nichts ändern können. Und wenn ich nicht gleichzeitig einen so ungeheuren Drang verspüren würde, den Tod eines Menschen aufzuklären und den Täter zu überführen, dann wäre ich wahrscheinlich gar nicht geeignet für den Job. Was Ärzte oder auch die Kollegen von der Bereitschaft machen, wenn sie jemandem die Nachricht vom Tode eines Angehörigen bringen, ohne dass ein Kapitalverbrechen vorliegt, das ist für mich völlig unvorstellbar. Ich kann das nur, weil es mich den ganzen Fall über begleitet. Es erinnert mich jeden Tag daran, die Tat aufklären zu müssen.»

«So anders ist das doch nicht», antwortete Gero. «Auch du willst demjenigen am liebsten das Versprechen geben, den Verantwortlichen für die Tat dingfest zu machen. Es ist doch völlig klar, dass uns auch die Trauer oder das Entsetzen eines Menschen motivieren.»

«Es mag schlimm klingen, aber bei mir ist es eben manchmal so, je abscheulicher eine Tat ist oder je mehr die Angehörigen eines Opfers leiden – also das, was ich davon mitbekomme –, dass es mich umso mehr beflügelt, den Täter zu kriegen. Wenn es uns nicht gelingt, wenn wir versagen … Es sind zum Glück nicht viele Fälle. Ich kann sie an einer Hand abzählen …» Dascher rückte seine Sonnenbrille zurecht, als wolle er es vermeiden, dass man ihm in die Augen schauen konnte. «Aber sie verfolgen mich wie ein Dämon. Ich kann sie nicht abschütteln. Immer habe ich das Leiden, die Tränen oder die verzweifelten Schreie vor Augen. Auch heute noch.»

Gero schwieg. Es war einer dieser Momente, in denen jedes weitere Wort überflüssig war. Häufig kam es nicht vor, dass man sich einem Kollegen offenbarte und das Innere nach außen kehrte. Im Normalfall scherzte man miteinander oder machte eine dumme Bemerkung, wenn es darum ging, eine Sache zu verarbeiten. Ernste Worte, vor allem was die eigene Motivation und persönliche Ansichten betraf, kamen einem nur selten über die Lippen. Wohl deshalb, weil es dem Bild vom neutralen Polizisten widersprach. Das persönliche Gefühlsleben oder Meinungsbild unterlag einer Tabuisierung. In der Öffentlichkeit allemal, weil es für nicht Eingeweihte unkorrekt klang. Was für Betroffene oder Angehörige Rache und Sühne bedeuten mochte, war bei Ermittlern auf Bestrafung reduziert. Der Kriminalbeamte hatte zu sammeln, auszuwerten, zu überführen und zu verhaften. Ein Urteil stand ihm nicht zu. Dabei war es für Außenstehende kaum vorstellbar, mit welchem Grauen man sich teilweise intensiv auseinanderzusetzen hatte. Umso schwerer fiel es, die damit einhergehenden Gefühle gegenüber der Öffentlichkeit nicht in Worte zu fassen.

Nichtsdestotrotz schlummerten sie unter der Oberfläche. Da nahm sich Gero nicht aus. Auch er hatte diese Skala, auf der Verbrechen einen unterschiedlichen Stellenwert einnahmen, selbst wenn das Gesetz etwas anderes sagte. Mord war eben nicht Mord, denn Heimtücke und Beweggründe aus niederen Instinkten konnten durchaus in unterschiedliche Kategorien der persönlichen Verachtung unterteilt werden. Vor allem Sexual- und Tötungsdelikte an Wehrlosen und Kindern rangierten auf der obersten Sprosse dieser Stufenleiter. Wahrscheinlich war das bei fast allen Kollegen so.

Gero merkte, wie er versucht war, dem vorliegenden Fall einen Stellenwert zuzuordnen. Er wehrte sich vergeblich gegen die Feststellung, dass ein Täter, der einem sechzigjährigen Mann mit einer Wehrmachtspistole in den Kopf schoss, keine sonderliche emotionale Regung in ihm auszulösen vermochte.

Bis zum Ortsschild von Bleckede sagte keiner mehr ein Wort.

Sie fuhren einige Zeit direkt am Deich entlang, bis die Straße schmaler wurde. «Nur für Anlieger und landwirtschaftlichen Verkehr», mahnte ein Schild. «Sackgasse» stand auf einem anderen. Darunter die Warnung: keine Wendemöglichkeit. Fahrradfahrer frei, Vorsicht, Schafe, 30 km/h. «Uns zuliebe», bat eine Horde Kinder auf einem selbstgemalten Plakat. Ein Schilderwald am Ende der Welt.

Dascher fuhr im Schritttempo durch die Schlaglöcher. Bunte Stockrosen zierten den Wegesrand. Die Giebel der großen Bauernhäuser reihten sich auf schmal geschnittenen Grundstücken dicht gedrängt aneinander, als wollten sie sich gegenseitig Schutz vor Wind und Wetter geben. Hinter teils prächtigen Vorgärten zählte Gero bis zu acht Fensterachsen. Die meisten der Höfe waren viergeschossig und hatten riesige, mit roten Schindeln eingedeckte Dächer. Reetdächer suchte man vergeblich. Unter dem First duckten sich die Läden der ehemaligen Räucherkammern auf einer Höhe von bestimmt 15 Metern. Von dort oben konnte man vielleicht noch etwas von der Elbe sehen, ansonsten versperrte der hohe Deich den Blick auf den Strom, den die Bewohner der Häuser jahrhundertelang gehabt hatten. Die Sicherheit vor Hochwasser und Sturmfluten hatte man sich hier teuer erkauft. Das satte Grün des Deiches direkt vor der Nase versprühte den monotonen Charme einer Lärmschutzwand an der Autobahn.

Paul stoppte vor einer Einfahrt, die mit einer Kette

versperrt war. Dahinter parkten ein dunkelgrüner VW-Pritschenwagen und ein verbeulter R4. Die Fassade des Hauses wirkte verglichen mit den Nachbarhäusern ein wenig heruntergekommen. Von den Fensterrahmen in den oberen Geschossen blätterte die Farbe, das Fachwerk hatte man lieblos weiß übertüncht. Das Dach war mit Wellblechplatten gedeckt. An den Verschraubungen hatten sich rostige Rinnsale gebildet. Ganz im Gegensatz dazu wirkte der Garten liebevoll gestaltet. Rhododendren und kugelige Buchsbäume bildeten den Rahmen für ein Arrangement aus bunten Stauden, ganz so wie man sich einen romantischen Bauerngarten vorstellte. Dazwischen ein verzweigtes, mit Backsteinen abgesetztes und mit Rindenmulch bedecktes Wegenetz. Lena wäre ins Schwärmen geraten.

An der Pforte begrüßte sie ein großer Schäferhundmischling mit wedelndem Schwanz. Geros sanftes Kraulen wurde mit einem zaghaften Ablecken der Hand quittiert, dann gab der Hund den Weg frei und begleitete die beiden bis zur Haustür.

Nachdem sie vergeblich nach einer Klingel gesucht hatten, klopfte Gero mehrmals gegen die Tür. Es vergingen einige Sekunden, dann hörten sie sich nähernde Schritte. Im gleichen Augenblick, als die Tür geöffnet wurde, kam jemand um die Ecke des Hauses. Der Hund fühlte sich zwischen dem Mädchen an der Tür und dem Mann im grünen Overall hin- und hergerissen, bevorzugte aber dann seinen Ernährer und sprang aufgeregt an ihm hoch.

«Ist schon gut, Sandra», meinte er zu dem Mädchen an der Tür, drückte den Hund auf den Boden und schaute zu Gero und Paul. «Guten Tag. Zu wem möchten Sie?»

«Wir würden gerne Frau Oswald sprechen», erklärte Gero.

Der Hund machte Anstalten, erneut an dem Mann hochzuspringen, und war kaum zu bändigen. «Ist gut jetzt, Lizzy!», raunzte der Mann und gab dem Hund einen Schubs. «Die wohnt hier nicht», schob er hinterher.

«Aber Herr Oswald wohnt doch hier, wenn wir richtig informiert sind?»

Der Mann nickte. «Ja, aber da kommen Sie zur falschen Zeit. Der ist nicht da.»

«Wissen Sie, wo wir Frau Oswald erreichen können?», fragte Gero.

Der Mann schaute sie prüfend an, dann schüttelte er den Kopf. «Keine Ahnung. Worum geht es denn?» Er wischte seine erdigen Hände am Overall ab und schob sich eine Haarsträhne hinters Ohr.

Gero fingerte seine Dienstmarke aus der Tasche und zeigte sie dem Mann. «Kriminalpolizei. Mein Name ist Herbst, und das ist mein Kollege Dascher. Es wäre schön, wenn sie sich die Zeit nehmen könnten, uns ein paar Fragen zu beantworten.» Er wartete nicht, bis der Mann sein Einverständnis gegeben hatte. «Seit wann genau ist Herr Oswald denn nicht mehr hier gewesen?»

Ein Schulterzucken war alles, was der Mann von sich gab. «Der Inger hat sich nicht bei mir abgemeldet.» Er legte die Stirn in Falten. «Vor vier Tagen bin ich ihm noch in der Küche begegnet. Das war am Morgen. Danach habe ich ihn nicht mehr gesehen. Aber das soll nichts heißen. Ich bin häufiger unterwegs. Vielleicht war er danach nochmal hier. Ist denn etwas passiert?»

«In welchem Verhältnis stehen Sie zu Herrn Oswald?»

«Na, er bewohnt hier zwei Zimmer im Haus.»

«Wir müssen davon ausgehen, dass er womöglich einem Verbrechen zum Opfer gefallen ist», erklärte Gero. «Nach unseren Informationen ist seine Frau, Hannah Oswald, hier gemeldet. Sie können uns nicht sagen, wie und wo wir sie erreichen?»

«Nein. Ich kenne sie überhaupt nicht. Zumindest habe ich sie hier nie gesehen. Inger hat mal erwähnt, dass sie irgendwo in der Nähe von Dannenberg lebt, aber eine Adresse habe ich nicht.»

Gero dachte daran, was Vetter in seinem Bericht geschrieben hatte. Demnach hatte der Tote früher einen Ehering getragen, und Oswald lebte von seiner Frau getrennt. Das konnte passen. Aber warum war sie dann noch hier gemeldet? So musste er regelmäßigen Kontakt zu ihr gehabt haben, allein um ihr die Post auszuhändigen. Allerdings hätte er die auch nachsenden können. Wenn er für seine Frau hingegen ein Postfach eingerichtet hatte, dann konnte es schwierig werden, ihren derzeitigen Wohnort zu ermitteln. Dieses behördliche Versteckspiel erlaubten sich in der Regel aber nur Menschen, die etwas zu verbergen hatten. Wie dem auch war, vielleicht fanden sie einen Hinweis auf ihren Aufenthaltsort in Oswalds Wohnung. Die Identifizierung über das Foto des Toten wollte Gero jedenfalls vorerst vermeiden.

«Wohnen hier noch andere Leute im Haus?», fragte Dascher, als habe er Geros Gedanken gelesen.

«Ich habe einige Zimmer vermietet, ja. Anders ist so ein riesiges Haus kaum zu halten.» Er deutete auf die Fenster in den oberen Stockwerken. «Zwei Zimmer an Inger, und die Räume in der zweiten Etage an Herrn Klein, Lothar Klein. Vielleicht weiß er, wie man Ingers Frau erreichen kann.» Der Mann machte eine auffordernde Geste. «Gehen wir doch ins Haus.»

«Und das Mädchen eben an der Tür?», fragte Gero, nachdem der Mann sie in die Küche geführt hatte. Es war ein Raum von gewaltigen Ausmaßen, durch die man in etwa erahnen konnte, wie viele Generationen hier früher unter einem Dach gelebt haben mussten.

«Sandra, die Tochter meiner Freundin. Die beiden wohnen hier auch.» Er ging zum Kühlschrank und holte sich eine Flasche Bier heraus. «Sie wahrscheinlich nicht. Kann ich Ihnen einen Kaffee machen?»

Gero und Paul schüttelten synchron die Köpfe. Gero wäre ebenfalls eher nach einem Bier gewesen.

«Nehmen Sie es mir bitte nicht übel, aber bevor wir in Ingers Räume gehen, hätte ich gerne noch Ihre Ausweise gesehen.» Er tat völlig unbeteiligt, als sei es die normalste Sache der Welt, Polizisten nach ihrer Legitimation zu fragen. Wie jemand, der es nicht das erste Mal mit der Polizei zu tun hatte und der seine Rechte genau kannte. Paul warf Gero einen Blick zu und zog seinen Dienstausweis hervor.

Ein flüchtiges Mustern schien dem Mann zu reichen. «Meinen wollen Sie dann sicher auch haben?» Er öffnete die Schublade einer großen Anrichte und kramte in einer Brieftasche. Schließlich legte er seinen Personalausweis auf den langen Gesindetisch, neben dem sie standen. «Florian Mischke, geboren 1970, vorbestraft.» Er fixierte Gero, während Paul sich Notizen machte. Ein süffisantes, fast amüsiertes Lächeln huschte über sein Gesicht. Er kannte die nächste Frage.

«Wegen?»

«Verstoß gegen das Betäubungsmittelgesetz, gewerblicher Handel mit Drogen, sexueller Kontakt zu einer Minderjährigen, schwere Körperverletzung. Suchen Sie sich was aus.»

Gero betrachtete Mischke eindringlich. Der Mann wirkte nicht wie ein gewaltbereiter Straftäter. Seine Statur war eher schmächtig und die Gesichtszüge weich, fast feminin. Ein rotblonder Typ mit auffällig dunklem Teint, der sich bei genauerer Betrachtung als Ansammlung unzähliger Sommersprossen herausstellte. Die wachen und freundlichen Augen blickten einen direkt an und standen im krassen Widerspruch zu seinem teilnahmslos und abgeklärt wirkenden Verhalten. Es schien, als wolle er ein Spiel spielen.

«Warum erzählen Sie uns das alles?»

«Sie kriegen's ja doch raus. Und so sparen wir uns einen weiteren Besuch, oder eine Vorladung. Ich hab übrigens alles abgesessen.» Florian Mischke sprach schnell und nuschelig.

«Mag sein. Es klingt aber eher so, als wenn das Kapitel für Sie damit noch längst nicht abgeschlossen ist.»

«Gut erkannt.» Mischke erhob den Zeigefinger, als wolle er sich gegen die Stirn tippen, schien von diesem Vorhaben dann aber doch Abstand zu nehmen. «Da kennt sich jemand aus in seinem Job. Ich sag's mal so: Wenn man im Knast gesessen hat, dann ist nichts mehr wie vorher. Sie sind nicht zufällig an einer persönlichen Übersetzung meiner Vergehen interessiert?»

«Nur heraus damit», meinte Dascher, der versuchte, die arrogante Tour von Mischke zu imitieren. Der Mann schien zwar mit allen Wassern gewaschen, aber Gero vermutete viel eher, dass sich Verbitterung hinter seinem Zynismus verbarg. Paul schien das anders zu sehen.

«Es mag so klingen, als wenn ich in meinem Leben alles falsch gemacht habe, was man so falsch machen kann. Und wenn Sie die Akten lesen, werden Sie wohl auch zu dem Schluss kommen, es mit einem gewöhnlichen Kriminellen zu tun zu haben. Ich bin ja schließlich auch rechtmäßig verurteilt worden. Dabei ist wohl das einzige Vergehen, das ich mir im Nachhinein vorwerfen kann, nicht die zwei Monate gewartet zu haben, bis meine damalige Freundin ihren sechzehnten Geburtstag gefeiert hatte. Ich achtzehn, sie fünfzehn, und ihr Vater erwischt uns im Bett – klassisch. Die Kondome hat er natürlich auch gefunden, und dann ist er mit der Mistforke auf mich los. So, wie man das eben auf dem Dorf macht. Tja, am nächsten Tag stand dann doch tatsächlich die Polizei bei uns vor der Tür und überreichte meiner verdutzten Mutter die Anzeige. Verführung einer Minderjährigen. Können Sie sich in etwa vorstellen, wie schnell so etwas in einem kleinen Kaff die Runde macht? Nun, damit nicht genug. Wenige Tage später fand man den Vater meiner Freundin mit gebrochenem Schädel und diversen Rippenbrüchen auf seinem Hof. Er hat's überlebt. Gott sei Dank, könnte man meinen. Für mich begann dadurch jedoch meine Knastkarriere, denn der Mistkerl behauptete boshaft, ich sei es gewesen, der ihn heimtückisch überfallen hätte. Ja, und dann waren da noch ein paar Töpfe mit Pflanzen, auf deren Anbau in diesem Land fast die

Todesstrafe steht. So sieht's aus. Das ist meine Variante der Geschichte.»

Gero verkniff sich einen Kommentar. «Ihr Vorstrafenregister interessiert uns übrigens überhaupt nicht.»

Mischke lächelte. «Noch nicht, wollten Sie sagen.»

«Deswegen sind wir jedenfalls nicht hier», ergänzte Paul Dascher.

«Ach ja, ich vergaß ... Sie sind ja wegen Inger Oswald hier. Ist er übrigens tot?» So, wie Mischke es aussprach, klangen seine Worte fast herzlos. Jegliches Gefühl blieb hinter einer undurchsichtigen Maske verborgen.

«Das wissen wir noch nicht.»

«Hat Herr Oswald vielleicht angedeutet, wo er hinwollte?», fragte Gero, während sie nach oben gingen.

Mischke schüttelte den Kopf. «Nein, so etwas fragen wir hier auch nicht. Ich bin ja keine neugierige Witwe, die ihre Untermieter aushorcht. Er hat seine Miete pünktlich bezahlt – mehr hat mich eigentlich nicht interessiert. Außerdem war der Inger häufiger mal ein paar Tage weg.»

«Sie nennen Oswald beim Vornamen. Das klingt für mich nicht danach, als wenn er hier nur irgendein Mieter gewesen ist.»

Mischke zuckte kurz, hielt den Blick aber vor sich auf den Boden gesenkt. Für einen Moment dachte Gero, seine Fassade beginne zu bröckeln, doch dann hatte er sich wieder unter Kontrolle. «Wir duzen uns hier alle im Haus.»

«Und Sie wissen wirklich nicht, was Oswald den Tag über gemacht hat, wenn er nicht zu Hause war?», fragte Paul.

«Er ist viel wandern gewesen», erklärte Mischke. «Und dann hat er wohl auch so Sachen für einen Heimatverein gemacht.» Seine Stimme war wieder ins Unbeteiligte verfallen.

Die Zimmertür war unverschlossen. Gero und Paul zogen sich Handschuhe über. «Kann hier jeder einfach rein?», fragte Paul zu Mischke gewandt. «Ich meine, die Haustür unten, ist die für gewöhnlich abgeschlossen?»

Mischke schüttelte den Kopf und blieb auf der Türschwelle stehen. Irgendetwas hielt ihn davon ab, das Zimmer zu betreten. «Nein, das ist hier nicht üblich, Häuser abzuschließen. Solange ich denken kann, sind die Häuser hier am Deich offen. Jedenfalls bei den Einheimischen.»

«Ist das Ihr Elternhaus?»

«Ja.» Mischke mimte immer noch den Emotionslosen.

«Was machen Sie beruflich?»

«Garten- und Landschaftsbau.»

«Ihr Garten ist mir vorhin schon aufgefallen», meinte Gero in der Hoffnung, das wortkarge Frage-und-Antwort-Spiel endlich durchbrechen zu können, aber er erntete nur einen weiteren Blick scheinbarer Gefühlskälte.

«Eine große Berufsauswahl hatte ich nicht. Es gibt nicht viele Ausbildungsbetriebe, die einen ehemaligen Knacki einstellen. Mir blieb nur die Wahl zwischen Landschaftsgärtner und Koch.» Für ihn waren die Schuldigen an seinem verkorksten Leben natürlich klar, und da standen Polizeibeamte in allererster Reihe. Was Gero unten gesehen hatte, sprach allerdings eine ganz andere Sprache. Der Garten war mit viel Liebe und Feingefühl arrangiert, und das setzte eine gestalterische Freude voraus, die man nicht hatte, wenn man seinen Beruf nicht auch mochte.

«Ist irgendwas mit Opa Inger?» Das junge Mädchen, das ihnen vorhin die Tür geöffnet hatte, musste ihnen unbemerkt gefolgt sein. Nun stand sie neben Mischke im Türrahmen und blickte ihn erwartungsvoll an.

«Nein ... das heißt, wir wissen es noch nicht.» Florian Mischke legte dem Mädchen behutsam eine Hand auf die Schulter. Seine Stimmlage hatte sich schlagartig gewandelt. «Die Herren sind von der Polizei. Man weiß noch nichts Genaues ... Lass uns mal alleine. Ich komme gleich zu dir nach unten.» Das Mädchen verharrte noch einen Augenblick und starrte Gero und Paul an, dann drehte sie sich abrupt um und sprang die Treppe nach unten.

«‹Opa Inger›?», fragte Paul.

«Ja, sie nennt ihn so. Als sie noch kleiner war, hat er ihr häufiger mal was vorgelesen. Seither ist er für sie immer Opa Inger gewesen.»

Das Zusammenleben hier im Haus war auf jeden Fall familiärer, als Mischke es ihnen gegenüber darstellte. Warum er in dieser Beziehung nicht die Wahrheit sagte, konnte Gero nur vermuten. Es war jedenfalls naheliegend, dass Mischke mehr über Oswald wusste, als er zugab. Inwieweit er relevante Informationen über Oswald zurückhielt, konnte Gero nicht beurteilen. Aber dass sie ihn nicht als kooperativen Partner gewinnen konnten, schien klar. Seine persönlichen Erfahrungen mit Polizei und Justiz mussten dem einen endgültigen Riegel vorgeschoben haben.

Geros Blicke durchkämmten den Raum, in dem sie

standen. Paul nahm bereits den großen Schreibtisch in der Mitte des Zimmers unter die Lupe. Am auffälligsten war, dass es keinen Computer gab. Zumindest stand kein Monitor auf der Tischplatte, wie es sonst in annähernd jedem Arbeitszimmer die Regel war. Anstelle von digitaler Technik breitete sich eine künstlerische Unordnung von Stiften, Farben, Federn und Malkästen aller Art auf dem Arbeitstisch aus. Beruf Graphiker, rief sich Gero ins Gedächtnis. Oswald hatte zu einer Generation gehört, für die digitale Arbeitstechniken noch keineswegs zum Alltag gehörten. Er blickte sich im Raum um. Die Wände auf der einen Seite waren voller Bücherregale, auf der anderen Seite hatte Oswald große Landkarten und Pläne angeheftet.

«Kinderbücher», meinte Dascher, der einige der Bücher vom Regal genommen hatte. «Er hat Kinderbücher illustriert. Hier: Der kleine Prinz, Illustrationen von Inger Oswald, Die kleine Schnecke ... Der schlaue Hanswurst ... Die kleine Wolke ... Scheint so, als habe er ausschließlich solche Sachen gemacht.»

Der Rest des Raumes war übersichtlich. Ein antikes Sofa, das nach Biedermeier aussah, aber bestimmt jüngeren Datums war, ein gläserner Beistelltisch im Bauhaus-Design, sicher kein Original, eine Tiffany-Leuchte und ein abgewetztes Kuhfell auf dem Boden. Gero warf einen Blick in das andere Zimmer. Ein schlichtes Kastenbett, ein Stuhl, ein moderner Kleiderschrank und einige kitschige Bilder an den Wänden. Vielleicht Erbstücke. Mehr hatte der Raum nicht zu bieten. Nirgendwo ein Hauch von Technik. Dass Oswald keinen eigenen Telefonanschluss hatte, wussten sie ja bereits, aber Gero entdeckte weder ein Radio noch einen Fernseher. Vielleicht gab es hier im Haus noch so eine Art Gemeinschaftsraum, in dem man beisammensitzen konnte. Mischke hatte ja erwähnt, dass die Küche von allen genutzt wurde. Mit den Waschräumen und einer Toilette wurde es wohl ebenso gehandhabt. Viel gab es hier jedenfalls nicht zu erkunden.

Paul hatte sich die Aktenordner vorgenommen, die auf den unteren Böden des Regals standen. Gero betrachtete die Karten an der gegenüberliegenden Wand: das Elbtal von Hamburg bis Boizenburg, dann im größeren Maßstab Ausschnittkarten von den Niederungen rund um Geesthacht, Tespe, Lauenburg sowie mehrere Karten, auf denen zwar Gebäude und Wege verzeichnet waren, die Gero jedoch keiner bestimmten Region zuzuordnen wusste. Auch die Beschriftungen waren kaum lesbar. Auf allen Karten hatte Oswald allerdings Markierungen in Form unterschiedlich farbiger Fähnchen und Nadeln gesetzt.

«Mitnehmen?», fragte Dascher und deutete auf die Pläne. Im gleichen Augenblick zog er sein iPhone aus der Tasche und machte mehrere Bilder von den Karten und Plänen. «Man kann ja nie wissen. Ein Adressverzeichnis oder etwas Ähnliches habe ich nicht gefunden. Dafür scheint mir das hier ganz interessant.» Er zeigte auf die Aktenordner. «Wie es aussieht, hat sich Oswald ganz intensiv mit den Leukämiefällen in der Elbmarsch beschäftigt. Jedenfalls hat er Zeitungsausschnitte und Berichte darüber gesammelt. Die anderen Ordner sind zu bestimmten historischen Themen angelegt. Alles aus alter Zeit. Wahrscheinlich steht das in Zusammenhang mit seiner Tätigkeit in diesem Geschichtsverein.»

«Wissen Sie, ob Inger Oswald ein Handy besessen hat?», fragte Gero in Richtung Tür, von wo aus Florian Mischke sie aufmerksam beobachtete.

«Bestimmt nicht», antwortete Mischke. «Inger hatte einen Groll auf moderne Technik. Hin und wieder hat er von unserem Hausanschluss aus telefoniert. Er hat dann jedes Mal vorher um Erlaubnis gefragt, auch wenn ich es ihm hundertmal gesagt habe, dass das kein Problem ist.»

«Und wie war es mit seiner Mobilität bestellt? Ich meine, wie ist er von hier weggekommen?» Ein Fahrzeug war auf Oswalds Namen jedenfalls nicht angemeldet. Das hatten sie bereits abgeklärt.

«Normalerweise ist er mit dem Fahrrad los. Meistens bis nach Echem. Von dort aus ist er mit der Bahn weiter. Ich weiß das nur, weil ich ihn hin und wieder mit dem Wagen mitgenommen habe. Im Winter hat er immer den Bus genommen.»

«Ist das Fahrrad hier?»

Mischke schüttelte den Kopf. «Nein, das steht bestimmt am Bahnhof. Wenn er es nicht mit in die Bahn genommen hat.»

«Gibt es irgendwelche Auffälligkeiten an dem Rad?», fragte Dascher.

«Ein altes Postrad», erwiderte Mischke. «Ohne Stange, gelb. Mit einem schwarzen Ledersattel. Am Rahmen sind mehrere Anti-Atomkraft-Aufkleber angebracht.»

«Wie sah es denn mit Besuchern aus? Hat er häufiger Gäste empfangen?»

«Nein. Er hat sehr zurückgezogen gelebt. Ich denke, er hat wohl nicht viele Freunde gehabt. Und wenn, dann sind sie jedenfalls nicht hierhergekommen. Den Winter über hat er sich regelrecht eingeigelt. Dann ist er tagelang nicht aus dem Zimmer gekomen, höchstens kurz in die Küche, um sich ein paar Stullen zu schmieren.»

«Aber Sie sagten doch vorhin, es sei häufiger vorgekommen, dass er für ein paar Tage weggefahren ist.»

«Ja, fast regelmäßig. Aber wohin er gefahren ist, kann ich Ihnen beim besten Willen nicht sagen. Vielleicht weiß Herr Klein etwas darüber.»

Von der Treppe her waren in diesem Moment Schritte zu vernehmen. Mischke drehte sich um. «Lothar, bist du das?»

Lothar Klein musste etwa Anfang fünfzig sein. Ein kleiner, rundlicher Typ mit raspelkurzen, grauen Haaren. Er war in Begleitung eines jungen Mannes, der sichtlich bemüht war, sich im Hintergrund zu halten. Nachdem Gero ihr Anliegen vorgebracht hatte, stellte Klein ihn als Dennis Dormann vor, einen Freund. Mischke schien ihn nicht zu kennen, jedenfalls wohnte er nicht im Haus. Lothar Klein wirkte bekümmert, als er hörte, dass Inger Oswald womöglich einem Verbrechen zum Opfer gefallen war. So, wie er ihn beschrieb, deckte sich das in etwa mit Mischkes Angaben. Ein merkwürdiger, etwas verschroben wirkender Kauz sei Oswald gewesen, der mit seinen Gedanken, so hatte man den Eindruck, ständig bei etwas ganz anderem gewesen sei. Immer freundlich, doch zugleich auch unnahbar. Nachdenklich und ernst, das charakterisiere ihn wohl am besten, meinte Klein.

Wie sich herausstellte, war er Psychologe, der zurzeit im Bereich der seelsorgerischen Betreuung für eine Hilfsorganisation arbeitete. Klein äußerte den Verdacht, dass in Oswalds Leben wohl etwas vorgefallen sein musste, das ihn nicht mehr losließ. Gesprochen habe er darüber aber nicht. Auch über seine derzeitigen Aktivitäten konnte Klein keine Auskunft geben. Man sei sich nicht so nahe gekommen, betonte er mit einem schweren Seufzer. Oswald habe beizeiten etwas schwermütig gewirkt, ob denn eventuell ein Suizid denkbar sei, fragte er, was Gero mit einem verneinenden Kopfschütteln beantwortete. Auf die Frage nach dem Aufenthaltsort seiner Frau meinte Klein nur, dass Oswald einmal erwähnt habe, sie sei Töpferin und lebe irgendwo im Wendland. Wo genau, wisse er aber nicht.

Nachdem sie Kleins Personalien notiert hatten, bedankte sich Gero für die Informationen, dann begannen sie, die Aktenordner und Pläne sowie alle Notizen und Unterlagen aus Oswalds Zimmer in den Kombi zu tragen. In Gedanken sah sich Gero bereits dabei, einen eigenen Raum im Kommissariat für die Sichtung und Auswertung einzurichten. Anhand der Sachen musste sich herausfinden lassen, womit Oswald sich in letzter Zeit beschäftigt hatte. Vielleicht gab es versteckte Hinweise auf bestimmte Personen, mit denen er Kontakt gehabt hatte. Für das Anrücken der Spurensicherung sah Gero im gegenwärtigen Stadium keine Veranlassung. Die Räume machten nicht den Eindruck, als wenn sie ein Unbefugter vor ihnen betreten hätte. Mit der Auswertung des Materials waren sie so oder so erst einmal eine Weile beschäftigt. Bei Bedarf konnte er Peter Schweim und seine Truppe immer noch hierherbeordern. Das Polizeisiegel an der Tür konnte er sich aber doch nicht verkneifen.

«Denkst du, was ich denke?», fragte Paul, während er den Wagen zum Bahnhof von Echem steuerte.

«Wahrscheinlich nicht», antwortete Gero, der sich gerade den Kopf darüber zerbrach, mit welchen Köstlichkeiten ihn Lena heute Abend überraschen würde. Mit Sicherheit hatte sie sich ein wahres Festessen einfallen lassen. Er musste unbedingt noch einen adäquaten Blumenstrauß organisieren. Wenigstens ein kleines Zeichen, dass er ihren Hochzeitstag nicht vergessen hatte. Schlimm genug, dass seine Gedanken durch einen Mordfall abgelenkt waren.

«Ich meine diesen Mischke. Nicht nur, wie sonderbar er sich uns gegenüber gebärdet hat, sondern auch sonst. Vorbestraft ... Landschaftsgärtner ... Die fahren gelegentlich doch auch Kiesgruben an, oder?»

«Das fiel mir auch sofort ein. Nun, du wirst den Mischke ja in jedem Fall durchleuchten. Bei dem Vorstrafenregister ein Kinderspiel. Bei mir auf dem Zettel stehen jetzt erst mal zwei Dinge: Erstens, Oswalds Frau ausfindig machen, und dann dieser Geesthachter Geschichtsverein, für den er gearbeitet hat. Wenn die sich nicht schon gemeldet haben.»

«Die Frau übernehme ich», erklärte Paul. «Hannah Oswald, Töpferin. So groß ist das Wendland ja nicht. Wäre doch gelacht, wenn sich da nichts im Internet finden ließe. Ich mach mich noch heute Abend dran.»

«Überstunden hast du eigentlich schon genug.»

Paul blickte zur Uhr. «Das kann ich auch von zu Hause aus machen. Hatte eh nichts anderes vor. – So, da wären wir. Großstadtbahnhof Echem. Sogar eine Bahnhofstraße gibt es.»

Die Fahrradständer hinter dem Empfangsgebäude waren alle belegt. Meist mit alten Drahteseln, die keinen besonderen Reiz auf Langfinger ausübten. Bei den wenigen hochwertigeren Gefährten hatten die Besitzer sicherheitshalber die Sättel mitgenommen. Ein gelbes Postrad war nicht darunter. Auch in der näheren Umgebung wurden sie nicht fündig. Dafür entdeckte Gero ein Blumengeschäft. Zwanzig rote Rosen sollten es tun. Für jedes Jahr eine.

«Hast du was ausgefressen?», feixte Paul, als Gero die Rosen auf die Rückbank legte.

«Vor zwanzig Jahren, ja. Komm also nicht auf die Idee, heute Abend anzurufen, wenn du fündig geworden bist.»

KAPITEL 8

Gero hatte es vermieden, berufliche Dinge auch nur ansatzweise zu thematisieren, dennoch waren seine Gedanken während des Abends immer wieder bei der Arbeit. Er bekam den Kopf einfach nicht frei. Natürlich hatte ihm Lena seine Anspannung angesehen.

Es war einfach so. Bei einem Tötungsdelikt erwachte der Trieb, den Täter nicht in Ruhe zu lassen. Es war wie ein Beutezug, auf dem man ein angeschossenes Tier verfolgte. Ein Täter wusste, dass man hinter ihm her war. Ob man schon eine Spur hatte und wie dicht man bereits an ihm dran war, das wusste er allerdings nicht. Es galt also, die Augen in alle möglichen Richtungen offen zu halten und keinen noch so winzigen Hinweis zu übersehen, denn je weniger man wusste – und sie wussten so gut wie nichts –, umso konzentrierter musste man bei der Sache sein.

Die wenigen Informationen, die sie hatten, machten Gero fast verrückt. Es fehlte einfach der entscheidende Hinweis, in welche Richtung sie ihre Recherchen auszudehnen hatten. Schon ein winziger Anhaltspunkt hätte seinen Gedanken eine Ordnung verliehen, aber er hatte nichts dergleichen. Selbst die kulinarischen Köstlichkeiten, die Lena auf den Tisch gezaubert hatte, vermochten die unbefriedigende Leere in seinem Kopf nur übergangsweise auszublenden.

Als Vorspeise hatte Lena Mangos und Büffelmozzarella mit Basilikum und Balsamico-Senf aufgetischt. Dazu gab es einen hellroten Pinot Noir aus dem Elsass, dessen herbe Fruchtigkeit Gero das erste Lächeln des Abends entlocken konnte. Zumindest sein Geschmackssinn funktionierte einwandfrei. Das Menü fand seine Fortsetzung mit einem geradezu perfekten Arrangement aus zarten Lammfilets und mit Rosmarin gebratenen Artischockenherzen, die Lena auf einem Kohlrabi-Püree angerichtet hatte. Dazu Geros derzeitiger Lieblingswein, ein gehaltvoller 92er Vacqueyras, von dem noch ein letzter Karton im Keller lagern musste. Bevor Gero zwischen den Gängen in seine grüblerische Lethargie hätte zurückfallen können, schob Lena noch schnell eine Käseplatte mit ausgesuchten Rohmilchköstlichkeiten hinterher. Käsesorten, die man in der Lauenburger Tiefebene in dieser Qualität nur bei Kratzmann bekam. Reifegrad und passgenaue Harmonie mit den erdigen Tanninen des Vacqueyras führten den beiden den längst überfälligen Frankreich-Trip vor Augen, womit ein Thema mit einvernehmlichen Ansichten für den Abend gefunden war. Bis spät in die Nacht träumten sie gemeinsam von Rhône, Loire und Languedoc, begleitet schließlich von einem bernsteinfarbenen, hölzernen Armagnac, und erst als die Flasche bis auf den letzten Tropfen geleert war, zogen sie sich deutlich beschwipst zur Neuauflage einer in die Jahre gekommenen Nacht zurück.

Um den Restalkohol machte sich Gero weniger Sorgen, als er tags darauf durch den Flur des Kommissariats ging. Vielmehr war es die Müdigkeit, die ihm zu schaffen machte. Es war ihm sicher anzusehen, dass er kaum Schlaf gehabt hatte. Wie jeden Morgen steckte er kurz den Kopf durch die Türen der angrenzenden Zimmer, teilte seine Anwesenheit mit einem knappen «Moin allerseits» mit und bat zur Lagebesprechung.

Das Team war vollzählig – und es gab Neuigkeiten. Paul Dascher hatte Oswalds Frau so gut wie ausfindig gemacht. Zwar kannte er ihren genauen Wohnort nicht, aber die Töpferin Hannah Oswald hatte eine Ausstellung in einem Kulturladen in Hitzacker. Es sollte demnach nicht schwierig sein, ihren Aufenthaltsort herauszubekommen. Matthias war dabei, die Protokollzettel des Kieswerks nach dem Kennzeichen von Mischkes Transporter zu durchforsten. Bislang ergebnislos. Dafür hatte der Computer über Florian Mischke eine ganze Liste an Informationen ausgespuckt. Das Register war deutlich umfangreicher, als Mischke ihnen erzählt hatte. Vor allem mit Rauschmitteln schien er ein dauerhaftes Problem zu haben. Immer wieder war er mit dem Betäubungsmittelgesetz in Konflikt geraten. Zuletzt vor vier Jahren wegen illegalen Betriebs einer Cannabis-Plantage. Seither lag nichts mehr gegen ihn vor, zumindest nicht aus strafrechtlicher Perspektive. Eine aktuelle Gerichtsakte war dennoch verzeichnet. Sie betraf eine Zwangsversteigerung, die sich über nunmehr drei Jahre hinzog. Demnach musste Mischke hoch verschuldet sein. Aber aus einer Privatinsolvenz ließ sich kein Grund ableiten, seinen Untermieter umzubringen. Nur der Vollständigkeit halber beschloss Gero, trotzdem Akteneinsicht zu dem laufenden Verfahren zu beantragen.

Danach ging es um die Sichtung der Unterlagen von Oswald. Das Material ließ sich in drei Kategorien unterteilen. Zum einen gab es eine umfangreiche Materialsammlung zum sogenannten Leukämie-Cluster in der Elbmarsch, darunter diverse Berichte von Untersuchungskommissionen, Aktenordner mit Zeitungsberichten und einen ausgedehnten Schriftverkehr mit teils von Hand geschriebenen Briefen. Auf der anderen Seite gab es einen kaum geringeren Berg von Unterlagen zu historischen Geschehnissen um die alten Sprengstofffabriken in Geesthacht. Hierzu gehörte auch ein Wust von Karten und Plänen, auf denen bestimmte Punkte farbig markiert, Wegstrecken und Grundstücksgrenzen eingezeichnet sowie Gebäude mit Nummern versehen waren. Sehr wahrscheinlich stand dieses Material im Zusammenhang mit den historischen Spaziergängen, die Oswald für diesen Geesthachter Geschichtsverein durchgeführt hatte.

Paul bekam den Auftrag, Kontakt mit dem Verein aufzunehmen. Eine Adresse hatten sie inzwischen, aber telefonisch war niemand zu erreichen. Nach wie vor lief dort nur ein Anrufbeantworter. Bis sie wussten, was genau Oswald in dem Verein gemacht hatte, sollte das Material vorerst unangetastet bleiben. Gero selbst wollte den Besuch bei Hannah Oswald übernehmen. Hitzacker lag nur dreißig Kilometer hinter Bleckede, und am Schreibtisch wäre er heute vermutlich nach kurzer Zeit eingeschlafen.

Er wählte die Strecke, die sie bereits gestern gefahren waren. Von Bleckede aus verlief die südliche Elbuferstraße über Neu-Darchau annähernd parallel zum Elbstrom. Aufs Navi brauchte Gero nicht zu achten, denn die Strecke war seit einiger Zeit als touristische Route ausgeschildert. Von der Elbe war trotzdem fast nichts zu sehen. Umgeben von einem schattigen Wald, schlängelte sich die Straße den südlichen Elbhang mit Steigungen empor, die Gero hier nicht erwartet hätte. Es war eine Region, die er noch nie bewusst wahrgenommen hatte. Dabei war es eine durchaus reizvolle Gegend. Der stete Wechsel von Elbhöhen und Elbtalauen stand im augenscheinlichen Kontrast zum flachen Geestvorland des nördlichen Flussufers. Auch über Hitzacker selbst wusste Gero nur wenig. Allein durch den Umstand, dass die Stadt bei den bedrohlichen Hochwasserständen der letzten Jahre ständig gefährdet gewesen war und entsprechend oft Notstandsberichte und Bilder durch die Medien gegangen waren, hatte er ein ungefähres Bild vor Augen.

Gero parkte den Wagen auf einem der gekennzeichneten Parkplätze hinter der Stadtinsel, der vor allem von auswärtigen Bussen genutzt wurde. Die Stadt schien vom Tourismus und Fremdenverkehr zu leben. Auf dem Fußweg zum Markt begegneten ihm mehrere Reisegruppen, deren Teilnehmer schon von weitem am einheitlichen Survival-Outfit mobiler Mittelstandsrentner zu erkennen waren. Die Herren in khakifarbenen und mit Taschen übersäten Tchibo-Westen, einer Trekkinghose und einer digitalen Knipsmaschine am Hals, über deren Markenzugehörigkeit der riesige Schriftzug auf den breiten Umhängeriemen Auskunft gab, die Damen entweder in farblosen Kniebundhosen mit elastischem Bündchen oder aber in bequemen Kastenröcken, weitgeschnittenen Blusen und leichten Blazern, deren farbliches Spektrum irgendwo zwischen gedecktem Aprikot, Lavendel-Lila und Veilchenblau angesiedelt war. Rollatoren und Wanderstöcke suchte man vergebens. Passend zur Lebensabend-Safari trugen Männlein wie Weiblein geschlechtsneutrale, dafür Komfort versprechende Gesundheitsschuhe im Kartoffel-Design.

Gero überquerte den Markt mit seinen alten Fachwerkhäusern, schlängelte sich zwischen Tischen und Stühlen hindurch, welche die ansässigen Cafés und Eislokale bis an die Bordsteine heran aufgestellt hatten, und betrat die Galerie Dreizehn, ein Geschäft, das den Auslagen im Schaufenster und dem Schild über dem Eingang nach «Kunst und mehr» versprach. Das Mehr bezog sich in erster Linie auf touristisch ausgerichteten Nippes, Andenken kunstgewerblicher Prägung sowie einen kleinen Tresen, an dem man diverse Tee- und Kaffeesorten erstehen konnte. In der hinteren Ecke des mit restaurierten Bauernmöbeln ausgestatteten Raums gab es eine kleine Sitzecke.

Auf hölzernen Sockeln, Konsolen und Regalen standen die Werke von Hannah Oswald. Teller, Kannen und Vasen, in mattem Schwarz gebrannte Töpferwaren, die nach Geros Empfinden irgendwo zwischen Gebrauchsgegenstand und künstlerischer Plastik angesiedelt waren. Allen Werken war eine zum Rand hin lavaartige Kruste eigen, die wie ein Geschwür aus dem sonst glatten Material herauswuchs. Mit Sicherheit nicht spülmaschinentauglich, dachte Gero sich und strich mit dem Finger über ein vasenartiges Gefäß in einer gläsernen Vitrine. Die Oberfläche fühlte sich merkwürdig an, seidig rau, als wenn seine Haut von unzählig kleinen Widerhäkchen gebremst würde. Er konnte nicht sagen, ob er das Gefühl angenehm oder unangenehm fand. Interessant war es allemal.

«Gerade diese Vase ist leider unverkäuflich», meinte die junge Frau, die sich neben ihn gestellt hatte und Gero aufmerksam musterte. «Vielleicht sind Sie aber an einem anderen Stück interessiert?» Sie reichte ihm eine Preisliste der ausgestellten Werke.

«Wissen Sie, ob die Künstlerin auch Auftragsarbeiten annimmt?», fragte Gero.

«Ich kann gerne einen Kontakt herstellen», erwiderte die Frau mit einem Lächeln.

«Ich bin leider nur heute in der Gegend.»

Die Frau zögerte einen Moment, dann ging sie zum Tresen, kramte in einer Schublade und reichte Gero ein Faltblatt. «Es ist nur ein paar Dörfer weiter», meinte sie. «Aber ich kann Ihnen natürlich nicht versprechen, dass sie zu Hause ist.»

Jameln lag etwa zehn Kilometer in südlicher Richtung. Ein sehenswertes Rundlingsdorf hinter Dannenberg, malerisch gelegen mit einer Vielzahl alter Katen und

Höfe, die sich kreisförmig um einen zentralen Anger gruppierten. Eine Künstlerkolonie, wie sich herausstellte, nachdem Gero ein paar Meter gelaufen war. Der Hof, auf dem Hannah Oswald wohnte und arbeitete, war sogar mehr noch eine Art Kommune. Maler, Bildhauer, Holzschnitzer, eine ganze Gruppe sogenannter Aussteiger mit künstlerischer Neigung schien sich hier unter einem Dach versammelt zu haben. Gero fühlte sich sofort an die Hippie-Zeit der siebziger Jahre mit ihren alternativen Lebensgemeinschaften erinnert. Woodstock, Joan Baez und Arlo Guthrie gingen ihm durch den Kopf, Filme mit Keith Carradine und marihuanageschwängerte Nächte mit endlosen Politdebatten und Selbsterfahrungstrips nach Poona. Gero hatte den Geruch von Patschuli in der Nase. Damals war es der Vietnamkrieg gewesen, der diese Menschen geeint hatte, heute waren es anscheinend die Castor-Transporte und das geplante Atommüll-Endlager im Nachbarort Gorleben. Das jedenfalls ging aus den vielen Plakaten und Bildern hervor, die einem sofort ins Auge stachen, wenn man sich umsah. Der Unterschied zu damals lag darin, dass es hier keine jungen Leute waren, die gegen die Spießigkeit ihrer Elterngeneration aufbegehrten, sondern selbst eine Generation von Eltern. Die meisten der Bewohner hatten die vierzig bereits weit überschritten.

Hannah Oswald war eine von ihnen. Sie mochte Ende vierzig sein, eine kraftvolle Person mit einer Mähne aus hennarot gefärbtem Haar und einem üppigen Busen. Sie empfing ihn barfuß in einem bunt bedruckten Wallekleid. Um den Hals trug sie eine Kette aus hölzernen Kugeln. Ihr Gesicht war ungeschminkt und mit tiefen

Falten durchzogen. Gero hatte noch nie zuvor in so traurige Augen geschaut. Ein Blick reichte, um zu sehen, dass sie ahnte, warum er hier war. Er brauchte sich nicht auszuweisen. Nicht dass Gero wie ein typischer Kriminalbeamter aussah, aber irgendetwas verriet ihm, dass diese Frau eine solche Situation geradezu erwartet hatte.

«Wie kommen Sie darauf?», fragte Gero vorsichtig, nachdem sie ihn gefragt hatte, ob etwas mit ihrem Mann geschehen sei.

Hannah Oswald wirkte teilnahmslos. Eine Aura der Gleichgültigkeit schien sie zu umgeben. «Weil er dort immer hinwollte. Er hat nur darauf hingelebt. Es war das Einzige, was ihn getrieben hat.»

Sie sprach in Rätseln, aber Gero ließ sie gewähren und öffnete sein gedankliches Notizbuch. Es war noch nicht Zeit, konkrete Fragen zu stellen. So, wie es aussah, wollte Hannah Oswald nicht einmal eine Bestätigung auf die gestellte Frage. Sie wusste, dass ihr Mann tot war. Auch das Wie oder Wann schien sie nicht zu interessieren.

«Es war nur eine Frage der Zeit.» Ihre Miene schien wie versteinert. «Und jetzt hat er mich ganz allein gelassen.»

«Einen Suizid können wir ausschließen.»

«Nein, Sie verstehen mich falsch. Inger war nicht der Mensch, der sich umbringt. Seelisch betrachtet war er längst tot.»

Es schien sie nicht im Geringsten zu interessieren, wie Inger Oswald ums Leben gekommen war. In der Regel war es die erste Frage, die von Angehörigen gestellt wurde. Aber diese Frau war alles andere, nur nicht der Normalfall. Es war keine Gefühlskälte, die sie ausstrahlte. Vielmehr schien sie sich innerlich an irgendetwas zu klammern, um nicht die Kontrolle über sich zu verlieren.

Gero hatte schon viele ähnliche Situationen erlebt, aber das Verhalten von Hannah Oswald war ihm trotzdem nicht geheuer. So selbstbewusst, dem Anschein nach unnahbar, und dennoch weder abweisend noch unhöflich. So, als dürfe sie nichts und niemanden an sich heranlassen. Sicher gab es einen Anlass für dieses teilnahmslose Gebaren, und Gero vermutete, dass hierin auch der Grund dafür verborgen liegen musste, warum Hannah Oswald von ihrem Mann getrennt gelebt hatte.

«Es klingt für mich, als hätten Sie Ihren Mann nicht sonderlich geliebt?»

«Was wissen Sie schon.» Ihr seelenwunder Blick traf ihn wie eine Anklage. «Wir waren uns näher als viele andere. Ich würde ihn auch jetzt noch lieben, wenn ich noch lieben könnte. Aber gemeinsam ging es nicht mehr. Wir haben die Hölle auf Erden durchgemacht. Die Trennung war das Einzige, was uns am Leben hat halten können.»

Sie ging wortlos in ein Nebenzimmer und kam nach einigen Sekunden mit einem kleinen gerahmten Bild zurück, das sie vor ihm auf den Tisch legte. Gleichzeitig bedeutete sie Gero, Platz zu nehmen.

«Unsere Tochter Maja», sagte sie mit versteinerter Miene. «Sie starb vor zehn Jahren. An Leukämie.»

Gero betrachtete das Bild. Es zeigte ein junges Mädchen, dessen genaues Alter kaum zu schätzen war. Ein ausgemergeltes Gesicht mit scharfen, kantigen Zügen. Irgendwo zwischen Kind und jugendlicher Frau. Um den Kopf hatte sie ein dünnes Tuch geknotet. Ihre Augen strahlten die gleiche Traurigkeit aus, die Gero im Blick ihrer Mutter sah. Es machte den Eindruck, als lebte der Blick in Hannah Oswald weiter. Irgendwo zwischen Geduld und Resignation.

«Inger hat ihren Tod niemals verarbeiten können», sagte sie schließlich. «Und jetzt ist er bei ihr. Es war sein heimliches Streben.»

Hannah Oswald stand unvermittelt auf, nahm das Bild und brachte es dahin zurück, wo sie es hergeholt hatte. «Nehmen Sie einen Tee?», fragte sie. «Ich hatte gerade einen aufgesetzt.»

Gero nickte, sagte aber kein Wort. Seine Gedanken waren bei Inger Oswald und dem letzten Satz der Frau. Es klang, als hätte Oswald auf seinen Tod hingearbeitet.

«Wir hätten beide unser Leben für sie gegeben», sagte Hannah Oswald, während sie den Tee einschenkte. «Aber es gab keine Möglichkeit. Ihr siechender Tod, ihr qualvolles Sterben hat uns entmenschlicht. Wissen Sie, was eine Chemotherapie bedeutet? Ja, natürlich, werden Sie sagen. Aber es ist nicht so. Das kann man sich nicht vorstellen. Ein kleiner Erfolg, ein Fünkchen Hoffnung … Maja war stark, sie hat leben wollen. Doch ihr Körper war stärker. Dreimal hat sie es ertragen. Doch es war hoffnungslos.»

Sie rührte gedankenverloren in ihrer Tasse. «Ob Sie es glauben oder nicht. Ich kann seit dieser Zeit nicht mehr weinen. Es ist so, als ob ich all die mir zur Verfügung stehende Trauer verbraucht hätte. Fast wäre ich selbst daran zugrunde gegangen. Es gab nur die Möglichkeit der Trennung. Jeder Blick auf Inger, jeder Satz, jeder Moment hat mich an Majas Siechtum erinnert.»

«Sie haben nicht mit ihm zusammengelebt. Warum blieben Sie dort gemeldet?

«Es war keine einvernehmliche Trennung. Inger wollte, dass ich bleibe. Aber es ging nicht. Letztendlich musste er es akzeptieren. Er ist dann irgendwann nach Bleckede gezogen. Seither hat er sich um alles gekümmert, mit dem ich nichts mehr zu tun haben wollte. Dazu gehörte auch der Kontakt zu Behörden und Ämtern. Ich konnte es nicht einmal mehr ertragen, zum Briefkasten zu gehen. Es war die Ungewissheit, was es an neuen Hiobsbotschaften geben könnte. Jeder Briefumschlag barg für mich Ängste. Ich wollte nur meine Ruhe. Hier habe ich sie gefunden. Es interessiert mich nicht mehr. Sie mögen mich für herzlos halten. Aber ich habe mit der Vergangenheit abgeschlossen. Endgültig.»

«Ich halte Sie nicht für herzlos. Und ich maße mir auch nicht an, Ihr Verhalten in irgendeiner Form zu verurteilen. Sie haben schmerzhafte Zeiten mitgemacht. Es steht mir nicht zu, das zu kommentieren. Jeder geht seinen eigenen Weg, um Frieden zu finden. Sie haben sich für diesen Weg entschieden.»

«Die Zukunft ist alles, was zählt. Die Zukunft der nächsten Generationen. Dafür setze ich mich ein. Und glauben Sie mir, es lohnt sich.»

Eine Siamkatze, die schon eine ganze Weile um sie herumgeschlichen war, machte Anstalten, auf ihren Schoß zu springen. Unentschlossen wechselte ihr Körper zwischen angespannter Sprungbereitschaft und schmeichlerischer Demut hin und her. Schließlich nahm sie von ihrem Vorhaben Abstand und gab sich damit zufrieden, sich mit aufgestelltem Schwanz an den Stuhlbeinen zu reiben. Hin und wieder glitt Hannah Oswalds Hand hinunter und kraulte das Tier am Kopf.

«Mein Beruf erlaubt es mir leider nicht, die Toten und die Vergangenheit ruhen zu lassen. Ganz im Gegenteil. Und wie Sie sich vorstellen können, habe ich viele Fragen.»

Hannah Oswald machte einen schweren Atemzug. «Deswegen sind Sie gekommen. Fragen Sie.»

«Zuerst würde mich interessieren, ob es für jemanden einen Grund gegeben haben könnte, Ihren Mann zu töten.» Da Hannah Oswald immer noch keine Anstalten machte, nach den Todesumständen ihres Mannes zu fragen, konfrontierte Gero sie direkt mit dem Sachverhalt. «Er wurde übrigens erschossen. Sehr wahrscheinlich aus nächster Nähe mit einer alten Wehrmachtswaffe.»

«Natürlich wird jemand einen Grund gehabt haben, sonst wäre er ja nicht tot.» Ihr Gesicht zeigte keinerlei Regung. «Bei seinen Recherchen wird er jemandem auf die Füße getreten sein.»

«Was hat er denn recherchiert?»

«Was er gemacht hat? Er war auf der Suche.»

«Wonach?»

Hannah Oswald schenkte ungefragt Tee nach. «Das Einzige, was ihn interessiert hat, war, einen Verantwortlichen für den Tod unserer Tochter zu finden. Nichts anderes hat ihn am Leben gehalten.»

«Ihre Tochter starb an Krebs, wenn ich das richtig verstanden habe.»

Sie nickte. «An Leukämie, ja. Eine tückische, eine teuflische Krankheit.»

«Wie kann man jemanden dafür verantwortlich machen?»

«Für die Öffentlichkeit wurde ihr Tod zu Fall Nummer fünf. Das fünfte Opfer innerhalb weniger Jahre. Haben Sie schon mal vom Leukämie-Cluster in der Elbmarsch gehört? Wir wohnten damals in Tespe. Quasi schräg gegenüber von Krümmel.»

Das Wort Krümmel traf Gero wie ein Blitz. Schlagartig wurde ihm bewusst, welche Bedeutung das Material hatte, das sie bei Oswald gefunden hatten, die ganzen Karten und Pläne, Briefe und Zeitungsausschnitte. Auf einmal passte alles zusammen. Natürlich hatte er die Geschehnisse in der Elbmarsch in den Medien verfolgt. So langsam begriff er, was die Oswalds durchgemacht haben mussten. Sensationslüsterne Fernsehteams, Reporter … Jeder wollte natürlich ein Schnittchen von der Torte abhaben.

«Womit hat Ihr Mann sich in diesem Zusammenhang genau beschäftigt?»

Hannah Oswald schaute ihn gequält an. «Das kann ich Ihnen nicht sagen. Aber vor einer knappen Woche rief er mich an und sagte, er wäre den Verantwortlichen für Majas Tod nun endlich auf der Spur. Ich sagte ihm, ich wisse nicht, wovon er rede.»

«Was hat Ihr Mann genau zu Ihnen gesagt?», fragte Gero.

«Ich weiß es nicht mehr wortwörtlich, aber sinngemäß klang es so, als wenn alles ganz anders sei, als bisher angenommen.»

«Was nahmen Sie denn an?»

«Nicht ich!» Sie schüttelte demonstrativ den Kopf.

«Er nahm es an! Es gab so viele Theorien, so viele Vermutungen. Die Nähe zum Kernkraftwerk, dauerhafte Strahlenbelastung, ein vertuschter Unfall ... Es wurden Kommissionen eingesetzt, die das untersuchen sollten. Namhafte Wissenschaftler haben Berichte und Dutzende von Gutachten und Erklärungen geschrieben. Und auf jedes Gutachten folgte ein Gegengutachten. Die Wissenschaftler warfen sich gegenseitig Befangenheit vor, und immer dann, wenn Untersuchungsergebnisse zu einem sehr wahrscheinlichen Verdacht führten, dann waren zufällig genau die Unterlagen und Protokolle verschwunden oder verbrannt, die diesen Verdacht hätten bestätigen können. So ging es immer weiter.»

Ein bitteres Lächeln umspielte ihren Mund. «Die Angelegenheit ist längst zu einem Politikum geworden. An einer neutralen Aufklärung ist deshalb niemand mehr interessiert, jedenfalls nicht von offizieller Seite oder von den Verantwortlichen. Wie lautet doch die Devise? Es kann nicht sein, was nicht sein darf.»

«Nur Ihr Mann hat sich damit nie abfinden können», konstatierte Gero.

«Richtig. Er und eine Handvoll Betroffener, die vor Jahren schon eine Bürgerinitiative ins Leben gerufen haben und hartnäckig um Aufklärung bemüht sind. Nur dafür hat er gelebt. Für nichts anderes.»

«Und sehr wahrscheinlich ist er fündig geworden.»

«Vielleicht.»

Sie blickte fast schuldbewusst auf den Boden. «Wenn ich ihm Gehör geschenkt hätte, dann ... Aber ich habe es nicht getan. Ich will mich damit nicht mehr beschäftigen. Ich kann es nicht.» Es klang fast wie ein Flehen.

Natürlich wusste Hannah Oswald, dass die Vergangenheit sie eingeholt hatte. Aber sie wehrte sich verzweifelt gegen diese Erkenntnis. «Und selbst wenn. Was hätte er dadurch erreicht? Den Tod unseres Kindes hätte es nicht ungeschehen gemacht.»

Sie schaute durch Gero hindurch, war auf der Suche nach etwas, das ihr Halt gab. Das nervöse Zucken ihrer Mundwinkel verriet ihre Anspannung. Sie nahm die Teetasse und führte sie zum Mund, als wolle sie ihr Gesicht dahinter verbergen. Ihre Hände zitterten stark, und es passierte, was passieren musste. Die filigrane Tasse entglitt ihren Händen und zersprang auf dem Tisch. Im gleichen Augenblick sprang die Katze flüchtend ins Freie. Hannah Oswald starrte für einen Moment entsetzt auf den Tisch, dann erhob sie sich und ging wortlos aus der Diele.

Es dauerte einige Minuten, bis sie mit einem Eimer und einem Lappen zurückkam. Gero hatte hören können, dass sie mit jemandem sprach, aber derjenige ließ sich nicht blicken. Vorsichtig sammelte Hannah Oswald die Scherben auf.

«Was zählt, ist einzig die Zukunft», wiederholte sie, während sie den verschütteten Tee aufwischte. Es klang, als hätte sie diesen Satz von einem Therapeuten gelernt. Sie vermied es, Gero in die Augen zu schauen. An ihren schweren Atemzügen war zu erkennen, wie sehr sie mit sich und ihren Emotionen kämpfte. «Was auch immer in der Elbmarsch geschehen ist, es darf sich nicht wiederholen. Wir müssen mahnen – und gegen das demonstrieren, was noch alles geplant wird. Dafür müssen wir unsere Energie aufbringen.»

«Und mein Auftrag ist es, einen Mord aufzuklären», sagte Gero.

Hannah Oswald tat, als habe sie Geros Bemerkung gar nicht wahrgenommen. «Nur wenige Kilometer von hier soll ein Atommüll-Endlager entstehen, von dem die Befürworter gegenwärtig behaupten, alles sei sicher. So sicher wie Atomkraftwerke. Was, wenn es in ein paar Jahren dort den nächsten Leukämie-Cluster gibt? Was, wenn Grundwasser radioaktiv verseucht wird? Das sind die Dinge, die mich beschäftigen, für die es lohnt, aktiv zu sein. Wir sehen doch, was in der Asse passiert. Als man den Müll dort reingekippt hat, dachte man auch, dass alles sicher ist. Und nun? Wir stehen kurz vor der Katastrophe. Die Verantwortlichen von damals, so man sie denn überhaupt noch findet, werden sich bestimmt auf irgendwelche Gutachten berufen, von denen die eine Hälfte mit Sicherheit verschollen ist oder zufällig durch einen Brand vernichtet wurde.»

Gero versuchte, sich auf das zu konzentrieren, was seine Aufgabe war. Das bisherige Gespräch war gekennzeichnet durch Rücksichtnahme. Rücksicht auf eine verletzte Seele, die aus dem Gleichgewicht gekommen war; ein Mediziner hätte das Ganze wahrscheinlich als schweres Trauma bezeichnet. Hannah Oswald klammerte sich wie eine Ertrinkende an einen Halm, der ihre Psyche über Wasser hielt, ihr selbst als Daseinsberechtigung diente. «Ihr Engagement in allen Ehren – mich interessiert, womit sich Ihr Mann in letzter Zeit befasst hat. Mit wem traf er sich?»

Die sachliche Strenge, mit der er seinen Tonfall unterlegt hatte, zeigte schließlich Wirkung. Was folgte, war eine nüchterne Zeugenbefragung, ein erzwungenes Frage-und-Antwort-Spiel, wie Gero es Dutzende Male im Vernehmungszimmer des Kommissariats geführt hatte. Es waren klare Fragen, auf die er eindeutige Antworten erhielt. Nicht mehr und nicht weniger. Detaillierte Angaben zu Dingen, mit denen sich ihr Mann aktuell beschäftigt hatte, konnte sie nicht machen. Auch auf mehrfache Nachfrage nicht. Entweder hatte sie diese Dinge ausgeblendet oder wirklich nie erfahren. Dafür erhielt Gero zwei Adressen. Zum einen die Kontaktadresse der Bürgerinitiative in der Elbmarsch, zum anderen die Anschrift von Oswalds Mutter, die in einem Altenheim in Mölln lebte. Weitere Verwandte gab es offenbar nicht. Ihr genaues Alter kannte Hannah Oswald nicht, und sie hatte auch schon seit langem keinen Kontakt mehr zu der alten Dame, aber Martha Oswald musste bestimmt auf die neunzig zugehen.

Die traurigen Augen von Hannah Oswald verfolgten Gero während der gesamten Rückfahrt. Er sah sie vor sich, ein menschliches Wrack, dessen Psyche nur durch die vollständige Abkehr von der Vergangenheit stabil blieb. Es gelang Gero nicht, sich von der Vorstellung zu befreien, was der Tod eines Kindes für menschliches Leid mit sich bringen konnte. Wahrscheinlich waren die Oswalds einmal eine glückliche Familie gewesen. So wie er selbst. Er wehrte sich vergeblich dagegen, ein solches Schicksal auf seine eigene Familie zu übertragen. Die Gedanken kamen ganz automatisch. Als auf Max' selbstgebrannter CD «Blowin' in the Wind» ertönte, standen ihm die Tränen in den Augen. Fast eine Stunde verbrachte er auf einem einsamen Waldparkplatz, um seine Gedanken zu ordnen.

Nach drei Zigaretten zwang er sich, seinen Fragenkatalog in ein taktisches Arbeitspapier umzuformulieren. Nur so konnten sie weiterkommen. An erster Stelle stand das Material, das sie bei Oswald gefunden hatten. Sie mussten den Weg von Oswald rückwärts aufrollen. Anders war nicht in Erfahrung zu bringen, wen er im Visier gehabt hatte. Und dass er jemanden gefunden hatte, jemand Wichtigen, stand für Gero außer Frage. Parallel dazu mussten sie den Kontakt zu der Bürgerinitiative herstellen. Den Angaben seiner Frau nach hatte er in der Gruppe so etwas wie die Rolle der grauen Eminenz unter den Aktivisten innegehabt. Vielleicht hatte sich Oswald dort mit jemandem ausgetauscht. Und dann wurde es endlich Zeit, dass sie Kontakt zu diesem Geesthachter Geschichtsverein bekamen.

Nachdem er mehrmals versucht hatte, Paul Dascher auf dem Handy zu erreichen, beschloss Gero, die Angelegenheit selbst in die Hand zu nehmen. Die Adresse des Geschichtsvereins war ihm bekannt, und der Umweg über Geesthacht war von Lauenburg aus nur ein unbedeutender Schlenker. Auf diesem Wege konnte er auch seiner Mutter den längst überfälligen Besuch abstatten.

Die uniformierten Kollegen, die ihm mit Handzeichen zu verstehen gaben, die Geschwindigkeit zu drosseln, holten Gero vollends in die Gegenwart zurück. Krümmel, immer wieder Krümmel. Er passierte in langsamer Fahrt eine Gruppe von Demonstranten, die sich auf der Straße vor dem festungsartigen Gelände des Kernkraftwerks versammelt hatten. Erst der Zwischenfall mit Max, dann das Wissen um die Recherchen von Inger Oswald. Und im nächsten Monat fand die gesetzlich vorgeschriebene alljährliche Sicherheitsübung mit den Betreibern des Kraftwerks und der Polizeidirektion Ratzeburg statt, bei der ein Ernstfall unter realistischen Bedingungen simuliert werden sollte. Insgeheim fragte sich Gero, ob der Begriff Simulation für das Vorhaben wirklich noch angebracht war.

KAPITEL 9

Der Leiter des Geesthachter Industriemuseums, ein fahriger Mittfünfziger, der sich Gero als Dr. Andreas Hillmer vorstellte, war aufrichtig bestürzt, als er den Grund des Besuchs erfuhr. Nein, er sei noch nicht dazu gekommen, den Anrufbeantworter abzuhören, erklärte er. Er sei erst vor wenigen Stunden von einer mehrtägigen Reise aus Süddeutschland zurückgekommen.

Nervös schritt er im Raum umher und rieb sich die Hände. «Das ist tragisch. Wirklich tragisch. Ein großer Verlust.» Er schüttelte den Kopf. «Darf ich fragen, woran ... also wie er gestorben ist?»

Gero zögerte einen Augenblick, sah aber keinen Grund, Hillmer nicht die Wahrheit zu sagen. «Herr Oswald wurde erschossen. Man fand seinen Leichnam auf dem Gelände eines Kieswerks.»

«Erschossen?», wiederholte Hillmer erschrocken. «Um Gottes willen. Weiß man schon, wer ... Ich meine, gibt es denn schon einen Verdacht, wer das getan hat?»

«Bislang noch nicht», sagte Gero. «Auch deswegen bin ich hier. Wir müssen wissen, womit sich Oswald in letzter Zeit beschäftigt hat. Mehr oder weniger zufällig sind wir darauf gestoßen, dass er für Sie gearbeitet hat. Ein Kollege aus Geesthacht, der vor einiger Zeit an einem der historischen Spaziergänge teilgenommen hatte, erinnerte sich an Oswald.»

«Ja, ja, die Spaziergänge. Das war sein Steckenpferd. Den Krümmel kannte er wie seine Westentasche.»

Gero zuckte zusammen. «Krümmel? Was haben Sie denn mit dem Kernkraftwerk zu tun?»

Hillmer lächelte flüchtig, als habe er diese Frage erwartet. «Nein, mit dem Kraftwerk hat das nichts zu tun. Bis auf den Umstand, dass es auf dem ehemaligen Krümmeler Gelände steht.»

Er blickte Gero fragend an. «Sie wissen nicht, womit sich dieser Verein genau beschäftigt, habe ich recht?» Er schien nicht wirklich eine Antwort zu erwarten, denn Hillmer sprach sofort weiter. «Unser Verein verwaltet sozusagen die baulichen Rudimente der Krümmeler Sprengstofffabriken, die hier bis zum Ende des Krieges gestanden haben. Das Erbe Nobels.»

Er hielt einen Augenblick inne, als warte er darauf, ob Gero beim Namen Nobel ein Nicken oder sonst eine wissende Reaktion von sich gab, was jedoch ausblieb.

«Alfred Nobel erfand hier an diesem Ort 1866 das Dynamit. Ein Jahr zuvor hatte er auf dem Krümmel sein Nitroglycerinwerk gegründet. Gemeinsam mit den Anlagen der Düneberger Sprengstofffabrik auf der anderen Seite von Geesthacht war dies wahrscheinlich die größte Pulverkammer der Welt. Zum Schluss umfasste die

Dynamit-Actien-Gesellschaft hier mehr als 750 Gebäude und beschäftigte in der Produktion über 20 000 Menschen.»

Gero nahm eine Broschüre entgegen, in der das Industriemuseum die Eckdaten der Geschichte zusammengefasst hatte. Er kam sich in diesem Moment vor wie jemand, der in der Schule nicht richtig aufgepasst hatte. Natürlich sagte ihm der Name Alfred Nobel etwas, vor allem wegen der alljährlichen Verleihung der Nobelpreise. Dynamit assoziierte er mit dem Namen nicht automatisch, und der Nobelpreis wurde seiner Erinnerung nach in Schweden vergeben. Größe und Bedeutung dieses Ortes waren ihm bislang nicht bekannt gewesen. Und das, obwohl er nur wenige Kilometer von hier seine Kindheit verbracht hatte. Im Geschichtsunterricht hatten sie damals das Dritte Reich, den Holocaust und den Nahost-Konflikt behandelt. Jedenfalls konnte er sich an nichts anderes mehr erinnern. Heimatkunde? Fehlanzeige.

«Von den Anlagen existiert aber nicht mehr viel?» Die Frage klang fast so, als wollte er seine Unkenntnis entschuldigen.

Wieder dieses wissende Lächeln. Anscheinend war Gero nicht der Einzige, der mit der Geschichte dieses Ortes nicht sonderlich vertraut war. Hillmers unruhige Art wich einer abgeklärten Gelassenheit. Die fahrige Nervosität wechselte in die Routine des Kenners. Jetzt war er in seiner Materie, fühlte sich sicher. Man merkte sofort, dass er sich auf heimischem Boden bewegte. Für einen kurzen Moment schien er zu überlegen, wo er beginnen sollte, dann hatte er die Komplexität seines Wissens für einen kleinen Vortrag geordnet.

«Auch dieses Haus, in dem wir uns gerade befinden, gehört dazu. Es war allerdings immer schon ein Wohnhaus. Gerade hier im Bereich der Lichterfelder Straße ist relativ viel erhalten geblieben. Was daran liegen mag, dass hier keine gravierenden Kriegszerstörungen vorlagen, dass hier nur wenige produktionstechnische Anlagen gestanden haben und keine Neubaugebiete ausgewiesen wurden. Weiter oben, im Bereich der ehemaligen Anlagen Birke findet man kaum noch etwas. Nur mit viel Phantasie kann man dort noch die alten Erdwälle erkennen, die man aus Schutzgründen zwischen den einzelnen Gebäuden angelegt hatte. Ganz vereinzelt trifft man auf Rudimente der alten Produktionsanlagen, die nach dem Krieg fast alle gesprengt wurden. Hier und dort noch einige Betonbrocken, bunkerartig, mit Gras und Moos überwachsen, verwildert – sonst ist nichts mehr erhalten. Aber hier unten finden Sie noch ganze Straßenzüge mit der originalen Bebauung, etwa das große Verwaltungsgebäude schräg gegenüber, oder die ehemalige Seilbahnstation für den Gütertransport zum Hafenbecken, in der jetzt ein Karosserieschlosser seine Werkstatt hat.

Wenn man die Augen für derlei Dinge offen hat, dann kann man hier noch einiges mehr erkennen. Vor allem natürlich die zivilen Gebäude und Wohnstätten, die größtenteils erhalten geblieben sind. Vieles ist heutzutage zwar umgebaut, aber Sie können davon ausgehen, dass alles, was zwischen Ende des 19. Jahrhunderts und den dreißiger Jahren gebaut wurde, mehr oder weniger direkt mit den Sprengstofffabriken im Zusammenhang stand. Auf der anderen Seite der Stadt, dem Krümmel, sieht es nicht anders aus.»

Hillmer zeigte auf eine Karte an der Wand, um die Örtlichkeiten zu verdeutlichen. Dazu zog er einen kleinen Teleskopstab aus der Tasche, den er wahrscheinlich immer bei sich trug.

«Mit dem Unterschied, dass dort keine Neubaugebiete ausgewiesen wurden und das ehemalige Gelände mehr oder weniger renaturalisiert wurde, wenn man von dem Umstand absieht, dass Teile des Geländes vom Kernkraftzentrum und der GKSS genutzt werden. Dementsprechend lassen sich dort noch viele der gesprengten Anlagen auffinden, soweit sie nicht vollständig demontiert wurden. An erster Stelle ist da natürlich die Ruine des ehemaligen Wasserturms der Fabrik zu nennen. Unser Wahrzeichen, für dessen Erhalt wir uns seit Jahren einsetzen. Für alles gibt es natürlich Inventarverzeichnisse.»

Er deutete auf mehrere Stapel mit Aktenordnern und Broschüren. «Wir kümmern uns, so gut wir können. Dafür steht uns ein kleiner Stab freier Mitarbeiter zur Verfügung. Hilfskräfte, die meist ehrenamtlich tätig sind.»

«Und einer davon war Inger Oswald», ergänzte Gero. Sein Blick haftete an einem der Pläne an der Wand, von dem er meinte, exakt denselben bei Oswald gesehen zu haben. Ein Gebäudeverzeichnis mit jeder Menge Eintragungen, Nummern und farbigen Markierungen. Er versuchte, den Kartenausschnitt auf das heutige Stadtgebiet zu projizieren, was ihm nicht recht gelingen wollte, da Straßen und eingezeichnete Schienenstränge nicht mehr existierten. Der Maßstab machte hingegen klar, wie weitläufig das Gebiet der Fabriken bis zuletzt gewesen sein musste.

«Nein, das wird seiner Rolle nicht gerecht», erklärte Hillmer mit einem Seufzen. «Er war zwar nicht unser Spiritus Rector, aber kaum jemand kannte sich so gut aus wie Oswald. Fast alle Pläne, die Rekonstruktionen, das Auffinden bestimmter Ruinen, für fast alle diese Dinge hat er die Grundlagen geschaffen. Niemand wusste so viel wie er. Er kannte jeden Weg, jedes Gebäude. Die meisten der Rekonstruktionspläne stammen aus seiner Feder. Sein Sachverstand und die Akribie seiner Arbeit sind kaum zu ersetzen. Wenn ich allein an die Pläne denke, die er in mühevoller Kleinarbeit gezeichnet hat. Die Spaziergänge, die der Verein anbietet, vermögen nur ansatzweise wiederzugeben, wie viel Arbeit er investiert hat.»

Hillmer hielt einen Augenblick inne und schob den Zeigestock zusammen. «Ich weiß gar nicht mehr genau, seit wann er für uns tätig war. Soweit ich mich erinnere, ist er kurz nach Gründung des Vereins zu uns gestoßen und hat seine Mithilfe angeboten. Er muss hier groß geworden sein, in unmittelbarer Nachbarschaft.»

«Er hat mit seiner Familie früher in Tespe gewohnt.»

«Jetzt, wo Sie es sagen ...» Hillmer nickte. «Ich glaube, er erwähnte so etwas mal am Rande. Aber sonst sprach er kaum über Persönliches. Eigentlich weiß ich nicht wirklich viel über Oswald.»

«Mit welchen Dingen hat sich Herr Oswald in letzter Zeit denn genau beschäftigt? Gibt es ein bestimmtes Projekt oder etwas, das ihn besonders interessierte?»

«Interessiert hat ihn eigentlich immer alles. Aber ja, natürlich hatte er seine Steckenpferde. In der letzten Zeit hat er ausgiebig über betriebsbedingte Unfälle und Explosionen geforscht. Wir haben zwar einen Aktenbestand über die gemeldeten Unfälle und Löscheinsätze auf dem Fabrikgelände der DAG, aber man muss wohl davon ausgehen, dass es bedeutend mehr Zwischenfälle gegeben hat, als letztendlich dokumentiert sind. Oswald ist darauf gestoßen, weil einige Gebäude, die in alten Bestandsverzeichnissen erwähnt oder eingezeichnet waren, in den darauffolgenden Plänen nicht mehr erwähnt wurden oder eben auch nicht mehr auffindbar sind. Nicht einmal mehr als Ruine. Vor allem im Bereich der Tri-Produktion muss es mehr Explosionen gegeben haben, als bislang dokumentiert sind.»

«Tri-Produktion?»

«Trinitrotoluol. Einer der Sprengstoffe, die hier produziert und abgefüllt wurden. Als Grundlage des Produktionsprozesses dient Zechenkoks, aus dem Toluol gewonnen wird. Dieses Toluol wurde dann in mehreren Stufen nitriert und gewaschen.»

Hillmer merkte, dass Gero seinen Ausführungen nicht folgen konnte. Etwas hilflos fuchtelte er mit seinen schlaksigen Armen, dann holte er zu einem neuen Erklärungsversuch aus. «Sie müssen sich das so vorstellen. Auf der einen Seite, dem Krümmel, gab es eine Dynamitfabrik, die Sprengstoffe produziert hat, sowohl gewerbliche, wie etwa Gelatine-Donarit, als auch militärische. Im Krieg dann nur noch militärische. Vor allem besagtes Trinitrotoluol, aber auch Nitropenta und zum Schluss versuchsweise Gemische mit Dinitrobenzol.

Auf der anderen Seite der Stadt, also hier in Düneberg, lag eine Pulverfabrik. In Krümmel wurden also die Pulverrohmassen, die Explosivstoffe hergestellt, hier das

Schießpulver. Am einfachsten ist das so zu unterscheiden, wenn man sich vorstellt, dass hier die Treibladungen der Geschosse fabriziert wurden, also das, was in der Patronenhülse steckt, und in Krümmel die explosiven Mischungen für die Geschosse.»

Hillmer wartete einen Augenblick, bis Gero mit einem Nicken zu verstehen gab, dass er grundsätzlich verstanden hatte.

«Diese beiden Fabriken haben kurz vor der Jahrhundertwende begonnen zusammenzuarbeiten. Anfangs nur in den Bereichen der Herstellung und Verarbeitung von Pulverrohmasse, also Nitrozellulose und Sprengöl, auch Nitroglyzerin genannt.» Hillmer ließ ein Lächeln über seine Lippen spielen. «Das kennt fast jeder, weil es einen berühmten Film über die Gefährlichkeit dieses Stoffes gab …»

«*Lohn der Angst*», fiel es Gero sofort ein. Mit Yves Montand und Peter van Eyck. Die Namen der anderen beiden Schauspieler hatte er nicht parat, aber die Gesichter der Hauptdarsteller standen ihm noch genau vor Augen. Die vier bildeten ein Himmelfahrtskommando, das sich gegen viel Geld dazu bereit erklärte, zwei Lastwagenladungen mit dem erschütterungsempfindlichen Sprengstoff über eine unwegsame Strecke irgendwo in Südamerika zu einem Feuer zu transportieren, das mit Hilfe von Nitroglyzerin gelöscht werden soll. Überlebt hat am Schluss keiner von ihnen. Ein Film, der ihm unvergesslich geblieben war. Allein wegen der Story.

«Richtig.» Wieder dieses Lächeln, das nur einem Eingeweihten gelten konnte. «Und Nobel hat mehr oder weniger dafür gesorgt, dass diese Explosivstoffe gefahrlos transportiert werden konnten – mit der Erfindung des Dynamits. Er kam auf die Idee, Kieselgur als Absorptionsmittel einzusetzen und mit Nitroglyzerin zu vermengen. Dadurch entstand eine feste, knet- und formbare Masse, die zudem eine fünfmal größere Sprengwirkung als etwa Schwarzpulver hatte. Knapp zehn Jahre später erfand er die Spreng-Gelatine. Ebenfalls eine plastische Masse aus Nitroglyzerin und Collodiumwolle, die durch Zumischung unterschiedlichster Stoffe innerhalb kürzester Zeit zum Standard der gewerblichen Sprengstoffe avancierte.»

«Und trotzdem gab es immer wieder Unfälle und Explosionen.» Der Einwand schien Gero gerechtfertigt.

«Natürlich. So etwas bleibt nicht aus», erklärte Hillmer, als sei es die selbstverständlichste Sache der Welt. «Sie müssen sich die Ausmaße vor Augen führen. Bei einer derartigen Produktionsmenge unterschiedlichster Gefahrstoffe kann man schon fast sagen, dass es zu keinem wirklich gravierenden Unglück in den Fabriken gekommen ist. Schlimmstenfalls ist mal ein Gebäude in die Luft geflogen, aber wir sprechen hier von einem Areal von etwa zweimal fünfhundert Hektar mit zuletzt weit über siebenhundert Gebäuden. Und Betriebsunfälle lassen sich in keiner Produktionsstelle oder Fabrik ausschließen. Auch heute nicht.»

Es klang nicht sarkastisch. Vielmehr wollte Hillmer damit zum Ausdruck bringen, dass, wenn man etwas herstellt, das explosiv ist, ein Betriebsunfall eben schnell andere Dimensionen annehmen konnte als in einer Spielzeugfabrik.

Er drückte Gero ein schmales Buch über Nobel und

dessen Leben in die Hand. «Ein Einstieg sozusagen – wenn Sie Interesse an der Materie haben.»

«Gezwungenermaßen», entgegnete Gero und bedankte sich. «Und mit solchen Unfällen hat sich Oswald zuletzt beschäftigt?»

«Ja. In erster Linie hat er Korrekturen vorgenommen, was bestimmte Gebäude betrifft. Oder vielmehr: betraf. Sie existieren ja nicht mehr. Es war also so etwas wie eine Aktualisierung der ehemaligen Bestandsverzeichnisse.»

Hillmer schien mit seinen Gedanken plötzlich nicht mehr ganz bei der Sache zu sein. Er stockte, ging zu seinem Schreibtisch, auf dem vor Unterlagen kaum mehr ein freier Fleck zu sehen war, schichtete ein paar Stapel um, schien etwas Bestimmtes zu suchen, aber nicht zu finden, was Gero angesichts der Menge an Papieren und Dokumenten nicht weiter verwunderte, überlegte einen Moment, gab sein Vorhaben schließlich auf und schüttelte den Kopf.

«Nein. Mir war so, als hätte ich es hier … Es gab noch eine weitere Sache, die ihn allerdings schon seit längerem beschäftigt hat. Das betraf die Demontage der Werksanlagen nach dem Krieg durch die Engländer, welche die Fabriken ja Ende April 1945 besetzt hatten. Lassen Sie mich kurz nachdenken. Nicht dass ich die Daten durcheinanderbekomme. Also, die Werksanlagen wurden im November 1945 zwecks Demontage als Reparationsleistung offiziell beschlagnahmt. Die Demontage …» Er stockte erneut und schlug ein auf dem Schreibtisch liegendes Buch auf, in dem er hektisch hin und her blätterte. «Hier haben wir es ja. Die Demontage begann am 20. August

1946 und wurde offiziell am 30. September 1949 für beendet erklärt.» Er schlug das Buch zu.

Gero blickte Hillmer erwartungsvoll an, aber dessen Augen signalisierten, dass er irgendwo weit in der Vergangenheit war. Schließlich trafen sich ihre Blicke, und Hillmer schien sich irgendwie ertappt zu fühlen.

«Tja, da gibt es allerdings Ungereimtheiten, was die Demontage bestimmter Anlagen betrifft.» Er machte eine bedeutungsschwere Geste.

Irgendwie wurde Gero das Gefühl nicht los, dass Hillmer eine Dramaturgie in Dingen sah, die nur für einen Historiker von Interesse sein konnten. Er kämpfte mit der Versuchung, den Wissenschaftler auf den Boden der Tatsachen und in die Gegenwart zurückzuholen, ließ ihn aber dennoch gewähren. Oswald musste ähnlich wie Hillmer gestrickt gewesen sein, sonst hätte er sich nicht so intensiv mit diesen Dingen beschäftigt. Und wenn er etwas über Oswalds Ziele und Absichten erfahren wollte, dann musste sich Gero auch den Inhalten stellen, mit denen sich der Mann beschäftigt hatte. Nur deshalb war er hier. Vielleicht war es seine eigene Unwissenheit, was diese historischen Dinge betraf, die ihm in diesem Moment unheimlich war.

«Es gab ja diesen verheerenden Luftangriff auf die Fabriken, der von den Alliierten am 7. April 1945 geflogen wurde», erklärte Hillmer. «Völlig unverständlich, so kurz vor der Kapitulation. Aber das ist ein anderes Thema. Jedenfalls musste der Betrieb danach eingestellt werden, auch wenn sich die Zerstörung der Anlagen durch die Bomben in Grenzen gehalten hatte. Es wurden zwar viele Produktionsanlagen getroffen, aber einen Volltreffer eines Depots mit Explosivstoffen hat es Gott sei Dank in Krümmel nicht gegeben. Anderenfalls hätte die Elbe wahrscheinlich danach einen anderen Verlauf gehabt. Lediglich ein Hexogen-Lager im nördlichen Bereich der Düneberger Anlagen wurde getroffen und ist in die Luft geflogen. Dabei entstand ein Krater von fast dreihundert Meter Durchmesser. Sie können sich also ungefähr vorstellen, was passiert wäre, wenn ein Sprengstoffmagazin mit Nitropenta oder ein Tank mit einer Wasserstoffverbindung getroffen worden wäre.»

Gero mochte es sich lieber nicht vorstellen. Hillmers lautmalerische Gestik veranschaulichte das zu erwartende Szenario mehr als genug.

«Was aber genau durch die Bomben der Alliierten zerstört wurde, dazu kann man durchaus unterschiedliche Meinungen hören. Offizielle Schadenslisten gibt es nicht, und wenn, dann sind sie uns nur in Teilen überliefert. Wir wissen also nicht genau, was wirklich zerstört wurde. Während es sich bei den Gebäuden aufgrund von Luftaufnahmen noch relativ einfach gestaltet, so haben wir bezüglich der technischen Anlagen fast überhaupt keine verlässlichen Quellen. Oswald hatte schon vor Jahren damit begonnen, Zeitzeugen zu befragen. Dabei tauchte immer wieder das Gerücht auf, dass die Engländer bereits wenige Tage nach der Besetzung der Fabriken damit begonnen haben sollen, bestimmte Produktionsanlagen, die unversehrt waren, vollständig abzubauen, um sie nach England zu verschiffen. Also deutlich vor Beginn der offiziellen Demontage, und vor allem: Das geschah innerhalb weniger Tage. Da sind sich die befragten Zeitzeugen einig. Wie gesagt, offizielle Berichte darüber gibt es nicht, und Anfragen an englische Archive haben uns auch nicht weitergebracht. Scheinbar hat man auch dort keinerlei Unterlagen dazu. Aber das stellt für einen Historiker ja den Alltag dar und ist für einen Forscher kein Hinderungsgrund. Ganz im Gegenteil. Es ist vielmehr ein Anreiz, der Sache auf den Grund zu gehen. Und das hat Inger Oswald immer wieder versucht.»

«Hat Oswald so etwas wie Berichte über seine Nachforschungen angefertigt?»

Hillmer schüttelte den Kopf. «Nichts, was offiziellen Charakter hat. Er war ja niemandem von uns Rechenschaft schuldig. Sicherlich hat er den einen oder anderen Aktenbestand kommentiert, aber eine richtige Dokumentation seiner Nachforschungen liegt nicht vor. Da sollten Sie am besten Kontakt mit einem unserer Mitarbeiter aufnehmen, Bertram Niebohr. Ich suche Ihnen die Adresse heraus. Ich kann mir gut vorstellen, dass sich Oswald mit Bertram Niebohr über etwaige Resultate ausgetauscht hat. Niebohr ist von Haus aus Volkskundler und arbeitet an einer Doktorarbeit über das Phänomen von Plünderungen in Krisenzeiten.»

«Was wurde denn geplündert?»

«Noch vor der offiziellen Kapitulation ist man hier über die technischen Anlagen und Rohstoffreservoire hergefallen. Nachdem die Produktion stillstand, wurde ein großer Teil der Fabriken nicht mehr bewacht. Da wurde geklaut, was nicht niet- und nagelfest war. Entweder für den eigenen Gebrauch oder später für den Handel auf dem Schwarzmarkt. Nachts muss es hier zugegangen sein wie auf einem Basar. Und alle haben mitgemacht und sich bedient. Auch die Engländer waren kaum in der

Lage, dem nächtlichen Treiben hier auf dem Gelände Einhalt zu gebieten. Dafür waren die Areale einfach zu groß und zu unübersichtlich. Die Sprengstoffdepots und Patronenhütten waren natürlich bewacht, also alles, wo Waffen und Munition lagerten. Aber daran hatte die Bevölkerung am wenigsten Interesse. Und die eigentlichen Produktionsanlagen waren viel zu weitläufig verstreut, als dass man sie hätte vollständig kontrollieren können. Nach der offiziellen Demontage ging die Plünderung dann weiter. Sie können davon ausgehen, dass sich in jedem zweiten Haushalt oder Vorgarten hier in der Umgebung noch Teile und Materialien aus den Fabriken finden lassen. Seien es zu Teppichstangen umfunktionierte Masten, Ofenrohre, Dämm- und Isoliermaterialien oder ganze Gartenzäune aus U-Boot-Fangnetzen, mit denen die damaligen Raketenprüfstände gegen umherfliegende Teile abgesichert waren.»

«Wie viele Mitarbeiter hat Ihr Verein?»

«Wenn Sie die Aktiven meinen, also nicht die Mitglieder, die uns hin und wieder mit Rat und Tat unterstützen, dann sind wir zu viert ... waren wir zu viert. Neben Bertram Niebohr gehört noch Veronica Otto zum Team. Aber Frau Otto ist zurzeit im Ausland.»

«Gab es irgendwelche Rivalitäten zwischen den Mitarbeitern?»

Hillmer blickte erschreckt auf. «Was meinen Sie damit?» Er hatte genau verstanden, worauf Gero hinauswollte.

«Wir ermitteln in einem Tötungsdelikt.»

«Der Gedanke ist völlig absurd. Außer mir arbeiten hier alle ehrenamtlich. Da gibt es keinerlei Rivalitäten.»

«Und von außerhalb?»

«Von Anfeindungen ist mir nichts bekannt. Ganz im Gegenteil. Wir erfahren fast überall aus der Bevölkerung breite Unterstützung. Kommen Sie einmal zu einem unserer historischen Spaziergänge. Das Interesse ist inzwischen so groß, dass wir viele Anfragende vertrösten müssen.»

KAPITEL 10

Immer wenn Gero die alte Gartenpforte öffnete und ihn die abgetretenen Sandsteinplatten zum Eingang seines Elternhauses begleiteten, überkam ihn Melancholie. Es waren Jahre der Geborgenheit gewesen, die er als Kind hier verbracht hatte, vielleicht kostete ihn der Besuch gerade deshalb immer wieder Überwindung. Jeder Baum, jeder Strauch, alles wirkte seither unberührt, war gealtert wie er und hielt die Zeit fest wie ein Garten der Erinnerung. So manches Gewächs, das er als Kind selbst mitgepflanzt hatte, überragte inzwischen die Dachtraufe bei weitem und spendete mehr Schatten, als das kleine Grundstück verkraften konnte. Die alte Latschenkiefer am Nachbarzaun war durch ihren mehrfachen Zwangsschnitt zu einem monströsen Gebilde verunstaltet worden. Wie eng mussten die Erinnerungen mit all diesem Gestrüpp verbunden sein, dass man daran festhielt wie am eigenen Lebensbaum? Lediglich die Haustür aus dunklem Mahagoni sowie das winzige Toilettenfenster mit dem mächtigen, schmiedeeisernen Gitter davor, trotzten dem Wildwuchs.

Fast alle anderen Häuser in der Straße, die damals ausschließlich mit kleinen Eigenheimen auf langen, schmalen Grundstücken bebaut gewesen war, hatten ihren ursprünglichen Charakter inzwischen eingebüßt. Die Erbengeneration hatte nichts Eiligeres zu tun gehabt, als die ohnehin bescheidenen Gärten als Bauplätze für Doppelhaushälften auf Pfeifengrundstücken aufzugeben. Die verbleibenden Freiflächen waren mit Carports, Blockhäusern, Sandkisten und überdimensionierten Trampolins belegt. Ein steriles Arrangement aus weißem Kies und Granit, umgeben von pflegeleichten Kirschlorbeerhecken rundete das einheitliche Erscheinungsbild ab.

Kahlschlag statt Wildwuchs – das war die Antwort der Wohlstandsgesellschaft auf die Aufbaujahre. Da nahm sich Gero nicht aus. Auch er hatte zum Schluss unter den beengten Wohnverhältnissen im Haus seiner Eltern gelitten, obwohl es mit achtzig Quadratmetern noch recht geräumig ausgestattet war. Viele seiner Schulfreunde hatten sich die gleiche Grundfläche zudem mit mehreren Geschwistern teilen müssen: er hatte wenigstens ein Zimmer für sich alleine besessen. Dennoch war es nicht nur die räumliche Enge gewesen, die ihn relativ früh hatte aufbegehren lassen. Auch die spießbürgerliche Enge im Tagesablauf und im Leben seiner Eltern, die keinen Raum für Fremdes und Unbekanntes geboten hatte, war der Grund für seinen zeitigen Ausbruch aus dieser Welt gewesen. Dass ihn sein Weg letztendlich zu einem Leben auf einem riesigen Resthof geführt hatte, mochte vielleicht auch eine Antwort auf seine Herkunft sein, war aber vor allem dem Wunsch von Lena geschuldet, in der er relativ früh eine Verbündete gefunden hatte. Auch sie stammte aus einer kleinbürgerlichen Familie, hatte die beschränkten wirtschaftlichen Verhältnisse aber mit sechs Geschwistern teilen müssen.

Der Klang der Türglocke war Gero genauso gegenwärtig wie der Geruch des Taschentuchs seiner Mutter, wenn sie ihm damit Krümel und Essensreste aus den Mundwinkeln abgewischt hatte. Durch das kleine, ovale Schauglas in der Tür konnte er sie kommen sehen. Vielleicht kam er heute mit einer Stunde davon.

«Na, lässt du dich auch mal wieder blicken?» Es klang wie ein Vorwurf, der keiner sein sollte. Die flüchtige Herzlichkeit ließ eine kurze Umarmung zu.

Seine Mutter wirkte unkonzentriert. Irgendetwas lenkte sie davon ab, sich über den Besuch wirklich zu freuen. Das häusliche Pflichtprogramm hatte sie schon immer voll in Anspruch genommen. Früher genauso wie heute. Mit dem Unterschied, dass sie mit fast achtzig Jahren verständlicherweise mehr Zeit für alles benötigte. Eine Haushaltshilfe lehnte sie strikt ab.

«Störe ich?»

«Ach was. Wobei denn?»

Gero erwartete ein aufgestelltes Bügelbrett, eine Kuchenbaustelle in der Küche oder schlimmstenfalls den betriebsbereiten Staubsauger. Die häusliche Enge umklammerte ihn sofort, schnürte ihm fast die Luft ab. Seine Mutter trug einen Haushaltskittel – wie immer.

Er folgte ihr in die Stube. Die Luft stand im Zimmer. Ohne zu fragen, öffnete Gero ein Fenster.

«Dann kommt das ganze Kruppzeugs rein, ich habe so schon genug zu wischen und zu putzen.»

Er ignorierte ihren Einwand. Die Gardine über dem

Blumenfenster verlor ihre Falten im Luftzug einer seichten Sommerbrise. Wie zum Protest zog sich seine Mutter eine dünne Strickjacke über. Gero zwang sich ein Lächeln ab. Insgeheim fragte er sich, ob sie die Heizung angestellt hatte, und strich prüfend mit der Hand über den Radiator. Wie vermutet war er lauwarm. Seine Mutter setzte sich an den ovalen Esstisch, dessen Standort sich über die Jahre nicht verändert hatte. Der geschwungene Leuchter darüber war inzwischen durch klobige Energiesparbirnen verunziert. Das helle Licht versprühte den Charme einer Frischfleischtheke im Supermarkt.

«Meinst du nicht, wir sollten im Herbst mal die Bäume hinter der Terrasse wegnehmen? Du hast ja überhaupt kein Sonnenlicht mehr.»

«Die Bäume weg?» Sie schaute ihn ungläubig an. «Aber das sieht doch so schön aus. Vor allem, wenn sich im Winter die Vögel darin tummeln. Die wissen genau, dass ich hier überall Meisenkugeln aufhänge.»

Gero seufzte. Es hatte keinen Sinn. Nichts durfte verändert werden. An jedem Ding hing eine Erinnerung, drinnen wie draußen. Er betrachtete die mit Blei verglaste Wohnzimmerschrankwand, die seine Eltern in den siebziger Jahren gekauft hatten. Er konnte sich noch genau daran erinnern. So etwas leistet man sich nur einmal, hatten sie damals stolz verkündet und Wort gehalten. Selbst der mausgraue Lehnsessel, in dem sein Vater den Feierabend verbracht hatte, zeitunglesend oder vor dem Fernseher schlummernd, stand noch genau dort, wo er immer gestanden hatte. Die Abdrücke der Teppichschoner unter den Stuhlbeinen verrieten, dass er höchstens ein paar Zentimeter gewandert war, unbemerkt. Vielleicht hatte sich auch der Teppich verschoben. Egal. Seine Mutter sah es nicht. Sie saß am Esstisch, auf dessen Spitzendecke sich mehrere Schuhkartons stapelten, und betrachtete alte Fotos mit Hilfe einer Lupe. Wortlos setzte er sich zu ihr.

«Wenn du was zu trinken willst ... Du weißt ja, wo was steht. Im Kühlschrank müsste noch ein kühles Bier sein.»

«Alte Fotos sortieren?», fragte Gero, nachdem er der Aufforderung nachgekommen war. Für seine Mutter hatte er ebenfalls ein Glas eingeschenkt. Er wusste, dass sie einem Pils am Abend nicht abgeneigt war.

«Ich habe es Jahrzehnte vor mir hergeschoben. Du glaubst gar nicht, was sich da alles angesammelt hat. Aber jetzt mache ich mich an die Arbeit.»

Die Aufarbeitung eines ganzen Lebens, schoss es Gero durch den Kopf, als er die zahllosen Bilder und Tüten in den Schuhkartons betrachtete. Auf einem der Stühle stapelten sich alte Bilderalben mit kunstvoll verschnörkelten Einbänden. Dann fiel sein Blick auf die Hände seiner Mutter, die mit Altersflecken übersät waren. Auf ihre Hände war sie immer stolz gewesen. Sie hatte sorgsam manikürte Fingernägel. Man sah ihr nicht an, dass sie ihren Lebtag lang keine schwere Hausarbeit gescheut hatte. Auch heute nicht, nach so vielen Jahren. Sie hatte nicht einmal die obligatorischen Rückenbeschwerden, die ihre ganze Generation plagten. Das Alter hatte es gut mit ihr gemeint. Oder mit ihm – je nachdem, aus welcher Perspektive man es betrachtete. Andere in seinem Alter beschäftigten sich gezwungenermaßen schon mit dem Leistungskatalog der unterschiedlichen Pflegestufen für ihre Eltern.

«Fotografierst du denn noch?», fragte er neugierig. Normalerweise freute sie sich, wenn Gero ihr ein aktuelles Bild von den Enkeln vorbeibrachte.

«Ich? Ach was. Neulich war ich beim Schlecker und wollte ein paar alte Bilder nachmachen lassen. Ich habe bestimmt eine halbe Stunde gebraucht, bevor ich wusste, wo ich auf der Tüte meine Kreuzchen machen muss. Außerdem ist doch heute alles digital. Und einen neuen Fotoapparat kauf ich mir nicht. Erstens versteh ich das nicht, und außerdem lohnt das doch gar nicht mehr.»

Gero nahm sich vor, seiner Mutter nächste Woche eine Digitalkamera zu kaufen. Die Dinger gingen inzwischen an jeder Ecke für nicht einmal 50 Euro über den Tresen. Und wenn sie Spaß daran hatte ... Dann fiel ihm ein, dass sie nicht mal einen Computer besaß, von einem Drucker ganz zu schweigen. Ob er Max überreden konnte? Dann gäbe es auch einen Grund für ihn, sich hin und wieder bei seiner Großmutter ...

«Schau mal!» Sie reichte ihm ein Bild zur Ansicht. «Das war 1971. Unser Italienurlaub. Taormina.»

Gero betrachtete das Foto und erinnerte sich mit Schaudern. Er selbst mit schulterlangen, braunen Haaren, Ringelpullover und Sandaletten. Lässig an einen Felsen gelehnt. Grauenhafte Farben. Inzwischen Gott sei Dank verblichen, was die Sache kaum erträglicher machte. Quadratisches Format, raue Oberfläche. Auf der Rückseite war ein Aufkleber: Photo Porst – Königsbild.

Er versuchte, sich an den Urlaub zu erinnern. Das erste Auto seiner Eltern. Ein Ford 15 m. Oder war es ein 17 m gewesen? Auf jeden Fall noch ohne Wohnwagen. Das war ihm erspart geblieben. Gero durchblätterte einen Stapel

Bilder. Es waren die typischen Urlaubsmotive, von denen es Millionen ähnlicher Bilder geben musste. Jede noch so nebensächliche, touristische Attraktion mit einem Familienmitglied im Vordergrund. Todlangweilig, und doch auch individueller Startpunkt für eine persönliche Zeitreise.

Es war schon merkwürdig, woran sich die grauen Zellen erinnerten, was nach über vierzig Jahren gespeichert blieb. Damals hatte er seine erste Cola getrunken. An zweiter Stelle standen die weißen Hemden seines Vaters. Natürlich bügelfrei. Egal, wie warm es war, der Vater immer in langer Hose. Und immer aufrecht. Auf den Fotos stets im Dreiviertelporträt, damit die orthopädischen Schuhe nicht mit aufs Bild kamen, seine Behinderung, der deformierte Fuß. Das Manko, das ihm die Front erspart und so wahrscheinlich das Leben gerettet hatte.

Gero nahm eines der alten Alben, deren Ränder bereits ausgefranst waren. Brauner Büttenkarton, dessen Prägung die Struktur von Leder imitierte. Die einzelnen Blätter wurden von einer geflochtenen Kordel zusammengehalten, an deren Ende zwei hölzerne Perlen baumelten. Schon auf der ersten Seite lächelte ihm stolz sein Vater entgegen – in Wehrmachtsuniform. Gescheitelte Topffrisur mit ausrasierten Schläfen, Schnauzbart. Das Übliche in den Jahren. Gero inspizierte die Bildunterschrift: Mölln 1944. Er kannte das Album nicht, auch nicht von früher. Natürlich wusste er, dass sein Vater am Krieg teilgenommen hatte, aber Fotoalben aus der Zeit hatte er nie zu Gesicht bekommen. Es folgten die üblichen Kameradschaft und Gemeinschaft verherrlichenden Bilder. Gemeinsame Ausflüge in die Natur, teilweise in Zivil, und immer wieder Ruth, seine Mutter. Als junge Frau im BDM-Look, geflochtene Zöpfe, ein pausbackiges Strahlen im Gesicht. Auf Bildern, wo sie beide zu sehen waren, ihr Blick einzig seinem Vater zugewandt, Otto Herbst. Anhimmelnd, anders konnte man es nicht bezeichnen.

«In dem Jahr haben wir uns kennengelernt», meinte seine Mutter, als sie sah, welches Fotoalbum er in den Händen hielt. Sie sah durch das Vergrößerungsglas. «Das war im vorletzten Kriegsjahr in der Muna Mölln.»

«Muna?» Gero rechnete im Kopf nach, wie alt seine Eltern damals gewesen waren. Ein einfaches Unterfangen, sein Vater war 1920 geboren, und Ruth war genau zehn Jahre jünger.

«Die Heeresmunitionsanstalt. Die hatte man auf dem Gelände der Schneiderschere erbaut, etwa da, wo heute die Möllner Waldstadt liegt. Otto war dort stationiert, und ich hatte dort meine halbjährige Dienstpflicht im Reichsarbeitsdienst absolviert.»

Für einen Augenblick hatte es den Anschein, als wolle seine Mutter mehr darüber berichten, eine Zeit, von der weder sie noch sein Vater jemals großes Aufsehen gemacht hatten, geschweige denn ihm erzählt hatten. Die Nazizeit war kein Geheimnis gewesen, nein, sie war in den Erzählungen seiner Eltern schlicht ausgeblendet worden. Für Gero hatte das Leben seiner Eltern erst hier in Kollow begonnen, in der Straße, die bei den Einheimischen als Neubaugebiet abgestempelt war. Die Landwirte grüßten nicht, man sprach nicht miteinander. Viele Jahre waren die Dazugezogenen unter sich geblieben, zwangsläufig. Wenn überhaupt, dann hatte seine Mutter darunter gelitten. Sein Vater war von frühmorgens bis abends in seinem kleinen Laden in Geesthacht gewesen und hatte nur im Sinn gehabt, die Schulden für ihr Haus abbezahlen zu können. Dieses Haus. Nach Feierabend, wenn er – anfangs mit seinem Motorroller, später mit dem Ford – nach Hause kam, setzte er sich in seinen Ohrensessel und schloss die Augen. Später kam dann der Fernseher.

Gero erinnerte sich noch genau an den kleinen Laden, als wenn es gestern gewesen wäre. Häufig war er mit Schulkameraden nach Schulschluss dort vorbeigegangen und kurz eingekehrt. Mit Stolz, weil nicht jeder Vater einen eigenen Laden hatte und auch wegen des Glases mit den Lutschern, aus dem sich immer alle Kinder bedienen durften. Erst viel später hatte er erfahren, dass der Laden gar nicht wirklich seinem Vater gehörte. Er war gemietet gewesen, aber bei einem Einmannbetrieb fiel das nicht auf. Otto Herbst war Schuhmacher gewesen – nicht Schuster. Das sei ein himmelweiter Unterschied, wie er seinem Sohn immer wieder mit Stolz erklärt hatte. Gero hatte sich nicht wirklich dafür interessiert. Auf einmal hatte er den alten Laden wieder in allen Einzelheiten vor Augen. Das kleine Vorzimmer mit dem Tresen und den Regalen, in denen Hunderte von reparierten Schuhen, eingepackt in braune Papiertüten, auf ihre Abholung warteten, die Werkstatt, die hinter einem dicken grünen Filzvorhang verborgen lag. Er hatte den typischen Geruch wieder in der Nase, eine Mischung aus speziellem Klebstoff und Leder. Sein Vater hatte diesen Geruch jeden Tag mit nach Hause gebracht.

Bis in die achtziger Jahre, dann begann das schleichende Ende der Schuhmacherkunst. Immer weniger Leute ließen sich ihre Schuhe nach Maß anfertigen. Hier in der armen Geesthachter Gegend noch weniger als in den Großstädten. Was blieb, war die Herstellung von orthopädischen Schuhen, wie er sie selbst tragen musste. Und das Geschäft mit den Einlagen. Das Ende wurde besiegelt, als dann der erste Schnellschuster in der Geesthachter Ladenpassage öffnete. Schlüsseldienst und neue Sohlen zum Discountpreis. Sein Vater hielt noch bis 1988 durch, dann war das Haus abbezahlt, das Gero längst verlassen hatte. Im selben Jahr wurde bei seinem Vater Asbestose diagnostiziert. Sein Lebensabend dauerte nur vier Jahre, dann hatte das Leiden ein Ende gehabt.

«Ihr habt euch in einer Munitionsfabrik kennengelernt?» Gero dachte an Krümmel und Düneberg. «Ich wusste gar nicht, dass wir hier im Schatten einer der größten Sprengstofffabriken der Welt gelebt haben. Darüber wurde nie gesprochen.»

«Ach, weißt du, das hat doch auch keine Rolle mehr gespielt. Natürlich gab es hier früher in der Umgebung viele Waffenfabriken. Es war ja Krieg, und am Ende lag alles brach. Was also noch viele Worte darüber verlieren. Der Krieg war vorbei, und wir hatten überlebt. Das war doch das Einzige, was zählte.»

Ihr Desinteresse war immer noch ein Schutzwall des Verdrängens. Auch nach so vielen Jahren. Sie hielt ein Foto unters Licht. «Schau mal. Wir in Pisa ... Das Bild hat damals ein Postkartenverkäufer gemacht, dem wir die Kamera in die Hand gedrückt haben. Ich erinnere mich noch ganz genau. Hundert Lire haben wir ihm gegeben.»

Italien. Immer wieder Italien, bis zum letzten gemeinsamen Urlaub. Nur einmal dazwischen Österreich. Im Rückblick hätte man meinen können, das Großdeutsche Reich und die Verbündeten hätten nie aufgehört zu existieren. So war es natürlich nicht. Zumindest nicht in den Köpfen seiner Eltern. Nur hatte man sich in Italien und Österreich eben als Tourist vor Anfeindungen sicher gefühlt. In die Benelux-Länder und nach Skandinavien traute man sich nicht, weil man von den Alten dort auch Jahre nach Kriegsende immer noch als ehemaliger Besatzer gemieden wurde, und Frankreich war immer noch der eingeimpfte Erbfeind einer ganzen Generation gewesen. Besonders schlimm erfuhr man als Deutscher in den Regionen Missachtung, wo Hitlers Vollstrecker ehemals auf Widerstand gestoßen waren und Gräueltaten an der Zivilbevölkerung begangen hatten. Selbst Gero hatte in Frankreich und Holland in den späten achtziger Jahren noch diese Vorverurteilung und Kollektivschuld zu spüren bekommen. Kein Wunder also, dass die Kriegsgeneration um diese Orte als Urlaubsziel einen Bogen gemacht hatte.

«Woran arbeitest du?», fragte seine Mutter völlig beiläufig.

«Wie immer.»

«Also Mord und Totschlag. Dass du das aushältst …» Sie machte einen schweren Atemzug und schüttelte den Kopf.

«Es wurde jemand getötet, der sich für die alten Munitionsfabriken in Krümmel und Düneberg interessiert hat.»

Seine Mutter blickte ihn entgeistert an. «Aber die gibt es doch schon lange nicht mehr.»

«Eben.» Gero legte Pisa zurück in den Schuhkarton. Er dachte an die Tatwaffe. Aller Wahrscheinlichkeit nach eine Wehrmachtspistole. «Und ich wusste nicht einmal etwas von der Existenz dieser Anlagen. Deshalb war ich auch so überrascht, als du erwähntest, du hättest Vater in einer Munitionsfabrik kennengelernt.»

«Das ist doch schon so lange her.»

«Vielleicht noch nicht lange genug.»

Seine Mutter schwieg; sortierte die Fotos.

«Seid ihr eigentlich in der Partei gewesen?»

«Was meinst du?»

Die Konkretisierung der Frage fiel ihm schwer. Sie hatte etwas Finales. Etwas, worüber nie gesprochen worden war. «Ob ihr in der NSDAP gewesen seid.» Das Wort *Nazi* war nicht gefallen.

«Ich war fünfzehn, als der Krieg vorüber war.» Sie suchte nach Pisa, nach Italien.

«Und Vater war zehn Jahre älter als du.»

«Ja. Und ja, er war in der Partei. Natürlich. Wie so viele in seinem Alter. Wer etwas auf sich hielt, wer an die Zukunft glaubte, der ließ sich einlullen. Was gab es denn schon für Alternativen? Es war doch damals nicht vorauszusehen, wo das einmal enden würde.»

War es das wirklich nicht gewesen? Gero verkniff sich die Frage danach, in welchem Jahr sein Vater den Nationalsozialisten auf den Leim gegangen war, ob er von Anfang an mitgemacht hatte. Geahnt hatte er es immer schon. Gefragt hatte er nie.

KAPITEL 11

Bertram Niebohr stellte das Telefon zurück in die Ladestation und ließ das, was ihm Hillmer gerade erzählt hatte, noch einmal Revue passieren. Ihm schlotterten die Beine vor Aufregung. Das war nicht zu erwarten gewesen. Wenigstens nicht so schnell. Niebohr war davon ausgegangen, dass ihm mehr Zeit blieb. Wenn die Polizei schon bei Hillmer gewesen war, dann war damit zu rechnen, dass man auch ihn demnächst aufsuchen und zu Oswald befragen würde. Zu dem, womit Oswald sich beschäftigt hatte und womit er sich beschäftigte. Was auch immer geschah, er musste einen klaren Kopf behalten. Am besten war es, wenn er an seinem Zeitplan festhielt und so tat, als sei nichts geschehen. Noch durfte niemand davon erfahren – jetzt, wo er kurz vor dem Ziel stand.

Mit zitterigen Fingern steckte er sich eine Zigarette an und betrachtete das Chaos auf seinem Schreibtisch. Niebohr war sich zwar sicher, dass Inger Oswald mit niemandem außer ihm über die Sache gesprochen hatte, aber was, wenn er noch weiteres Material besaß? Diesem alten Tropf war alles zuzutrauen. Dabei war er sich über die Tragweite seines Fundes überhaupt nicht im Klaren gewesen. Und das, was er entdeckt hatte, war wirklich spektakulär. Endlich gab es einen Beweis. Einen Nachweis dafür, was bereits Hunderte vor ihm vermutet hatten, aber nicht hatten belegen können. Viele Historiker hatten sich an dem Thema bereits die Zähne ausgebissen, und inzwischen waren alle seriösen Forscher einhellig der Meinung, dass das Kapitel im Reich der Phantasie anzusiedeln war. Und jetzt hielt er in den Händen, wonach alle gesucht hatten. Er, Bertram Niebohr, ein unbedeutender Doktorand der Volkskunde. Niebohr musste lächeln – bislang unbedeutend.

Er genehmigte sich ein kühles Bier, stellte den Fernseher an und machte es sich auf dem Sofa bequem. Wer sollte ihm jetzt noch in die Quere kommen? In Gedanken sah er die Meldung und sein Konterfei bereits über den Bildschirm flimmern. Aber noch war es nicht so weit. Ein wenig musste er sich noch gedulden und die immergleichen Berichte von den Kriegsschauplätzen der Welt über sich ergehen lassen. Da demontierte man einen deutschen Oberst, weil er es gewagt hatte, bei einem Angriff ein paar zivile Opfer in Kauf zu nehmen, und die Welt schrie auf. Es war verrückt. Gäbe es eine vergleichbare Kritik, wenn die Vereinigten Staaten der atomaren Bedrohung durch den Iran mit einem Präventivschlag zuvorkommen würden? Sicher nicht. Egal, wie viele zivile Opfer ein solcher Angriff mit sich bringen würde. Und die Amerikaner würden es tun. Sie haben es immer getan. Nicht erst seit dem 11. September.

Schon als Oswald ihm davon erzählt hatte, dass dieser verheerende Angriff kurz vor Ende des Krieges sehr wahrscheinlich durch die Angst der Alliierten begründet war, die Deutschen könnten bereits weiter sein, als man bislang angenommen hatte, und dass seine bisherigen Recherchen zu diesen Dingen darauf hinwiesen, dass es tatsächlich so gewesen sein könnte, da hatte Niebohr sofort gewusst: Es war die Chance. Seine Chance. Bis zu dem Zeitpunkt waren die Dinge, die sie gemeinsam auf den ehemaligen Anlagen Birke und Kringel herausgefunden hatten, nur Bruchstücke und Rudimente von zweifelhafter Herkunft, aus denen man für sich genommen keine Schlussfolgerungen hätte ziehen können. Im Gesamtkontext betrachtet sah die Sache allerdings anders aus. Nun ergab sich ein schlüssiges Bild.

Aber Oswald hatte kein Interesse daran gehabt, die Sache weiterzuverfolgen. Für ihn war es nur darum gegangen, einen Verantwortlichen für den Krebstod seiner Tochter zu finden. Als man schließlich die PAC-Kügelchen in den Bodenproben fand, die er auf dem Krümmel genommen hatte, waren ihm die Vorgänge auf dem Düneberger Gelände plötzlich nicht mehr so wichtig gewesen. Das Einzige, was für ihn noch zählte, war die Arbeit dieser dämlichen Bürgerinitiative gewesen. Die geschichtliche Bedeutung ihrer Arbeit hatte auf einen Schlag keinen Wert mehr für ihn gehabt. Wahrscheinlich war es auch das Wissen um seinen baldigen Tod, das ihn von diesem zeitraubenden Projekt hatte Abstand nehmen lassen. Sehr wahrscheinlich hätte er den Ruhm und die Anerkennung nicht einmal mehr erlebt.

Nun lag es an ihm, die letzten Lücken der Kausalitätskette zu schließen. Die Historiker waren in der Hinsicht erbarmungslos. Bereits eine einzige Behauptung ohne Quelle und Fußnote konnte das Aus bedeuten. Einen solchen Fauxpas durfte er sich nicht erlauben, aber schließlich hatte er genug Übung im Verfassen wissenschaftlich fundierter Texte.

Niebohr war sich nur noch unschlüssig darüber, welchen Weg er wirklich gehen sollte. Ein Aufsatz in irgendeiner Zeitschrift kam nicht in Frage. Dafür waren die Erkenntnisse einfach zu brisant und zu wichtig. Um die entsprechende Aufmerksamkeit zu erregen, musste er sich sofort ins internationale Rampenlicht begeben, am besten mit einer Pressekonferenz. Seine Doktorarbeit konnte er getrost ad acta legen. Wer interessierte sich schon für Plünderungen in Krisenzeiten, wenn man einen ganz anderen Trumpf im Ärmel hatte? Ein Teil seines bislang verfassten Manuskripts konnte dabei tatsächlich Verwendung finden. Vor allem die heimliche Demontage der Produktionsanlagen für Zünder und Raketentreibstoffe durch die Engländer, sofort nachdem sie die Düneberger Fabrik besetzt hatten, stand ja in unmittelbarem Zusammenhang – und hatte vielleicht sogar noch viel weitreichendere Folgen.

Das wäre jedenfalls ein Grund gewesen für die Heimlichtuereien der Briten. Es war schon seltsam, dass man die entsprechenden Archive sogar heute noch verschlossen hielt. Selbst im Nachhinein schienen sich die ehemaligen Alliierten schwer damit zu tun, zuzugeben, dass die deutschen Wissenschaftler viel weiter gewesen waren als man selbst. Deshalb hatte man die deutschen Fachleute ja auch sofort in die eigenen Vorhaben eingebunden. Sowohl in Amerika als auch in England. Vor allem was die Raketentechnologie betraf, wären bestimmte Entwicklungen ohne die Mithilfe deutscher Wissenschaftler und Ingenieure wohl nicht möglich gewesen. Zumindest nicht so schnell. Es hatte schon seinen Grund, warum den Amerikanern die erfolgreiche Zündung ihrer *Trinity* in Los Alamos erst nach der deutschen Kapitulation gelang. Verständlich, dass die Alliierten zum Ende des Krieges Angst davor hatten, die Deutschen könnten ihnen doch noch zuvorkommen. Auf einmal schien alles verständlich, die Eitelkeiten der USA ... bis hin zum Apollo-Programm und zur Mondlandung. Wenn Armstrong überhaupt da oben gewesen war ... Niebohr merkte, wie seine Phantasie mit ihm durchging. Er schaltete den Fernseher leise und gönnte sich ein zweites Bier.

Ein paar Lücken gab es freilich noch zu klären. Der Archivleiter in Peenemünde hatte bereits bestätigt, was Niebohr angenommen hatte. Sowohl aus Peenemünde als auch vom Mittelbau Dora waren entsprechende Lieferungen in Richtung Hamburg unterwegs gewesen. Ob und wann sie dort eingetroffen waren, war im Nachhinein nicht mehr festzustellen. Und auch die Historiker, die sich mit dem Reaktor in Haigerloch beschäftigt hatten, waren zu ähnlichen Ergebnissen gekommen. Theoretisch wäre es möglich gewesen. Man hielt sich bewusst im Konjunktiv. Noch.

Hinzu kam, was er selbst über den Raketenprüfstand Kringel herausgefunden hatte. Zugegeben, eigentlich war es Oswald gewesen, der darauf gekommen war, dass Kringel mehr als nur ein Prüfstand gewesen war. Aber er hatte kein sonderliches Interesse verspürt, die Sache weiterzudenken, eins und eins zusammenzuzählen. Warum wohl war der Versuchsstand binnen kürzester Zeit zum Startplatz für A4-Raketen umzubauen gewesen? Entsprechende Rampenteile hatten sie eindeutig identifizieren können. Aber selbst das hatte Oswald kaltgelassen. Und jetzt war es egal. Bertram Niebohr lächelte in sich hinein und leerte die Bierflasche mit einem Zug. Oswald stand ihm nicht mehr im Weg.

In Gedanken weilte Niebohr bereits in Norwegen. In knapp zwei Wochen würde er sich auf den Weg nach Rjukan machen. Dann würde er auch endlich Mette Norskild wiedersehen. Die junge und ausgesprochen hübsche Leiterin des Norsk-Hydro-Museums in Notodden hatte sofort ein offenes Ohr gehabt, als er ihr sein Anliegen vorgetragen hatte. Sie würde ihm auf jeden Fall eine unschätzbare Hilfe sein, so viel stand schon mal fest. Vielleicht konnte sie sogar ein Treffen mit Knut Haugland organisieren. Wenn ein Prominenter wie Haugland seine These mit entsprechenden Aussagen zur damaligen Notwendigkeit der Sabotageakte stützte, dann bekam die Sache noch einen zusätzlichen Aussagewert.

Und er, Bertram Niebohr, würde endlich Licht ins Dunkel bringen, würde das Geheimnis lüften. Es war kein Mysterium mehr, keine vage Theorie. Aufgrund seiner Erkenntnisse musste lediglich die Geschichte umgeschrieben werden. Mehr nicht.

KAPITEL 12

Barumer See. Zwei Ortschaften hinter Tespe, auf halber Strecke nach Lüneburg. Der Landgasthof sei nicht zu verfehlen, hatte Hinnerk Woltmann gemeint. Woltmann war Vorsitzender der Bürgerinitiative, die sich mit der unheimlichen Häufung von Leukämiefällen in der Elbmarsch beschäftigte. Die um Aufklärung bemüht war. Und zwar schon seit Jahren. Gero hatte den Eindruck, dass er ein Mann war, der nicht viele Worte verlor. Zumal nicht am Telefon. Man träfe sich alle zwei Wochen, völlig ungezwungen. Interessierte seien immer willkommen, hatte er gemeint. Gero brauchte nicht einmal den Namen Oswald zu erwähnen.

Der hintere Saal war halb gefüllt. Etwa dreißig Personen hatten sich eingefunden. Die Luft war stickig und rauchgeschwängert, trotz Rauchverbots, wie den Schildern am Eingang zu entnehmen war. Anscheinend störte sich niemand daran. Hier hatte man andere Sorgen. Ein improvisiertes Buffet lud dazu ein, sich mit Schmalzbroten, Vollkornquiches, Rohkost und Kuchen zu stärken. Den frischgepressten Fruchtsaft lieferte ein benachbarter Obsthof, wie ein Blick auf die Etiketten verriet. Wer Bier wollte, musste sich im Schankraum am Tresen bedienen. Gero hatte eine verkrampfte Versammlung erwartet, aber davon war nichts zu spüren. Allein das Anliegen einte diese Menschen, und das schien vor keiner Kaste haltzumachen. Blaumänner, Latzhosen und Röhrenjeans vermischten sich mit Nadelstreifen, deren Träger offenbar direkt aus dem Büro hierhergekommen sein mussten, mit buntbestrickten Aussteigern und Lederjacken tragenden Motorradfahrern. Erst der Blick in die Gesichter der Anwesenden verriet, wer hier welche Rolle einnahm. Gero studierte die Physiognomien. Es gab die Ernsten, die Ängstlichen und die Verzweifelten. Nur das fehlende Lachen unterschied die Menge von anderen Zusammenkünften. Auf einer Fensterbank hatte man Fotos verstorbener Kinder aufgestellt. Daneben brannten ewige Lichter.

Das also war das Zuhause von Inger Oswald gewesen. Ein Interessenverbund, der sich einem schrecklichen Verdacht widmete. Es war nicht bloß mehr eine Ursachenforschung, die hier betrieben wurde. Man hatte längst einen konkreten Verdächtigen ausgemacht, der für die zwanzig an Leukämie erkrankten Kinder in der Region und den damit größten Leukämie-Cluster weltweit verantwortlich sein sollte. Und der hieß überraschenderweise nicht Krümmel. Alles konzentrierte sich auf einen Vorfall, der sich angeblich am 12. September 1986 auf dem Gelände des benachbarten Kernforschungszentrums GKSS ereignet hatte.

Gero lauschte den Ausführungen sehr aufmerksam. Wieder fühlte er sich ertappt, da er weder von der GKSS, der schon 1956 gegründeten *Gesellschaft für Kernenergieverwertung in Schiffbau und Schiffahrt*, etwas gehört noch gewusst hatte, dass auf dem Gelände der erste Kernreaktor in der Bundesrepublik gebaut worden war. Erst der Schiffsname Otto Hahn weckte Erinnerungen an Quartettspiele in seiner Kindheit. Otto Hahn: das erste deutsche Schiff mit Nuklearantrieb. Der Bau des Schiffes ging also auf die hiesige Forschung in der GKSS zurück.

Der Vortrag, der von einem Mitglied des Arbeitskreises Soziales und Umwelt gehalten wurde, verlor sich in Details, von denen Gero ebenfalls noch nie etwas gehört hatte. Anscheinend war er der Einzige im Raum, der von derlei Dingen keine Ahnung hatte. Alle lauschten gebannt, als der Redner für den nächsten Monat einen erneuten Besuch des renommierten russischen Atomwissenschaftlers Boris Iugarov von der Sacharov-Umweltuniversität in Minsk ankündigte, der einen neuen Bericht zur Analyse der in der Elbmarsch genommenen Bodenproben im Gepäck haben werde. Viel Beifall.

Fast erleichtert, gar euphorisch gingen die Anwesenden

danach zu Gesprächen in kleinen Zirkeln über. Wie Gero den Ausführungen entnahm, waren sowohl verschiedene Kommunalpolitiker aus Niedersachsen und Schleswig-Holstein darunter wie auch ein Landtagsabgeordneter der Grünen. Die Mehrheit bildeten allerdings besorgte Anwohner und Eltern betroffener Kinder.

Gero saß in einem Kreis, wo man sich den wildesten Spekulationen über die Ursache der Erkrankungen hingab. Er fühlte sich deplatziert, da anscheinend alle eine emotionale Aufgewühltheit zur Sache einte, die er nicht besaß. Er war auf der Suche nach einem Mörder. So, wie es aussah, würde er an diesem Ort niemanden finden, der dafür einen Grund gehabt haben könnte. Die Menschen hier hielten zusammen. Undenkbar, ein Motiv für einen kaltblütigen Mord zu finden. Noch dazu an jemandem, der dazugehört hatte.

Dann stand sie plötzlich vor ihm. Mit allem hatte er gerechnet, aber nicht damit, Bettina zu begegnen. Nicht an diesem Ort. Ein einziger Blick genügte, und seine Brust füllte sich mit Wärme. Wie lange war es her?

«Hallo, Gero.» Die Worte kamen zaghaft über ihre Lippen. Nicht fragend, sie hatte ihn genauso eindeutig erkannt wie er sie.

Bettina Jürgensen. Irgendwann Ende der Siebziger, schoss es Gero durch den Kopf. Ja, es war 1979 gewesen. Damals hatte er noch sein Motorrad gehabt, und sie hatte noch bei ihrer Mutter in Bergedorf gewohnt. Fast zwei Jahre waren sie miteinander gegangen. Für ihn war es die erste längere Bindung gewesen. Und sie hatten sich ewige Liebe geschworen. Sprachlosigkeit strömte in den Raum ohne Worte.

«Du hast dich kaum verändert.» Der Augenaufschlag, ihre Stimme, das schüchterne Lächeln. Alles war noch da. Die Zeit schien stehengeblieben. Sie hatten sich aus den Augen verloren, einfach so. Damals hatte sie Architektin werden wollen. Gero merkte, wie ihm das Blut in den Kopf schoss.

«Bettina Jürgensen.» Mehr als ihren Namen bekam er nicht über die Lippen.

«Inzwischen Kolowski», verbesserte sie ihn. «Aber das ist eigentlich auch schon wieder überholt. Ich habe den Namen nur Lukas zuliebe behalten.»

«Dein Sohn?», folgerte Gero, und sie nickte verlegen. «Lebst du hier in der Gegend? Was machst du?»

«Ich wohne in Niedermarschacht, und momentan bin ich nur Mutter. Mehr als ich verkrafte.» Sie lächelte ihn an.

Es war kein strahlendes, sondern ein sehnsuchtsvolles Lächeln, und Gero war versucht, es falsch einzuordnen. Dann überkam ihn plötzlich eine schaurige Vorahnung. Diese Bürgerinitiative war auch ein Hort der Betroffenen. Derjenigen, die mehr als andere betroffen waren, die Fotos ihrer Kinder auf die Fensterbank gestellt hatten. «Willst du damit sagen, du ... dein Kind ...» Er verschluckte den Rest des Satzes und blickte sie fragend an.

«Ja. Ich komme gerade aus der Universitätsklinik in Hamburg. Lukas liegt dort auf der onkologischen Station. Seit neun Wochen schon. Ich bin jeden Tag dort.» Sie sprach ohne Verbitterung, hatte immer noch dieses Lächeln im Gesicht. «Er leidet an myeloischer Leukämie, die Diagnose traf uns völlig unvorbereitet. Dabei gab es genug Anzeichen, dass etwas nicht stimmte. Er fühlte sich immer schlapp, war schläfrig ... Dann die Schmerzen in den Beinen, die geschwollenen Lymphdrüsen. Die Ärzte hatten alle möglichen Erklärungen für die Symptome, nur eben nicht die richtige.»

«Das tut mir leid. Wie alt ist dein Sohn?» Gero bereute die Frage sogleich. Was spielte bei einem solchen Schicksalsschlag das Alter für eine Rolle?

«Vor vier Wochen haben wir Lukas' fünfzehnten Geburtstag gefeiert. Na ja, ‹gefeiert› ist übertrieben. Außer mir darf ja niemand zu ihm.»

«Und sein Vater?»

Bettina zuckte mit den Schultern. «Bernd und ich haben uns vor zwei Jahren getrennt. Ich habe ihn zwar informiert, aber bislang hat er sich noch nicht blickenlassen.»

«Das ist unglaublich.»

«Nein, Bernd habe ich längst abgeschrieben. Von dem ist nichts zu erwarten. Unglaublich aber ist, was in einem Brief stand, den ich vor vier Wochen von meiner Krankenkasse erhielt. Man teilte mir lapidar mit, dass man nicht länger bereit sei, meine Fahrkosten ins Krankenhaus zu übernehmen. Das sind die Dinge, die mich viel mehr auf die Palme bringen.»

«Allerdings. Du hast natürlich einen Rechtsanwalt eingeschaltet.»

«Ach was. Das würde mich dann ja noch mehr Zeit und Energie kosten, und die brauche ich momentan allein für Lukas. Der Rest ist mir momentan völlig schnuppe. Seit zwei Tagen sind seine weißen Blutkörperchen erstmals wieder erhöht.»

«Ein gutes Zeichen.» Gero konnte nicht umhin, Bettina zu berühren. Sie, die ihm einmal so viel bedeutet hatte. Seine Hand streichelte ihre Schulter und glitt ihren Arm hinab. Was musste sie nur durchmachen. Es war kaum vorstellbar, was eine solche Diagnose für Eltern bedeutete. Und Bettina hatte nicht einmal einen Menschen, mit dem sie ihre Ängste, das Hoffen und Bangen teilen konnte. Sehr wahrscheinlich jedenfalls. Gero wollte ihr Trost spenden, sie am liebsten in den Arm nehmen und streicheln. «Wenn du Hilfe benötigst ...?»

«Das ist lieb von dir.» Sie schüttelte den Kopf. «Bislang komme ich klar. Viele Freunde helfen mir. Die Nachbarn ... und auch hier aus der Bürgerinitiative erfahre ich Unterstützung.»

«Es war nur ein Angebot.» Neun Wochen dauerte ihr Leid nun schon. Neun Wochen Ungewissheit, neun Wochen Verzweiflung und existenzielle Angst. Gero musste an Oswalds Frau denken. Die Trauer hatte ein menschliches Wrack aus ihr werden lassen. Nicht so Bettina – sie strahlte eine unglaubliche Lebensfreude aus.

«Das ich zu schätzen weiß. Danke.» Sie zögerte einen Augenblick und sah Gero tief in die Augen. «Wir haben doch schon immer gewusst, dass das Leben es nicht immer gut mit einem meinen kann.» Der intime Plural zeigte, dass sie, ähnlich wie Gero, in der Vergangenheit schwelgte.

«Dass es so schlimm sein kann, haben wir nicht geahnt», erwiderte Gero. Er stellte sich vor, was passiert wäre, wenn sie zusammengeblieben wären. Wenn er der Vater von Lukas ...

«Ach was. Was haben wir früher immer gesagt? ‹Geht

schon, irgendwie.› – Und ich will dir nicht meine Sorgen aufzwängen. Hast du Kinder?»

«Zwei.» Seinen Ehering hatte sie sicher längst ausgemacht.

«Und was treibt dich hierher? Reine Neugier?»

«Nein, ich bin gewissermaßen beruflich hier.»

«Presse?», fragte sie erstaunt. «Oder Politik? – Ach du meine Güte, ich weiß ja wirklich nichts über dich.»

«Ich bin bei der Polizei.»

Bettina machte einen Schritt zurück und musterte Gero. Dabei machte sie ein ernstes Gesicht. «Polizei», murmelte sie. «Und du bist beruflich hier? In Zivil? Jetzt erzähl mir nicht, dass man schon diese Initiative überwacht. Die Leute hier wissen ja, dass die ehemaligen Mitglieder der damals eingesetzten Kommission, allen voran Professor Otto und Beatrice Schmidt-Wassermann, observiert wurden.»

«Ich bin bei der Kripo. Da laufen wir meistens in Zivil herum, auch wenn mein Vorgesetzter neuerdings gerne Krawatten sehen würde.»

Bettina lachte amüsiert auf. «Gero Herbst mit Krawatte? Bekomme ich ein Foto? Jetzt mal ehrlich: Was machst du hier?»

«Ich untersuche den Tod eines Mannes, der sich dieser Bürgerinitiative sehr verbunden fühlte. Inger Oswald.»

«O nein.» Schlagartig hatte sich ihr Gesichtsausdruck verhärtet. «Sag, dass das nicht wahr ist.»

«Doch. Leider. Du kanntest Oswald?»

«Ja. Jeder hier kennt Inger Oswald. – Aber es weiß noch niemand, habe ich recht?»

«Wir gehen mit dieser Information noch nicht an die

Öffentlichkeit, da wir nicht ausschließen können, dass jemand aus seinem Umfeld ...»

«Er wurde umgebracht?»

«Erschossen, ja.»

«Wie entsetzlich.»

«Hast du eine Ahnung? Ich meine, kannst du dir jemanden vorstellen, der einen Grund gehabt haben könnte, ihn zu töten?»

«Nein, überhaupt nicht. Aber ich bin auch erst vor einem Vierteljahr dazugestoßen. Soweit ich mitbekommen habe, war Inger Oswald eines der Gründungsmitglieder dieser Bürgerinitiative. Irgendwer hat mir erzählt, sein Kind starb vor vielen Jahren an Leukämie.» Sie machte einen tiefen Atemzug. «O Gero, es ist so entsetzlich. Diese Vorstellung allein ...»

Plötzlich war er ihr nah. Zu nah. Gero spürte ihre Tränen an seiner Wange. «Nicht doch ...»

«Doch. Es tut gut», sagte sie leise. «Wenn auch nur für einen Augenblick. Verstehe es bitte nicht falsch.»

Bestimmt eine Minute verharrten sie in wortloser Umarmung. Gero kam es vor wie eine Ewigkeit, in der das Trösten längst überschritten war. Erst als ihrer beider Atmung einen gemeinsamen Rhythmus gefunden hatte, lösten sich ihre Körper wie abgesprochen, als gelte es, den Bogen der Vertrautheit nicht zu überspannen.

Hinnerk Woltmann wirkte wie am Boden zerstört, als er erfuhr, was geschehen war. «Das ist furchtbar», stammelte er und blickte abwechselnd zu Gero und Bettina. «Hat man schon einen Verdacht?»

«Nein», entgegnete Gero. «Deshalb bin ich hier. Es

wäre schön, wenn Sie das erst mal für sich behalten könnten. Unsere Ermittlungen haben gerade erst begonnen.»

«Er muss etwas herausgefunden haben.»

«Etwas herausgefunden?», wiederholte Gero. «Womit war Inger Oswald beschäftigt?»

Woltmann blickte sich irritiert um. «Am besten gehen wir nach draußen», meinte er schließlich. Sie machten einen Umweg über den Schankraum, wo er sich einen Cognac bestellte.

«Das muss ich erst einmal verdauen.» Gero ließ sich zu einem Bier überreden.

«Inger war für die Beschaffung der Bodenproben zuständig», erklärte Woltmann, nachdem sie auf der Terrasse Platz genommen hatten. «Schon seit vielen Jahren hat er das gemacht. Seit man die Ambitionen unserer Bürgerinitiative kennt, schmeißt man uns ja von offizieller Seite Knüppel zwischen die Füße, wo auch immer es geht. Daran haben wir uns gewöhnt. An eine Zusammenarbeit mit den verantwortlichen Organisationen und den Betreibern der Anlagen ist überhaupt nicht zu denken. Die mauern. Dementsprechend waren und sind uns wichtige Türen verschlossen. Was allerdings nicht bedeutet, dass wir nicht trotzdem zum Ziel kommen. Und dabei hat uns Inger geholfen. Vor allem, weil er freien Zutritt zu den uns und der Öffentlichkeit versperrten Anlagen hatte. Es gibt bestimmte Areale, die werden wie ein Hochsicherheitstrakt bewacht. Da ist kein Reinkommen. Es sei denn, man verfügt über Beziehungen. Und die hatte Inger. Durch seine langjährige Tätigkeit für das Geesthachter Industriemuseum. Das ist ein Verein, der sich mit der Geschichte der ehemaligen Krümmeler Dynamitwerke befasst und regelmäßig historische Führungen veranstaltet. Inger hat den baulichen Bestand und die noch vorhandenen Ruinen auf dem Gelände der ehemaligen Fabriken inventarisiert. So hatte er Zutritt zu allen Flächen, denn das Kernkraftwerk und die GKSS wurden auf diesem Gelände erbaut. Vor allem der Bereich, wo sich am 12. September 1986 dieser verheerende Brand ereignete, ist für uns natürlich von besonderem Interesse.»

«Und was ist mit den Bodenproben geschehen, die Herr Oswald gesammelt hat?» Insgeheim spekulierte Gero bereits, ob Oswald dem Geesthachter Verein nur beigetreten war, um Zutritt zu den gesperrten Gebieten zu bekommen. Er musste dringend abklären, wo Oswald zuerst aktiv gewesen war. Dem Geesthachter Verein war er 1998 beigetreten. So viel hatte Gero bereits herausgefunden.

«Die Bodenproben bildeten und bilden die Grundlage zu dem, was wir behaupten. Es hat im September 1986 auf dem Gelände der GKSS einen atomaren Unfall gegeben. Mehrere Atomphysiker haben in den von uns genommenen Bodenproben zweifelsfrei atomaren Brennstoff nachgewiesen. Und zwar in Form sogenannter PAC-Kügelchen. Das sind weniger als ein Millimeter große Teilchen, die hochangereichertes Uran sowie Thoriumnuklide enthalten. Dieser Brennstoff entstammt sehr wahrscheinlich atomaren Forschungsreaktoren, Hybridanlagen, in denen Kernfusion und Kernspaltung gemeinsam zur Energiefreisetzung genutzt werden sollten. Solche Forschungen wurden etwa bei der NUKEM in Hanau und im Kernforschungszentrum Karlsruhe betrieben. Tatsächlich wurden ähnliche Teilchen nach einer radioaktiven Verpuffung in Hanau gefunden – ebenfalls in Bodenproben. Nun, beide Anlagen existieren nicht mehr, und auch der Reaktor und die dazugehörigen Forschungseinrichtungen auf dem Gelände der GKSS wurden Anfang der neunziger Jahre durch Neubauten ersetzt. Es ist also ein Theorem, dem wir auf der Spur sind. Aufgrund der jetzt existenten Anlage und der Forschung, die dort momentan betrieben wird, können wir keinerlei Rückschlüsse darauf ziehen, was man dort in den achtziger Jahren gemacht hat.»

«Was hat man denn Ihrer Meinung nach damals dort gemacht?»

«Auf jeden Fall etwas, das – was auch immer es war – nicht ans Licht kommen darf. Und glauben Sie mir eines: Der Grund dafür liegt bestimmt nicht in der Höhe der zu erwartenden Regressansprüche aller Geschädigten. Hier geht es um etwas ganz anderes.»

«Um was genau?»

«Genau wissen wir es noch nicht, aber es besteht durchaus der Verdacht, dass damals möglicherweise sogar Völkerrecht gebrochen wurde. Was dort geschehen sein könnte, spricht die GKSS in einer Informationsbroschüre selber aus, ohne dass sich der für den Text Verantwortliche wohl darüber im Klaren war, als er ihn verfasst hat. Jedenfalls lief der Betrieb des ursprünglichen Reaktors mit hochangereichertem Uran-235, da nur damit die dort erwünschte hohe Neutronendichte erreicht werden konnte. Im Jahr 1975 trat die Bundesrepublik Deutschland der internationalen Konvention zur Verhinderung der unkontrollierten Verbreitung von kernwaffenfähigem Material bei – und genau das ist Uran-235. Mit der

Umstellung auf niedrig angereichertes Uran Anfang der neunziger Jahre beruft sich die GKSS nun auf ebendiese Gefahrenabwehr. Was in den verbleibenden fünfzehn Jahren dort geschehen ist, wird allerdings nicht ausgesprochen. Jedenfalls eine ziemlich lange Zeit der Umstellung, wenn Sie mich fragen. Und im Nachhinein betrachtet erscheint mir die Umstellung mehr so etwas wie eine Art der legalen Spurenverwischung zu bedeuten, denn in diesen Zeitraum fällt auch jener besagte Tag im September 1986, wo Strahlenmesstrupps des benachbarten Kernkraftwerkes im Vollschutz stark erhöhte Messwerte in der Luft gemessen haben und entsprechend Alarm gaben.»

«Das klingt ungeheuerlich.» Gero beobachtete Bettina, die über all diese Dinge anscheinend Bescheid wusste. Jeder hier in der Bürgerinitiative kannte diese Fakten. Nur er nicht. Warum auch? Diese Informationen wurden zwar bestimmt an die Öffentlichkeit getragen, aber dort eben kaum zur Kenntnis genommen. Vor allem, weil es einen kaum beunruhigte, wenn man nicht in der unmittelbaren Umgebung lebte oder selbst betroffen war. Die Schwierigkeit jeder Bürgerinitiative.

«Es *ist* ungeheuerlich!», erwiderte Woltmann. «Es gab Expertenkommissionen, es gab diverse Gutachten von Fachleuten. Auch solchen, die nicht Mitglied in unserem Verein sind oder in der Nachbarschaft wohnen. Was ich damit zum Ausdruck bringen will: Es sind keine Gesinnungsfreunde einer Anti-Atomkraft-Politik, die wir hier um uns scharen. Jedenfalls kommen diese Fachleute zu einstimmigen Ergebnissen, an denen sich kaum rütteln lässt. Aber die Angelegenheit ist natürlich längst zu einem Politikum geworden. Vonseiten der verantwortlichen Stellen wird alles getan, um uns mundtot zu machen. Man wird quasi als Verschwörungstheoretiker hingestellt. Auf jedes Gutachten folgte ein Gegengutachten. Laborbefunde und Messergebnisse werden nicht anerkannt oder durch andere Befunde relativiert. Protokolle und Berichte sind plötzlich unauffindbar oder zufällig durch einen Brand zerstört; unabhängige Institute, die unsere Proben auswerten sollen, werden unter Druck gesetzt, indem man ihnen unausgesprochen mit der Streichung von Aufträgen droht, falls sie mit uns kooperieren. Kurzum: Man will die Angelegenheit aussitzen. Ganz nach dem Motto: Es kann nicht sein, was nicht sein darf. Parallel dazu hat man damit begonnen, alle Spuren zu verwischen. Allerdings lassen sich radioaktive Spuren kaum verwischen. Dafür ist die Halbwertszeit einfach zu lang. Bringen wir es auf einen Nenner: Man hofft auf die Statistik. Wenn immer weniger neue Leukämiefälle hier in der Elbmarsch registriert werden, so kann man den Cluster umso verständlicher mit einer Zufälligkeit begründen. Ein Mord bringt allerdings eine andere Dimension ins Spiel.»

Gero erschrak. Dabei sprach Woltmann nur unmissverständlich aus, was möglicherweise am Ende seiner eigenen Argumentationskette stehen konnte. «Sie meinen, Inger Oswald ist vielleicht auf etwas gestoßen, das Ihren Verdacht beweisen könnte?»

«Dieser Gedanke ist doch naheliegend.»

«Seit wann war Herr Oswald für diese Bürgerinitiative aktiv?»

«Lassen Sie mich überlegen. Wir sind im Jahre 1991

erstmals zusammengekommen, damals noch als Arbeitsgruppe. Da war er noch nicht mit dabei. Er kam, als seine Tochter erkrankte. Sie wissen vom Tod seiner Tochter?»

Gero nickte.

«Maja starb vor genau zehn Jahren. Ich weiß es noch wie heute, wie er es mir erzählte. Es hatte von einem Tag auf den anderen etwas in ihm verändert. Bis dahin war er ein Verzweifelter, danach wurde er zum unbarmherzigen Kämpfer für unsere Sache. Nein, es war eigentlich nur noch *seine* Sache. Verzeihen Sie mir die Wortwahl, aber es trifft seinen Wesenswandel sehr genau. – Zwei Jahre dauerte die Qual. Also muss die Diagnose 1997 gestellt worden sein. Demnach war er seit Ende desselben Jahres dabei.»

Also bevor er für den Geesthachter Verein tätig wurde, folgerte Gero in Gedanken. Sehr wahrscheinlich hatte er die dortige Arbeit nur aufgenommen, um an bestimmte Informationen zu gelangen oder um sich für sein wirkliches Anliegen zu tarnen. Was musste diesen Mann bewogen haben, sich über die vielen Jahre einen Deckmantel anzueignen, der es ihm erlaubte, ungehindert Material sammeln zu können? Mit einer solchen Akribie. Material, von dem er nicht einmal wusste, ob es letztendlich der Wahrheitsfindung dienlich war. Der Werdegang von Oswald glich fast dem eines Geheimdienstlers. Je mehr Gero über Oswald erfuhr, umso unheimlicher wurde ihm der Mann.

Gero war verwirrt. Es waren zu viele Informationen, die er in zu kurzer Zeit erhalten hatte. Das gedankliche Organigramm, das er die ganze Heimfahrt über zu konstruieren versuchte, stürzte immer wieder in sich zusammen. Hinzu kam, dass seine Gefühle Achterbahn fuhren. Bettina hatte ihn zum Abschied in den Arm genommen und auf den Mund geküsst. Er hatte es geschehen lassen – nun plagte ihn ein schlechtes Gewissen, das ihn die ganze Fahrt über verfolgte wie ein unsichtbarer Geist, der sein Antlitz im nächtlichen Dunkel des Rückspiegels verbarg.

Woltmann hatte ihm einen ganzen Stapel Material mitgegeben. Berichte und Ausführungen verschiedener Untersuchungskommissionen, die bis ins Jahr 1992 zurückreichten. Lektüre, um sich einzuarbeiten. Dinge, von denen er niemals gedacht hätte, dass er sich irgendwann damit auseinanderzusetzen hatte. War es wirklich so? Brauchte er all diese Details, um einem Mörder auf die Schliche zu kommen, oder hatte er einfach nur Blut geleckt? Das Blut der Betroffenen. Das Blut von Bettina. Ihr trauriges Schicksal ging ihm nicht aus dem Kopf. Die Berichte seien auch im Internet aufrufbar, hatte Woltmann gemeint, aber es wäre immer besser, wenn man etwas schwarz auf weiß in den Händen hielte.

Die ersten Gutachten und Berichte hatte eine Wissenschaftlerin namens Beatrice Schmidt-Wassermann verfasst. Es ging um Fallstudien zur Chromosomenaberration, also um die durch Strahlung hervorgerufene Veränderung von Erbgut – natürlich bei den Anwohnern in der Elbmarsch. Ihr Name tauchte auch bei anderen Protokollen und Auswertungen immer wieder auf. Bettina hatte erwähnt, dass sie aufgrund ihrer Arbeit für die Bürgerinitiative sogar überwacht worden war. Das nahm man zumindest an. Beweise dafür gab es keine. Ebenso wenig war klar, in wessen Auftrag so etwas hätte geschehen sollen. Aber wenn jemand an die Vertuschung eines radioaktiven Unfalls glaubte, dann passte so etwas schon ins Bild.

Die Wissenschaftlerin hatte jedenfalls sehr umfangreiche Recherchen angestellt. Entsprechend dick waren ihre Berichte. So etwas tippte man nicht nebenbei in die Tasten. Ein weiteres Gutachten beschäftigte sich mit der Analyse von Baumscheiben aus der Region, die mit strahlendem Material belastet waren. Ein anderes mit der Möglichkeit, ob die Verseuchung des Elbwassers als Grund für die Leukämiefälle in Frage kommen könne. Im Jahr 1987 waren die Gärten vieler Anwohner durch ein Hochwasser überspült worden. So ging es weiter und weiter. Es schien so, als seien über die Jahre alle Möglichkeiten abgearbeitet worden. Bis man auf die sogenannten PAC-Kügelchen gestoßen war. Und die Bodenproben dafür hatte Inger Oswald geliefert.

Gero gingen erneut Hannah Oswalds Worte durch den Kopf. Es sei sein heimliches Streben gewesen, zu seiner Tochter zu gelangen. So, wie sie es ausgesprochen hatte, klang es, als habe Oswald auf seinen Tod hingearbeitet. Oder hatte er ihn nur in Kauf genommen? Oswald hatte Lymphdrüsenkrebs gehabt. Hatte er von dieser Erkrankung überhaupt gewusst? Hatte er sich womöglich aufgrund seiner Recherchen kontaminiert? Gero musste dringend mit Vetter sprechen, ob die Erkrankung möglicherweise durch radioaktive Strahlung ausgelöst worden war. Vielleicht konnte ihm diese Frage auch Lena beantworten. Das schlechte Gewissen hatte ihn erneut eingeholt.

KAPITEL 13

Hinnerk Woltmann ließ die Tür hinter sich ins Schloss fallen, stellte die Clogs auf die Matte vor dem Schuhregal und steuerte zielstrebig auf die Hausbar zu. Das erste Glas Weinbrand stürzte er in einem Zuge hinunter, dann schenkte er nach und nahm noch einen weiteren kräftigen Schluck. Ein Automatismus, er hatte das Trinken schon längst nicht mehr unter Kontrolle. Er wusste es nur zu genau, aber es half nichts. Es ging nicht anders. Nachdem er das zweite Glas geleert hatte, fühlte er sich besser. Spätestens nach einer Stunde würde das ersehnte Gefühl von Schwindel und Taubheit einsetzen. Er richtete sich zugrunde, aber das interessierte ihn momentan nicht im Geringsten. Nicht mehr. Henriette hatte ihn verlassen – wegen der Trinkerei. Er sei nicht mehr er selbst, hatte sie zu ihm gesagt und war ausgezogen. Von einem Tag auf den anderen. Alle paar Wochen schaute sie vorbei. Immer nur vormittags, um sicherzugehen, dass er noch nüchtern war. Und wahrscheinlich deshalb, um zu sehen, ob er noch lebte.

Woltmann ging in die Küche und schob eine Tiefkühlpizza in den Ofen, danach kehrte er in die Stube zurück und schenkte sich den Rest der Flasche ein. In der Vorratskammer musste noch Nachschub stehen. Nach dem dritten Glas hörten seine Hände auf zu zittern. Dennoch verschüttete er bei jedem Schluck ein paar Tropfen. Die Nachricht von Oswalds Tod hatte ihm den Rest gegeben. Eigentlich war es das Ende. Seine Finger rochen nach Schnaps. So einen bekamen sie nicht wieder.

Es war ein Drama. Dabei fehlten nur noch die Proben aus zwei Planquadraten. Hatte Oswald sie noch nehmen können? Und wenn ja, wo waren sie? Es war unglaublich, dass man inzwischen selbst vor einem Mord nicht mehr zurückschreckte. Dass es um Menschenleben ging, war allen bewusst. Aber ein Mord?

Der Geruch nach angebrannter Pizza ließ ihn seine wütenden Gedanken für einen Augenblick vergessen. Wie in Trance wankte er in die Küche und öffnete den Backofen. Beim Versuch, die Pizza oder was davon übrig war herauszuholen, verbrannte er sich den Handrücken. Nachdem er den verkohlten Rand abgeschnitten hatte, zerteilte er den Rest in mundgerechte Stücke. Danach öffnete er das Küchenfenster, damit der Qualm abziehen konnte.

Es war eine Verschwörung, ganz klar. Eine Verschwörung, die sich gegen den Erfolg der Bürgerinitiative richtete. Ihm dämmerte schon, wer dahinterstecken musste: Alexander von Glauber. Wieder einmal. Er war von Anfang an der stärkste Widersacher der Bewegung gewesen. Als größter Grundbesitzer und Investor in der Region war ihm natürlich daran gelegen, dass sein Kapital sauber blieb. Wenigstens auf dem Papier. Verseuchten Boden konnte man schließlich nur schwer vermarkten, und er war in riesige Investitionsvorhaben eingebunden. Wenn offiziell bekannt wurde, dass große Teile des Bodens in der Region mit radioaktiven Bestandteilen belastet waren, dann würden die bisherigen Interessenten womöglich abspringen, und er blieb auf der Sache sitzen. Und Glauber hatte bereits viel investiert – wahrscheinlich zu viel, als dass er sich ein Risiko leisten konnte. Er hatte zwar schon einige Rückschläge hinnehmen müssen, aber bislang war er aus jeder Krise wie ein Stehaufmännchen herausgekommen. Wohl auch wegen seiner ausgezeichneten Kontakte zur Politik. Er hatte nie einen Hehl daraus gemacht, wem er sich zugehörig fühlte. Seine Parteispenden waren allgemein bekannt, jemand, der so vermögend war, wählte natürlich gelb.

Die Bürgerinitiative war ihm daher ein großer Dorn im Auge, und er gab sich jede erdenkliche Mühe, die Arbeit der Mitglieder zu sabotieren und zu unterwandern. Sie wussten inzwischen, dass die Droh- und Schmähbriefe, die unter den Aktivisten Zwietracht säen und die Menschen in der Region verängstigen sollten, auf seinem Mist gewachsen waren. Nachweisen konnten sie es ihm nicht. Dafür hatte er es zu schlau angestellt. Mehr als einmal hatte er seine Leute gut getarnt zu Versammlungen geschickt. Man musste davon ausgehen, dass ihm genau bekannt war, was Oswald für die Gruppe bedeutet hatte. Aber dass Glauber einen Mord in Auftrag gab ... Woltmann konnte es immer noch nicht glauben.

Langsam hüllte sich ein sanfter Nebel um seine Gedanken. Er hatte aufgehört, die Gläser zu zählen. Die neue Flasche war bereits halb leer. Vielleicht steckte auch etwas ganz anderes hinter Oswalds Tod. Was war mit Professor Philippi? Hatte Oswald ihn erneut aufgesucht? Eine Woche lang hatten sie keinen Kontakt gehabt, eine entscheidende Woche. Er wusste einfach nicht, was Oswald getan hatte. Dabei hatten sie sich sonst immer genauestens abgesprochen. Wieso kam er jetzt nur auf Philippi? Nur weil Inger Oswald sich sofort bereit erklärt hatte, die Sache erneut in die Hand zu nehmen, nachdem Bettina vom Schicksalsschlag der Philippis berichtet hatte? Vielleicht hatte sich Inger Oswald ihr anvertraut. Er hatte vorhin nicht gewagt, danach zu fragen. Aber es war durchaus denkbar, dass Oswald bei Philippi gewesen war. Nicht als Kämpfer für die Sache, sondern als jemand, der Ähnliches durchgemacht hatte, als betroffener Vater.

Peter Philippi war einer der wenigen ehemaligen Mitarbeiter der GKSS, den sie hatten ausfindig machen können. Von 1982 bis 1986 war er dort im Bereich der Neutronenforschung tätig gewesen. Er war einer von denen, die im Herbst 1986 fortgegangen waren. Hals über Kopf hatte er mit seiner Familie das Haus in Grünhof verlassen, eine Nacht-und-Nebel-Aktion. Von heute auf morgen. So wie andere Mitarbeiter der GKSS auch, die in der Nähe der Anlage gelebt hatten. Durch Zufall waren sie darauf gestoßen, weil das Haus der Philippis mehrere Jahre leergestanden hatte, bis sich ein Käufer für das Anwesen interessierte. Die Fäden der Bürgerinitiative waren inzwischen eng verwoben, und so erfuhr man von Philippis neuem Wohnort, denn das Haus war immer noch mit einer Hypothek belastet.

Philippi arbeitete heute bei der DESY in Hamburg, war inzwischen habilitiert und lebte mit Frau und Sohn in einer komfortablen Backsteinvilla im noblen Elbvorort Othmarschen. Sie hatten natürlich sofort versucht, mit Philippi Kontakt aufzunehmen, aber als er erfuhr, was man von ihm wollte und welche Interessen hinter der Anfrage standen, hatte er sie brüsk mit dem Hinweis abgewiesen, dass es zu keinem Zeitpunkt irgendeinen Vorfall auf dem Gelände der GKSS gegeben hätte. Man hatte ihn gekauft, so viel war klar. Wahrscheinlich mit einer Extrasprosse der

Karriereleiter oder sogar mit einem kleinen Entschädigungsdarlehen, damit er seiner Familie ein seiner neuen Stellung adäquates Domizil bieten konnte. Und das, obwohl sein Haus in Grünhof noch nicht einmal verkauft war. Solche Entgegenkommen waren sicherlich mit gewissen Verschwiegenheitsklauseln und der Verpflichtung zur Geheimhaltung verbunden. Und so hatten sie Philippi als möglichen Zeugen bereits abgeschrieben.

So lange, bis ihnen vor kurzem der Zufall in Form eines Schicksalsschlags zu Hilfe gekommen war. Bettina Kolowski war Marian Philippi im Hamburger Universitätskrankenhaus, dem UKE, begegnet. In einem Gesprächsseminar betroffener Eltern. Kai, der Sohn der Philippis, war seit einem halben Jahr an Leukämie erkrankt. Er war mit seinen 26 Jahren zwar kein Kind mehr, aber seine Mutter hatte sich Bettina mit der Befürchtung anvertraut, dass die Erkrankung ihres Kindes möglicherweise mit ihrem früheren Wohnort in Verbindung stehen könnte. Der Rest war ein Selbstgänger. Bettina hatte auf einem Treffen davon erzählt, und Inger Oswald hatte sich sofort bereit erklärt, den Philippis erneut einen Besuch abzustatten. In ihm keimte die Hoffnung, dass Peter Philippi nun endlich bereit war, das Schweigen zu brechen. Wer stellte seine wirtschaftliche Existenz schon über das Leben seines eigenen Kindes? Oder hatte Philippi verdrängt, dass er einer der Wissenden, wenn auch vielleicht nicht der Verantwortlichen war? War Oswald ihm eventuell zu nahe getreten? Hatte er ihn auf ihren Verdacht angesprochen, hatte ihm die Pistole auf die Brust gesetzt? So, wie er Inger einschätzte, war das durchaus denkbar. Ein offizieller Zeuge für die vermutete Katastrophe im Herbst 1986 war das Beste, was sie vorweisen konnten. Und danach war Peter Philippi durchgedreht und hatte Oswald getötet? Eigentlich undenkbar, aber dennoch ...

Woltmanns Gedanken wurden schwer. Er merkte, wie der Alkohol ihm den klaren Verstand raubte. Wie es zu erwarten gewesen war. Wie er es geplant hatte. Sein Blick wurde schwammig, er hatte Schwierigkeiten, seine Umgebung zu fixieren. Warum hatte er diesem Polizisten nichts von alledem erzählt? Es war kein schlechtes Gewissen, das ihn trieb. Auch Inger Oswald gegenüber nicht. Die Belange der Bewegung hatten Priorität. Zuerst mussten sie an die Bodenproben gelangen, sofern es sie überhaupt gab. Danach würde er der Polizei seine Vermutungen mitteilen. Vorher nicht. Wenn die Proben in die Hände der Polizei fielen, dann waren sie für die Bürgerinitiative sicher für lange Zeit verschlossen. Das kannte man ja. Und sie hatten Boris Iugarov für seinen nächsten Besuch die noch fehlenden Bodenproben versprochen. Das hatte äußerste Priorität.

Woltmann machte sich auf in Richtung Schlafzimmer. Seine Schritte wirkten unsicher. Hatte er das Licht in der Stube gelöscht? Sie würden nie wieder jemanden finden, der wie Oswald Zutritt zu den entsprechenden Grundstücken hatte. Die Glühbirne an der Decke des Flurs verschwamm zu einem lichtspendenden Brei. Bis zum Bett musste er es schaffen. Das Gelände der IVG war in Zukunft sicher für niemanden mehr zugänglich. Seine Hand suchte den Lichtschalter. Hauptsache, Bettina verplapperte sich nicht versehentlich. Das Bettzeug war angenehm kühl. Sie kannte den Polizisten anscheinend besser. Hinnerk Woltmann starrte an die Decke, die sich langsam zu drehen begann.

KAPITEL 14

Die Nacht war der reinste Horror. Ein quälender Traum folgte dem anderen. Wem jagte er hinterher? Die Person blieb konturenlos, zeigte ihm nur den Rücken und rannte rastlos durchs Unterholz eines herbstlichen Waldes. Sosehr Gero sich auch bemühte, er kam nicht einen Meter näher an den Unbekannten heran. Aber auch er selbst wurde verfolgt. Schritte und Atem waren hinter ihm zu hören. Irgendetwas hinderte ihn daran, sich umzublicken. Dann die Bilder kranker Kinder, die er wie ein Kartenspiel in den Händen hielt. Das Foto, das ihm Hannah Oswald von ihrer Tochter gezeigt hatte. Dieser Blick zwischen Traurigkeit und Hoffnung. Nebelschwaden, aus denen sich Hände emporstreckten und nach ihm griffen. Immer wieder strauchelte Gero, stürzte, rappelte sich hoch, nahm die Verfolgung wieder auf. Irgendwann landete er auf einer weichen Moosbank. Bettina beugte sich zu ihm herab, küsste ihn zärtlich, das Gesicht voller Tränen. Er war gelähmt, hilflos, ließ alles mit geschlossenen Augen geschehen. Er spürte ihre Lippen. Keine Gegenwehr, ein Blinzeln nur, die Zuneigung zu erwidern. Über ihm stand sein Vater. An seiner Uniform blitzte ein Hakenkreuz.

Gero schreckte hoch. Er war schweißgebadet, das Bettzeug nass. Der Wecker zeigte vier Uhr. Er blickte auf die silbergraue Mähne seiner Frau, die sich in die Kissen gekuschelt hatte. Lena drehte sich mit einem leisen Stöhnen auf die andere Seite, als er das Zimmer verließ.

Um halb sechs war er im Kommissariat und erntete fragende Blicke von den wachhabenden Kollegen am Eingang. Er ließ sie unbeantwortet. Leere Gänge, leere Zimmer. Die Ruhe tat gut. Gero drückte die Taste für einen großen Milchkaffee, schaltete das Licht im Besprechungsraum an und studierte die Pinnwand, auf der die Kollegen die neuesten Ergebnisse auf kleinen Kärtchen notiert hatten. Keine außergewöhnlichen Geschehnisse, keine neuen Spuren. Davon hatte er selbst genug im Kopf. Jemand hatte die Pläne und Karten sorgfältig auf den Tischen ausgebreitet und die farbigen Markierungen, die Oswald mittels kleiner bunter Nadeln gesetzt hatte, nach Pauls Fotos rekonstruiert. Die grünen Fähnchen waren deutlich in der Überzahl; blaue gab es etwas weniger, gelbe nur selten, und wenn, dann versammelten sie sich in kleinen Grüppchen. Rote Nadeln tauchten nur vereinzelt auf.

Die Pläne stammten noch aus Kriegszeiten. Das verrieten die großen Stempel, die sie als «Geheim» einstuften. Die deutsche Fraktur und die vielen Ausrufezeichen wirkten immer noch bedrohlich. Demnach durften sie nur verschlossen gelagert oder unter polizeilichem Gewahrsam transportiert werden. Die warnenden Paragraphen waren verblichen und unleserlich.

Gero nahm eine Lupe zur Hand und studierte die Pläne genauer. Die eingetragenen Gebäude zogen sich wie ein Gewirr amorpher Ganglien entlang eines ebenso unübersichtlichen Wege- und Straßennetzes durch die kartographischen Raster. Größere Gebäude waren namentlich gekennzeichnet, etwa Kraftwerke, Verladestellen, Bahnhöfe, Werkstätten und Schießplätze, die restlichen trugen nur Nummern, deren Systematik sich Gero nicht erschloss. Zumindest gab es keinerlei lokalen Zusammenhang. Gebäude mit zwei- und dreistelligen Ziffern lagen teilweise direkt nebeneinander. Mit etwas Glück fand sich in Oswalds Aktenordnern ein Findbuch oder ein Katalog zu den Nummerierungen, vielleicht sogar eine Erklärung dazu, was die unterschiedlichen farblichen Markierungen zu bedeuten hatten. Sowohl auf den Plänen zur Düneberger Fabrik als auch auf denen zu den Anlagen auf dem Krümmel waren alle Farben vertreten, und diese Markierungen konnten nicht nur auf die Entnahmestellen von Bodenproben hinweisen. Dafür waren es einfach zu viele. Die Genauigkeit, mit der Oswald beide Gelände kartographiert hatte, war nicht zu vereinbaren mit dem Gedanken, dass er nur aus Gründen der Tarnung für den Geesthachter Verein tätig gewesen war. Es musste noch mehr dahinterstecken.

Dascher kam pünktlich um acht. Er trug ein verdächtiges Grinsen im Gesicht. Mit dem Morgengruß legte er ein Papier vor Gero auf den Tisch. «Mischke», sagte er knapp, nachdem Gero erst ein Achselzucken von sich gegeben hatte und danach umständlich anfing, mit der Lupe die Zeilen entlangzufahren. «Es ist zwar über ein halbes Jahr her, aber er war dort.»

«Wo?», fragte Gero. Inzwischen hatte er seine Lesebrille gefunden.

«Kiesgrube», murmelte Paul.

«Das ist nicht dein Ernst?»

«Doch. Ich bin alle Kennzeichen nochmal durchgegangen. Er hat Mutterboden geholt. Einen Kubikmeter. Ist alles erfasst.»

«Saubere Arbeit», entgegnete Gero. «Wie lange hast du dafür gebraucht?»

«Nicht der Rede wert.» Dascher strahlte immer noch.

Gero ahnte, dass er noch einen weiteren Trumpf in der Hinterhand hatte. «Mach es nicht so spannend.»

Dascher zückte ein weiteres Blatt. «Das ist der Einzelgesprächsnachweis von seinem Anschluss.» Das Strahlen war in ein Grinsen übergegangen.

Gero nahm den Zettel entgegen und blickte auf die Zahlenkolonnen. Das Papier war alles Mögliche, nur kein offizielles Dokument. Er wusste, was das verschwörerische Grinsen zu bedeuten hatte. «Mensch, Paul. Bist du verrückt! Wir ermitteln hier in einem Mordfall. Da brauchen wir handfeste Beweise. Die Wissmann reißt mir die Birne runter, wenn sie erfährt …»

«Beruhig dich. Ich hab's ja offiziell beantragt. Dauert wohl drei, vier Tage. Ich dachte nur, es sei von Vorteil, wenn wir schon mal einen Blick riskieren. Schließlich hat auch Oswald von Mischkes Anschluss aus telefoniert. Ich bin aber noch nicht damit durch. Ist noch ganz frisch.»

Gero nickte. «Sonst noch was zu beichten?»

«Zu beichten nicht. Die Gerichtsakten in Sachen Mischke sind gestern gekommen.» Dascher reichte Gero einen schmalen Hefter. «Ist ein ziemliches Kauderwelsch. Ich habe den Eindruck, die verschlüsseln die Sätze irgendwie. Aber wenn man es einmal begriffen hat, dann liest es sich recht flüssig. Die dreizehn Seiten Amtsdeutsch lassen sich auf wenige Sätze reduzieren: Mischke ist hoch verschuldet. Genauer gesagt pleite. Seit fast vier Jahren läuft ein Zwangsversteigerungsverfahren bezüglich seines Elternhauses, das ihm zwar nominell gehört, aber nur, wenn man die zahlreichen Grundbucheinträge unberücksichtigt lässt. Diese etwas undurchsichtigen Besitzverhältnisse sind wohl auch ein Grund dafür, dass sich bislang kein Käufer hat finden lassen. Vor allem das lebenslange Wohnrecht, das seiner Mutter eingeräumt ist, scheint der Haupthinderungsgrund zu sein. Katharina Mischke lebt zwar zurzeit in einem Altenheim, will aber nach eigenen Angaben keinesfalls auf das ihr zustehende Wohnrecht verzichten. Erschwerend kommt hinzu, dass sie seit etwa einem Jahr als Pflegefall eingestuft ist, also aller Wahrscheinlichkeit nach nie wieder in ihr Haus wird zurückkehren können. Seither streiten sich die Anwälte …»

Gero blätterte flüchtig durch die Akten. «Katharina Mischke ist Jahrgang 1929. Da wird der Rechtsstreit dann wohl in absehbarer Zeit aus biologischen Gründen beendet sein.»

«Du meinst, solange sie lebt, wird ihr Sohn in diesem Haus bleiben können.»

«So in etwa. Ich bin kein Jurist, aber darauf wird es wohl hinauslaufen.» Gero stockte und studierte eine Seite genauer. «Das ist ja interessant», meinte er schließlich. «Katharina Mischke lebt in demselben Altenheim in Mölln wie Oswalds Mutter.»

«Zufall ist das bestimmt nicht.»

«Aber strafbar auch nicht. Jedenfalls ist das ein weiterer Hinweis darauf, dass Oswald und seinen Vermieter mehr verband, als Mischke uns gegenüber erklärt hat.»

«Das sollte doch für eine Vorladung ausreichen, oder?»

«Im Prinzip schon. Aber womit willst du Mischke konfrontieren, und was versprichst du dir davon? Dass er vor einem halben Jahr in der Kiesgrube Mutterboden geholt hat, in der man nun seinen Untermieter tot aufgefunden hat, kann Zufall sein. Was haben wir für einen Verdacht? Nenne mir ein Motiv, das Mischke gehabt haben könnte. Mit fällt bei aller Phantasie keins ein.»

«Dann mache ich mich jetzt am besten erst mal über die Telefonnummern her», meinte Dascher etwas enttäuscht.

«Und ich werde nach Mölln in dieses Altenheim fahren», erklärte Gero. «Den Gang zu Oswalds Mutter schiebe ich schon lange genug vor mir her. Da kann ich dann auch mit Katharina Mischke sprechen. – Und kannst du bitte dafür sorgen, dass jemand einen aktuellen Stadtplan so weit vergrößert, dass er dem Maßstab von diesen Plänen hier entspricht? Am besten auf transparenter Folie, dann haben wir eine deckungsgleiche Vorlage. Es geht mir vor allem um das Straßenverzeichnis. Wenn wir uns die Orte anschauen wollen, die mit Fähnchen markiert sind, dann müssen wir wissen, wo die Stellen genau zu finden sind. Ach ja, und noch etwas. Oswald hat für eine Bürgerinitiative Bodenproben gesammelt, in denen radioaktive Miniteilchen nachgewiesen wurden. Genaueres dazu habe ich als Kärtchen an die Pinnwand geheftet. Es geht nun darum, dass die GKSS, das ist das Forschungszentrum …»

«Das ist mir bekannt», unterbrach ihn Paul und nickte. «Du meinst die PAC-Kügelchen. Das stand schon in der Presse. Man vermutet, dass sie aus dem Reaktor der GKSS stammen.»

«Äh, ja», stammelte Gero etwas verlegen. Entweder las er die falschen Zeitungen, oder er hatte es schlicht übersehen. «Oswald war jedenfalls derjenige, der die Bodenproben organisiert hat, denn er hatte wohl wegen seiner Tätigkeit für den Geesthachter Verein die Möglichkeit, sonst abgesperrte Sicherheitszonen rund um das Kernkraftwerk und die GKSS betreten zu können. Bitte doch Matthias darum, er soll in Erfahrung bringen, ob und wann Oswald deswegen das letzte Mal Kontakt zur GKSS aufgenommen hat, denn ich glaube, er wird jedes Mal eine besondere Befugnis zum Betreten der Areale benötigt haben.»

«Die Patientin Katharina Mischke ist zurzeit nicht vernehmungsfähig», erklärte der zuständige Stationsarzt auf Geros Anfrage. «Sie leidet unter einer schizophrenen Psychose und steht unter starken Medikamenten.» Dr. Ohlhausen war etwa in Geros Alter, und sein routiniert-resoluter Ton duldete keinerlei Widerspruch. Es klang, als habe er schon mehr als zu viel gesagt.

«Wie lange wird ihr Zustand …?»

«Er wird sich nicht mehr ändern», meinte der Mediziner barsch. «Mehr Auskünfte kann ich Ihnen zu der Patientin leider nicht geben.»

«Und Frau Oswald?»

«Das entzieht sich meiner Kenntnis. Soweit ich weiß, bewohnt sie ein kleines Apartment im Stift und ist noch relativ mobil. Ich kenne sie nur flüchtig von kurzen, stationären Behandlungen. Versuchen Sie Ihr Glück. Ich habe keinerlei Einwände, wenn Sie ihr einen Besuch abstatten wollen.»

«Ihr Sohn wurde Opfer einer Straftat. Wird sie eine solche Nachricht verkraften?»

Dr. Ohlhausen studierte eines der Patientenblätter in seiner Akte. «Das werden Sie besser einschätzen können als ich», meinte er schließlich. «Medizinisch gesehen ist die Frau für ihr Alter kerngesund.»

Er streckte Gero die Hand zur Verabschiedung entgegen. «Sie entschuldigen, aber ich muss mich um meine Patienten kümmern.»

«Eine Frage habe ich noch.»

Ohlhausen reckte den Hals. «Ja?»

«Wissen Sie, ob sich die beiden kannten? Katharina Mischke und Martha Oswald?»

«Den Unterlagen nach bewohnten beide für etwa ein halbes Jahr dieselbe Wohneinheit im Stift. Da war Frau Mischke allerdings schon ein Pflegefall der Stufe eins. Ob sie dort persönlichen Kontakt gehabt haben, entzieht sich meiner Kenntnis. Das werden Ihnen aber die dortigen Schwestern beantworten können.»

Ohlhausen schlüpfte in seinen Arztkittel und hängte sich ein Stethoskop um den Hals. Er blickte zur Uhr und griff nach der Türklinke. «Wenn ich jetzt ...»

Die Wohnanlagen des Altenstifts waren in gebührendem Abstand zum eigentlichen Krankenhaus errichtet worden, und die Klinik lag nicht in der direkten Sichtachse. Wie um den Abstand noch zu vergrößern, breitete sich vor den terrassierten Balkons des Stifts eine weitläufige Parklandschaft aus. Eine Zone der Ruhe, die von Flanierenden mit langsamen Schritten erobert wurde, sehr langsamen Schritten. Paarweise, alte Frauen, teilweise untergehakt, von Bank zu Bank pilgernd und gekleidet, als ob es sie trotz sommerlicher Temperaturen fröstelte. Männer waren eindeutig in der Unterzahl. Dafür war der Pavillon unten am See umlagert wie ein Jungbrunnen. Eine alte Weide am Ufer beugte ihr morsches Geäst wie eine Huldigung an den Gang der Mühsamen. Zauberberg, Sanatorien – Gero hatte Bilder von Heilbädern aus dem vorletzten Jahrhundert vor Augen.

Der Aufgang zur Wohnanlage war stufenfrei. Nur das mit Namensschildern überbordende Klingelbrett unterschied den Eingang von dem eines Hotels. Gero zog die Anmeldung bei der Heimleitung vor. Eine junge Schwesternschülerin begleitete ihn auf die Etage. Sie mochte in Charlottes Alter sein und kämpfte dem Anschein nach erfolglos mit den Idealen von Körperkult und Schlankheitswahn. Vor nicht allzu langer Zeit hätten Zungenpiercing und Tätowierung ein Ausschlusskriterium für einen solchen Beruf dargestellt. Heutzutage anscheinend nicht. Radikalität und Provokation – als sei es an der Zeit, die scheidende Generation mit neuen Maßstäben zu konfrontieren. Wer tat sich das an? Die Bewohner schien es indes nicht im Geringsten zu stören. Vielleicht waren sie auch nur froh, dass das Personal wenigstens der deutschen Sprache mächtig war. Martha Oswald begrüßte die junge Schwester jedenfalls herzlich, als sie den Besucher vorstellte.

Gero hatte sich fest vorgenommen, behutsam vorzugehen. Ansonsten vertraute er auf seine Improvisationskunst. Mit älteren Damen hatte er nie Schwierigkeiten gehabt. Er, der immer als Traum jeder Schwiegermutter gegolten hatte. Die Mütter seiner Freundinnen waren meist vernarrt in ihn gewesen. Das war allerdings schon einige Jahrzehnte her, wie er sich eingestehen musste.

Martha Oswald beäugte den unangekündigten Gast dennoch interessiert, wenn auch nicht so, als wolle er um die Hand der Tochter anhalten. Auf den ersten Blick wurde Gero gewahr, dass sie einstmals eine Schönheit gewesen sein musste. Hager und schlank, nicht die gebeugte Haltung einer Greisin, das Gesicht zierten nur wenige Falten. Ein verblasster Stern, der in Würde ergraut war. Als er ihr silberweißes Haar erblickte, musste Gero unweigerlich an Lena denken. Sicher würden die Haare seiner Frau in ein paar Jahren eine ähnliche Patina haben. Martha Oswald war fast so groß wie er selbst. Sie trug einen dunklen Hosenanzug und Schuhe mit Klettverschluss.

«Kommen Sie doch bitte herein und nehmen Sie Platz. Ich bekomme nur selten Besuch.» Im Zimmer saß noch eine weitere Frau, die von Martha Oswald als Freundin Greta vorgestellt wurde und die sich sogleich verabschiedete. Sie wolle nicht stören. Geros freundlich vorgebrachter Einhalt prallte an ihrem Vorhaben ab, was ihm insgeheim lieb war.

Während Martha Oswald ihre Freundin zur Tür brachte, betrachtete Gero die Räumlichkeiten. Ein alter Sekretär, auf dem gerahmte Fotografien standen, eine Sitzgruppe in altersgemäßer Höhe, ein auf einen Fernseher ausgerichteter Lehnsessel, an den Wänden Kunstdrucke bekannter Impressionisten. Gero inspizierte die Fotografien in ihren silbernen Rahmen. Inger Oswald lächelte ihm auf zwei Bildern entgegen. Das eine war jüngeren Datums, das andere zeigte den Sohn in Jugendjahren. Wenn sie sah, dass er die Bilder betrachtete, würde der Übergang zu seinem Anliegen vielleicht einfacher sein. Er nahm das eine Foto in die Hand, als sie von der Tür zurückkam.

«Sie kommen von der Polizei, sagte Schwester Amelie?»

«Ich komme wegen Ihres Sohnes», sagte Gero leise. Zu leise, wie sich herausstellte. Er musste es lauter wiederholen.

«Ja, der Inger war gerade erst hier», antwortete Martha Oswald und schaute auf das Bild in Geros Händen. Es klang, als sei es gestern gewesen. Aus Sicht einer Vierundachtzigjährigen mochten Wochen wie Stunden vergehen, Tage wie Minuten.

Gero ersparte sich die Frage, wann genau Inger Oswald seine Mutter besucht hatte. «Kommt Ihr Sohn häufiger zu Besuch?»

«Häufiger wäre schön», entgegnete die alte Dame. Ihr Blick verriet, dass sie ahnte, warum Gero hier war. «Es ist ein beschwerlicher Weg hierher. Ohne Auto. Und der Jüngste ist er ja auch nicht mehr.»

«Gab es einen besonderen Grund, dass er kam?»

«Ja, immer die alten Sachen. Die Toten soll man ruhen lassen. Ich habe ihm das schon so oft gesagt. Aber auf mich hört er ja nicht.»

«Es ging um seine Tochter?»

Ihr Gesicht war auf einmal wie versteinert. «Darüber spricht er mit mir nicht. Das Thema ist tabu. – Nein, um seinen Vater ging es. Warum interessiert Sie das?»

«Ich bringe Ihnen schlechte Nachrichten.»

«Oh, man bringt mir immer schlechte Nachrichten.

Daran habe ich mich gewöhnt. Mal ist es das Herz, dann ist es der Darm. Wissen Sie, wenn man ein solches Alter erreicht hat, dann besteht das halbe Leben aus schlechten Nachrichten.» Sie ahnte es.

«Ihr Sohn lebt nicht mehr», sagte Gero und schaute ihr in die Augen. Wenn man jemandem eine solche Botschaft überbrachte, dann war es angebracht, direkten Blickkontakt zu haben.

Martha Oswald blickte zu Boden und machte einen schweren Seufzer. Mehr nicht.

«Er hat es angekündigt», sagte sie schließlich, den Blick immer noch auf den Boden gesenkt. «Niemand könne mehr etwas für ihn tun, hat er gemeint. Dass es so schnell gehen würde, hat er mir nicht gesagt.»

Oswald hatte also von seinem Krebs gewusst, ging es Gero durch den Kopf.

«Es liegt nicht in unserer Hand», sagte sie. «Auch nicht der Umstand, dass manche Kinder vor ihren Eltern gehen müssen. Ich kann nur hoffen, dass er nicht lange leiden musste.»

«Das kann ich Ihnen versichern», erwiderte Gero. Es war zumindest nicht gelogen. Die alte Dame würde zur Klärung seines Todes kaum etwas beitragen können. So konnte er ihr immerhin ersparen, die wirklichen Todesumstände zu erfahren. Dass sie von jemand anderem hörte, dass man ihren Sohn erschossen hatte, war so gut wie auszuschließen.

«Wir hatten uns schon so oft voneinander verabschiedet. Nun ist es also endgültig.» Sie blickte Gero an und nahm ihm das Bild aus der Hand. «Lieb von Ihnen, dass Sie sich die Mühe gemacht haben ...»

«Das ist doch selbstverständlich.»

Martha Oswald drohte zu straucheln. Bevor sie sich an der Lehne des Stuhls festhalten konnte, griff Gero ihr unter den Arm und stützte sie.

«Danke, es geht schon», war ihre Antwort. Sie ließ sich in den Lehnsessel fallen und schloss für einen Moment die Augen. Sie hatte sich unter Kontrolle.

«Ich habe viel, auf das ich zurückblicken kann. Ein bewegtes Leben», meinte sie schließlich und schaute Gero traurig an. «Nur teilen kann ich davon kaum noch etwas. Es sind nicht mehr viele übrig geblieben.»

«Wann ist Ihr Mann gestorben?»

«Sie meinen Ingers Vater?» Sie lächelte kaum merklich. «Inger hat seinen Vater nie kennengelernt. Rudolf fiel im letzten Kriegsjahr. Kurz nachdem wir geheiratet hatten. Da war ich zwanzig.»

«Das tut mir leid», entschuldigte sich Gero.

«Das braucht Ihnen nicht leidzutun. Ist schon so lange her … Wenn es nicht unser Hochzeitsfoto gäbe, wüsste ich nicht einmal mehr, wie Rudolf aussah. Genau genommen habe ich ja auch nicht viel von ihm gehabt. Bis auf Inger», korrigierte sie.

«Was wollte Ihr Sohn denn wissen, nach so langer Zeit?»

«Ach, es ging um irgendwelchen Papierkram, den er für seine Rente benötigte. Irgendwelche Bescheinigungen, eine Kopie meiner Geburtsurkunde und die Heiratsurkunde sowie den Totenschein seines Vaters und solche Sachen. Damals war ja Krieg, und vieles davon ist verlorengegangen. Und ich musste Inger ja alleine durchbringen. Die ersten Jahre haben wir in einer alten

Baracke gelebt. Eine von den Unterkünften, wo zuvor die Fremdarbeiter untergebracht waren, ein furchtbares Loch, und dazu noch hoffnungslos überfüllt. Aber die Hauptsache zu der Zeit war eben, dass man überhaupt ein Dach über dem Kopf hatte.

Wenn ich an den ersten Winter zurückdenke ... Ich glaube, das war die Strafe, die Strafe für den Krieg, den man angezettelt hatte. Nun, ich verliere mich schon wieder in alten Geschichten, die niemanden mehr interessieren ... Jedenfalls verlangte das Rentenamt diese Unterlagen. Angeblich gab es irgendwelche Ungereimtheiten, wie Inger mir gegenüber erwähnte. Er klang sehr beunruhigt, denn für ihn war es auch wichtig zu wissen, dass Hannah versorgt ist.»

Gero wagte nicht zu fragen, ob Martha Oswald etwas davon wusste, dass ihr Sohn getrennt von seiner Frau gelebt hatte. Aber er hatte sich in dieser Frau getäuscht. Natürlich hatte sie es gewusst.

Martha Oswald schüttelte verständnislos den Kopf. «Wie sehr er sie geliebt hat. Alles, alles hätte er dafür gegeben, sie glücklich zu wissen. Aber das Geschehene konnte er nicht ungeschehen machen. So sollte sie nach seinem Tode wenigstens versorgt sein, auch wenn sie längst ein Leben ohne ihn gewählt hatte. Ich habe es nie verstanden ... Wissen Sie, wenn man so alt ist wie ich, wenn man so viele schreckliche Dinge erlebt hat, das Schlimmste durchgemacht hat, seine Lieben verloren, das Kind alleine durchbringen musste, dann fehlt einem für das Verhalten der Frau einfach das Verständnis. Ihre Flucht war einfach so egoistisch. Als wenn Inger nicht gelitten hätte. Wie sehr hätte ich mich nach jemandem gesehnt, der mir in furchtbaren Zeiten zur Seite gestanden hätte. Früher sagte man immer: Geteiltes Leid ist halbes Leid.» Sie blickte ihn erwartungsvoll an.

Der Blick ließ ihn nicht los, auch als er Stunden später mit Lena und Max beim Abendbrot saß. Seine Gedanken waren immer noch bei dieser grazilen alten Dame, einer in Wirklichkeit starken Frau. Zum Abschied hatte sie ihn gefragt, ob er noch einmal wiederkäme, und es hatte so geklungen, als sehne sie sich danach, mit jemandem über ihren Sohn zu sprechen. Nicht jetzt, da die Trauer ihre Gedanken vernebelte – später. Er hatte ihr seine Karte dagelassen. Gero musste an seine eigene Mutter denken, die nur wenige Jahre jünger als Martha Oswald war. Entscheidende Jahre. Ihr war es immerhin vergönnt gewesen, die Wunden und Verluste des Krieges mit einem Partner teilen zu können. Ein Geschenk Gottes gegenüber dem Schicksal unzähliger Frauen, deren Männer nicht heimgekehrt waren, die ihre Kinder allein durchbringen mussten. Wie Martha Oswald. Gero überlegte, wann seine Eltern damals geheiratet hatten, aber das genaue Jahr fiel ihm nicht ein. Es musste kurz nach der Währungsreform gewesen sein …

«Du wirkst abwesend», stellte Lena fest und stupste Gero an.

«Du hast recht.» Er setzte ein gequältes Lächeln auf. «Wir kommen nicht weiter, aber das brauchen wir nicht am Abendbrottisch auszubreiten. – Es gab übrigens keine offizielle Feststellung der Personalien», fuhr er an Max gerichtet fort. «Es wurde nichts schriftlich festgehalten. Ich habe nachgefragt.»

«Du meinst, die haben nur geblufft? Dürfen die so etwas überhaupt?»

«Es liegt im Ermessen der Kollegen, darüber einen Bericht anzufertigen. Es hat nur eine Anfrage über Funk gegeben, und beim Namen Herbst ist man dann auf der Wache stutzig geworden. Irgendwer wusste den Namen zuzuordnen. Das hat natürlich intern schnell die Runde gemacht. Aber die Kollegen in Geesthacht wirkten eher amüsiert, als ich mich erkundigt habe.»

«Ich fand's nicht amüsant», bemerkte Max. «Aber ich habe versprochen, euch das nächste Mal vorher um Erlaubnis zu fragen. Also, am Sonnabend wird es eine weitere Demo in Geesthacht geben. Und da möchte ich gerne hin.»

Gero schaute zu Lena, aber die zuckte nur mit den Schultern. «Wieder mit deinem Physiklehrer?», fragte er.

«Herr Schaffner wird bestimmt auch dort sein, aber ich bin wieder mit Ole und Dennis verabredet. – Und die Demo ist auch angemeldet», schob er schnell nach. «Genau wie letztes Mal treffen wir uns vor dem Werkstor von Krümmel.»

«Na ja, wenn es diesmal kein anschließendes Eisessen in Geesthacht gibt, hast du unser Einverständnis.»

«Versprochen.»

«Behandelt ihr das Thema Kernenergie denn immer noch im Unterricht?», fragte Gero.

«Ist mehr so 'ne AG geworden», erklärte Max. «Hat Herr Schaffner angeboten, als er merkte, dass wir Interesse an dem Thema haben. Der ist richtig cool, der Typ. Hat voll den Durchblick, was Krümmel betrifft. Die ganze Geschichte, dass der Schrottreaktor bereits ein Jahr nach Fertigstellung defekt war und abgeschaltet werden musste und dass die Landesregierung danach beschloss, die damals angefertigte Sicherheitsstudie nicht zu veröffentlichen ... Der weiß echt alles – und zudem kennt er sich genau mit der Technik der Reaktoren und den damit verbundenen Gefahren aus. Dem kann man eben nichts vormachen. 2005 ist der Reaktor überholt worden, und ein Jahr später hat man das Zwischenlager auf dem Gelände errichtet. Im Juni 2007 hat es dann diesen verheerenden Transformatorenbrand gegeben. Und schon damals hat der Betreiber die Bevölkerung viel zu spät informiert. Genau wie jetzt bei der Schnellabschaltung. Man könnte wirklich der Meinung sein, dass der Betreiber sich über die Gefahren eines Kernkraftwerks gar nicht im Klaren ist, aber Herr Schaffner meint, dass Vattenfall die Gefahren sehr wohl kennt, die Risiken nur ganz bewusst ausklammert und damit die Bevölkerung belügt. Und Unterstützung bekommt der Betreiber natürlich von der riesigen Atomlobby, von denen mehr als die Hälfte gute Verbindungen zur Politik hat.»

«Oder selbst im Parlament sitzt», polemisierte Gero. «Aber sein Nej-Tak-Tattoo hat er euch noch nicht gezeigt, der Herr Schaffner?»

Max schaute seinen Vater entgeistert an.

«War nur ein Spaß», erklärte Lena und konnte sich ein Lachen nur schwer verkneifen. Auch wenn sich das Erkennungszeichen der Anti-Kernkraftwerk-Bewegung bis heute unverändert gehalten hatte, mit dem dänischen Originaltext aus den Siebzigern wusste ein Sechzehnjähriger natürlich nichts mehr anzufangen.

«Habt ihr denn in eurer AG auch mal darüber gesprochen, was auf dem Gelände von Krümmel vor dem Bau des Kraftwerks so los gewesen ist?», fragte Gero neugierig. Das Telefon klingelte, und er wollte gerade aufstehen, aber Lena war schneller.

«Vor dem Kernkraftwerk? Nee, darüber hat er nichts erzählt. Was war denn da vorher?»

«Auf dem Gelände stand bis zum Krieg die größte Munitionsfabrik der Welt. Hervorgegangen aus den Dynamitwerken von Alfred Nobel.» Jetzt war er doch froh, dass Heimatkunde und Regionalgeschichte im Schulplan immer noch nicht vorgesehen waren. So konnte er mit seinem Neuwissen elegant auftrumpfen. Auch gegenüber dem Physiklehrer.

«Dascher.» Lena reichte Gero das Telefon. Es kam selten vor, dass jemand aus der Dienststelle um diese Zeit anrief. Und wenn es ein Notfall war, wurde er in der Regel auf dem Handy angerufen.

Gero ging ins Nebenzimmer. «Hallo, Paul! Was gibt's denn?»

«Hoffe, ich störe nicht, aber dein Handy ist ausgeschaltet, und ich denke, ich habe interessante Neuigkeiten.»

«Mach es nicht so spannend.»

«Oswald hatte vor vier Wochen einen Termin bei Dr. Felix Grasshofer. Grasshofer ist stellvertretender Betriebsleiter der GKSS. Er ist unter anderem für die Sicherheit auf dem Gelände zuständig. Ich hab das auch anhand der Gesprächsnachweise von Mischkes Anschluss verifizieren können. Es gibt von dort zwei Telefonkontakte zu Nummern der GKSS.»

«Danke, Paul – ich denke, damit sind wir ein schönes Stück weiter.»

«Und noch was», sagte Dascher. «Am Samstag ist bei der GKSS Tag der offenen Tür. Meinst du, wir sollten diese Gelegenheit für eine behutsame Kontaktaufnahme nutzen?»

«Das kommt mir sehr gelegen», meinte Gero. «Da kümmere ich mich selber drum. Saubere Arbeit, Paul. Dir noch einen schönen Abend.»

«Sag mal, was weißt du eigentlich über die GKSS?», fragte Gero Max, als er wieder Platz genommen hatte.

«Ist das diese Forschungsanstalt neben dem Kernkraftwerk?»

«Genau. Am nächsten Samstag ist dort Tag der offenen Tür. Ich wollte mir das schon immer mal anschauen, so was veranstalten die nur alle paar Jahre. Zudem hat man vielleicht Gelegenheit, den Forschungsreaktor aus nächster Nähe zu betrachten. Bei laufendem Betrieb. Also, wenn es dich interessiert, dann würde ich mich freuen, wenn du mich begleiten würdest.»

«Dort steht ein Kernreaktor?», fragte Max erstaunt, und seine Augen funkelten vor Interesse. Dann fiel es ihm ein: «Aber am Sonnabend ist doch die Demo ...»

«Das können wir doch vorher machen», warf Lena ein. «Dann sparst du dir noch dazu die Fahrerei nach Geesthacht.»

«Können Dennis und Ole vielleicht auch mit?»

«Ich habe nichts dagegen», erklärte Gero.

«Und dann lernen wir vielleicht auch mal Sarah kennen», schob Lena nach und zwinkerte Gero heimlich zu.

Max wurde rot. «Sarah? Wie kommst du denn ...»

«Sie hat vorhin angerufen und nach dir gefragt», antwortete Lena. «Ich hätte fast vergessen, es dir auszurichten.»

«Och Mutti!» Lena fing einen vorwurfsvollen Blick ein.

«Halt mal!», rief Gero Max hinterher, der sich das Telefon gegriffen hatte und schon halb auf dem Weg in sein Zimmer war. «Wie immer hat die Sache einen klitzekleinen Haken. Ich erwarte ein Kurzreferat von dir vor Ort. Dafür übernehme ich dann die Verpflegung für alle. Du kannst dich ja mal ein wenig schlaumachen.»

«Ist okay», sagte Max. «Wie heißt der Laden genau?»

«GKSS. Gesellschaft für Kernenergieverwertung in Schiffbau und Schiffahrt.»

KAPITEL 15

Norbert Koch war seit einem Jahr pensioniert. Vorher hatte er als Sprengmeister beim Kampfmittelräumdienst gearbeitet. So viel hatte Bertram Niebohr am Telefon bereits erfahren. Warum Oswald ihn aufgesucht hatte, das wollte er lieber persönlich von Koch hören. Und Norbert Koch hatte sich sofort bereit erklärt, ihn zu empfangen. Gleich heute noch. Pensionäre waren froh, wenn man sich für ihre frühere Arbeit interessierte, zumindest in den ersten Jahren ihres Rentnerdaseins.

Niebohr ging die Frage nicht aus dem Kopf, warum Oswald sich plötzlich doch wieder mit den alten Dingen beschäftigt hatte. So plötzlich, wo er doch sonst nur noch Interesse an den Geschehnissen im Jahr 1986 gehabt hatte. Aber Oswalds Notizen nach hatte er sich im letzten Monat mit Koch und zwei weiteren Personen verabredet. Norbert Koch stand an oberster Stelle. Die anderen würde er zu gegebener Zeit auch noch ausfindig machen. Vielleicht gab es doch etwas, das er übersehen hatte. Er musste Oswalds letzte Aktivitäten rekonstruieren. So mühsam es auch war, aber er wollte nichts dem Zufall überlassen oder überraschend mit neuen Erkenntnissen konfrontiert werden. Es blieb ihm noch genug Zeit bis zu seiner Norwegenreise.

Niebohr dachte an Mette Norskild. Immer wenn er an Norwegen dachte, hatte er Mette Norskild vor Augen. Er musste aufpassen, dass sich die Prioritäten nicht verschoben. Aber das war einfacher gesagt als getan. Auf dem Historikerkongress in Kopenhagen hatte es zwar keine Gelegenheit gegeben, sich wirklich näherzukommen, aber ihre Einladung hatte unmissverständlich deutlich gemacht, dass ihr Interesse nicht allein auf beruflicher Ebene anzusiedeln war. Anderenfalls hätte sie ihm nicht sofort angeboten, bei ihr wohnen zu können. Mette war in seinem Alter, unverheiratet, hatte einen Pferdeschwanz, der ihr fast bis zum Po reichte, und auch sonst alle Vorzüge im nordeuropäischen Gardemaß zu bieten. Angesichts dieser Vorstellung konnten die historischen Daten zur Deuterium- und Tritiumproduktion der Norsk-Hydro-Werke schon mal zur Marginalie mutieren. Und das durfte auf keinen Fall geschehen.

Kochs Haus stand abseits einer alten Siedlung am Rande der Boberger Dünen. Er empfing ihn im klassischen Hausdress des Mittelstandsrentners: Freizeithemd, Khakihose mit elastischem Bund und blauen Cord-Pantoletten. Der grauweiße Bart war sorgfältig auf Dreitageformat gestutzt. Nur die Flecken auf den Händen verrieten sein Alter. Ein spitzbübisches, verschmitztes Lächeln umspielte seine Mundpartie. Sehr wahrscheinlich das Überbleibsel jenes Zynismus, ohne den er seinen Job nicht hätte machen können. Schließlich hatte er dem Tod jahrzehntelang täglich ins Antlitz geschaut.

Norbert Koch bat ihn herein und führte ihn entlang eines schmalen Flurs ins Wohnzimmer. An den Wänden standen gläserne Vitrinen, in denen die todbringenden Fundstücke seines Lebens ausgestellt waren. Geschosse, Patronen, Hülsen und Sprengladungen jeder Größe, in der Mehrzahl kompliziert aussehende Gebilde aus Messing und silberfarbenen Legierungen, die Zünder der Bomben und Blindgänger, mit denen er gekämpft hatte. Einige in der Größe eines Fingerhuts, andere so groß wie eine Konservendose. Allen Exponaten war gemeinsam, dass sie auf der einen Seite stark oxidiert oder verrottet waren, während auf der anderen Seite das Metall unversehrt glänzte.

«Die sind jetzt natürlich alle harmlos», sagte Koch endlich, nachdem er Niebohrs Interesse an den Artefakten einige Minuten still verfolgt hatte. «Nehmen Sie doch Platz. Was führt Sie zu mir?»

Er deutete auf eine lederne Couchgarnitur, die um einen flachen Tisch gruppiert war. Die Rauchglasplatte ruhte auf vier alten Messingkartuschen mit gewaltigen Ausmaßen. Das Leben mit der Bombe war im Raum allgegenwärtig. Bis auf ein elektrisches Piano und ein Aquarium gab es kaum einen Gegenstand, der nicht auf den ehemaligen Beruf seines Bewohners hinwies.

Niebohr kam nicht dazu, sein Anliegen zu präzisieren. Erst einmal musste er ein paar Anekdoten aus dem Leben des Sprengmeisters über sich ergehen lassen. Dessen Mitteilungsbedürfnis schien keine Grenzen zu kennen. Immer wieder kam er auf irgendeinen neuen, berichtenswerten Fund, der entweder mit bedeutenden Evakuierungsmaßnahmen oder besonders prekären technischen Problemen einherging. Als er erfuhr, dass sein Gast für das Geesthachter Industriemuseum tätig war, holte er zwei Zünder hervor und legte sie mit dem Hinweis auf den Tisch, dass sie vom Düneberger Gelände stammen würden.

Er schien sich gut an Oswald zu erinnern. «Wir haben über Krümmel gesprochen, über die Produktion im Krieg und über die Funde bei den Aufräumarbeiten. Sein Interesse galt vor allem den Räumkommandos, die für die Entseuchung der Gelände verantwortlich waren. Dort lagerten nach der Kapitulation ja unvorstellbare Massen von Explosivmaterialien, Chemikalien, Sprengstoffe, Zünder ... Ganz abgesehen von den Unmengen Granaten und Bomben. Es hat mehrere Jahre gedauert, bis die Flächen einigermaßen sauber waren. Natürlich war das vor meiner Zeit, aber ich habe noch Kollegen kennengelernt, die das miterlebt und mir von den damaligen Vorgängen berichtet hatten. Die ersten Räumkommandos standen noch unter der Aufsicht der Engländer, aber die vollständige Entseuchung war noch nicht abgeschlossen, als man 1949 die Demontage der Fabriken offiziell für beendet erklärt hatte. Das zog sich weit bis in die fünfziger Jahre hin. Für die damaligen Sprengmeister war es vor allem wichtig, alle unterschiedlichen

Zünd- und Sprengsysteme der in Düneberg und Krümmel produzierten Bomben genauestens zu kennen, denn ein Großteil der im Krieg gebauten Bomben kam ja von den hiesigen Produktionsstätten. Dieses Wissen wurde an alle in Deutschland arbeitenden Räumkommandos und Kampfmittelräumdienste weitergegeben, und so habe auch ich davon profitieren können. Etwa ein Dutzend Blindgänger dieser Typen habe ich persönlich entschärfen können.»

«Blindgänger aus der Produktion der Dynamit AG? Aus abgestürzten oder abgeschossenen Flugzeugen?»

Norbert Koch schüttelte den Kopf. «Nein, nein. Sie haben schon richtig gehört: Bomben, die man über Deutschland abgeworfen hatte. Also Blindgänger aus den Bombardements der Alliierten. In Nürnberg, Essen und Hannover haben Kollegen von mir Blindgänger entschärft, die eindeutig aus hiesiger Produktion stammten. In zwei Fällen hatten die Bomben sogar einen Aufdruck, der Auskunft darüber gab.»

«Und wie sollen die Alliierten während des Krieges an Bomben aus deutscher Produktion gekommen sein?»

«Man hat sie gekauft, schätze ich mal. Nicht gerade vom Heereswaffenamt, sondern über andere, schweigsame Kanäle. Waffen werden nicht nur an Verbündete verkauft.» Koch lachte auf. «Das ist wie mit Sex und Drogen. Waffengeschäfte werden zuerst einmal getätigt, um damit Geld zu verdienen. Und zwar so viel Geld, dass kaum ein System, geschweige denn ein Politiker ein schlagkräftiges Argument dagegen vorbringen könnte. Von Moral wollen wir hier gar nicht erst sprechen. Warum sollte das während des Krieges anders gewesen sein? Oder glauben Sie im Ernst, dass es die Produzenten interessiert hat, woher das Geld für die Waffen stammt? Überlegen Sie einmal, warum man die hiesigen Produktionsanlagen den ganzen Krieg über verschont hat. Bestimmt nicht, weil man davon keine Kenntnis hatte. Die entlarvenden Luftbilder von Düneberg und Krümmel lagen den Alliierten bereits am Anfang des Krieges vor. Und es war genau ersichtlich, was man dort herstellte und dass es ein kriegswichtiger Betrieb war. Aber man hat ganz bewusst weiterproduzieren lassen und stattdessen Großstädte wie Hamburg und Dresden in Schutt und Asche gelegt.»

«Aber im April 1945 wurden die Anlagen bombardiert.»

«Ja, als absehbar war, dass der Krieg in wenigen Wochen zu Ende sein würde.»

«Meinen Sie nicht, dass es vielleicht noch einen anderen Grund gegeben haben könnte? Man hat doch damals ganz gezielt die Düneberger Anlagen ins Visier genommen. Die Anlagen der Sprengstoffproduktion auf dem Krümmel sind mehr oder weniger glimpflich davongekommen. Dabei lagerten doch gerade dort die wirklich gefährlichen Explosivstoffe.»

«So etwas vermutet Herr Oswald wohl auch. Jedenfalls hat er mir gegenüber zu verstehen gegeben, dass es eindeutige Indizien dafür gebe, dass auf dem Düneberger Gelände nicht nur mit Brennstoffen für Raketentriebwerke experimentiert wurde, sondern dass dort in den letzten Kriegsjahren möglicherweise sogar geheime Abschussstellungen für V-Waffen errichtet worden seien. Vor den V-Waffen hatten die Alliierten einen Heidenrespekt.»

Niebohr wurde hellhörig. «Hat Herr Oswald gesagt,

was das für Indizien sind und woher er die Information hat?»

«Er sagte mir, dass die Raketenprüfstände innerhalb kürzester Zeit zu Startplätzen hätten umgebaut werden können. Das habe er herausgefunden.»

Also doch nichts Neues. Niebohr machte einen schweren Atemzug.

«Des Weiteren meinte er, er besäße Informationen darüber, dass die Alliierten damals wohl konkrete Hinweise hatten, dass Deutschland möglicherweise kurz davorgestanden habe, Vergeltungswaffen mit spaltbarem Material zu bestücken.»

Jetzt wurde es interessant. «Das klingt ungeheuerlich!» Niebohr heuchelte Verblüffung. «Aber es würde erklären, warum bei dem Angriff auf die Düneberger Fabrik nur bestimmte Anlagen angegriffen wurden. Hat er Ihnen gesagt, woher diese Informationen stammen?»

«Nein, das hat er nicht. Und ehrlich gesagt, kann ich es auch kaum glauben, denn nach allem, was ich gehört habe, gab es nach der Kapitulation keine Hinweise darauf. Und das war es letztendlich, was er von mir wissen wollte: ob bei den damaligen Räumkommandos irgendwelche Spuren radioaktiver Substanzen gefunden wurden. Mir ist davon zumindest nichts zu Ohren gekommen.»

«Und er hat wirklich keine Andeutung gemacht, woher er diese Information hat?»

«Nein.» Koch schüttelte den Kopf. «Und ich bin mir auch sicher, dass er einem Hirngespinst nachrennt. Etwas anderes mag es mit den überhasteten Aktivitäten der Engländer nach der Besetzung der Fabriken auf sich haben. Da kann ich Herrn Oswald nur zustimmen. Der heimliche Abtransport ganzer Produktionsanlagen ist durchaus denkbar. Man wollte sich den Vorsprung der Deutschen bei der Raketentechnologie zunutze machen und hat alle brauchbaren Anlagen sofort demontiert und verschifft.»

«Haben Sie mal daran gedacht, mit dieser Sache an die Öffentlichkeit zu gehen?»

«Bin ich wahnsinnig?» Koch runzelte die Stirn. «Nein. Das wäre genauso fatal, als wenn ich meine Informationen über Waffenproduktion und Waffenhandel zu Kriegs- und Friedenszeiten an die große Glocke hängen würde. Warum soll ich mir die Finger verbrennen? Ich habe so viel überlebt, da habe ich kein Interesse, auf meine ruhigen Tage in irgendeiner Schweizer Badewanne zu landen. Wenn Sie verstehen, was ich meine. Und außerdem würde ich damit nichts ändern. Diese Mechanismen hat es immer gegeben, und solange Waffen produziert werden, wird sich daran auch nichts ändern. Es war früher so, und es wird auch in Zukunft so sein. Was soll ich mich mit einer gigantischen Lobby anlegen? Ich besitze keinen passenden Stein, den ich einem solchen Goliath entgegenschleudern könnte. Das sollen andere tun. Meine Aufgabe war es, die Technik des Tötens zu durchschauen und unschädlich zu machen. Das ist es, was mich interessiert hat. Und immer noch interessiert. Wenn man mich ruft, werde ich auch weiterhin zur Verfügung stehen, und sei es nur beratend. Einen solchen Job überlebt man nur, wenn man sich jeden Tag vergegenwärtigt, dass man der Beste ist. Das wollte ich immer wieder erneut unter Beweis stellen, und die Statistik gibt mir recht. Bislang jedenfalls.»

KAPITEL 16

Der Samstag begann verheißungsvoll. Nach vier Tagen hatte Gero das erste Mal wieder durchschlafen können, sich danach an einen liebevoll von Max arrangierten Frühstückstisch gesetzt, und die Sonne versprach zudem, dunkle Wolken an diesem Tag nicht neben sich dulden zu wollen. Um Viertel nach zehn sammelten sie Ole und Sarah am Büchener Bahnhof ein, danach ging es im Zickzack über Schulendorf, Schwarzenbek, Kollow und Wiershop nach Geesthacht, weil aus unerfindlichen Gründen nie eine direkte Querverbindung zwischen den Ortschaften zustande gekommen war. Gero liebte die Strecke, konnte er außerorts dem alten Turbo doch hin und wieder die Sporen geben, was vor allem Max und seinen Freunden immer wieder einen riesigen Spaß machte, da man dem alten Vehikel seine Spurtqualitäten nicht ansah. Auch wenn die auf den Straßen allgegenwärtigen Vertreterdiesel gegenüber der Leistungsentfaltung des alten Schweden nicht den Hauch einer Chance hatten, im Zweifelsfall hielt sich Gero aufgrund seines pädagogischen Auftrags zurück. Trotz Spaßfaktor wollte er als Vorbild gelten. Nicht müssen, sondern können, lautete die Devise. Lena war es gewohnt, und so hatte heute wohl allein Ole seinen Spaß, denn Max hatte nur Augen für Sarah, mit der er auf der Rückbank Händchen hielt. Ein schüchterner Rotschopf, der kaum ein Wort über die Lippen brachte. Lenas Konversationsversuche verebbten jedenfalls in gehemmtem Schweigen, aber vielleicht taute das Eis ja noch.

Max war es etwas unangenehm, als Gero ihn auf den versprochenen Vortrag ansprach. Wahrscheinlich war es ihm peinlich vor Sarah, obwohl dafür eigentlich kein Grund vorlag. So waren es mehr oder weniger zusammenhanglos und widerwillig vorgebrachte Sätze mit Fakten, die sich Max sicher vollkommen übermüdet aus dem Netz gezogen hatte und nun von kleinen Kärtchen ablas. Dabei barg die Geschichte der GKSS durchaus spannende Gesichtspunkte, wenn man sich dafür interessierte. Und das hatte Gero durch Max' neuerdings wissenschaftliches Engagement eigentlich vorausgesetzt. Aber Max' Interesse galt in diesem Augenblick weniger den Neutronen als vielmehr den Hormonen. Was ja auch verständlich war.

So war es dann doch an Gero, die von Max gesammelten Daten und Fakten mit einem kleinen geschichtlichen Exkurs zu vervollständigen. Zusammenhänge, die er nicht nur in Ermangelung seiner eigenen geschichtlichen Wissenslücken verstehen wollte, sondern die er auch kennen musste, wenn er den möglichen Vorgängen im Jahr 1986 auf die Spur kommen wollte. Und so hatte Gero alle ihm zugänglichen Quellen genauestens studiert.

Die 1956 gegründete Gesellschaft für Kernenergieverwertung in Schiffbau und Schiffahrt war eines der ersten Großforschungsvorhaben in der jungen Republik gewesen. Voraussetzung dafür waren die Pariser Verträge von 1955, die das Atomverbot in Deutschland aufhoben, nachdem Konrad Adenauer ein Jahr zuvor versichert hatte, dass Deutschland keinerlei Atomwaffen produzieren oder erwerben werde. Der in den fünfziger Jahren verschärfte Kalte Krieg sowie der Koreakrieg hatten die Alliierten weiterhin dazu veranlasst, die für Deutschland geltenden Werft- und Schiffbaubeschränkungen weitestgehend aufzuheben, was in den Folgejahren zu einem regelrechten Schiffbauboom führen sollte. Damit einher ging auch der Gedanke, Antriebstechnologien mittels Kernreaktoren zu erforschen und zu fördern. Bereits ein Jahr zuvor hatte man in Deutschland ein Atomministerium geschaffen, an dessen Spitze Franz Josef Strauß stand. Erst 1962 ging dieses Ministerium im Bundesministerium für wissenschaftliche Forschung auf. Nicht nur die GKSS sollte damals einen Forschungsreaktor betreiben. In Karlsruhe war der Bau eines Schwerwasserreaktors und in Jülich der Betrieb eines Hochtemperaturreaktors geplant. Gemeinsam war diesen Anlagen, dass es um Forschungszwecke ging. Dadurch lag die jeweilige Aufsicht bei anderen Ministerien, als es etwa bei Leistungsreaktoren zur Energiegewinnung der Fall war. Betrieb und Verantwortung der Anlagen lagen fast ausnahmslos auf Landesebene.

Einerseits ging es um Forschung, andererseits waren Wirtschaft und Industrie über eine interessengeleitete Verbindung von vornherein in die Planung und Realisierung, in den Betrieb und die Forschungsrichtung mit eingebunden gewesen. Dem damaligen Atomministerium war vor allem daran gelegen, eine möglichst enge Kooperation mit der USAEC, der amerikanischen Atomenergiebehörde, einzugehen, denn in deren Hand lag die Brennstoffzuweisung für die Reaktoren. Ein nicht zu unterschätzender Grund, schließlich benötigten die geplanten Reaktoren hochangereichertes Uran, und das war streng kontingentiert.

Es wäre gelogen, wollte man behaupten, dass es den Planern nur um die Erforschung von Schiffsreaktoren ging. Man wollte das atomare Zeitalter – auch in Deutschland. Das lässt sich allein aus der Auswahl der möglichen Standorte ableiten, denn die Geländeauswahl sollte auch hinsichtlich eines später zu bauenden Leistungsreaktors getroffen werden. Geesthacht bot sich an, nicht nur aus topographischen Gründen der Liegenschaft, sondern vor allem deshalb, weil es die dort lebenden Menschen gewohnt waren, mit Gefahren in der näheren Umgebung zu leben. Und so wurde der Siedewasserreaktor dann auch in Krümmel gebaut. Wenn auch erst viele Jahre später. Mit dem Bau des Forschungsreaktors begann man im Mai 1957. Im Oktober 1958 wurde die Anlage von Schleswig-Holsteins Ministerpräsident von Hassel, Hamburgs Bürgermeister Brauer und dem Bundesatomminister Siegfried Balke eingeweiht. Sein Vorgänger Franz Josef Strauß war inzwischen Verteidigungsminister geworden. Offiziell war auf der Anlage zu keinem Zeitpunkt jemals Forschung zu militärischen Zwecken betrieben worden.

Der alte Swimmingpool-Reaktor amerikanischer Bauart war 1992 durch einen modernen Nachfolger ersetzt worden, und auch sonst verwies weder auf dem Gelände noch im Aufbau der Forschungsgesellschaft irgendetwas auf den ursprünglichen Zweck. Die GKSS war als Forschungszentrum inzwischen der Helmholtz-Gemeinschaft angeschlossen, und die Forschungsbereiche waren längst grundlegend verändert. Heute sah es allerdings eher wie auf einem Volksfest aus.

In den verstreut auf dem Gelände liegenden Pavillons fanden an diesem Tag Filmvorführungen und Vorträge zu den unterschiedlichsten Themen statt. Fast alle Anlagen standen den Besuchern zur Begehung offen. Menschenmassen drängten über das Gelände, die Medien waren präsent, Bierstände, Verkaufsstellen für Süßigkeiten und Bühnen für Liveshows vermittelten Jahrmarktatmosphäre. Am meisten Andrang herrschte in den Bereichen, wo es um Küsten-, Meeres- und Klimaforschung sowie umweltschonende Technologien ging. Und natürlich am Reaktor.

Dieser lieferte *Neutronen für die Wissenschaft*, so lautete die Überschrift eines Informationsprospektes. Die lange Schlange am Eingang zeugte von scharfen Sicherheitsvorkehrungen. Eine Besichtigung war nur gegen Vorlage des Personalausweises möglich. Ausnahmen gab es keine, das Sicherheitspersonal hatte strikte Anweisungen. Lena hatte ihren Ausweis nicht dabei und beschloss, die Auszeit in der nahen Cafeteria zu verbringen.

Gero reihte sich mit den drei Jugendlichen in die Schlange von Wartenden ein, die ein professioneller Zauberkünstler mit verblüffenden Fingertricks bei Laune zu halten versuchte. Die Sicherheitsschleuse passierten sie eine Dreiviertelstunde später, und in einer Gruppe von etwa zwanzig Neugierigen wurden sie, mit Dosimetern ausgestattet, zum Reaktorkern und zur angeschlossenen Versuchshalle geführt. Allen war ein wenig mulmig zumute, denn auf Monitoren an der Decke war der strahlende Reaktorkern zu erkennen, der sich, nur durch eine Wasser- und Betonschicht getrennt, wenige Meter neben ihnen befand. Der Wissenschaftler, der die Gruppe durch die Versuchshalle führte, war sichtlich engagiert und bemüht, die Funktion der Anlage und die aufgebauten Versuchsanordnungen zu erklären. Auch wenn es bisweilen schwierig schien, dem Laienpublikum komplizierte Sachverhalte zu den physikalischen Vorgängen der Neutronenradiographie und Neutronentomographie zu erklären, glaubte Gero am Schluss doch mehr über die Vorgänge der Forschungsanlage verstanden zu haben, als er ursprünglich vermutet hatte.

Eigentlich lief alles auf ein sehr simples Modell hinaus. Der Reaktor war die Neutronenquelle, von der aus die Neutronen über sogenannte Strahlrohre an die einzelnen Arbeitsplätze transportiert wurden. Für alle Versuche entscheidend war der Umstand, dass Neutronen Materie zerstörungsfrei durchdringen konnten und über Messinstrumente so Informationen über Struktur und Beschaffenheit von unterschiedlichen Materialien lieferten. Außerdem gab es die Möglichkeit, Proben bestimmter Materialien, etwa für medizinische Analysen oder Bestrahlungstherapien, über eine Rohrpostanlage direkt an den Reaktorkern zu transportieren. Abschließend erhielten sie noch einen Vortrag über die Sicherheit der Anlage, über Strahlenschutz sowie mögliche Kontaminierungen, und letztendlich waren alle erleichtert, als ihre Dosimeter an der Hauptschleuse am Ausgang tatsächlich keine erhöhten Werte anzeigten.

Von Lena war weit und breit keine Spur zu sehen. Wahrscheinlich genoss sie das strahlende Sonnenwetter auf einer der Parkbänke mit einem Glas Latte macchiato. Max, Ole und Sarah wollten noch einmal zurück zur Station der internationalen Küstenforschung, wo am Anfang ihres Rundgangs alle Experimentierstationen und Computerplätze besetzt gewesen waren, und so hatte Gero

Gelegenheit, die Zentralabteilung aufzusuchen und der Geschäftsführung einen Besuch abzustatten.

Grasshofers Sekretärin hatte Gero zu verstehen gegeben, dass ihr Chef wegen der heutigen Aktivitäten auf dem Gelände sehr viel zu tun habe, und versucht, ihn auf einen anderen Termin zu vertrösten, aber Gero hatte nicht lockergelassen und sich schließlich mit seinem Dienstausweis legitimiert. Danach war der Weg ins Nebenzimmer sofort frei gewesen.

Dr. Felix Grasshofer war ein unscheinbarer Mittfünfziger, dessen einzige Auffälligkeit sein übergroßes Brillengestell mit einer blickverzerrend dicken Optik darstellte. Über den schlecht sitzenden Anzug, den er sich wahrscheinlich extra für den heutigen Tag gekauft hatte, konnte man bei einem Wissenschaftler getrost hinwegsehen. Zuerst hatte er wohl geglaubt, auf dem Gelände sei etwas vorgefallen und man habe nur vergessen, ihn davon in Kenntnis zu setzen. Als er jedoch erfuhr, dass Gero Kriminalbeamter war, gesellten sich ernste Sorgenfalten zu seinem fragenden Blick.

«Und worum geht es, wenn ich fragen darf?» Händereibend kam er Gero entgegen.

«Es geht um einen gewissen Inger Oswald. Ich weiß nicht, ob Ihnen der Name etwas sagt ...»

«Doch, doch, Herr Oswald ist mir bekannt», bestätigte Grasshofer mit einem Nicken. Sein Blick durch die dicken Brillengläser hatte etwas Unnahbares, und insgeheim fragte sich Gero, warum jemand, der unter einer so gravierenden Sehschwäche litt, diese auch noch mit einem derart verunstaltenden Monstrum von Brille zur Schau stellen musste.

Gero setzte Grasshofer davon in Kenntnis, dass Inger Oswald einem Verbrechen zum Opfer gefallen war. «Die Umstände seines Todes bergen für uns bislang sehr viele Rätsel, und so müssen wir jeder noch so kleinen Spur nachgehen. Unsere Recherchen haben ergeben, dass er wenige Tage vor seinem Tod mit Ihnen Kontakt hatte. Es ist für die Polizei von großem Interesse, zu erfahren, worum es bei diesem Gespräch ging.»

«Wie immer», erklärte Grasshofer. «Es ging um die Erlaubnis, mit einer Gruppe von Personen unser Gelände betreten zu dürfen. Das ging schon seit einigen Jahren so, und es hat nie Probleme gegeben. Oswald machte Führungen auf dem Gelände der ehemaligen Krümmeler Sprengstofffabriken. Unser Teil des Geländes ist als Sicherheitszone nicht öffentlich zugänglich, wie Sie sicher verstehen werden. Aber natürlich machen wir Ausnahmen, wenn ein berechtigtes Interesse besteht. Da gilt es allerdings, bestimmte Spielregeln einzuhalten. Jede Begehung muss vorher angemeldet werden. Das hat Herr Oswald zwei- bis dreimal im Jahr gemacht.»

«Er ist nie alleine hier gewesen?»

Grasshofer schüttelte den Kopf. «Davon ist mir nichts bekannt. Aber ehrlich gesagt ...»

«Ja?»

Grasshofer zögerte einen Augenblick. «Es ist mir etwas unangenehm, aber ich habe nie an einem dieser Spaziergänge teilgenommen. Auch wenn ich es immer vorhatte. Von daher kann ich Ihnen natürlich nicht sagen, mit wie vielen Interessierten er dann tatsächlich hier aufgekreuzt ist. Das müssten allerdings unsere Pförtner beantworten können. Warum ist das für Sie interessant? Es hat nie irgendwelche Probleme mit Herrn Oswald gegeben.»

«Darüber werden Sie wahrscheinlich anders denken, wenn ich Ihnen sage, dass Oswald in Wirklichkeit andere Interessen hatte als die, die er Ihnen gegenüber angegeben hat.»

«So?» Grasshofer kniff die Augenbrauen zusammen. «Und was sollten das für Interessen gewesen sein? Industriespionage oder Sabotage möchte ich ausschließen», meinte er mit einem belustigten Lächeln. «Wie bereits mehrfach gesagt: Es hat nie den geringsten Zwischenfall oder eine Beschwerde über Herrn Oswald gegeben.»

«Inger Oswald hat die Begehungen auf dem Gelände dazu genutzt, um Bodenproben zu entnehmen.»

«Bodenproben?»

Gero nickte. «Herr Oswald war sehr aktiv in der Bürgerinitiative, die sich mit den Leukämiefällen in der Elbmarsch beschäftigt.» Er konnte erkennen, wie Grasshofer schlagartig das Blut zu Kopfe stieg. «Sie kennen die These, dass man davon ausgeht, es habe im Jahr 1986 eine Explosion auf diesem Gelände gegeben.»

Grasshofer versuchte souverän zu lächeln. «1986 war ich noch in Karlsruhe beschäftigt. Das war also deutlich vor meiner Zeit hier. Aber ich kenne diese Gerüchte natürlich. Da ist nichts dran.» Seine Mundwinkel zuckten verräterisch. «Und was soll es mit diesen Bodenproben auf sich haben?»

«In den Bodenproben aus dem Elbtal wurden radioaktive Bestandteile gefunden. Sie haben doch sicherlich von den PAC-Kügelchen gehört ...»

Grasshofer schüttelte vehement den Kopf. «Alles nur Gerüchte. Von ein paar Verschwörungstheoretikern in die Welt gesetzt. Ich kann Ihnen versichern, dass es hier niemals eine Explosion gegeben hat. In dem Jahr ist ein Laborgebäude an der Grenze zum Gelände der IVG abgebrannt. Aber es ist niemand ernsthaft zu Schaden gekommen.»

«Wie sollen denn diese uranhaltigen Minipartikel Ihrer Meinung nach in das Erdreich gelangt sein?»

Ein Schulterzucken war alles, was Grasshofer als Antwort parat hatte.

«Man nimmt an, dass die Neutronenquelle des damaligen Reaktors durchaus auch für militärische Versuche genutzt worden sein könnte.»

«Das ist absurd.» Grasshofer wiegelte mit einer lapidaren Handbewegung ab. «So etwas hat es hier nie gegeben.»

Gero konnte unter dem Vergrößerungsglas auf Grasshofers Nase beobachten, wie sich die Schweißperlen durch dessen Augenbrauen kämpften. «Wie können Sie sich so sicher sein? Sie erwähnten doch, dass Sie damals noch in Karlsruhe waren.»

Grasshofer nahm endlich die Brille ab und tupfte sich mit einem Taschentuch Stirn und Augen trocken. «Bei einem Unternehmen wie dem unsrigen können Sie davon ausgehen, dass solche relevanten Informationen an alle Verantwortlichen weitergereicht werden.»

«Und wie erklären Sie sich den Umstand, dass mehrere Mitarbeiter der GKSS, die mit ihren Familien hier in der unmittelbaren Umgebung wohnten, im Herbst 1986 fast fluchtartig in andere Bundesländer zogen?»

Gero bedauerte es in diesem Moment, dass er bislang keinen dieser Mitarbeiter wirklich hatte aufspüren können. Die einzige Information, die er hatte, stammte aus den Unterlagen der Bürgerinitiative. Für eine Überprüfung der Behauptungen hatte er bislang keine Zeit gefunden.

Grasshofer nahm erneut seine Brille ab und wischte sich über die Augenbrauen. «Davon ist mir nichts bekannt. Kennen Sie diese Mitarbeiter?»

Das war die Frage, die Gero befürchtet hatte. Er schüttelte den Kopf.

Grasshofer streckte ihm freundlich die Hand entgegen. «Ich auch nicht. Aber ich versichere Ihnen, ich werde die Angelegenheit überprüfen und Sie umgehend informieren. Wenn ich sonst noch etwas für Sie tun kann?»

Es war einer dieser Momente, in denen Gero seine ihm gegebenen Kompetenzen verfluchte. Hier hatte er einen Kandidaten an der Angel gehabt, der im Kreuzverhör eines jeden Staatsanwalts eingeknickt wäre. Grasshofer wusste mehr, als er zugab. Zugeben durfte. Aber im gleichen Augenblick war sich Gero darüber im Klaren, eine solche Situation würde sich kein zweites Mal ergeben. Das nächste Mal war Grasshofer vorgewarnt.

Es hatte eine unverfängliche Zeugenbefragung sein sollen. Fast wäre die Situation eskaliert. Wenn sie Dr. Felix Grasshofer ein weiteres Mal befragen wollten, würde er mit seinem Rechtsbeistand aufwarten. Aber für eine solche Vorladung lag kein vertretbarer Grund vor, denn Grasshofer hatte einen eindeutig erklärbaren Umgang mit Inger Oswald gehabt. Und darüber hatte er alles gesagt, was es zu sagen gab. Außerdem hatte Oswald den Kontakt zu Grasshofer gesucht, und nicht umgekehrt. Aber immerhin wusste Gero nun, wo er weitersuchen musste.

«Hast du es auch im Radio gehört?», fragte Max aufgeregt, als er spät am Abend von der Demonstration nach Hause kam. Gero saß in seinem Arbeitszimmer und studierte die ihm von der Bürgerinitiative ausgehändigten Berichte zu den Geschehnissen im Jahr 1986. Irgendwie musste er an ein Verzeichnis der damals für die GKSS arbeitenden Personen gelangen, ohne dabei großes Aufsehen bei den zuständigen Stellen zu erregen.

«Was gehört?»

«Na, was da in Frankreich gefunden wurde. In diesem Kernforschungszentrum Cadarache. Es lief vorhin in den Nachrichten. Beim Abbau einer der dortigen Anlagen hat man 39 Kilogramm Plutonium entdeckt. Das lag in einer Anlage herum, die bereits seit sechs Jahren stillgelegt ist. Einfach so. Stell dir das mal vor. Ein Sprecher von Greenpeace meinte, die gefundene Menge sei für den Bau von fünf Atombomben ausreichend.»

Gero legte den Bericht beiseite. «Nein. Davon habe ich nichts gehört. – Wie war es denn auf der Demo?»

«Alles paletti.» Max grinste. Damit wollte er wohl zum Ausdruck bringen, dass sich im Anschluss nichts ereignet hatte, was er hätte beichten müssen. «Hat sich natürlich allgemein Empörung breitgemacht, als das mit dem Plutoniumfund bekannt wurde. Ansonsten war's super. Der Vater von Ole hat mich hergefahren.»

«Das ist ja nett. Ich hatte mich schon darauf eingestellt, dich eventuell abholen zu müssen.»

Max deutete fast vorwurfsvoll auf die Rotweinflasche, die auf Geros Schreibtisch stand.

«Dann kann ich mir ja jetzt noch ein Glas genehmigen», sagte Gero, ohne weiter auf den versteckten Vorwurf einzugehen. Nach mehr als zwei Gläsern Wein setzte er sich generell nicht mehr ans Steuer.

«Und wie war's mit Sarah?»

Max hob die Schultern. «Nett», entfuhr es ihm mit einem Grinsen im Gesicht. Dann wünschte er Gero eine gute Nacht und entschwand in sein Reich.

Wenige Sekunden später blinkte ein Symbol auf dem Telefondisplay, welches anzeigte, dass die Geschehnisse des Tages noch einmal telefonisch aufgearbeitet werden mussten. Mit wem auch immer. So etwas konnte sich erfahrungsgemäß einige Stunden hinziehen, wie Gero wusste. Er schenkte sich sein zweites Glas Wein ein, schaltete den Computer an und las die neuesten Nachrichten am Bildschirm. Max hatte nicht übertrieben. Die Meldungen über den Plutoniumfund beherrschten wirklich die Schlagzeilen. Selbst die französische Atomenergieaufsichtsbehörde stufte den Fund als kritisch ein.

Wikipedia gab ihm die notwendigen Hintergrundinformationen zu Cadarache. Wieder war es eine Forschungseinrichtung, die betroffen war. Genau wie die Vorfälle in der Asse. Die dortige Anlage war bis 1995 auch im Auftrag des Bundes zu Forschungszwecken betrieben worden, danach dem Helmholtz-Zentrum unterstellt gewesen und inzwischen eine Einrichtung, für die das Bundesamt für Strahlenschutz zuständig war. Man konnte fast den Eindruck gewinnen, dass man alle diese Betriebe, in denen mit nuklearen Stoffen hantiert wurde, ganz bewusst als Forschungsanlagen eingerichtet hatte, da die Kontrollorgane in diesem Fall ganz andere waren als bei Wirtschaftsunternehmen und solchen Betrieben, deren Kernreaktoren der Energiegewinnung dienten. Es gab eben keine öffentliche Transparenz. Auch die GKSS war ehemals eine solche Einrichtung gewesen. Aber anders als dort hatte man in Cadarache ganz offiziell auch militärische Forschung betrieben. Wie im Netz zu erfahren war, wurde in Frankreich bis vor kurzem mit Plutonium der amerikanischen Armee experimentiert.

KAPITEL 17

Schon im Treppenhaus merkte Gero, dass etwas nicht stimmte. Auf dem Weg zu den Diensträumen empfing ihn Totenstille. Niemand begegnete ihm. Auf dem Hauptflur des Kommissariats herrschte hingegen rege Betriebsamkeit.

«Was ist denn hier los?», fragte er den erstbesten Kollegen, der ihm begegnete. Wahrscheinlich hatte er ein Dienstjubiläum oder etwas Ähnliches vergessen.

«Moin, Chef!», entgegnete Brammer mit verstörtem Gesichtsausdruck und machte eine Geste der Hilflosigkeit. «Wir haben die ganze Nacht über versucht, Sie zu erreichen. Aber Ihr Anschluss war durchgehend besetzt. Und das Handy hatten Sie wohl ausgeschaltet.»

«Und was gibt es so Wichtiges?» Gero kramte gleichzeitig das Diensthandy aus seiner Jacke. Das Display war tot. Entweder war der Akku verhungert, oder das Gerät hatte schlicht seinen Geist aufgegeben. Wegen des Telefonanschlusses musste er dringend mit Max sprechen. So ging es jedenfalls nicht weiter.

«Wir haben heute Nacht Florian Mischke verhaftet.» Brammer deutete auf das Ende des Korridors, von wo ihnen Dascher entgegenkam. «Mischke ist im Vernehmungszimmer. Matthias befragt ihn seit zwei Stunden.»

«Guten Morgen, Gero», meinte Paul. «Wir haben die ganze Zeit versucht ...»

«Ja», unterbrach Gero. «Ich hab schon gehört. Weiß auch nicht, was mit meinem Handy los ist. Was ist mit Mischke?»

«Er hat uns an der Nase herumgeführt», entgegnete Paul. «Oswald war für ihn nicht irgendwer. Ich bin gestern drauf gestoßen. Komm in mein Zimmer, dann zeig ich's dir.»

«Florian Mischkes Mutter, Katharina Mischke, geborene Bräutigam, verheiratet mit Herbert Mischke, Jahrgang 1932, verstorben am 3. Oktober 1983. Er hatte einen neun Jahre älteren Bruder, Rudolf Mischke. Der ist im Krieg gefallen, im März 1945. Und nun rate mal, wer Rudolf Mischke war?» Dascher verwies auf ein weiteres Schriftstück. «Das hier gibt uns Auskunft darüber. Es ist ein Auszug aus dem Verzeichnis der Eheschließungen des Möllner Standesamtes aus dem Jahr 1945. Unter anderem heirateten am 11. Januar 1945 jener Rudolf August Heinrich Mischke und Martha Henriette Eleonore Oswald. Martha Oswald hat nach dem Krieg wieder ihren Mädchennamen angenommen. Keine Ahnung, unter welchen Voraussetzungen so etwas damals schon möglich war, aber Florian Mischke und Inger Oswald waren Cousins.»

Gero beugte sich neugierig über die Dokumente, die Dascher vor ihm ausgebreitet hatte. «Das ist ja kaum zu glauben», meinte er schließlich.

«Damit war wohl auch nicht zu rechnen», erwiderte Dascher. «Ich hab die Auszüge in Oswalds Unterlagen gefunden.»

Gero ärgerte sich, dass er vergessen hatte, Martha Oswald über Katharina Mischke zu befragen.

«Mischke ist vorbestraft … er kannte die Kiesgrube … er ist mit dem Opfer verwandt … Nachdem ich dich nicht erreichen konnte, habe ich Staatsanwältin Wissmann informiert. Nach einer Stunde hatten wir grünes Licht und sind sofort raus zu Mischke.»

Gero nickte. «Und was sagt Mischke dazu?»

«Er ist im Vernehmungsraum. Matthias befragt ihn seit mehreren Stunden. Mischke war völlig überrumpelt, als wir ihn mit den Tatsachen konfrontierten. Bislang streitet er alles ab. Und er behauptet tatsächlich steif und fest, von dem Verwandtschaftsverhältnis nichts gewusst zu haben. Einen Anwalt lehnt er ab. Bislang.»

Matthias Rörupp gab Gero unmissverständlich zu verstehen, dass er gegen die Ablösung in der Zeugenbefragung nichts einzuwenden hatte. Ganz im Gegenteil. Sein Blick spiegelte Erleichterung, fast Dankbarkeit wider, was bei Gero immer noch Unverständnis hervorrief, schließlich war Matthias die unangefochtene Nummer zwei im Kommissariat, zumindest was seinen Dienstgrad und seine Erfahrung betraf. Aber immer dann, wenn es um alleinige Verantwortung und Mitarbeiterführung ging, wurde ihm mulmig zumute. Er machte keinen Hehl aus der

Tatsache, dass er froh war, die Lenkung an Gero abtreten zu können. Sie sprachen sich kurz auf dem Flur ab, aber auszutauschen gab es trotz der mehr als zweistündigen Vernehmung nicht viel.

Matthias reichte Gero seine spärlichen Notizen. Er meinte, der Kerl sei borniert und abgebrüht. Alle seine Antworten seien von einem ausgeprägten Zynismus durchdrungen. Diese Erkenntnis hatten Gero und Dascher schon bei ihrem Besuch bei Mischke gewonnen.

Mischke lächelte, als Gero das Vernehmungszimmer betrat. So, als wenn er auf ihn gewartet hätte. Zwei Kollegen wachten am Kopfende und an der Tür. Obwohl längst im gesamten Gebäude Rauchverbot herrschte, stellte Gero eine Untertasse auf den Tisch, zündete sich selbst eine Zigarette an und schob Mischke Schachtel und Feuerzeug zu. Gero fixierte Mischke, sagte aber kein Wort. So saßen sie bestimmt mehrere Minuten, die Gero wie eine Ewigkeit vorkamen. Schließlich kam Mischke Geros wortloser Aufforderung nach und steckte sich ebenfalls eine Zigarette an.

Nach einer weiteren Minute brach Florian Mischke das Schweigen mit einer Anspielung – wie es Gero insgeheim erwartet hatte. «Die klassische Variante also. Ich vermisse den Strahler, der mich blendet.»

Blendlampen gab es schon lange nicht mehr. Gero blies einige Rauchkringel vor sich her. Der Kollege an der Tür hüstelte gekünstelt.

«Wen es stört, der darf das Zimmer gerne verlassen», meinte Gero etwas gereizt. Beide blieben.

«Erinnern Sie sich?» Um Mischkes Mundpartie zeichnete sich ein wissendes Lächeln ab. «Ich hatte doch gesagt: *Noch* interessieren Sie sich nicht für mein Vorstrafenregister. Nun ist es also so weit.»

«Sie hätten es uns gleich erzählen können, dass Sie und Oswald Cousins waren. Wahrscheinlich hätten wir uns dann das hier sparen können.»

«Ich habe es nicht gewusst.»

Gero schüttelte den Kopf. «Sie sprachen in unserer Gegenwart von Oswald und nannten ihn stets bei seinem Vornamen. Dazu das äußerst herzliche Verhältnis, das er zur Tochter Ihrer Freundin unterhielt. Es ist mir sofort aufgefallen, dass es mehr war als das Verhältnis zwischen Mieter und Vermieter.»

«Ich habe es nicht gewusst», wiederholte Mischke gebetsmühlenartig.

«Aber Inger Oswald wusste es. Haben Sie Oswald um Geld gebeten?»

«Er hat seine Miete bezahlt.»

«Und darüber hinaus?»

«Nein, der hatte doch selbst nichts.»

«Was es noch zu überprüfen gilt. Woher kannten Sie sich? Wie haben Sie Ihren Untermieter kennengelernt?»

«Der Kontakt kam über unsere Mütter zustande. Sie leben im gleichen Altersheim, und Ingers Mutter hat meiner Mutter wohl erzählt, dass ihr Sohn auf der Suche nach einer Unterkunft sei, woraufhin ihr meine Mutter erzählte, dass in unserem Haus ... Na, Sie wissen schon. Er fragte damals an, und er war mir sympathisch. Das ist alles.»

«Und er hat Ihnen gegenüber nie erwähnt, dass sie verwandt waren?»

«Nein. Er war immer sehr freundlich – und für Sandra war er fast so etwas wie ein Großvater.»

«Haben Sie sich nie über Ihre Eltern ausgetauscht? Über alte Zeiten gesprochen?»

«Nein. Er war ja deutlich älter als ich. Und wenn er von alten Zeiten sprach, dann hing das fast immer mit den Dingen zusammen, die er für diesen Geschichtsverein gemacht hat.»

«Konkretes hat er darüber nie verlauten lassen?»

«Nein. Ich habe mit Geschichte auch nicht viel am Hut.»

Gero blätterte durch die Notizen, mit denen Matthias das handschriftliche Vernehmungsprotokoll gefüllt hatte. Das Wort Alibi hatte er zweimal unterstrichen. «Kommen wir zum Tatzeitpunkt.»

«Habe ich Ihrem Kollegen schon gesagt», polterte Mischke los. «Ich kann mich nicht erinnern. Aber ich führe ein Auftragsbuch. Das liegt bei mir zu Hause. Wenn Sie mir einen Blick erlauben, dann erinnere ich mich vielleicht, was ich an besagtem Tag zwischen zehn und zwölf gemacht habe.»

«In der darauffolgenden Nacht gab es in der Region schwere Regenfälle. Vielleicht hilft Ihnen das auf die Sprünge. Als Landschaftsgärtner sollte einem so etwas doch in Erinnerung bleiben.»

Mischke tat einen Augenblick, als versuche er sich zu erinnern, schüttelte aber kurze Zeit später den Kopf. «Kann ich noch eine?»

Gero reichte ihm die Zigarettenschachtel und schob das Feuerzeug über den Tisch. Er selbst verzichtete. «Ich möchte Ihnen raten, einen Rechtsbeistand hinzuzuziehen.»

«Kann ich mir nicht leisten», entgegnete Mischke. «Ich

lebe von der Hand in den Mund.» Er nahm einen tiefen Lungenzug und blies den Rauch in Geros Richtung. «Ehrlich – ich habe mit der Sache nichts zu tun.»

«Momentan sehen wir das anders.» Gero dachte darüber nach, ob er selbst es auch anders sah. Wenn es allein nach ihm gegangen wäre, dann sicher nicht. Aber nun war es zu spät, und er musste mitziehen. So ganz konnte er sich mit dem Gedanken noch nicht anfreunden. «Wann waren Sie das letzte Mal in Kirsts Kiesgrube?»

Mischke verdrehte die Augen. «Keinen Schimmer. Vor einem halben Jahr?»

«Sie kennen die Anlage gut?»

«Gut ist übertrieben», antwortete Mischke. «Wenn ich einen Auftrag in der Region habe, hole ich dort Kies, Sand und Mutterboden. Hin und wieder auch ein paar größere Steine. Das kommt aber nicht so häufig vor. Die meisten Aufträge habe ich in Niedersachsen, und da liegen andere Bezugsquellen näher. Vorwiegend fahre ich zu Joost nach Lüneburg.»

Er überlegte einen Augenblick. «Hat man Inger dort getötet?», fragte er schließlich. «Bei Kirst?»

«Seine Leiche wurde dort gefunden, ja. Ob das Verbrechen auch dort geschah, wissen wir nicht.»

Mischke nickte und schaute Gero das erste Mal in die Augen. Es war ein trauriger Blick, und Gero hatte ihn nicht erwartet. Die steinerne Fassade, die Mischke vor seiner Seele aufgebaut hatte, begann zu bröckeln. «Welchen Grund soll ich gehabt haben, Inger zu töten?»

Das fragte sich Gero auch, als er das Zimmer verließ. Er hatte keine weiteren Fragen mehr, zumindest nicht an Mischke.

«Und? Was sagst du?», fragten Paul und Matthias gleichzeitig, als Gero ins Besprechungszimmer kam.

«Ich frage mich, ob das reicht ...»

«Ob was reicht?»

«Was wir haben. Es reicht für einen vagen Tatverdacht, für eine vorläufige Festnahme, für eine Hausdurchsuchung – aber sonst? Fassen wir mal zusammen: Mischke war der Vermieter des Opfers, er ist vorbestraft, der Fundort der Leiche ist ihm bekannt, und er hat uns möglicherweise sein Verwandtschaftsverhältnis zum Opfer vorenthalten – wenn er überhaupt davon wusste. Das ist ein recht wackeliges Gerüst, und ich kann mir nicht vorstellen, dass das für eine Anklage reichen wird. Drehen wir den Spieß mal um: Die Rolle des Vermieters rechtfertigt für sich allein genommen nicht mal einen Anfangsverdacht, und das Wissen um das Verwandtschaftsverhältnis werden wir kaum beweisen können. Die Kenntnis des Fundortes lässt sich durch seine berufliche Tätigkeit begründen. Ende Gelände. Was bleibt, ist seine finanzielle Notlage sowie sein Vorstrafenregister. Ich kann mir nicht helfen, aber man könnte es auch so auslegen, dass wir Mischke nur deswegen in die Mangel nehmen, weil wir sonst niemanden haben. Vor allem deshalb, weil uns das Wichtigste fehlt: das Motiv.»

Paul und Matthias schauten verlegen auf den Boden.

«Glaubst du ihm?», fragte Dascher schließlich.

«Das hat mit Glauben nicht viel zu tun. Warten wir ab, ob wir bei ihm zu Hause irgendwas finden, was den Verdacht erhärtet. Was sagt die Spurensicherung?»

«Peter ist mit acht Kollegen vor Ort. Er meinte, sie bräuchten mindestens bis heute Abend.»

«Wir sollten nicht darauf spekulieren, dass sie die Tatwaffe oder Kleidungsstücke mit Schmauchspuren finden. Ohne weitere Indizien, die unseren Anfangsverdacht erhärten, werden wir Florian Mischke jedenfalls nicht länger als vierundzwanzig Stunden festhalten können. – Übrigens ... Mischke sagte mir etwas von einem Auftragsbuch, aus dem möglicherweise ersichtlich sein soll, was er an besagtem Tag gemacht hat und wo er gewesen ist. Peter soll das auf jeden Fall mitbringen. Ich werde jetzt das Verwandtschaftsverhältnis zwischen Mischke und Oswald unter die Lupe nehmen. Dazu werde ich Martha Oswald einen weiteren Besuch abstatten. Die ganze Geschichte kommt mir sehr merkwürdig vor. Wenn es tatsächlich stimmt, was Mischke behauptet, und er nicht wusste, dass Oswald mit ihm verwandt war – dann muss es dafür einen Grund gegeben haben. Und diesen Grund hoffe ich von Oswalds Mutter erfahren zu können.»

«Bevor du aufbrichst», merkte Paul kleinlaut an. «Hennemann hat nach dir gefragt.»

«Hennemann? Wegen Mischkes Verhaftung?» Gero befürchtete das Schlimmste.

«Keine Ahnung. Er kam vorhin in voller Kriegsbemalung runter und fragte nach dir. Es scheint dringend zu sein.»

Polizeidirektor Fritz Hennemann bedeutete Gero, Platz zu nehmen. Er selbst erhob sich von seinem Stuhl und fing an, den großen Schreibtisch in seinem Dienstzimmer langsam zu umrunden. Das Kneten seiner Hände signalisierte, dass er sich schwer damit tat, einen Anfang zu machen.

«Wie ich gehört habe, können Sie Fortschritte im Fall Oswald vorweisen. Sehr schön. Ich weiß, dass ich mich auf Sie verlassen kann.» Es war die Sprache des Vorgesetzten, die er sprach, nicht die eines Kollegen. Heimlich hatte Gero eine Rüge wegen der voreiligen Verhaftung von Mischke erwartet, aber das schien Hennemann in diesem Augenblick überhaupt nicht zu interessieren.

«Ich bekam heute Morgen einen Anruf von der Landespolizeidirektion, und es war kein schönes Telefonat, das können Sie mir glauben. Direktor Schaper war sehr ungehalten.»

Gero konnte Hennemann seine Anspannung ansehen. Wenn er nicht seine Hände knetete, dann massierte er mit den Fingern sein Kinn, versuchte seinen Mund zu verbergen. Einen direkten Blickkontakt vermied er.

«Ein Sekretär aus dem Innenministerium hat sich bei ihm beschwert. Über Sie, Herbst.» Hennemann blieb stehen, machte einen tiefen Atemzug und blickte Gero mit sorgenvoller Miene an.

«Über mich?», fragte Gero konsterniert. Die Überraschung war ihm sicherlich anzusehen.

«Ja. Schaper hat keinen Namen genannt, denn das war wohl kein offizielles Gespräch, das er geführt hat, aber man beschwere sich bei ihm über Ihre Ermittlungsmethoden. Ganz konkret geht es wohl darum, dass Sie der Geschäftsführung einer angesehenen Forschungseinrichtung einen unangemeldeten Besuch abgestattet haben und den Leiter der Einrichtung mit unverschämten Vorwürfen konfrontiert haben sollen.» Hennemann presste die Lippen zusammen und fixierte Gero.

«Grasshofer», stammelte Gero.

Hennemann nickte. «Ja, der Name fiel in dem Gespräch. Es stimmt also? Herbst, was versprechen Sie sich von solchen Aktionen?»

«Ich habe Herrn Dr. Grasshofer nur ein paar Fragen gestellt.»

«Das hörte sich für mich anders an.»

«Es mag sein, dass Dr. Grasshofer mit den polizeilichen Ermittlungsmethoden nicht recht vertraut ist und er deshalb den Eindruck hatte, ich könne etwas über die Stränge geschlagen sein. Aber ich versichere Ihnen, die Befragung orientierte sich an den geltenden Richtlinien. Außerdem ermitteln wir in einem Mordfall.»

«Ja. Aber was hat Dr. Grasshofer damit zu tun?»

«Das Opfer hatte kurz vor seinem Tod Kontakt zu Herrn Dr. Grasshofer. Mir ging es darum, zu erfahren, aus welchem Grund ihn das Opfer aufgesucht hat. Nicht mehr und nicht weniger.»

«Das ist natürlich etwas anderes. Es gab keinerlei Unterstellungen?»

Gero schüttelte den Kopf. «Ich machte Dr. Grasshofer lediglich auf ein paar Widersprüche in seinen eigenen Aussagen aufmerksam. Es ging um mögliche Geschehnisse im Jahr 1986, die er als völlig unmöglich abtat, obwohl er mir wenige Sätze vorher mitgeteilt hatte, dass er zum damaligen Zeitpunkt noch in Süddeutschland beschäftigt war und demnach überhaupt keine Kenntnis von den hiesigen Vorgängen haben konnte.»

«Gut zu hören.» Hennemann nickte, beruhigt wirkte er deshalb noch lange nicht. «Ich hätte mir etwas anderes von Ihnen auch gar nicht vorstellen können, Herbst. Aber tun Sie mir einen Gefallen und gehen Sie bei solchen

Aktionen bitte zukünftig mit der erforderlichen Sensibilität zu Werke. Vor allem bei Personen, die einen direkten Draht nach Kiel haben. Es ist unserer Arbeit nicht förderlich, wenn sich Politiker über uns beschweren.»

Gero brauchte einige Zeit, um die Vorwürfe zu verdauen und sich wieder zu beruhigen. Zugegeben, er hatte Grasshofer nicht gerade zimperlich behandelt, aber von bewussten Unterstellungen konnte wohl nicht die Rede sein. Und er hatte wohl auch richtig vermutet, dass er diesen Kandidaten kein zweites Mal unvorbereitet in die Mangel nehmen konnte. Aber dass Grasshofer gleich von seinen Kontakten zum Innenministerium Gebrauch machte, ließ Gero doch stutzig werden. Warum schoss der Mann mit Kanonen auf Spatzen? Und dann noch so schnell? Schließlich war es noch nicht einmal zwei Tage her, dass er Grasshofer befragt hatte, und gestern war zudem Sonntag gewesen. Nicht gerade der Tag, an dem man Staatssekretäre im Innenministerium belästigte. Es sei denn, man verfügte über persönliche Kontakte. Oder es gab eine andere Notwendigkeit. Irgendetwas war da jedenfalls oberfaul, und Gero fühlte sich in seinem Vorhaben bestärkt, seine Recherchen genau an diesem Punkt auszuweiten. Aber erst einmal musste er mit Oswalds Mutter sprechen.

Martha Oswald war keineswegs überrascht, dass Gero ihr nach so kurzer Zeit erneut einen Besuch abstattete. Ganz im Gegenteil. Sie wirkte, als habe sie seinen Besuch erwartet, und bat ihn freundlich herein. Die alte Dame trug ein mit Spitzen verziertes schwarzes Kostüm. Einen Hauch zu elegant für ihr hohes Alter – für die Bewohnerin eines Altenheims allemal. Über die Schultern hatte sie einen seidenen Schal geworfen, und an ihrem hageren Hals hing ein aufwendig gearbeitetes Silberamulett mit einer einliegenden Gemme.

«Ich kann Ihnen überhaupt nichts anbieten», sagte sie entschuldigend. «Einen Tee vielleicht?» Keine Frage danach, warum er sie abermals aufgesucht hatte.

Gero nickte und blickte sich im Raum um. Irgendetwas hatte sich verändert, seit er das letzte Mal hier gewesen war. Es duftete nach Amber und Sandelholz. Als er die Anrichte betrachtete, auf der bei seinem letzten Besuch die gerahmten Erinnerungen gestanden hatten, fiel ihm auf, was sich verändert hatte. Bis auf das Bild, welches Inger Oswald als jungen Mann zeigte, hatte Martha Oswald alle anderen Fotos entfernt. An ihrer Stelle stand dort eine gläserne Schale, in der eine flackernde Kerze besagten Duft verströmte. Daneben lag ein Paar grauer Lederhandschuhe, sonst nichts. Durch das geöffnete Balkonfenster war eine Klaviersonate von Beethoven zu hören, Mondscheinsonate oder Appassionata, Gero bekam sie immer durcheinander. Die Lautstärke zeugte jedenfalls von einer ausgesprochenen Schwerhörigkeit in der Nachbarschaft.

Nach einigen Minuten kam Martha Oswald mit einem Kännchen Tee zurück. Sie bat Gero, Platz zu nehmen, und stellte zwei Tassen aus feinstem Porzellan und ein Gefäß mit braunem Kandis auf den Tisch. Nachdem sie eingeschenkt hatte, ließ sie sich mit einem leisen Klagen in den Lehnsessel fallen, der Gero gegenüberstand, nahm allerdings sofort wieder eine aufrechte Haltung an, wie jemand, der seiner altersgemäßen Gebrechlichkeit im Beisein anderer nicht nachgeben wollte. Gero musste an seine Mutter denken. Wie lange sie dem Alter wohl trotzen würde?

«Ich habe mich schon gefragt, wann Sie wohl kommen. Irgendetwas in mir hat mir gesagt, dass es nicht lange dauern wird.»

Ihr Gesichtsausdruck spiegelte eine Mischung aus Erleichterung, Hoffnung und Schuld. Es war keine Traurigkeit, die von ihrem Blick ausging. Vielmehr der Wunsch danach, etwas preiszugeben, nach dem nie jemand gefragt hatte. Eine geheimnisvolle Aura umgab diese Frau, deren Stolz auf den ersten Blick auch als Unnahbarkeit hätte ausgelegt werden können.

«Es gibt da ein paar Dinge, die mich interessieren», sagte Gero. «Allerdings erinnere ich mich Ihrer Worte, die Toten soll man ruhen lassen. Das sagten Sie, als wir von Ihrem Sohn sprachen. Von daher weiß ich nicht, ob es Ihnen recht ist, wenn auch ich mich nach einem Verstorbenen erkundige, denn in diese Richtung zielt mein Interesse.»

Martha Oswald ließ ihren Blick zur Anrichte gleiten, wo das Foto ihres Sohnes stand, dann nahm sie einen Schluck Tee und lächelte Gero an. «Die Erinnerung ist das, was geliebte Menschen unsterblich werden lässt. Leider überdauert diese Erinnerung nur ein, höchstens zwei Menschenleben. Alles danach erinnert sich nur an diejenigen von uns, die etwas Bedeutsames getan oder hinterlassen haben.»

In ihren Worten schwang die bittere Erkenntnis mit, dass sich nach dem Tod ihres Kindes niemand mehr an sie erinnern werde. Geros Blick folgte dem ihrigen zur

Anrichte, die durch die Kerze etwas Altarhaftes bekommen hatte. Sie bemerkte es und lächelte erneut. «Es ist Ihnen nicht entgangen, dass ich ein wenig aufgeräumt habe in meinem Leben. – Es war an der Zeit.»

Und Gero fand, dass es an der Zeit war, sein Anliegen zu präzisieren. «War es Zufall, dass Ihr Sohn im Haus von Katharina Mischke wohnte?»

«Zufall war, dass Katharina und ich am selben Ort eine Zuflucht gefunden hatten.» Wenn sie die Frage überrascht hatte, dann zeigte Martha Oswald es nicht. «Mich hatte ihr Name natürlich sofort stutzig gemacht, damals, als sie hierherkam. Aber sie wusste von nichts – sie hatte keine Ahnung, wer ich war. Eine Zeit lang jedenfalls. Irgendwann muss sie es dann geahnt haben, aber wir haben nie offen darüber gesprochen. Sie war stets in dem Glauben, in mir eine Freundin, eine Verbündete gefunden zu haben. Deshalb bot sie mir auch sofort an, dass Inger in ihrem Haus, bei ihrem Sohn wohnen könne.»

«Sie hat nie erfahren, dass Sie mit dem älteren Bruder ihres Mannes verheiratet waren?»

Martha Oswald hob die Schultern. Ihr Gesichtsausdruck hatte plötzlich etwas Spitzbübisches. So, als amüsiere sie sich immer noch darüber, dass ihr Verwandtschaftsverhältnis unentdeckt geblieben war. «Unser Hochzeitsfoto hat all die Jahre dort auf der Anrichte gestanden. Sie hätte ihren Schwager erkennen können, wenn es sie interessiert hätte. Wer weiß, vielleicht hat sie ihn sogar erkannt, und es war ihr unangenehm. Aber vorstellen kann ich mir das eigentlich nicht. Sie hatte längst abgeschlossen mit der Familie, in die sie eingeheiratet hatte. – So wie ich.»

Was sie sagte, klang nach einem tragischen Hintergrund, aber wie sie es aussprach, schwangen weder Vorwurf noch Vorhaltung in ihrer Stimme mit. «Was war denn mit der Familie Mischke?», fragte Gero. Seine Gedanken waren bei Florian Mischke. Man konnte also davon ausgehen, dass er die Wahrheit sagte und wirklich nichts davon gewusst hatte, dass Inger Oswald sein Cousin gewesen war.

«Ich habe es auch erst Jahre nach dem Krieg herausbekommen», meinte die alte Dame, immer noch ohne jeden Anflug von Verbitterung. «Es war die Zeit, als es allen schlechtging. Und ich saß mit Inger alleine da und musste ihn durchbringen. Als alles wieder einigermaßen geordnet war, habe ich mich natürlich an Rudolfs Familie gewandt, die trotz der schlechten Zeiten überraschend schnell wieder sehr gut dastand, aber man hat mich behandelt wie einen Bastard, der sich bereichern wollte. Es ging so weit, dass man mir eine Anstellung als Hausmädchen anbot, wenn ich auf irgendwelche Forderungen verzichtet hätte. Sie können sich vorstellen, dass ich dankend abgelehnt habe.»

«Aber Sie waren durch die Heirat mit Rudolf Mischke doch ein Mitglied der Familie.»

«Nicht in den Augen der Mischkes. Ich war von vornherein keine standesgemäße Partie für ihren ältesten Sohn gewesen. Rudolf hatte mich vorgewarnt, aber ich war damals noch zu jung, um die möglichen Folgen absehen zu können. Zumal ich geblendet war – von seiner Schneidigkeit und seiner Erscheinung. So war unsere Heirat damals auch so etwas wie eine trotzige Kurzschlusshandlung gewesen, die gegen den Willen unserer Eltern stattfand. Ich kam ja aus einem ganz anderen Stall.

Meine Eltern waren weder wohlhabend noch in der Partei. Ich hätte gewarnt sein müssen. Aber ich war jung und naiv, es waren braune Zeiten, und ich hatte mich Hals über Kopf in den flotten Burschen in der Offiziersuniform verguckt, den alle Mädchen in meinem Alter angehimmelt hatten. Wahrscheinlich nur deshalb, aber das wurde mir, wie so manches, erst viel später bewusst.»

Martha Oswald sprach inzwischen mit zitteriger Stimme. «Aber ich habe meine Strafe für diesen Fehler bekommen. Es war nichts, wie es hätte sein sollen. Weder mit Rudolf noch mit seiner Familie. Erst viel später habe ich erfahren, worauf sich der Reichtum von Rudolfs Familie begründete. Über ihre frühe Parteizugehörigkeit und die damit einhergehenden politischen Ämter hatten sie sehr schnell verstanden, wie man sich – damals ja auf legitime Weise – fremdes Eigentum und Kapital aneignen konnte. Durch die Zwangsenteignungen, vor allem der jüdischen Mitbürger, kam man rasch zu Grundbesitz und Immobilien.»

«Soweit uns bekannt ist, ist der Sohn von Katharina Mischke hoch verschuldet», warf Gero ein. «Das Haus der Familie ist Bestandteil einer Zwangsversteigerung.»

«Katharina erzählte mir davon, und ich habe es mit einem lachenden und einem weinenden Auge zur Kenntnis genommen», antwortete Martha Oswald. «Ihr Mann Herbert, der jüngste Spross des Mischke-Clans, war derjenige, der das gesamte Vermögen der Familie innerhalb weniger Jahre durchbrachte. Er war ein Säufer und Spieler, der sich 1983, als nichts mehr außer Schulden übrig war, eine Kugel in den Kopf geschossen hat. Gefunden hat ihn damals sein eigener Sohn, dem dieses Trauma dann wohl auf tragische Weise den Weg in eine kriminelle Zukunft geebnet hat.» Martha Oswald zögerte einen Augenblick. «Verstehen Sie jetzt, warum ich mit dem Namen Mischke nichts mehr zu tun haben wollte?»

«Und dennoch haben Sie Ihren Sohn als Untermieter in das Haus seines Cousins vermittelt. Wusste er davon? Kannte er den Hintergrund?» Vor Gero breitete sich auf einmal eine ganze Landkarte von möglichen Motiven aus. Hatte Oswald Mischke vielleicht mit der Vergangenheit seiner Familie konfrontiert und dabei in ein Wespennest gestochen? Kam eine Kurzschlusshandlung von Mischke in Frage?

«Inger hat alles gewusst. Aber es ist anders, als Sie denken. Manche Dinge, die auf den ersten Blick so einfach zu sein scheinen, sind in Wirklichkeit ganz anders, viel komplizierter. Ich dachte, Sie wüssten es und sind deshalb zurückgekommen. Aber Sie werden es so oder so erfahren, früher oder später.»

Die alte Dame erhob sich mühsam, ging zu einem kleinen Sekretär und kam mit einem Stapel von Briefen und Dokumenten zurück. «Seit es auf den Ämtern Computer gibt, kommt so manches heraus, was Jahrzehnte im Verborgenen geschlummert hat», begann sie, nachdem sie wieder Platz genommen hatte. «Es hat niemanden interessiert, weil es so mühsam gewesen wäre, danach zu suchen. Und wer wäre schon auf die Idee gekommen, danach zu suchen? Aber heutzutage ist es keine Mühe mehr – nur ein Knopfdruck, und man bekommt alle Informationen.» Sie breitete die Dokumente vor sich auf den Tisch aus.

«Es war eine Sachbearbeiterin vom Rentenamt, die zuerst darauf aufmerksam wurde. Tja, sie kam wohl gerade aus dem Schwangerschaftsurlaub zurück an ihren Arbeitsplatz und hatte einen Blick für solche Dinge. Genau genommen ist es ja nur ein Monat, um den es geht. Ein Monat zu viel. Zumindest auf dem Papier. Aber bei bestimmten Dingen kann ein Monat zu viel einen ganzen Rattenschwanz an Bürokratie nach sich ziehen.»

Gero blickte Martha Oswald verständnislos an. Sie sprach in Rätseln, aber anscheinend war sie gewillt, ihren Gast aufzuklären.

«Rudolf und ich haben am 11. Januar in Mölln geheiratet», fuhr sie fort. «Es war ein glasklarer, kalter Tag, ich erinnere mich noch genau. Außer uns und unseren Trauzeugen war niemand mit ins Rathaus gekommen. Ich hatte ja schon angedeutet, dass unseren Familien die Eheschließung ein Dorn im Auge war. Aber wirklich verhindern konnten sie es dann doch nicht. Dennoch war es so etwas wie eine heimliche Hochzeit. Wir hatten alles ausgeblendet, auch den Umstand, dass sich der Krieg unwiderruflich dem Ende näherte, und damit die Konsequenzen, die in naher Zukunft auf Rudolf zugekommen wären. Aber damit nicht genug. Es kam viel schlimmer als das, was wir nicht sehen wollten. Noch am gleichen Tag, nur wenige Stunden später, bekam Rudolf den Marschbefehl und wurde an die Ostfront abkommandiert. Ich habe ihn nie wiedergesehen. Am 9. März erhielt ich die Nachricht, dass er gefallen sei. Eine einfache Karte der Feldpost, auf der man mir schnörkellos mitteilte, was Tausende andere Frauen auf ähnlich grausame Weise erfuhren: dass sie ab sofort alleine dastanden. Das war die Essenz der Nachricht. Die huldigenden

Worte vom ruhmreichen Tod für das Vaterland nahm man nicht zur Kenntnis. Noch heute spüre ich die Wut, die damals in mir aufstieg, als mir die Endgültigkeit bewusst wurde, die in den paar Zeilen versteckt war. Es war weniger Trauer, nein, es war Wut, die ich empfand. Wut auf das, was unser Land getan hatte. Wut auf diejenigen, die dafür verantwortlich waren, dass Menschen zu sinnlosem Kanonenfutter wurden. Immer noch. Zu der Zeit hatten alle begriffen, dass dieser Krieg verloren war. Wäre ich ein Mann gewesen, ich wäre desertiert, hätte mich dem Feind ergeben. Ich weiß nicht, ob Sie das verstehen können ...»

Gero nickte stumm.

«Ich erzähle Ihnen das nur, damit Sie sich in meine damalige Lage versetzen können.» Martha Oswald kramte aus dem Stapel Papiere eine Karte hervor. «Ich habe sie aufbewahrt», sagte sie und reichte Gero die Karte. «Als Sterbedatum ist der 1. März 1945 aufgeführt. Ich weiß nicht, ob das stimmt. Es ist im Nachhinein nicht mehr zu überprüfen. Nicht einmal der Ort, wo er fiel, ist angeführt.» Sie machte einen schweren Seufzer. «Inger erblickte am Morgen des 22. Januar 1946 das Licht der Welt.» Martha Oswald reichte Gero die Geburtsurkunde und blickte ihn fragend an. «Es fällt gar nicht auf, nicht wahr?»

Gero studierte die Papiere. Was auch immer ihm hätte auffallen können, er fand nichts.

Sie lächelte. «Die offizielle Sterbeurkunde von Rudolf wurde erst nach dem Krieg ausgestellt. Man ging mit dem, was man hatte, zum Rathaus oder zur Meldestelle und bekam gültige Dokumente. Aber das war damals eine regelrechte Massenabfertigung. Man kann sich das heutzutage überhaupt nicht mehr vorstellen, mit welcher Improvisation man versuchte, der schlangestehenden Menschen Herr zu werden. Viele hatten ja alles verloren, besaßen überhaupt keine Papiere mehr. Dazu kam dieser schreckliche Winter. Alles fror, und man drängelte sich in den warmen Amtsstuben zusammen. Ich war damals hochschwanger mit Inger. Ich sehe noch den Blick der Frau hinter dem Schreibtisch, der auf meinen Bauch gerichtet war und in etwa sagen wollte: Sie Ärmste, warum tun Sie sich das an … Meine Gedanken waren nur voller Angst, dass nun alles auffliegen würde, aber entweder hatte die Frau Mitleid mit mir, oder sie war schwach im Rechnen. Jedenfalls trug sie als Sterbedatum März 1945 mit dem Vermerk in das Formular ein, dass der genaue Todestag nicht bekannt sei.»

Wieder blickte Martha Oswald erwartungsvoll in Geros Richtung. «Natürlich wusste niemand, dass Rudolf und ich uns an unserem Hochzeitstag das letzte Mal gesehen hatten, dass er nie wieder von der Front zurückkehrte. Aber selbst wenn man den März nicht mitzählt, sind es immer noch zehn Monate bis zu Ingers Geburt.»

Gero ertappte sich dabei, wie er die Finger zu Hilfe nahm und nachrechnete. Natürlich zweifelte er nicht daran, was ihm die alte Dame erzählte, aber warum diese Beichte? «Rudolf Mischke ist nicht der Vater von Ihrem Sohn», sagte er leise. Ein Sachverhalt, der heutzutage weder Erstaunen noch Kritik in der Gesellschaft hervorrief, zur damaligen Zeit wäre er jedoch mit Ächtung geahndet worden, obwohl nicht einmal ein Ehebruch vorgelegen hatte.

«Die Ehe wurde nie vollzogen», erklärte Martha Oswald mit einer Wortwahl, die ganz bewusst ans Amtsdeutsch angelehnt schien. Wahrscheinlich fiel es ihr so leichter, die Dinge beim Namen zu nennen. «Wir hatten ja auch keine Gelegenheit dazu.»

Gero glaubte, inzwischen doch einen Hauch von Verbitterung aus ihren Worten herauszuhören.

«Aber offiziell war Inger der Sohn meines gefallenen Mannes. So erhielten wir immerhin die paar staatlichen Zuwendungen. Auch wenn sie uns, genau genommen, nicht zugestanden hätten. Erst besagter Mitarbeiterin bei der Rentenanstalt fiel auf, dass die Vaterschaft rechnerisch nicht möglich sein konnte. Bis dahin hat auch Inger nicht gewusst, wer wirklich sein Vater war.»

Die Frage danach brannte Gero förmlich auf den Lippen, aber er hielt sich zurück. Es stand ihm nicht zu, die alte Dame auf Dinge anzusprechen, die möglicherweise unschöne Erinnerungen in ihr weckten. Viele Frauen waren zum Kriegsende und auch danach Opfer von Vergewaltigungen gewesen. Unzählige Kinder wurden in dieser Zeit geboren, die niemals erfahren durften, unter welchen Umständen sie gezeugt worden waren. Entscheidend war für Gero erst einmal, dass Florian Mischke und Inger Oswald keine Cousins waren – und Oswald hatte das auch gewusst. Er versuchte, seine Neugierde zu verstecken, und blickte Martha Oswald still an. Wenn, dann musste es ihr ein Bedürfnis sein, ihm das Geheimnis zu verraten.

Sie musste es ihm von der Stirn abgelesen haben. «Sie wollen sicher wissen, wer denn der Vater von Inger ist», meinte sie ganz nebenbei, nachdem sie Tee nachgeschenkt hatte.

«Ich hatte ja bereits angedeutet, dass ich eine ungeheure Wut im Bauch mit mir herumtrug. Eine Wut auf alle Menschen, die mich umgaben, die immer noch an den Endsieg glaubten und sich gegenseitig belogen. Für mich war bereits alles zusammengebrochen. Ich sehnte mich nach Liebe, aber in meinem Umfeld gab es keine Liebe mehr. Es gab keine Menschen mehr, die einem vertrauten. Doch Vertrauen ist die Grundvoraussetzung für Liebe. Aber es gab nur noch Angst. Die Menschen hatten Angst voreinander.»

Sie wartete einen Augenblick und sah währenddessen zur Anrichte hinüber. «Und dann tauchte plötzlich ein Mensch auf, der mir vertraute. Er brauchte mein Vertrauen, und ich brauchte das seine. Es mag merkwürdig für Sie klingen, aber er fiel vom Himmel.»

Gero konnte erkennen, dass Martha Oswald Tränen in den Augen hatte.

KAPITEL 18

Ich werde den Tag nie vergessen. Er ist mir noch so gegenwärtig, als sei es erst gestern gewesen. Es war der 7. April 1945. Wie die meisten Frauen in der Gegend war ich damals in der Muna dienstverpflichtet. Das war die Heeresmunitionsanstalt, die hier ganz in der Nähe lag, wo heute die Möllner Waldstadt steht. Wer genau hinschaut, kann immer noch erkennen, was es mit der Anlage einmal auf sich hatte, aber kaum jemand wird sich noch daran erinnern. Wir stopften Kartuschen und fertigten Munition unterschiedlichen Kalibers, die dann in Kisten verpackt wurden und in Schuppen und Munitionshäusern auf ihren Abtransport warteten. Es war ein riesiges Areal, dort arbeiteten fast nur Frauen, viele von ihnen kamen aus den Ostgebieten. Die Muna war den ganzen Krieg über von Luftangriffen verschont geblieben, aber tags zuvor war etwas geschehen, was vermuten ließ, dass die Alliierten nun ganz gezielt ihre Bomber schicken könnten. Man hatte auf den Gleisen der Muna einen ganzen Güterzug mit V1-Raketen abgestellt, die man aus dem Osten abgezogen hatte und in den Norden des Landes weitertransportieren wollte. Aus Sicherheitsgründen wurde der normale Betrieb bis zum Abtransport eingestellt, und diejenigen, die nicht in den Baracken der Muna untergebracht waren, konnten nach Hause gehen. Ich hatte damals einen der weitesten Wege, denn ich war vorübergehend im ehemaligen Försterhaus am Bergholzer Moor untergekommen. Das kleine Gemäuer bewohnte eigentlich die Witwe des letzten Försters, aber der alten Frau war die Alleinlage zu unheimlich und der Weg inzwischen wohl auch zu mühsam geworden, und so hatte sie sich bei ihrer Schwester in Mölln einquartiert. Da sie ihre Möbel und den ganzen Hausrat zurücklassen musste, war sie froh gewesen, als ich mich anbot, regelmäßig nach dem Rechten zu schauen. Zuvor hatte ich mir bei ebendieser Schwester ein Zimmer mit zwei weiteren Mitbewohnerinnen zur Untermiete geteilt, und ich war glücklich, nun sowohl meine Ruhe als auch ein kleines Reich für mich zu haben. Den weiten Weg nahm ich dafür gerne in Kauf, zumal es dort sogar zwei Fahrräder gab, die ich benutzen konnte.

Es war um die Mittagszeit. Ich war gerade dabei, mir im Hintergarten ein paar Stangen Frühspargel zu stechen, als ich das Motorengeräusch vernahm. Flugzeuge waren hier nichts Seltenes, obwohl es in der direkten Umgebung keinen Flugplatz gab. Aber das Donnern der Motoren zeugte davon, dass die Maschine viel zu tief flog. Sekunden später hörte ich ein jaulendes Pfeifen, dem schließlich ein schreckliches Getöse von splitternden Bäumen und ein martialisches Krachen folgte. Die Erde hatte für einen Moment gebebt, und ich begriff sofort, dass das Flugzeug ganz in der Nähe abgestürzt sein musste. Als ich in den Himmel blickte, sah ich für einen kurzen Augenblick zwei Fallschirme. Im gleichen Moment rannte ich los. Ich weiß nicht, warum, es war etwas Instinktives.

Auch aus dem nahen Fitzen und aus Büchen hatten sich Menschen auf den Weg gemacht. Ich begegnete ihnen nach einigen Minuten auf dem Weg zum Heidebrook, hielt mich allerdings im Unterholz verborgen, was gut so war, denn es war eine aufgebrachte Menge, bewaffnet mit Forken und Hacken. Ihre Stimmen versprachen nichts Gutes. Ich konnte heraushören, dass es ein feindlicher Bomber war, der in den Wald gestürzt war. Im Abstand von ungefähr hundert Metern folgte ich den Leuten bis zur Absturzstelle. Es sah verheerend aus. Das Flugzeug hatte eine regelrechte Schneise in den Fitzener Horst geschnitten, überall lagen Trümmer des Wracks verstreut. Es roch gefährlich nach Treibstoff, aber das Flugzeug brannte nicht. Nur aus einem der abgerissenen Motoren züngelten Flammen. Zuerst wagte sich niemand an das Flugzeugwrack heran, wahrscheinlich aus

Angst, es könne explodieren, aber nach kurzer Zeit fingen doch ein paar Wagemutige an, den Rumpf der Maschine, der sich bestimmt einen Meter in den Waldboden gegraben hatte, zu inspizieren. Die anderen suchten die Umgebung ab. Wahrscheinlich hatten auch sie die Fallschirme gesehen.

Von der restlichen Besatzung hatte niemand den Absturz überlebt. Nach und nach zogen die Leute mehrere leblose Körper aus dem Wrack. Einige konnten der Versuchung nicht widerstehen und machten sich über die Wertgegenstände der Toten her. Ungefähr nach einer Viertelstunde war dann ein Johlen und Geschrei aus dem Wald zu hören. Kurze Zeit später führte man einen Mann aus dem Unterholz. Sie hatten einen der Abgesprungenen gefunden. Er schien unverletzt zu sein, aber es war eine gespenstige Szene, die sich vor mir auftat. Wie ein Rudel Wölfe umringten die Leute den Mann, der die Hände über den Kopf erhoben hatte, und hielten ihm drohend ihre ausgestreckten Forken entgegen. Ich hörte Rufe, man solle ihn an den nächsten Baum hängen, andere wollten ihn erschlagen. Der Mann trug einen grauen Overall und verhielt sich völlig still. Ich rechnete schon mit dem Schlimmsten, denn die Männer stachelten sich gegenseitig immer weiter an. Dennoch wagte es letztlich niemand, die Hand gegen den Mann zu erheben und das Vorhaben in die Tat umzusetzen. Schließlich entschloss man sich, den Gefangenen ins Dorf zu bringen und die Kommandantur zu verständigen. Also zog der Tross über die Landstraße in Richtung Fitzen davon.

Ich blieb noch einige Minuten in meinem Versteck, bis meine Knie aufgehört hatten zu schlottern, dann machte auch ich mich auf den Weg zurück. Ich war immer noch so aufgewühlt von dem, was ich gesehen hatte, dass ich mich nicht auf die Straße wagte, sondern abseits des Weges lief. Nach ein paar Metern glaubte ich eine Bewegung im Unterholz wahrzunehmen und verlangsamte meine Schritte. Ganz behutsam tastete ich mich weiter vor, immer bedacht darauf, möglichst geräuschlos nur Moos und Grasbüschel zu betreten. An eine mögliche Gefahr habe ich zu keinem Zeitpunkt gedacht – vielleicht hat sie meine Neugier auch nur ausgeblendet. Im Nachhinein weiß ich, dass ich damals schon die Hoffnung in mir trug, die sich wenige Sekunden später bestätigen sollte.

Als ich erkannte, dass es sich bei dem vermeintlichen Schatten um einen Menschen handelte, war es auch schon zu spät. Ich weiß nicht mehr, wer von uns in diesem Augenblick mehr erschrak, jedenfalls blickten wir uns für mehrere Sekunden völlig entgeistert an, und keiner wagte auch nur einen Mucks von sich zu geben. Mir fiel nichts anderes ein, als dem Mann mit einem Finger auf den Lippen zu verstehen zu geben, er solle ruhig bleiben. Ich hatte keine Angst, obwohl ich sicher war, dass der Mann bewaffnet sein musste. Aber seine Augen verrieten mir im ersten Moment, dass keine wirkliche Gefahr von ihm ausging. Er musterte mich mit einem ängstlichen Blick, aber meine Geste hatte ihm anscheinend signalisiert, dass er von mir ebenfalls nichts zu befürchten hatte. Für ein paar Minuten verhielten wir uns absolut still. Nur unsere Augen waren in steter Bewegung. Ich sprach ihn nicht an, weil ich nicht wusste, ob er mich verstehen würde, sondern vertraute allein auf behutsame Zeichen. Vielleicht war es auch nur die Angst, dass noch jemand in Hörweite war und uns hätte entdecken können. Um nichts in der Welt durfte er dieser unbarmherzigen und rachsüchtigen Meute in die Hände fallen.

Als ich mir sicher war, dass wir alleine waren, deutete ich – immer noch wortlos – an, er möge aufstehen und mir folgen. Ich wusste nicht, ob er verletzt war. Im Gesicht hatte er ein paar blutige Kratzer und Schrammen davongetragen, sicher die Folgen seiner harten Landung. Doch schien seine Sorge vor allem dem Gepäck zu gelten. Als Erstes untersuchte er seinen Rucksack, und nachdem er geklärt hatte, dass der Inhalt unversehrt war, zog er eine Schachtel Zigaretten aus seiner Jacke und bot mir eine an. Ich muss immer noch darüber lachen, denn ich nahm tatsächlich eine Zigarette heraus und wartete darauf, dass er mir Feuer gab. Es war die erste Zigarette meines Lebens, und ich fing natürlich sogleich fürchterlich zu husten an. Unser gemeinsames Lachen war so etwas wie eine erste, wirklich von Herzen kommende Verständigung zwischen uns, und ich fühlte mich plötzlich, als hätte ich mich hier mit diesem Mann auf ein Picknick verabredet. All die Gefahr, die uns umgab, war auf einmal wie weggeblasen.

Natürlich war mein Vorhaben riskant, aber bislang hatte man weder meiner Behausung noch ihrer neuen Bewohnerin besondere Beachtung geschenkt, sodass ich mir einbildete, dass der Mann dort vorerst in Sicherheit war. Wie es weitergehen würde, darüber machte ich mir in diesem Augenblick keine Gedanken. Ich gab ihm zu verstehen, mir zu folgen, und er zögerte nur einen Augenblick, weil er natürlich nicht wusste, was ich vorhatte und wohin ich ihn bringen würde. Auch als wir das Haus betraten, wagte ich immer noch nicht, ihn anzusprechen, als wenn uns jedes gesprochene Wort hätte verraten können. Wie sich kurz darauf herausstellte, verstand er recht gut Deutsch, auch wenn ihm die Aussprache bestimmter Wörter schwerfiel, aber vorerst gebot ich ihm zu schweigen. Wortlos setzte ich uns einen Tee auf. Dann bestand ich darauf, seine Wunden zu inspizieren. Ich hatte einen Lehrgang als Lazaretthelferin absolviert und wusste, wie wichtig es war, alle blutenden Wunden von Schmutz zu säubern und zu versorgen. Als er ahnte, was ich vorhatte, sträubte er sich zunächst, aber ich ließ mich nicht beirren und bestand auf meinem Vorhaben. Ich zog ihm vorsichtig das Hemd aus und wusch seine Wunden. Die ganze Zeit über hing sein Blick an mir. Seine Verletzungen waren nicht gravierend, dennoch versorgte ich jede noch so kleine Wunde behutsam und sorgfältig.

Es entging mir nicht, dass ihm mein Tun gefiel, und umgekehrt war es genauso. Umso mehr Zeit ließ ich mir. Es war, als hätte ich ein verletztes und hilfloses Tier im Wald gefunden und mitgenommen, um es bei mir zu pflegen und aufzupäppeln. Als ich ihm besonders nah gekommen war, legte er seine Hand auf die meine, hielt sie fest und nannte mir seinen Namen. ‹Ich heiße Steward›, sagte er in gebrochenem Deutsch. Ich habe den Klang seiner Stimme immer noch im Ohr. Damals konnte ich seinen Atem auf meiner Haut spüren, so nah waren wir uns. Ich machte keine Anstalten, ihm meine Hand zu entziehen. Ich sagte ihm meinen Namen, und er fragte mich, ob er nun mein Gefangener sei und ob ich mich immer so aufopfernd um meine Beute kümmern würde. Dabei lächelte er. Ich weiß nicht, ob es seine Unkenntnis über die

Wortwahl gewesen war oder er die Situation schon richtig zu deuten wusste, jedenfalls fühlte ich mich ertappt.

Es war ein Spiel mit dem Feuer, und vielleicht mag es töricht klingen, aber in diesem Moment gab es für mich nur ein Alles oder Nichts. Ich war erst wenige Wochen zuvor zur Witwe geworden, ohne dass ich meinen Mann jemals besessen hatte. Ich kam mir weder schmutzig noch verräterisch vor, denn in diesem Augenblick bot sich mir die Möglichkeit eines Neubeginns, der über all das, was ich inzwischen zu hassen gelernt hatte, triumphieren konnte. Mein Fund war eine Trophäe, die über all das Bisherige erhaben war, und ich fühlte mich mit zwanzig Jahren noch zu jung für die Askese des Witwendaseins. Ich entschied mich für *Alles*. So fand ich den Mann, der ein anderer hätte sein sollen, und Steward gab mir das, was der Krieg bis dahin unmöglich gemacht hatte.»

Martha Oswald schaute Gero an, der ihrem langen Monolog schweigend gefolgt war. «Ich danke Ihnen dafür, dass Sie mir so geduldig zugehört haben. Es gibt nur wenige Menschen, denen ich meine Geschichte erzählt habe.» Sie blickte zur Uhr, dann erhob sie sich umständlich.

«Sie haben sicherlich viele Fragen, aber ich muss Sie auf ein anderes Mal vertrösten, es sei denn, Sie begleiten mich in den Speisesaal. Die Vorteile eines Lebens in einer solchen Einrichtung heben die Nachteile bei weitem auf. Aber wer am Abendessen teilnehmen will, der muss sich an die vorgegebenen Zeiten halten.»

Es dämmerte bereits, und Gero hatte über der Erzählung der alten Dame tatsächlich verdrängt, dass er noch einen

Termin hatte. Nach den neuesten Erkenntnissen waren die Fragen, die er an Bertram Niebohr hatte, zwar eher zweitrangig, aber dennoch wollte er sie stellen. Nach wie vor wollte er sich ein Bild darüber verschaffen, womit sich Inger Oswald zuletzt beschäftigt hatte, und Niebohr war nur noch wenige Tage erreichbar, da er nach eigenen Angaben an einer Exkursion nach Norwegen teilnahm und erst einen Monat später wieder im Lande sein würde.

Eine Dreiviertelstunde blieb ihm für die Fahrt nach Wentorf, wo Niebohr wohnte. Das musste zu schaffen sein, Matthias und Paul würde er später verständigen. Die Neuigkeiten bezüglich der Vaterschaft von Oswald warfen ein völlig anderes Licht auf den Fall. Eigentlich hatte Gero noch viele Fragen an Martha Oswald gehabt, aber er war sich sicher, dass ihm die alte Dame auch weiterhin Rede und Antwort stehen würde. Es war so oder so erstaunlich, mit welcher Freizügigkeit sie von Dingen erzählte, die für diese Generation sonst als absolutes Geheimnis bewahrt wurden. Aber dass Martha Oswald eine Ausnahmeerscheinung war, hatte Gero schon bei ihrer ersten Begegnung festgestellt. Am meisten interessierte ihn natürlich, was aus dem Vater von Inger Oswald geworden war. Sicher hatte die Liaison ein tragisches Ende gehabt, andernfalls hätte Martha Oswald ihr Kind nicht allein durchbringen müssen. Gero war sich in diesem Moment unsicher, ob er das Ende der Geschichte überhaupt aus ihrem Munde hören wollte.

Er war unkonzentriert und unaufmerksam. Die Lichthupe seines Hintermanns holte ihn in die Wirklichkeit zurück. Ein Blick auf den Tacho bestätigte, was der Fahrer des Wagens hinter ihm auch denken musste. Mit siebzig fuhr man in dieser Gegend nicht über die Landstraße. Gero schaltete einen Gang zurück und beschleunigte den Saab auf Richtgeschwindigkeit, aber seinem Hintermann schien das nicht zu reichen. Nach einer kurzen Verzögerung tauchte die hell erleuchtete Front des großen Geländewagens erneut in Geros Rückspiegel auf und verlangte nach schnellerer Fahrt. Gero kannte die Strecke und gab Vollgas. Ein verhängnisvoller Fehler, wie er sich kurz darauf eingestehen musste. Der Kreisel vor ihm verlangte eine deutliche Reduzierung der Geschwindigkeit, der Gero auch wie gewohnt nachkommen wollte, aber das Bremspedal sackte unerwartet bis zum Bodenblech durch. Der Wagen schoss viel zu schnell auf das Hindernis zu. Bis ihm klar wurde, dass die Bremse nicht reagierte, war es auch schon zu spät. Es blieb keine Zeit mehr, um der Vorwärtsbewegung Einhalt zu gebieten. Selbst der Griff zur Handbremse kam zu spät. Und das, wo Gero doch immer geglaubt hatte, seine Schrecksekunde sei kürzer als bei anderen Verkehrsteilnehmern.

Der linke Vorderreifen touchierte den inneren Kantstein des Kreisels, der Wagen schien abheben zu wollen und schoss mit unverminderter Geschwindigkeit in seine ihm vorgegebene Richtung. Gero riss die Lenkung herum, aber die Räder hatten längst keinen Kontakt mehr zur Fahrbahn. Er sah einen Zaun auf sich zuschießen, der Wagen durchschnitt das Gatter, prallte gegen ein hartes Hindernis, und Gero spürte das Reißen des Anschnallgurtes an seiner Brust. Dann durchbrach ein lauter Knall seine Gedanken, und er taumelte eingeklemmt irgendwo zwischen Lenkrad, Armaturenbrett und Himmel hin und her. Erst viele Gedanken später wurde es still um ihn.

KAPITEL 19

Das Dröhnen im Kopf ließ ihn wach werden. Gero öffnete die Augen, aber es herrschte absolute Dunkelheit. Nicht ein einziger Lichtschimmer war zu erkennen. Er versuchte, seine Arme zu bewegen, aber nach wenigen Zentimetern stießen sie auf ein unsichtbares Hindernis. Der Versuch, sich aufzurichten, scheiterte ebenfalls. Gero überkam Panik. Sein Herz begann zu rasen. Die Geräusche kamen nicht aus seinem Kopf, er war umgeben von einem martialischen Hämmern und Surren. Plötzlich kehrte Ruhe ein, und er konnte entfernt Stimmen vernehmen. Sein Gleichgewichtssinn registrierte, dass sein Körper bewegt wurde. Immer noch Dunkelheit. Die Stimmen kamen näher, aber er konnte kein Wort verstehen. Ein Vorhang schien sich zu heben. Endlich ein Lichtstrahl.

«Guten Tag, Herr Herbst! Können Sie mich verstehen?», sagte eine Frauenstimme.

Gero blickte in das grelle Licht einer Deckenlampe. Für einige Sekunden war er wie gelähmt, dann begannen sich die Geschehnisse in seinem Kopf zu einem sinnvollen Ganzen zusammenzusetzen. Bremsen ... der Kreisel ... er war auf ein Hindernis geprallt ... Sein Gefängnis musste die Röhre eines Computertomographen gewesen sein. «Alles in Ordnung», murmelte Gero mehr zu sich selbst und machte Anstalten, sich aufzurichten. Ihn schwindelte.

«Nicht so schnell, Herr Herbst. Sie waren nicht ansprechbar, und der Notarzt hat Ihnen ein Sedierungsmittel verabreicht. Das wirkt vielleicht noch etwas nach.»

Neben der Schwester konnte Gero Lenas Gesicht hinter einer Scheibe erkennen. Sie lächelte und winkte ihm zu. Gero zitterte.

«Glück gehabt», meinte der Radiologe, nachdem er den Untersuchungsraum betreten hatte. Er hielt ein Röntgenbild in der Hand. «Scheint alles heil geblieben zu sein.» Er reichte Gero die Hand. «Wie fühlen Sie sich?»

«Ganz gut», antwortete Gero und unternahm erneut einen Versuch, sich zu erheben.

Der Arzt legte ihm die Hand auf die Schulter. «Sachte, sachte», bremste er ihn. «Die Kollegen mussten Sie abschießen, bevor man Sie aus dem Wagen holen konnte. Das kann noch etwas anhalten – na, wie's aussieht, haben Sie keine bleibenden Schäden davongetragen. Der Kernspin ergab keine Auffälligkeiten. Auf dem Schirm konnte ich nichts Außergewöhnliches erkennen. Außer der Benommenheit irgendwelche Beschwerden?»

Gero tastete vorsichtig seine Brust ab, schüttelte den Kopf. Das Rauschen in den Ohren war wohl zu vernachlässigen.

«Ein ziemliches Hämatom vom Anschnallgurt», erklärte der Mediziner. «Aber Schlüsselbein und Rippen sind heil geblieben. Ich möchte dennoch, dass die Kollegen der Neurologischen noch einen Blick auf Sie werfen.»

Gero ließ alles über sich ergehen. Augen schließen, Arme ausstrecken, Zeigefinger auf Nasenspitze, Testen der Primärreflexe, Pupillenleuchte ... Die Neurologin war noch sehr jung, und das Programm, das sie abspulte, wirkte wie aus dem Lehrbuch.

«Wenn Sie im Nackenbereich irgendwelche Probleme haben, empfehle ich Ihnen das Tragen einer Halskrause», schlug sie vor, während sie Geros Extremitäten innen und außen mit einem Nadelroller bis in die Fingerspitzen abfuhr. «Spüren Sie das?»

Er bejahte zum wiederholten Male. Schleudertrauma? Gero schüttelte in Gedanken den Kopf. So etwas kam überhaupt nicht in Frage. Das Schwindelgefühl war schon so gut wie verschwunden. Das Ansinnen, ihn für ein, zwei Tage zur Beobachtung auf Station zu behalten, lehnte er vehement ab, schließlich war er mit einer Ärztin verheiratet. Gut, Lena war Pathologin und arbeitete in der Rechtsmedizin, und da betreute man in der Regel Leute, denen wirklich nicht mehr zu helfen war, aber Gero schien seine Argumentationskette dennoch schlüssig.

Nachdem er die entsprechenden Papiere zur Selbstabsicherung der Ärzte unterschrieben hatte, durfte er sich anziehen. Bis auf den Umstand, dass er bei jeder Bewegung das Gefühl hatte, sein Brustkorb würde zerreißen, fühlte er sich fit.

Lena erwartete ihn in der Empfangshalle. Sie strahlte ihn überglücklich an und schloss ihn in die Arme. Gero gab sich Mühe, nicht jetzt schon den Hypochonder zu mimen, und verkniff sich den Hinweis auf seine lädierten Rippen. Dann erkannte er Rörupp.

Matthias hatte in Begleitung von zwei weiteren Kollegen etwas abseitsgestanden und kam nun auf sie zu. Mit einem Zwinkern begrüßte er Gero: «Na, du Rennfahrer.»

«Sehr witzig», murmelte Gero und gab ihm die Hand. Was war überhaupt mit dem Wagen? Und wer hatte die Kollegen informiert? Aber wenn er schon mal hier war, konnte er Matthias auch davon in Kenntnis setzen, was er von Martha Oswald erfahren hatte. Wie lange mochte das her sein? Gero blickte zur Uhr. Viertel vor vier – am Morgen oder am Nachmittag? «Was machst du überhaupt hier?»

«Bis eben haben wir uns vor allem Sorgen gemacht», entgegnete Matthias. «Immerhin bist du wahrscheinlich mit über hundert Sachen durch einen Vorgarten gepflügt, bis ein alter Steinwall deiner Schussfahrt ein Ende gesetzt hat. Du kannst von Glück sagen, dass du da heil rausgekommen bist. Ich kann es immer noch nicht fassen. Die Kollegen von der Bereitschaft meinten, du hättest eine einzige Trümmerlandschaft hinterlassen.»

«Was ist mit dem Wagen?»

«Typisch Gero.» Matthias schüttelte verständnislos den Kopf. «Der hat dir das Leben gerettet, Mensch!»

«Die Bremsen haben plötzlich versagt.»

«Ja, ich weiß. Deshalb hat man uns wohl auch sofort informiert», antwortete Matthias. «Die Bremse konnte nämlich gar nicht funktionieren, weil du schon über einige Kilometer die Straßen mit deiner Bremsflüssigkeit markiert hast. Als die Kollegen von der Feuerwehr die Spur entdeckten, hat man uns verständigt. Den Wagen hat man gleich den Kollegen von der Technik übergeben. Ich habe vorhin mit Frank Buchholz telefoniert. Er will das Wrack noch heute Morgen unter die Lupe nehmen.»

Bremsflüssigkeit auf der Straße? Den Wagen hatte er erst vor kurzer Zeit vollständig restauriert, und seither hatte es keine technischen Probleme gegeben. Zugegeben, er hatte fast alle Arbeiten alleine ausgeführt, aber gerade bei Bremse und Lenkung war es unverzichtbar, die Arbeit zusätzlich von einem versierten und fachkundigen Schrauber kontrollieren zu lassen. Das hatte er getan, und auch der TÜV-Beamte hatte später keine Bedenken bezüglich der Funktionssicherheit gehabt. Er musste an den Wagen denken, der ihn gestern vor sich hergescheucht hatte. Nur keine voreiligen Schlussfolgerungen. Schade um den Saab war es allemal. «Oswald ist übrigens nicht mit Florian Mischke verwandt.»

«Gerade von den Toten auferstanden, und nur die Arbeit im Kopf.»

«Ich denke, das ist wichtig. In Bezug auf Mischke.»

«Den mussten wir gestern nach Hause schicken, nachdem Peter und seine Jungs in Mischkes Haus nicht den geringsten Hinweis fanden. Keine Waffe oder sonst etwas von Belang. Die haben alles auf den Kopf gestellt – auch die Zimmer von Inger Oswald. Scheint, als habe Mischke die beiden Räume nie betreten. Es gibt dort jedenfalls keine Fingerabdrücke von ihm. Nur der Drogentest war positiv, aber das schien uns dann doch etwas weit hergeholt, um ihn weiterhin festhalten zu können. Genau genommen hat er sich damit nicht einmal strafbar gemacht, denn wir haben ihn nicht am Steuer seines Wagens angetroffen. Und selbst wenn ... Ich finde diese Regelung langsam absurd, solange man nicht nachweisen kann, wann der Betreffende zuletzt Drogen konsumiert hat. Mischke meinte, er habe sich vor drei Tagen abends einen Joint genehmigt. So what? Aber unabhängig davon: Paul war total geknickt. Fast geschämt hat er sich, weil er mit seinem Verdacht so völlig verkehrt gelegen hat.»

«Hm.» Gero machte ein nachdenkliches Gesicht. Vielleicht hatte Paul Dascher gar nicht so falsch gelegen. Er behielt die Informationen, die er über Mischkes Familie erhalten hatte, allerdings erst mal für sich. Eine Tat im Affekt war zwar denkbar, aber zuerst musste er nochmals mit Martha Oswald sprechen, um in Erfahrung zu bringen, wer nun wirklich der Vater ihres Kindes war.

«Du hast es geahnt, oder?», hakte Matthias nach.

«Wenn du das Verwandtschaftsverhältnis meinst, nein. Aber den Haftbefehl fand ich in der Tat etwas voreilig. Der Mischke ist alles, aber kein Killertyp. Sonst etwas Neues?»

«Nichts von Belang. Wir arbeiten uns durch die Unterlagen von Oswald. Mach du erst mal 'ne Woche Pause und lass dich von deiner Frau verwöhnen.» Er zwinkerte Lena zu. «Danach sehen wir weiter.»

«Eine Woche?» Gero musste lachen. «Nichts da. So lange hält Lena das nicht aus.» Er gab ihr einen Kuss auf die Stirn. Dann fiel ihm seine Verabredung mit Bertram Niebohr ein. «Heute werdet ihr wohl auf meine Anwesenheit verzichten müssen, aber spätestens morgen bin ich wieder im Kommissariat.»

Das Bedürfnis nach Ruhe hielt gerade mal bis zum Abend, dann waren Geros Gedanken wieder bei Oswald. Und das trotz des vorzüglichen Essens, das Lena kurzfristig noch auf den Tisch gezaubert hatte. Es war ihr gar nicht recht gewesen, als sich Gero danach in sein Arbeitszimmer zurückziehen wollte. Eine Stunde hatte sie ihm dennoch gegeben, danach habe er sich allerdings ins Bett zu legen, sonst würde sie ihn morgen nicht zur Dienststelle fahren, hatte sie gesagt, und Gero hatte kleinlaut beigegeben. Von Schlafen hatte seine Frau nichts gesagt …

Er wurde das Gefühl nicht los, dass der Schlüssel zu Oswalds Tod in der Vergangenheit zu suchen war. Und die einzige Quelle, die ihm dafür momentan zur Verfügung stand, war Martha Oswald. Es juckte ihn in den Fingern, mehr über diesen geheimnisvollen Steward zu erfahren, der allem Anschein nach Inger Oswalds Vater war. Aber für einen erneuten Besuch war es bereits zu spät, und sie besaß keinen eigenen Telefonanschluss. Außerdem hatte ihm die alte Dame unmissverständlich zu verstehen gegeben, dass ihr sehr viel an dem persönlichen Gespräch lag, und das schloss ein Telefonat wohl aus. Wenn er sie morgen am Nachmittag aufsuchte, dann musste das reichen. Sie würde dort sein und ihn erwarten. Er spürte es. Wo sollte sie auch sonst sein?

Dabei fiel ihm ein, dass er seine Mobilität völlig ausgeblendet hatte. So, wie er Matthias verstanden hatte, besaß der Saab nur noch Schrottwert. Wehmut überkam ihn bei dem Gedanken. Vielleicht war er noch als Organspender zum Ausschlachten zu gebrauchen. Gero hatte noch zwei Restaurierungsobjekte in der Scheune stehen, man konnte ja nie wissen. Außerdem hing sein Herz an den alten Modellen des Herstellers. Es war inzwischen schon so etwas wie eine Sammelleidenschaft. Vielleicht konnte er irgendwann sogar noch einen der gesuchten Zweitakter auftreiben und für die Straße fit machen, aber das war noch Zukunftsmusik. Zuerst brauchte er einfach mal einen fahrbaren Untersatz, denn Lena benötigte den Volvo für die tägliche Fahrt nach Lübeck. Sie konnte ihn zwar morgen an der Dienststelle absetzen, aber jeden Tag war daran nicht zu denken. Er musste versuchen, eines der Dienstfahrzeuge zu akquirieren.

Es wurde zwar nicht gerne gesehen, aber erstens waren seine Fahrten zurzeit kaum privater Natur, und zweitens waren sie momentan so dünn besetzt, dass immer ausreichend Dienstwagen auf dem Hof standen. Danach würde er weitersehen.

Er griff zum Telefon und wählte Bertram Niebohrs Nummer. Der Anrufbeantworter lief, aber während er sich dem Band gegenüber für sein gestriges Fernbleiben entschuldigte, nahm Niebohr doch noch ab. Wahrscheinlich hatte er erst einmal hören wollen, wer sich hinter der unterdrückten Rufnummer verbarg. Viele machten das inzwischen so, und Gero war es gewohnt, denn er besaß eine Geheimnummer, wobei die Nummer dank des jugendlichen Dauertelefonierers im Haus inzwischen alles andere als geheim sein durfte. Niebohr hatte sofort Verständnis, als Gero ihm von seinem Unfall berichtete, und sie verabredeten sich für den Mittag des folgenden Tages auf einen zweiten Versuch in Wentorf.

Dann versuchte Gero, Hinnerk Woltmann zu erreichen. Er musste erfahren, wie man Kontakt zu den ehemaligen Mitarbeitern der GKSS aufnehmen konnte, ohne zu viel Aufsehen zu erregen. Die Überreaktion von Grasshofer hatte gezeigt, dass man bei der GKSS sehr empfindlich auf dieses Thema reagierte. Nebenbei interessierte es Gero natürlich, ob jemand von der Bürgerinitiative schon einen Kontakt hergestellt hatte und woher man die Information über den fluchtartigen Fortzug der Mitarbeiter überhaupt hatte. Aber bei Woltmann nahm niemand den Hörer ab.

Plötzlich waren seine Gedanken wieder bei Bettina. Wie es ihr und ihrem Sohn wohl ging? Er dachte kurz daran, bei ihr anzurufen, nahm aber schnell wieder Abstand von diesem Vorhaben. Gero war sich nicht sicher, wie sie einen solchen Anruf aufnehmen würde, und ihm war nicht daran gelegen, falsche Erwartungen bei ihr zu wecken. Sie stand ihm immer noch näher, als er sich selbst gegenüber zugeben wollte. Er dachte an Martha Oswald. Auch sie war mit ihrem Kind in schwieriger Zeit allein gewesen, aber das war nicht mit dem zu vergleichen, was Bettina auszustehen hatte. Dabei fiel ihm ein, woran er gedacht hatte, als Martha Oswald von ihrer damaligen Arbeitsstelle erzählte. Bei dem Wort Muna war er zusammengezuckt, und er fragte sich erneut, ob seine Mutter und Martha Oswald sich möglicherweise gekannt hatten. Dass sie sich dort irgendwann begegnet sein mussten, war sehr wahrscheinlich, denn so groß konnte die Einrichtung nicht gewesen sein. Die Frage war, ob sich seine Mutter daran erinnerte. Er griff erneut zum Telefon.

Die ersten fünf Minuten des Gesprächs erzählte Geros Mutter ausführlich und ohne Unterbrechung von ihrem letzten Arztbesuch und dass es ihr nach Meinung ihres Hausarztes hervorragend gehe. Blutbild, EKG, alles bestens. Nur ein wenig erhöhte Cholesterinwerte, aber das sei normal für ihr Alter, hätte der Arzt zu ihr gesagt. Danach folgte eine kurze Zusammenfassung, welche ihrer Freundinnen unter welcher Krankheit litt, bei wem man neuerdings den und den Krebs festgestellt hatte, und dass das alles ganz furchtbar sei. Die meisten Namen sagten Gero nichts. Das Sterberegister der letzten Monate ersparte sie ihm. Das Leben mit achtzig, dachte Gero. Erinnerungen, Krankheit und Tod. Martha Oswald war tatsächlich eine Ausnahmeerscheinung. War sie das wirklich? Er lauschte der Stimme seiner Mutter. Keine Frage danach, wie es ihm gehe. Insgeheim war er froh darüber. Sie hätte sich unnötig Sorgen gemacht. Je mehr sie erzählte, umso gesünder fühlte er sich. Endlich ergab sich die Gelegenheit, sein Anliegen zu präzisieren.

«Weshalb ich eigentlich anrufe», tastete er sich vorsichtig heran, «du erwähntest neulich bei meinem Besuch, dass du Vater in der Möllner Heeresmunitionsanstalt, der Muna, kennengelernt hast. Dabei kam mir so ein Gedanke … Ich habe dir doch erzählt, dass ich an einem Fall arbeite, der anscheinend bis in diese Zeit zurückreicht. Und bei einer Zeugenbefragung habe ich kürzlich eine Dame kennengelernt, die zur gleichen Zeit in ebendieser Muna verpflichtet gewesen ist. Ihr Name ist Martha Oswald.»

Schweigen am anderen Ende der Leitung.

«Und ich dachte, eventuell kennst du die Dame.» Gero vernahm ein Schlucken. «Sie ist etwa fünf Jahre älter als du.» Er rief sich das Hochzeitsfoto ins Gedächtnis. Seine Mutter sagte immer noch nichts. «Sie muss eine ziemliche Erscheinung gewesen sein. Sehr groß, ein hageres Gesicht … blonde, geflochtene Zöpfe …»

«Ich weiß nicht genau», zögerte seine Mutter. «Ist schon möglich. Der Name sagt mir allerdings nichts. Kann es sein, dass sie immer mit einem Fahrrad zur Arbeit gekommen …»

«Ja, genau!», fiel Gero ihr ins Wort. «Das ist sie.» Es war zwar nur eine Vermutung, denn wahrscheinlich hatte es damals mehr als nur eine junge Frau gegeben, die den germanischen Idealvorstellungen der blonden Arierin entsprochen hatte, aber irgendetwas sagte ihm, dass seine Mutter tatsächlich Martha Oswald meinte. Es lag wohl daran, dass auch sie sich sofort an das Fahrrad erinnert hatte. Die Vorstellung der großen blonden Frau mit den langen geflochtenen Zöpfen auf einem Fahrrad ... fehlte noch ein flatterndes Sommerkleid und im Hintergrund ein Kornfeld, perfekt war das kitschige Schönheitsideal der Nazis, wie man es von vielen Ölgemälden aus der Zeit kannte. Und Martha Oswalds Erscheinung musste dem exakt entsprochen haben. Auch wenn in ihrem Inneren ein anderes Feuer gelodert hatte.

«Über die wurde damals viel getuschelt», meinte seine Mutter. «Heute würde man wohl sagen, sie hat den Männern den Kopf verdreht. Jedenfalls habe ich das damals so empfunden. Aber ich war ja noch sehr jung, eine der Jüngsten unter den Arbeitsmaiden. Vielleicht hat man sie auch nur beneidet, weil die Männer ihr immer hinterhergeschaut haben. Wenn dein Vater noch lebte, könnte er dir bestimmt etwas über sie erzählen.»

Gero wusste nicht, wie er den letzten Satz seiner Mutter aufzufassen hatte. Wollte sie damit andeuten, dass er so etwas wie ein Schürzenjäger gewesen war? In der Rolle konnte er sich seinen Vater überhaupt nicht vorstellen. «Was meinst du damit? Hat er sie etwa näher gekannt?»

«Nein, nein, nicht was du schon wieder denkst.» Sie kicherte etwas verlegen. «Das waren andere Zeiten. Aber dein Vater war damals fünfundzwanzig, und Männer in diesem Alter beobachten den Markt um sich herum doch bestimmt sehr genau. Ich glaube, daran hat sich seither nicht so viel geändert.»

«Dann hat sich Vater aber mehr für dich interessiert ...»

«Ach was», sagte seine Mutter barsch. «Damals hat er

mich, glaube ich, gar nicht wahrgenommen. Ich war ja erst fünfzehn, ein junges Mädchen.»

«Du sagtest aber, ihr habt euch in der Muna kennengelernt. Und auf den Bildern, die ich gesehen habe, seid ihr beide drauf gewesen.»

«Na ja, was heißt kennengelernt. Wir sind uns dort das erste Mal begegnet. Oder besser gesagt: Er ist mir dort das erste Mal begegnet. Ich habe mir damals mit fünf anderen Maiden ein Zimmer geteilt. Das war im Tanneck, wo wir alle untergebracht waren. Die anderen waren etwas älter und haben mit den Männern schon mal gemeinsame Ausflüge gemacht. Nichts Verwerfliches, sondern mal ein Picknick, ein Spaziergang, oder man ist zum Baden an einen See gefahren. Ich bin dann natürlich mit, auch wenn sie mich immer das Küken genannt haben. Mehr war da eigentlich nicht. Tja, und an das Küken hat er sich dann erinnert, nach dem Krieg, als wir uns ganz zufällig wiederbegegnet sind. Das war im Winter 1947. Ich arbeitete bei der städtischen Essensausgabe, und da stand er plötzlich vor mir. Ich habe ihn sofort erkannt, und er mich wohl auch, denn er begrüßte mich mit diesem Kosenamen. Und das, obwohl wir uns drei Jahre nicht gesehen hatten. Ich habe mir damals immer eingebildet, dass er nach mir gesucht hat, aber wahrscheinlich war es wirklich nur Zufall, dass wir uns wiedertrafen. Er sah zwar immer noch so aus, wie ich ihn in Erinnerung hatte, aber irgendetwas in ihm hatte sich verändert. Er war sehr ernst geworden. Wie ich später erfahren habe, war er kurze Zeit inhaftiert gewesen, aber er wollte mit mir nicht darüber sprechen. Es muss in der Muna einen Vorfall gegeben haben, in den er verwickelt war. Er war ja Angehöriger des dortigen Wachbataillons. Wenige Wochen vor Kriegsende muss es geschehen sein, denn er sagte einmal zu mir, dass ihm das rechtzeitige Eintreffen der Engländer das Leben gerettet hätte. Danach hat er mit mir nie wieder über die Sache gesprochen.»

KAPITEL 20

Bertram Niebohr wusste nicht, mit wem er telefoniert hatte. Der Mann hatte keinen Namen genannt. Nur ein: Ja bitte? Und dann die Frage, woher er die Telefonnummer bekommen habe. Das war zwar unhöflich, aber zu Zeiten ständiger Anrufe aus anonymen Callcentern und möglicher Betrügereien mittlerweile immer mehr verbreitet. Hatte man erst einmal einen Namen zur Rufnummer, war die Adresse meist auch recht schnell herauszufinden. Er war bei der Wahrheit geblieben und hatte sich namentlich vorgestellt. Auch aus der Quelle hatte er kein Geheimnis gemacht. Er habe die Nummer von Inger Oswald erhalten. Für einen Moment hatte es so gewirkt, als überlege sein unsichtbarer Gesprächspartner, dann hatte er sehr betont geantwortet, dass er niemanden mit diesem Namen kenne, und gefragt, worum es denn ginge.

Was hätte er sagen sollen? Neben der Telefonnummer hatte Oswald nur das Wort *Montan* notiert. Das konnte alles Mögliche bedeuten, angesiedelt irgendwo im Dickicht zwischen Kohle und Stahlindustrie bis hin zur Vorläuferorganisation der Europäischen Gemeinschaft. Aber soweit Niebohr wusste, hatten Teile des Geländes der Dynamit AG vor dem Krieg der Montanunion gehört. Ein anderer Bezug fiel ihm auf die Schnelle nicht ein.

Als die Worte Düneberg und Krümmel fielen, schien bei seinem Gegenüber der Groschen endlich gefallen zu sein. Zumindest spürte Niebohr ein plötzliches Interesse, denn er wurde gefragt, in wessen Auftrag er anrufe und für wen er arbeite. Auch hinsichtlich dieser Fakten sah Niebohr keinen Grund, die Unwahrheit zu sagen. Er forsche über bislang unbeachtete Aspekte der Produktion auf dem Gelände der Pulverfabriken während des Krieges. Als der Mann schließlich andeutete, dass er gegebenenfalls tatsächlich mit ein paar Informationen aushelfen könne, die sonst nicht so einfach in Erfahrung zu bringen seien, wusste Niebohr bereits, dass er einen Volltreffer gelandet hatte.

Er konnte es kaum erwarten, ein Treffen zu vereinbaren. Ort und Zeit waren ihm dabei ziemlich egal gewesen, nur müsse es innerhalb der nächsten zehn Tage geschehen, da er einen längeren Auslandsaufenthalt plane. So war er sofort mit dem Vorschlag einverstanden gewesen, sich noch am heutigen Abend zu treffen.

Die ganze Fahrt über grübelte er darüber nach, was Inger Oswald noch herausgefunden haben konnte, von dem er nichts wusste. Irgendetwas, das Oswald auf ihre ursprüngliche Fährte zurückgebracht hatte. Norbert Koch gegenüber hatte Oswald von verlässlichen Informationen gesprochen. Hatte er eine bisher unberücksichtigte Quelle aufgetan, oder hatte er sogar einen Informanten gefunden, der bestätigen konnte, dass Deutschland im letzten Kriegsjahr wider alle bisherigen Annahmen doch schon über so etwas wie eine nukleare Waffe verfügt hatte? In ein paar Stunden würde er schlauer sein. Der Mann hatte geheimnisvolle Andeutungen gemacht. Angeblich hatte sein Gesprächspartner Oswald nicht gekannt. Jedenfalls sagte ihm der Name nichts. Entweder hatte er ihn nur vergessen, oder es hatte überhaupt keinen Kontakt zwischen ihnen gegeben, was die Angelegenheit bloß noch spannender machte.

Inzwischen war es Viertel vor zehn. Die Wegbeschreibung war brauchbar gewesen, aber Bertram Niebohr hatte dennoch den Eindruck, dass er sich verfahren haben musste. Außer diesem alten Zementwerk gab es an der Straße keine weiteren Gebäude, und die Einfahrt wirkte nicht sonderlich einladend. Der Mann hatte ihm zwar gesagt, dass er heute bis spätabends in der Firma zu tun habe, aber das Zement- oder Kalkwerk sah eher so aus, als sei es schon seit längerer Zeit stillgelegt worden.

Niebohr lenkte den Wagen durch die tiefen Spurrillen, die von schweren Lastwagen stammen mussten. Der Platz hinter der Auffahrt wurde von zwei gelb glimmenden Strahlern beleuchtet. Wenigstens ein kleiner Hinweis darauf, dass jemand auf dem Gelände war. Nach Betriebsamkeit sah es dennoch nicht aus. Die riesigen Lagerhalden waren bis auf den Boden abgeräumt, Mühlen und Öfen wurden von einer zentimeterdicken dreckigen Staubschicht bedeckt. Auch die Förderbandbrücken zwischen den Hochsilos wirkten, als seien sie schon lange nicht mehr in Betrieb. Niebohr drehte eine langsame Runde über das Gelände. Im Lichtkegel seiner Scheinwerfer tauchten bizarre Schlagschatten zwischen den Gebäuden auf. Während er sich fragte, was es hier um diese Zeit wohl noch zu arbeiten gab, entdeckte er schließlich Licht in einem der Baucontainer, von denen mehrere wie auf einer Baustelle übereinandergestapelt etwas abseits der Anlage standen. Niebohr war, als hätte er einen Schatten hinter einem der Fenster gesehen. Man erwartete ihn also.

Er parkte seinen Wagen neben einem Range Rover älterer Bauart, der direkt neben den Containern stand. Sonst waren keine weiteren Fahrzeuge zu sehen. Als er die eiserne Treppe erreicht hatte, die zu einem der oberen Container führte, wurde die Tür geöffnet. Der Mann auf dem oberen Absatz machte keine Anstalten, ihm entgegenzukommen. Er verharrte mit verschränkten Armen und wartete darauf, dass der Besucher zu ihm heraufkam. Das Licht aus der Tür blendete, die Gesichtszüge des Mannes blieben im Verborgenen.

«Schön, dass Sie sich die Zeit nehmen konnten.» Niebohr streckte dem Mann seine Hand entgegen.

«Ich schätze, Sie wollen von mir genau das haben, wofür sich auch dieser Oswald interessierte.»

Bertram Niebohr kam nicht dazu, einen Einwand zu erheben. Er kam nicht einmal mehr dazu, festzustellen, dass es ein riesiger Fehler gewesen war hierherzukommen. Das Letzte, was er spürte, war der eiserne Lauf einer Pistole, der an seine Stirn gedrückt wurde.

KAPITEL 21

Er war froh, als er endlich die Landstraße erreicht hatte. Hier drohte keine Gefahr mehr. Einmal hatte er vom Rad springen und hinter einem Gebüsch in Deckung gehen müssen, als ihm unvermittelt zwei Lastwagen der Wehrmacht mit abgedunkelten Tarnscheinwerfern entgegengekommen waren. Er hatte die flachen Lichtkegel gerade noch rechtzeitig wahrgenommen. Die Motorengeräusche waren im Rauschen des Fahrtwindes untergegangen.

Mindestens eine Stunde Fahrzeit musste Steward Jackson bis Lauenburg einplanen. Seine Beine schmerzten, und er verringerte die Geschwindigkeit. Er hatte nicht gewusst, dass es hier so bergig war. Auf die Minute kam es nun auch nicht mehr an. Viel wichtiger war, wann der stille Briefkasten geleert wurde und dass er ihn überhaupt fand. Der Beschreibung nach musste es ein alter Brunnenschacht sein, über dem sich verwilderte Brombeerbüsche ausgebreitet hatten. Unter der Betonplatte sollte eine Mappe hängen, die man mit einem Draht hervorholen konnte. Er hatte einen Wegeplan bei sich, auf dem die Stelle mit einem unscheinbaren Tintenklecks markiert war. In unmittelbarer Nähe waren Häuser eingezeichnet. Er hoffte inständig, dass dort um diese Zeit kein Betrieb mehr herrschte, denn es war zu erwarten, dass sich Lauenburg langsam darauf vorbereitete, zur Frontstadt zu werden. Vor zwei Tagen hatte Montgomery mit seinen Truppen kurz vor Lüneburg gelegen. Ob er die Stadt schon eingenommen hatte?

Nachdem er die letzte Steigung beim Grünen Jäger hinter sich gelassen hatte, ging es nur noch bergab. Sehen konnte er nicht viel, aber wenn er anhielt, war in der Ferne das Mündungsfeuer schwerer Artillerie zu vernehmen. Sonst herrschte um ihn herum Totenstille. Lange konnte es also nicht mehr dauern. Der Himmel über ihm war rabenschwarz. Jackson dachte daran, ob es nicht doch besser war, den Tommys entgegenzufahren. Sie hatten zwar verabredet, dass er nach der Aktion auf dieser Seite der Elbe warten sollte, bis die englischen Truppen übergesetzt hatten, aber was war, wenn die verdammten Krauts ihre restlichen Divisionen hier an dieser Stelle zusammenzogen? Je nach Gegenwehr konnte es bis zu einer Woche dauern, bis man Lauenburg eingenommen hatte, und vielleicht nahm Montgomery vom Vorhaben, die Elbe so schnell wie möglich zu überschreiten, doch noch Abstand, wenn er jetzt damit rechnen musste, dass der Gegner hier im Norden möglicherweise noch eine böse Überraschung in der Hinterhand hatte. Und davon war im Moment auszugehen. Das Risiko, dass sie nicht alles zerstört hatten, war einfach zu groß. Wie alt war die Information, die sie bekommen hatten? Vier Wochen war es her, dass sie von der Materiallieferung erfahren hatten. Genug Zeit, eine einsatzfähige Bombe, schlimmstenfalls eine Rakete fertigzustellen. Was blieb, war lediglich die Frage, ob es die deutschen Ingenieure geschafft hatten, ein funktionierendes Zündsystem zu entwickeln. Wenn dem so war, dann ... Nein, er mochte diesen Gedanken nicht zu Ende denken. Den Nazis war alles zuzutrauen; vor allem jetzt, wo man sie umzingelt und in die Enge getrieben hatte.

Wenn die Engländer jetzt nicht kamen, war es fast unmöglich, hier in dieser Gegend über einen so langen Zeitraum unentdeckt zu bleiben, und so gab es eigentlich nur zwei Möglichkeiten. Entweder er schaffte den Weg über die Elbe, oder er kehrte zurück ins Hinterland. Aber wie kam er über den Fluss? Und wie sollte er sich den eigenen Leuten zu erkennen geben? Bei Martha konnte er sich bestimmt bis zum Eintreffen der Engländer verstecken. Unangenehm war ihm die Vorstellung nicht, auch wenn es jetzt andere Prioritäten gab.

Als er die Stadt erreichte, stieg er vom Sattel und schob das Rad. Fast alle Häuser waren verdunkelt, aber auf den Straßen herrschte wider Erwarten immer noch Verkehr. Steward Jackson hielt den Kopf gesenkt, grüßte, wie er es gelernt hatte, wenn ihm jemand entgegenkam. Der Weg hinunter zum Fluss war steil und mühsam. Er hatte schon daran gedacht, das Fahrrad irgendwo abzustellen, hatte von diesem Vorhaben allerdings schnell Abstand genommen. Ohne das Rad war der Weg zurück zu Martha nicht zu bewältigen. In Gedanken wähnte er sich bereits bei ihr.

Die Häuser am Ufer der Stadt wirkten auf Jackson, als kämen sie aus einer anderen Epoche. Aus Holz gebaut, mit künstlerischen Formationen roter Steine verziert, dicht an dicht gedrängt, als wäre man sich gegenseitig Stütze und Schutz zugleich. Etwas Vergleichbares hatte er zuvor noch nicht gesehen. Unvorstellbar, dass in diesem Idyll der menschenverachtende Geist der Nazis zu Hause war. Jackson wusste nicht viel über Deutschland. Die wenigen Bilder, die er kannte, hatten militärische Einrichtungen gezeigt oder Fabriken – wie die in Geesthacht. Über Geesthacht wusste er nur, dass es die Pulverkammer des Reichs war und dass die Stadt vor der Machtübernahme der Nazis von Kommunisten regiert worden war. Klein Moskau hatte man sie deswegen genannt. Nazis … Kommunisten … einerlei. Das Feindbild war klar vorgegeben. Nur Martha wollte nicht in dieses Klischee passen, das er vom Deutschen Reich hatte.

Jackson verglich den Straßenverlauf mit seinem Plan. Je weiter westwärts er kam, umso einfacher wurden die Gebäude, umso enger wurde die Straße. Die schmalen Gärten und Höfe zwischen den Häusern waren mit hölzernen Toren und Pforten gesichert. Dahinter erhob sich ein steiler Hang auf der einen Seite, auf der anderen konnte man zwischen den Mauern bereits den Fluss sehen. Es roch moderig. In der Dunkelheit glänzten lediglich die Wellenkämme des Wassers, die das Licht des inzwischen aufgegangenen Mondes spiegelten. Nach wenigen Metern hörte die Bebauung auf. Nun hatte er freie Sicht auf den Strom, der ruhig an ihm vorbeizog. Jackson hörte den klagenden Ruf eines Käuzchens.

Die eingezeichnete Stelle lag auf der Hangseite der Straße, die ab hier in einen schmalen Weg mündete. Er schob das Rad hinter eine Hecke, dann ging er langsam den Weg entlang und hielt Ausschau nach einem Schachtdeckel. Er brauchte nicht lange zu suchen. Es war ein Schacht von etwa einem Meter Durchmesser, der mit zwei halbrunden Betonplatten abgedeckt war. Dornige Zweige versperrten den Zutritt. Jackson gab sich Mühe, keine verräterischen Spuren zu hinterlassen. Seine Hand tastete vorsichtig den Rand des Deckels ab. Als er den rostigen Draht gefunden hatte und den Deckel vorsichtig anhob, huschte urplötzlich etwas Dunkles über den Rand des Schachtes. Eine Ratte, die bis zum letzten Augenblick in ihrem vermeintlich sicheren Versteck ausgeharrt hatte. Jackson zog seine Hand blitzartig zurück, und die Betonplatte fiel mit einem dumpfen Knall auf den Schacht. In der Stille der Nacht ein verräterisches Geräusch.

Er konnte den Weg von dieser Stelle aus nicht einsehen. Bevor er einen weiteren Versuch wagte, zündete er sich eine Zigarette an und wartete, ob sich in der Umgebung etwas rührte. Er musste an Martha denken. Ob sie auf ihn wartete? Sie hatte nicht danach gefragt, was er vorhatte, konnte auch nicht wissen, dass er auf jeden Fall abgesprungen wäre, weil er einen Auftrag zu erfüllen hatte. Der Rammstoß des feindlichen Jägers hatte zwar den Sprung ins eigentliche Zielgebiet verhindert, aber ohne diesen Zwischenfall wäre er nicht in den Armen von Martha gelandet. Es kam ihm wie eine Vorsehung vor. Steward Jackson drückte die Lucky mit dem Fuß aus und zerrieb die Kippe mit der Schuhsohle. Keine Auffälligkeiten. Gerade wollte er sich erneut dem Schacht zuwenden, als er ein Geräusch vernahm. Es klang wie ein heiseres Atmen – in unmittelbarer Nähe. Direkt hinter ihm.

«Geben Sie es am besten gleich mir», hörte er eine Stimme hinter sich. Er schnellte herum.

Ein Kerl von hünenhaften Ausmaßen stand direkt vor ihm. «Ich bin der Briefträger.»

Jacksons Hand tastete nach dem Messer, der einzigen Waffe, die er noch besaß. Er konnte nicht erkennen, ob der Mann bewaffnet war, aber er bezweifelte, dass er diesen Riesen mit einem Messer ernsthaft verletzen konnte. Der Kerl war bestimmt zwei Meter groß und hatte Schultern wie ein Schrank. Er trug eine schwere Lederjacke und hatte eine merkwürdige Kopfbedeckung, die einem zu flach geratenen türkischen Fez ähnelte und einen kurzen Schirm hatte. «Wie lautet die Parole?»

«Enterpriese», antwortete der Mann ganz ruhig. Er

sprach es merkwürdig aus. Man merkte sofort, dass er der amerikanischen Sprache nicht mächtig war. «Bei dem Radau, den Sie hier machen, können Sie froh sein, dass nur ich es bin. Hier ist ganz schöner Betrieb in letzter Zeit. Ständig betrunkene Landser. Und es werden immer mehr. Es gab bereits erste Plünderungen.»

«Deutsche Soldaten?»

Der Mann nickte. «Ja, man mag es kaum für möglich halten. Immer mehr Wehrmachtsteile aller Waffengattungen strömen zurück über unsere Brücke. Von Ordnung und militärischer Disziplin kann man dabei nicht reden. Die führen sich auf wie die Radaubrüder.»

«Sind größere Verbände in der Stadt?»

«Nein. Die Brückenköpfe sind schwer bewacht, und am Strand und in Richtung Boizenburg werden allerorts Deckungslöcher und Maschinengewehrnester ausgehoben. Größere Verbände gibt es hier überhaupt nicht mehr. Das scheint mir eher der Rest vom Rest zu sein.»

Er streckte auffordernd die Hand aus. «Ihr Material wird erwartet. Warum kommen Sie so spät?»

Jackson zögerte einen Moment. Dann händigte er dem Kerl seine Notizen aus. Die paar Zeilen waren chiffriert. Niemand außer dem Empfänger konnte etwas damit anfangen, es sei denn, er kannte den Code und besaß die entsprechende Seite einer bestimmten Auflage von Shakespeares *Tempest*. «Unser Flugzeug wurde gerammt und ist abgestürzt. Ich kam noch rechtzeitig raus aus der Maschine. Auch der Pilot konnte sich retten, ist aber gefangen genommen worden.»

Der Mann nahm den Umschlag entgegen und nickte. Dann händigte er Jackson einen anderen Umschlag aus.

«Das ist der Grund, warum ich hier gewartet habe. Eine Nachricht für Sie.»

«Wie leiten Sie die Post weiter?», fragte Steward Jackson neugierig.

Der Mann deutete auf den Fluss. «Ich bringe die Post nur übers Wasser. Ich habe eine kleine Schaluppe.»

«Ist das nicht auffällig?» Jackson überlegte, ob er ihn ebenfalls übersetzen konnte, dann fiel ihm wieder Martha ein.

«Nicht, wenn man Fischer ist.»

«Wird inzwischen nicht jeder Mann an der Front benötigt?»

Der Mann griente. «Ich bin doch hier an der Front. Habe täglich Feindkontakt.»

Blitzschnell zog er ein langes Messer aus der Jackentasche und hielt es drohend in Richtung Jackson, der automatisch zurückwich. Die Klinge war bestimmt 20 Zentimeter lang und auffällig spitz. «Zum Fischeausnehmen. Menschen schmecken mir nicht. Und ich tauge nicht als Kanonenfutter.» Wieder dieses Grinsen. Seine weißen Zähne blitzten im Mondlicht. Er holte mit dem Messer aus, und Jackson befürchtete schon das Schlimmste, aber er rammte sich die Klinge mit voller Wucht ins eigene Bein. Ein schnarrendes Flattern blieb. Der Mann verzog keine Miene. «Mit so etwas», er klopfte gegen sein hölzernes Bein, «überlebt man. Auch wenn es hinderlich ist.» Er drehte sich grußlos um und entschwand humpelnd in die Nacht.

Steward Jackson brauchte zwei Luckys, bis er sich wieder beruhigt hatte. Dann machte er sich daran, die Nachricht zu entschlüsseln. Es war ein neuer Auftrag, und der Kennzeichnung nach war es dringend. Der Feind zog irgendwo im Hinterland große Mengen von V-Raketen zusammen, und Jackson sollte deren Standort aufspüren.

KAPITEL 22

Die Verschraubung einer deiner Bremsschläuche hat sich gelöst. Vorne rechts bei der Durchführung zum Radkasten.» Frank Buchholz wirkte nicht überrascht, als Gero ihn zu Dienstbeginn angerufen hatte. «Wir haben uns den Wagen wirklich gründlich vorgenommen. Technisch liegen keine Defekte vor. Und um deiner nächsten Frage zuvorzukommen: Wir haben besagten Schlauch und die Verschraubung unter dem Mikroskop gehabt. Einen frischen Abrieb oder Kratzspuren an der Mutter konnten wir nicht erkennen.»

«Das bedeutet, eine Manipulation könnt ihr ausschließen?» Gero hatte es noch nie erlebt, dass sich bei einem seiner Saabs ein Bremsschlauch gelöst hatte. Und er hatte in den letzten zwanzig Jahren schon viele Wagen dieser Marke gefahren. Technisch war es eigentlich gar nicht möglich, dass sich besagte Verschraubung von selbst löste. Er hatte die Stelle genau vor Augen.

«Was heißt ‹ausschließen›? Ich kann dir nur sagen, dass wir keine Spuren finden konnten, die auf einen solchen Verdacht hinweisen. Nicht mehr und nicht weniger soll das heißen. Wenn man ein Werkzeug entsprechend präpariert, dann ist es vielleicht möglich, dass man die Verschraubung lösen kann, ohne Spuren zu hinterlassen. Auf eine Versuchsreihe haben wir allerdings verzichtet. Hast du denn Grund zu der Annahme, dass jemand an der Bremse herumgewerkelt haben könnte?»

Gero hatte die Frage verneint und sich jegliche weitere Mutmaßung darüber verkniffen. Er konnte sich zwar immer noch nicht vorstellen, dass er es selbst gewesen war, der nachlässig gehandelt haben sollte, aber ganz auszuschließen war es eben doch nicht.

Das Klopfen an der Tür spülte seine weiteren Gedanken dazu fort. Nach und nach trudelten sie alle ein, um ihm zu seinem zweiten Geburtstag zu gratulieren.

«Eine Bettina Kolowski hat gestern noch angerufen und wollte dich sprechen», meinte Dascher schließlich, nachdem das seelsorgerische Kapitel und die Anteilnahme an Geros Gesundheitszustand beendet war. «Sie meinte, sie melde sich zu einem späteren Zeitpunkt wieder.»

«Hast du etwas von meinem Unfall erwähnt?», fragte Gero.

«Wie käme ich dazu?», meinte Paul und schüttelte den Kopf. «Matthias hat dir das mit Mischke ja bereits gesagt. Es tut mir wirklich leid …»

«Das braucht dir nicht leidzutun. Schreib dir einfach hinter die Ohren, was Lüneburg uns immer predigt. Haftbefehle werden erst dann beantragt, wenn die Sache aus unserer Sicht dicht ist. Was ist übrigens mit ihm? Immer noch krank?»

Paul nickte. «Noch die ganze Woche krankgeschrieben.» Er machte Anstalten zu gehen.

«Nochmal zu Mischke …», hielt ihn Gero zurück. «Der ist nämlich noch nicht aus dem Rennen. Dass Oswald nicht mit ihm verwandt war, obwohl die Urkunden etwas anderes sagen, hat dir Matthias wohl schon gesagt?»

«Er hat so etwas angedeutet. Auch wenn ich nicht ganz verstehe ...»

«Es gibt da noch ein paar Ungereimtheiten», fiel Gero ihm ins Wort. «Die ich erst klären will, bevor ich den Verdacht weiterverfolgen kann. Die Mutter von Oswald hat jedenfalls eine falsche Vaterschaft beurkunden lassen. So viel schon mal dazu. Ich habe jetzt eine Verabredung mit Bertram Niebohr, das ist der Mitarbeiter von Oswald. Eigentlich war ich vorgestern auf dem Weg zu ihm. Danach fahre ich noch nach Mölln und statte Oswalds Mutter einen weiteren Besuch ab. Dabei erfahre ich hoffentlich, wer wirklich der Vater von Inger Oswald ist.»

Er klopfte Paul auf die Schulter. «Es wäre prima, wenn du in der Zwischenzeit ein wenig Vorarbeit leisten könntest. Versuch doch bitte mal alles über die Familie Mischke zusammenzutragen, was du in Erfahrung bringen kannst. Martha Oswald war auf jeden Fall mit Rudolf Mischke verheiratet, auch wenn er nicht der Vater ihres Kindes war. Die Familie soll hier früher im Kreis einen ziemlichen Einfluss gehabt haben. Jedenfalls sind sie während der Nazizeit zu Reichtum und Ansehen gekommen. Wie auch immer. Es wäre gut, wenn wir die damaligen Verhältnisse schwarz auf weiß hätten. Vielleicht klapperst du mal die entsprechenden Stadtarchive ab. Du wirst schon was finden. Wir besprechen dann morgen, wie es weitergeht.»

Ein Antrag und zwei Formulare waren auszufüllen. Eigentlich hätte eine offizielle Bestätigung aus Kiel abgewartet werden müssen, aber das Fahrtenbuch konnte auch im Nachhinein abgesegnet werden. Und spätestens morgen würde die Zustimmung auf dem Tisch liegen. Also nur ein inoffizieller Tag mit dem Passat. Das Risiko konnte er tragen. Heute standen keine privaten Touren auf dem Programm, und dass man den Dienstwagen mit nach Hause nahm, kam häufiger vor.

Während der Fahrt nach Wentorf musste Gero an Bettina denken. Weshalb sie wohl angerufen hatte? Ob es Neuigkeiten zum Zustand ihres Sohnes gab? Aber warum sollte sie ihm das mitteilen? Dazu noch am Arbeitsplatz. Dabei fiel ihm ein, dass er ihr seine Karte mit der Dienstnummer gegeben hatte. Seine Privatnummer kannte sie überhaupt nicht. Wahrscheinlich wollte sie nur über alte Zeiten plaudern, sich mit ihm treffen. Allein bei dieser Vorstellung bekam er sofort wieder ein schlechtes Gewissen. Es war bislang noch nicht vorgekommen, dass er einer ehemaligen Freundin erneut begegnet war, und Bettina nahm dazu noch eine Sonderstellung ein. Nicht nur, weil sie seine erste ernsthafte Beziehung gewesen war, sondern auch durch ihre derzeitige Situation. Sein Gefühl schwebte irgendwo zwischen Anteilnahme und Zuneigung.

Sie hatten sich damals nicht im Bösen getrennt. Es war irgendwie so auseinandergegangen. Nicht einmal ein offizielles Ende war ausgesprochen worden, von keinem. Und einen fliegenden Wechsel in die Arme eines Dritten hatte es auch nicht gegeben. Zumindest nicht von seiner Seite. Die Zeit nach Bettina hatte den Jungs von der Motorradclique gegolten. Bestimmt ein Jahr lang war er solo gewesen, bis … Ja, verflixt, ihm fiel nicht einmal mehr der Name ein, so lange war es her. Offiziersanwärterin bei der Marine war sie gewesen ... die ständigen Touren nach Eckernförde ... zweimal hatte sie ihn regelrecht unter den Tisch getrunken. Eine Ausbildung als Rettungsschwimmerin hatte sie auch gehabt, kräftig war sie gewesen. Kräftig und dominant. In jeglicher Hinsicht. Ganz anders als Bettina. Damals hatte ihm das imponiert.

Langsam setzten sich die Puzzlesteine der Erinnerung zusammen. Nur der Name wollte ihm nicht einfallen. Und in Roskilde war sie dann mit einem seiner damaligen Kumpels durchgebrannt, mit Bernd. Kurze Zeit später hatte er das Motorrad verkauft und war auf VW-Bus umgestiegen. Zu der Zeit waren die Bekanntschaften eher kurzfristig gewesen. Es hatte gar keinen Sinn, zu versuchen, sich die Namen ins Gedächtnis zurückzurufen. Nein, er war weder ein Don Juan noch der typische Pistengänger gewesen. Eher Durchschnitt. Es hatte sich immer so ergeben. Und nachdem er mit Lena zusammengezogen war, hatte die Zeit der Gelegenheiten ein Ende gefunden. Vermisst hatte er seither nichts. Vielleicht war das Gefühl, das er Bettina gegenüber empfand, gerade deshalb so schwer einzuschätzen. Jedenfalls fühlte er sich immer noch zu ihr hingezogen, so viel stand fest.

Gero verglich die Adresse mit seinen Notizen, dann hielt er nach einem Parkplatz Ausschau. Die Erinnerung an ihren Körper, der ihr eigene Duft ... Bei keiner seiner ehemaligen Beziehungen war das noch so präsent wie bei Bettina.

Ein schlichtes Vierfamilienhaus. Roter Backstein. Typische Nachkriegsarchitektur, von der in der Straße noch mehr zu finden war. Die Balkone waren nur angedeutet. Bertram Niebohr wohnte oben rechts, wie der Blick auf das Klingelbrett vermuten ließ. Nach einer halben Minute versuchte er es erneut, dann kontrollierte Gero die Uhrzeit. Fünf Minuten sollten noch erlaubt sein. Nach einer weiteren Minute erfolglosen Wartens nahm er das Handy und wählte Niebohrs Nummer. Der Anrufbeantworter schaltete sich nach dem fünften Klingeln ein. Gero fasste sich in Geduld und sprach eine Nachricht aufs virtuelle Band, aber diesmal nahm niemand ab. Allem Anschein nach war er wirklich nicht zu Hause. Vom Wagen aus hatte Gero den Hauseingang im Blick. Er wartete eine halbe Stunde, dann diktierte er dem Anrufbeantworter eine neue Nachricht und machte sich auf den Weg nach Mölln. Christine hieß sie, die Marinebraut. Plötzlich fiel es ihm ein.

Er konnte der Versuchung nicht widerstehen. Es hatte seither nicht geregnet, und wenn man den feinen Kies ganz akribisch betrachtete, konnte man die Spur tatsächlich erahnen. Dort, wo er den Wagen vorgestern abgestellt hatte, parkte ein anderes Fahrzeug. Gero kroch auf allen vieren um den Toyota, dann hatte er gefunden, wonach er suchte. Der unscheinbare Fleck war ungefähr bierdeckelgroß. Auf einer Länge von etwa vier bis fünf Metern führte eine Spur feiner Tropfen von besagtem Fleck weg. Dann teilte sich die Spur. Genau genommen markierte die Spur exakt den Weg, den er beim Ein- und Ausparken zurückgelegt hatte. Der Defekt musste also bereits vorher bestanden haben. Es war völlig ausgeschlossen, dass sich der Bremsschlauch erst hier auf dem Parkplatz gelöst hatte, ganz von alleine. Der Fleck kam vielleicht vom Betätigen der Bremse, als er angehalten hatte. Das erschien logisch. Zu dem Zeitpunkt war noch so viel Bremsflüssigkeit im System gewesen, dass er keinen Unterschied gespürt hatte. Auf der einen Seite beruhigte ihn diese Erkenntnis, andererseits fiel es Gero immer noch schwer, sich einzugestehen, dass er bei der Überholung der Bremse einen Fehler gemacht hatte.

Martha Oswald begrüßte ihn mit der ihr eigenen Noblesse. Heute trug sie ein knielanges, cremefarbenes Seidenkleid, das mehr einer festlichen Robe glich und ihre schmalen Proportionen betonte. Sie hatte ihn erwartet, wahrscheinlich schon gestern. Warum sie sich für ihn so graziengleich kostümierte, erschloss sich Gero nicht. Andererseits war es keine Maske, die sie trug. Es schien nur unvorstellbar, dass sich jemand in ihrem Alter und in einer solchen Wohnanlage tagtäglich in ausgesuchte Kostüme hüllte. Ganz abgesehen davon, dass er das schwarze Kleid ihrer letzten Begegnung als Ausdruck der Trauer verstanden hatte. Dagegen war das heutige Kleid fast einem Frühlingserwachen gleichzusetzen. Sie trug es mit Stolz. Dass die Haut ihres Dekolletés schlaff und faltig war, bekräftigte noch ihr ausgesprochenes Selbstbewusstsein. Um den Hals trug sie heute eine schlichte Perlenkette. Nur der Sonnenschirm fehlte, und sie hätte auf einem der impressionistischen Kunstdrucke an den Wänden ihren Platz gehabt.

«Und ich habe mich schon gefragt, wann Sie wohl wieder erscheinen, um den Rest meiner Geschichte zu hören.»

Sie hatte vorgesorgt. Auf dem Tisch stand eine Schale mit feinem Biskuit. Wie letztes Mal bot sie sofort an, einen Tee aufzusetzen. Ein Ritual, an dem ihr offenbar viel lag. Vielleicht eine Erinnerung an verblichene Zeiten.

«Ich habe mich immer wieder gefragt, warum Sie mir das alles erzählen», sagte Gero, nachdem sie zurückgekommen war und den Tee eingeschenkt hatte. «Nicht dass es mich langweilt. Ganz im Gegenteil. Das sollten Sie allein durch meinen abermaligen Besuch erkennen. Aber diese Dinge, die so privater Natur sind … Noch dazu die Offenbarung der kleinen Schummelei, mit der Sie Ihr Schicksal gemeistert haben. Weshalb erzählen Sie mir das alles so freizügig?»

«Vielleicht, weil mir daran liegt, dass es jemand versteht? Ich habe nicht mehr viele Menschen um mich, die sich dafür interessieren. Für die alten Zeiten … Für all das, was mir widerfahren ist, was ich erlebt habe. Und ich habe wohl noch immer das Bedürfnis, darüber zu sprechen. Sagen Sie es mir, wenn ich mich getäuscht haben sollte. Aber ich denke, Sie tragen das Herz am rechten Fleck, und bei Ihnen ist meine Beichte oder wie auch immer Sie es nennen wollen, am besten aufgehoben. Ich weiß nicht, welches Anliegen Sie haben, das alles hören zu wollen. Wahrscheinlich gibt es einen Grund, den ich besser nicht kennen sollte. Glauben Sie mir, ich besitze immer noch genug Phantasie, mir die Dinge hinter dem Vorhang ausmalen zu können.»

Ihm war so, als wisse sie genau, was mit ihrem Sohn geschehen war. Anders waren ihre Worte eigentlich nicht zu deuten. Aber er hielt sich an diese unausgesprochene Mahnung, den wahren Grund besser im Verborgenen zu halten. Warum auch sollte er sie mit etwas konfrontieren, das sie nicht hören wollte? Sie hatte ihren Sohn mit Sicherheit nicht umgebracht.

«Ich nehme Ihre Worte als Kompliment. Und Ihre Geschichte, sie wird mir helfen zu verstehen. Und ich werde sie bewahren.»

Martha Oswald lächelte. «Wo waren wir stehengeblieben?»

«Sie erzählten, wie Sie den Mann, der sich Steward nannte, bei sich zu Hause aufgenommen haben. Wie Sie ihn versorgt und sich um ihn gekümmert haben ... Ihm dabei nähergekommen sind.»

«Nähergekommen ... Das haben Sie nett ausgedrückt. Wir haben miteinander geschlafen. Wir hatten Sex. Der erste Sex in meinem Leben. Nun schauen Sie mich nicht so an. Schockieren Sie diese Worte aus dem Munde einer Greisin? Damals war ich etwas jünger.»

Ein mädchenhaftes Kichern füllte den Raum. «Bitte verstehen Sie mich nicht falsch. Ich habe nur gelernt, immer mit der Zeit zu gehen. Hin und wieder besuche ich sogar den Internet-Kurs, der hier angeboten wird. So bekomme ich wenigstens einen ungefähren Eindruck der modernen Umgangssprache. Jedenfalls gebe ich mir Mühe, sie zu verstehen, auch wenn mich der Verlust jeglicher orthographischer Regeln ständig auf die Palme bringt. In der Hinsicht bin ich stockkonservativ. Aber die ungezwungene Art, mit der man heutzutage Konversation betreibt, finde ich ausgesprochen amüsant. Man spricht aus, was man denkt. Damals war das etwas, über das man in der Öffentlichkeit kein Wort verloren hat. Obwohl ... ja, obwohl es jeder wusste. Sonst gäbe es ja keine Kinder aus dieser Zeit. Die Menschheit wäre ausgestorben, wenn man die verbale Prüderie auch so gelebt hätte.»

Martha Oswald wirkte regelrecht amüsiert. «Jedenfalls war es für mich das, was ich eigentlich von und mit jemand ganz anderem erwartet hatte. Aber die Vorsehung wollte es, dass es Steward war. Mein erstes Mal. So etwas vergisst man nicht. Auch Sie werden es nicht vergessen haben.»

Gero hatte Bettina vor Augen. Er wurde sie einfach nicht los. Dann stellte er sich Martha Oswald in jenen Jahren vor. Er dachte an das, was seine Mutter erzählt hatte. Er blickte auf die Frau, diese Grande Dame, und ihm wurde klar, was sie zum Ausdruck bringen wollte.

«Ich war wie verzaubert, vom Glück durchdrungen. Es war wie eine andere Welt, in die ich eingetaucht war. Ich weiß noch genau, dass ich während der Fahrradfahrt meine Umgebung gar nicht wahrgenommen habe. Erst das nächtliche Treiben in der Bonbon-Fabrik – so nannten wir die Muna damals – holte mich wieder in die bittere Realität zurück. Der Luftangriff auf die Fabriken in Geesthacht war in aller Munde. Jeder hatte Angst davor, dass nun auch unsere Anlage bombardiert werden würde. An die Aufnahme unserer gewöhnlichen Arbeit war überhaupt nicht zu denken. Ganz im Gegenteil. Wir wurden angewiesen, die Arbeitshäuser zu räumen und alles Material in die Munitionshäuser zu verfrachten. Die Munitionsbunker hatten eine meterdicke Betondecke und waren außerdem unter Erdwällen versteckt, aber die meisten von ihnen waren bereits randvoll. Zudem kamen selbst in dieser Nacht Züge voller Munition aus dem Osten, die auf dem Schienennetz der Muna geparkt werden mussten. In den Depots war einfach kein Platz mehr. Selbst in den Packmittelschuppen stapelten sich die Bestände. Am meisten Sorge bereiteten uns jedoch die Waggons mit den V-Waffen, die immer noch auf dem Gleisstrang der Hollenbeker Linie abgestellt waren. Der Zug war die reinste Zielscheibe. Niemand wusste, was mit den Waggons geschehen sollte. Es hieß nur, man warte auf den entsprechenden Befehl aus Berlin, und so lange standen sie völlig ungeschützt vor den Wohnunterkünften und Arbeiterlagern. Man lebte wortwörtlich auf einem Pulverfass.

Um drei Uhr morgens wurden wir nach Hause geschickt. Eigentlich hätte ich vor Erschöpfung umfallen müssen, aber mich trieb die Sehnsucht nach meinem Gast, der zu meinem Liebhaber geworden war. Und so trat ich in die Pedale und radelte, als gäbe es weder Ermattung noch Müdigkeit. Im Nachhinein mag es naiv klingen, aber zu dem Zeitpunkt war für mich ganz klar, dass ich Steward wiedersehen würde. Die Vorstellung, dass er sich möglicherweise aus dem Staub gemacht hatte, existierte für mich überhaupt nicht. Er war mein Verbündeter, denn ich war seine und er meine Rettung. Die Rettung vor der seelenlosen Kriegsmaschine, die mich umgab. Die uns umgab. Heimlich geführten Gesprächen in der Bonbon-Fabrik hatte ich entnehmen können, dass es wohl nicht mehr lange dauern würde, bis uns der Feind überrollen würde. Es war mir egal. Von mir hatte er schon Besitz ergriffen, und ich war hin- und hergerissen von dem Gedanken, dass Steward meinen Schutz womöglich nicht mehr lange in Anspruch zu nehmen brauchte. Ich wäre vermutlich dem Wunsch verfallen, dass sich der Zeitpunkt der Kapitulation noch endlos hinziehen sollte, wenn für mich die Zeit damals nicht so oder so stillgestanden hätte. Für mich zählte in dem Moment nur das Jetzt – alles andere hatte ich ausgeblendet. Umso bestürzter war ich, als ich bei meiner Ankunft feststellen musste, dass mich niemand erwartete.

Voller Panik suchte ich alle Winkel und Kammern im Haus ab, in der Hoffnung, er habe sich nur versteckt. Erst das Fehlen des zweiten Fahrrades zeigte mir, dass er noch unterwegs sein musste. Eine mögliche Flucht zog ich immer noch nicht in Betracht. Wovor hätte er auch fliehen sollen? Und wohin? Es war einfach ausgeschlossen. Es durfte nicht sein. Vielmehr beschäftigte ich mich mit dem Gedanken, ob er möglicherweise in Gefahr war, ob er entdeckt worden war. Steward hatte etwas erledigen wollen. Was das war, hatte er nicht gesagt, und ich hatte ihn auch nicht gefragt, was mir in dem Moment töricht vorkam. Er kannte sich in der Gegend doch überhaupt nicht aus. Was hätte er erledigen sollen? Ich hatte ihn in einer solchen Euphorie verlassen, die meinen gesunden Menschenverstand völlig vernebelt hatte. Angst überkam mich. Angst, das verloren zu haben, was ich gerade erst kennengelernt hatte.

Ich stand am Fenster und starrte in die Dunkelheit. Hinter den Baumwipfeln am Ende des Feldes zeichnete sich bereits ein zarter Streifen von Morgendämmerung ab. Wie viel Zeit blieb ihm noch? Bis zum Morgengrauen musste er die öffentlichen Straßen verlassen haben, sonst lief er Gefahr, entdeckt zu werden. Ich weiß nicht mehr, wie viele Minuten ich mit Tränen in den Augen an der Fensterscheibe verharrte, aber die stummen Gebete zu allen Göttern, die ich zuvor verdammt hatte, mussten geholfen haben. Noch bevor die Dämmerung verräterisches Licht spendete, kam er tatsächlich.

Ich riss die Tür auf und zog das an mich, was ich begehrte. Wieder war es nur dieses Bauchgefühl, das alle Wirklichkeit ausschloss. Ich hätte zu ihm sprechen sollen, all die ungeklärten Fragen stellen sollen, aber sie waren wie weggeblasen, als er wieder bei mir war. Erst am Mittag, als wir beide gleichzeitig hochschreckten, weil ein Wagen am Haus vorbeifuhr, fanden wir wieder Worte füreinander. Der Wagen hatte nicht angehalten. Es bestand keine unmittelbare Gefahr.

Er gab sich solche Mühe, in unserer Sprache zu sprechen, dass ich immer lachen musste, wenn er ein Wort nicht traf und durch ein ungeeignetes ersetzte, was den Sinn meist völlig verzerrte. Aber ich wusste immer, was er meinte. Wir haben viel gelacht, wenn ich ihm dann die Bedeutung seiner Worte mitteilte. Endlich fand ich den Mut zu fragen, wo er gewesen war, und plötzlich war er wie verwandelt. Er schaute mich an wie einen Fremdkörper. Etwas Ernstes zeichnete sich auf seinem Gesicht ab. Ich glaube, er wusste in dem Moment nicht, ob er mir wirklich trauen konnte. Zumindest hatte ich das erste Mal das Gefühl, dass er in mir nicht mehr diejenige sah, die ich für ihn sein wollte. Er machte mir klar, dass es kein Zufall gewesen war, dass er auf deutschem Boden war. Er hatte einen Auftrag, den es zu erledigen galt. Und dazu hatte er aus dem Flugzeug abspringen müssen. Der Absturz der Maschine hatte den Plan zwar nicht zunichtegemacht, aber eigentlich hätte er an anderer Stelle landen sollen. Sein Auftrag war es, die bombardierten Ziele der Munitionsfabriken in Geesthacht genauer zu inspizieren. Man hatte etwas zerstören müssen, das es nun zu kontrollieren galt, so erklärte er es mir. Dafür hatte er gewisse Gerätschaften in seinem Gepäck; auf meine Nachfrage nannte er es ein Zählrohr.

Die Art, wie er über seinen Auftrag sprach, machte klar, dass er von besonderer Bedeutung gewesen sein musste. Für mich brach in diesem Moment eine Welt zusammen. Ich hatte urplötzlich verstanden, dass er auf meine Hilfe überhaupt nicht angewiesen war. Nur der Zufall hatte es gewollt, dass wir uns begegnet waren. Anderenfalls wäre er an der vorgesehenen Stelle abgesprungen und hätte seinen Auftrag wie geplant erledigt. Auch ohne meine Hilfe. Demnach war er so etwas wie ein Spion, der sich hinter den feindlichen Linien hatte absetzen lassen. Ich fühlte mich gedemütigt und fragte ihn unverblümt, warum er dann überhaupt zurückgekommen sei.

Er muss geahnt haben, wie verletzend seine Worte auf mich gewirkt hatten. Zärtlich nahm er mich in den Arm und murmelte ein paar Worte in seiner Muttersprache: *You're not scheduled.* Und dann versuchte er es zu übersetzen: *Einen so schönen Feind hatte ich nicht erwartet.* Sein Charme war überwältigend, und ich konnte nicht anders, als ihm zu verzeihen. Er zeigte mir seine Papiere, die ihn schützen sollten, falls er in gegnerische Hände fallen sollte, und mir war schlagartig klar, dass sein Auftrag wirklich von äußerster Wichtigkeit sein musste. Anderenfalls hätte man sich nicht die Mühe gegeben, ihn mit diesen Dokumenten auszustatten, deren Echtheit niemand anzweifeln würde. Sie trugen das Siegel des Oberkommandos der Wehrmacht und wirkten so echt, dass auch ich, wenn ich nicht selbst gesehen hätte, wie er aus einem alliierten Flugzeug abgesprungen war, geglaubt hätte, er sei im Auftrag des Reichs unterwegs. Jetzt kannte ich seinen kompletten Namen: Steward Jackson.

Ich fragte ihn, was genau sein Auftrag sei, aber er hielt sich immer noch bedeckt. Aus seinen Andeutungen war allerdings herauszuhören, dass man glaubte, die Deutschen könnten im Besitz gefährlicher Waffen sein, die noch nie zuvor eingesetzt worden waren und deren Zerstörungskraft so furchtbar sei, dass es sich niemand vorstellen könne.

Ich habe lange darüber nachgedacht, was er damit gemeint haben könnte, und aus heutiger Sicht kann ich nur annehmen, dass die Alliierten damals tatsächlich befürchtet haben, Deutschland hätte so etwas wie eine Atombombe besitzen können. Zum damaligen Zeitpunkt wusste man aber nichts von der verheerenden Wirkung von Kernwaffen, Hiroshima lag ja noch in der Zukunft. Wenn auch nur einige Monate. Von daher hatte ich keine Vorstellung, was Steward meinte. Im Nachhinein ergibt alles einen Sinn. Auch dieses komische Messinstrument, das er Zählrohr nannte und wie einen Schatz in seinem Rucksack verwahrte. Es muss sich um eine Art Geigerzähler gehandelt haben.

Ich fragte Steward direkt, wie lange er vorhatte, bei mir zu bleiben. Nicht ohne zu betonen, dass es sehr wahrscheinlich das sicherste Versteck sei, das es für ihn gebe, und dass ich gehört hätte, dass es sich nur noch um wenige Tage handeln könne, bis die englischen Truppen hier ankämen und er in Sicherheit sei. Ich hatte Angst, er könnte mich bereits am nächsten Tag verlassen. Und ich hatte auch Angst um ihn. Er musste mich sofort durchschaut haben, denn er nahm mich in den Arm und flüsterte mir ins Ohr, dass sein Auftrag hier noch nicht abgeschlossen sei. In meinen Ohren klang es so, als betrachte er nun auch mich als Bestandteil seiner Mission, aber ich hatte mich geirrt.

Auch heute noch kann ich mich des Eindrucks nicht erwehren, dass er auf die eine oder andere Art mit mir spielte, ihm die Geborgenheit und Sicherheit, die ich ihm bot, zwar gefiel, sie aber ebenso auch ein Kalkül war. Nicht dass er mich ausgenutzt hätte, denn er konnte gar nicht wissen, dass ich Informationen besaß, die sich für seinen Auftrag noch als sehr hilfreich erweisen würden. Nein, ich glaube, er fand einfach Gefallen an meiner Verliebtheit und Unerfahrenheit. Er sagte mir zum Beispiel ganz plötzlich mit ernster Miene, dass es jemanden gebe, der ihn erwarten würde, und bevor ich meiner Enttäuschung Ausdruck verleihen konnte, setzte er mit einem Augenzwinkern hinzu, dass es sich bei der Person allerdings um keine Frau handelte. Im gleichen Atemzug fragte er mich mit einem schelmischen Grinsen, ob ich das etwa angenommen hätte. So war er. Es war eine ganz spezielle Art, mit der er mich schmeichlerisch umgarnte. Vielleicht war es seine Masche – vielleicht aber auch nur seine Art, den Grausamkeiten des Krieges mit einer dauernden Prise spielerischen Humors Paroli zu bieten, um die Unwägbarkeiten des Lebens in dieser Zeit ertragen zu können. Ich konnte ihm nichts verübeln und sank jedes Mal wie erleichtert in seine Arme. Es waren die schönsten Stunden, die ich bis dahin in meinem Leben gehabt hatte. Wir hatten uns regelrecht eingeigelt in dem kleinen Haus, abgeschottet von der Außenwelt, ich in dem unbekümmerten Glauben an einen nie enden sollenden Winterschlaf.

Aber mit Einbruch der Dämmerung endete er wie am Tag zuvor. Auch wenn es in der Bonbon-Fabrik wahrscheinlich nichts mehr für mich zu tun gab, ich musste pünktlich zur Nachtschicht erscheinen, wollte ich keine unnötige Aufmerksamkeit erregen. Während ich mich anzog, erzählte ich Steward, dass ich wahrscheinlich auch diese Nacht frühzeitig heimkehren werde, in der Hoffnung, dass er da sein würde und mich erwartete. Ich erzählte von meiner Arbeit und von den chaotischen Zuständen, die sich momentan in der Muna abspielten, dass immer mehr Munition und Granaten von den Fronten zurückkamen, viel mehr als die Fabrik jemals verlassen hatten, und dass wir langsam nicht mehr wussten, wo wir die Waggonladungen voller Explosivstoffe lagern sollten. Er wusste bis dahin überhaupt nicht, wo ich arbeitete und welche Dinge mich umgaben. Noch heute habe ich seinen Gesichtsausdruck vor Augen, als ich ihm von dem Zug voller Vergeltungswaffen berichtete, der seit Tagen bei uns auf einem Schienenstrang abgestellt war. Ein einziger Satz nur, der alles verändern sollte. Ein Satz, der wahrscheinlich mein zukünftiges Leben bestimmte.

Er sagte nur, dass er mitkommen und mich begleiten werde. Dann zog auch er sich an. Ich erklärte ihm, das sei unmöglich, da die Anlage streng bewacht sei und er sich in große Gefahr begeben würde, aber er schüttelte nur den Kopf. Sein Entschluss stand fest. So radelten wir eine Dreiviertelstunde wortlos durch die Dämmerung, bis wir den Lütauer See erreichten. Ab hier musste man ständig mit patrouillierenden Landesschützen rechnen, die für die Bewachung der Muna verantwortlich waren, auch wenn ich keinen von ihnen in letzter Zeit gesehen hatte. Wir stiegen von den Rädern, und ich erklärte Steward, wo sich die Waggons befanden. Es gab für ihn nur die Möglichkeit, über eines der Fluchttore auf das Gelände zu gelangen, von denen man mehrere aus Sicherheitsgründen angelegt hatte. Im Falle einer Explosion hätte man sich über diese Tore in Sicherheit bringen können. Soweit ich wusste, waren sie nie benutzt worden und dementsprechend nur spärlich mit Stacheldraht gesichert. Ständige Wachen gab es dort nicht. Ich selbst musste das Haupttor hinter dem Bahnübergang passieren, dort stand ein rund um die Uhr besetztes Wachhaus. Hinter den Wirtschaftsgebäuden befand sich ein Platz, der nicht einsehbar war. Er war wie ein kleines Amphitheater angelegt, und im Sommer wurden dort künstlerische Darbietungen und Singspiele aufgeführt. Ich beschrieb Steward den Weg und sagte ihm, dass ich dort auf ihn warten würde. Dann trennten sich unsere Wege.

Wie ich es erwartet hatte, gab es für uns wirklich nichts mehr zu tun. Der eigentliche Betrieb in der Muna war so gut wie vollständig zum Erliegen gekommen. Die Hälfte der Belegschaft war gar nicht erst zum Dienst erschienen. Die Arbeiterinnen aus dem Osten, die für die Kartuschenreinigung eingesetzt waren, irrten planlos im Lager umher. Man munkelte, dass die verbliebenen Wehrmachtsbestände als Reserveeinheit abgezogen werden sollten. Niemand wusste genau, wie es weitergehen sollte, und diejenigen, die die Stellung hielten, waren verunsichert. Wie bei jedem Schichtbeginn ließen wir den Appell der Kommandantur über uns ergehen. Siegfried Krüger schmetterte seine alltäglichen Durchhalteparolen. Er log, dass sich die Balken bogen. Jeder im Saal ahnte bereits, dass er in den nächsten Tagen klammheimlich verschwinden würde. Wir wurden angewiesen, für Ordnung und Disziplin auf der Anlage zu sorgen. Mehr gab es für uns nicht mehr zu tun. Ich war mit meinen Gedanken ganz woanders.

Feldwebel Krüger war ein ebenso abstoßender wie aufdringlicher Mensch. Er war mit Rudolfs Familie befreundet, ein Parteigenosse der ersten Stunde. Und er hatte sich wohl immer eingebildet, bei mir irgendwelche Chancen zu haben. Ich denke, er hat es nie verwunden, dass ich Rudolf ihm vorgezogen habe, und seit er wusste, dass Rudolf gefallen war, schaute er mich an, als wäre ich zum Freiwild geworden. Wenn niemand in der Nähe war, nannte er mich sein Blondchen, was mir nur noch unangenehmer war. Also achtete ich penibel darauf, nicht ohne Begleitung zu sein, wenn ich Gefahr lief, in seine Nähe zu kommen. Aber an diesem Abend war ich mit meinen Gedanken nur bei Steward. Ich hatte keine Augen dafür, was um mich herum geschah. Ich wollte die erstbeste Gelegenheit nutzen, um zum verabredeten Platz zu schleichen.

Er muss mir heimlich gefolgt sein. Als ich die terrassierten Sitzreihen der Spielstätte überwunden hatte und am Boden des kleinen Amphitheaters angelangt war, stand er plötzlich hinter mir. Zuerst sah ich nur die Glut einer Zigarette im Dunkel, und ich dachte schon, Steward hätte sich einen Scherz erlaubt, um mich zu erschrecken.

Aber dann erkannte ich Krüger, eine Zigarette im Mundwinkel.

‹So alleine in dieser lauschigen Nacht?› Mit seiner Reitgerte schlug er unablässig gegen die gewienerten Schaftstiefel. Am Anfang dachte ich, es sei Zufall, dass er hier aufgetaucht war, aber er führte Böses im Schilde. Eine letzte Demonstration der Macht, bevor er die Flucht antreten musste.

Langsam kam er auf mich zu. ‹Man erzählt sich so manche Geschichten über dich.› Er streckte den Arm in meine Richtung und berührte mich mit der Spitze der Gerte. Ich wagte nicht, mich zu rühren. ‹Hast du dich hier auf ein Schäferstündchen verabredet, mein Blondchen? Wer ist denn der Glückliche?›

Er war mir sehr nah gekommen; sein Atem roch nach Alkohol. Ich wendete mich ab und wollte weglaufen, aber er sprang um mich herum und versperrte mir den Weg.

‹Nicht so schnell, mein Blondchen. Wir haben doch Zeit, oder?› Langsam fuhr er mit der Spitze seiner Gerte meinen Körper entlang. Ich stand da wie versteinert, wusste nicht, was ich tun sollte. Er berührte meine Brüste, dann griff er mit der Hand brutal um meinen Nacken und zog mich zu sich heran. Ich versuchte, mich ihm zu entziehen, aber sein Griff war fest wie ein Schraubstock. Es schien ihm zu gefallen, dass ich mich wehrte. Meinem Versuch, ihm in den Unterleib zu treten, wich er geschickt aus. ‹Das würde dir so passen, meine Kleine ...›

Er griff nach meinem Kragen und riss mir die Bluse auf. Ich fing an, laut zu schreien, immer lauter, aber das schien ihn nur noch mehr anzustacheln. Gerade wollte er sich auf mich stürzen, da nahm ich einen Schatten hinter ihm wahr. Es ging blitzschnell. Krügers Kopf wurde wie von Geisterhand zur Seite gerissen, dann empfing er einen Schlag, der ihn augenblicklich zu Boden streckte. Steward sagte kein Wort. Schützend nahm er mich in den Arm. In dem Augenblick hörten wir eine Stimme rufen: ‹Was ist da unten los!› Der Strahl einer Taschenlampe traf uns. Jemand kam zu uns herunter.

Ich stellte mich vor Steward und zeigte auf den am Boden liegenden Krüger, dann auf meine zerrissene Bluse. ‹Er wollte mich vergewaltigen.› Vergeblich versuchte ich, meine entblößten Brüste vor dem Mann zu verbergen. Es war Anton Possehl vom Wachbataillon, ein junger, freundlicher Kerl, der mich kannte. ‹Dieses Schwein›, meinte er und hielt den Lichtkegel seiner Lampe auf den Boden. ‹Mein Gott, das ist ja Krüger!› Man merkte ihm sofort an, dass er nicht wusste, wie er sich nach dieser Entdeckung zu verhalten hatte. Dabei musste ihm klar sein, was sein Vorgesetzter im Schilde geführt hatte. Die Situation war eindeutig. Wie zum Selbstschutz hielt er seinen Karabiner in den Händen. Inzwischen war ein weiterer Wachmann am oberen Rand des Platzes aufgetaucht und rief Anton zu, ob alles in Ordnung sei. ‹Und Sie? Wer sind Sie?›, fragte Anton und richtete das Gewehr auf Steward. Der hatte mir seine Jacke umgelegt. ‹Ich bin ihr Schutzengel›, antwortete er fast akzentfrei auf Deutsch. In dem Moment hörte man ein Stöhnen vom Boden. Siegfried Krüger war zu sich gekommen. ‹Nehmen Sie den Kerl fest›, hörte man ihn sagen. Die Worte waren an Anton gerichtet, der mit der Situation völlig überfordert schien. Abwechselnd blickte er zu mir, dann zu dem immer noch am Boden liegenden

Krüger. ‹Nehmen Sie ihn augenblicklich fest›, krächzte Krüger. ‹Das ist ein Befehl!›

Ich erwartete schon das Schlimmste, aber es kam ganz anders. ‹Das werde ich nicht tun›, entgegnete Anton plötzlich ganz ruhig. ‹Sie sind ein widerwärtiges Schwein.› – ‹Das ist Befehlsverweigerung!›, schrie Krüger. ‹Dafür bringe ich Sie vors Kriegsgericht! Nein, dafür werde ich Sie an die Wand stellen lassen! Oder noch besser, ich erledige das am besten gleich selbst!› Er griff nach seinem Pistolenholster und richtete sich auf. ‹Haben Sie mich nicht verstanden?› Er zog seine Pistole und richtete sie auf Anton. Wir starrten entsetzt auf Krüger, dessen Gesichtszüge zu einer Fratze entstellt waren. Steward zog mich schützend beiseite. ‹Sie sind ja betrunken›, erwiderte Anton. ‹Ein betrunkenes, widerwärtiges Schwein.› Ich hatte den Eindruck, Anton hatte ein Lächeln auf den Lippen. Ich zweifelte keinen Moment daran, dass er mit diesem Lächeln gleich sterben würde. Man konnte hören, wie Krüger seine Waffe durchlud. Anton hätte ihn erschießen können, aber er machte nicht einmal Anstalten, seinen Karabiner zu heben. Er stand nur da und lächelte. Krüger machte einen Schritt auf ihn zu, die Pistole hielt er mit ausgestrecktem Arm auf Antons Kopf gerichtet. Ich schloss die Augen. Dann hörte ich den Schuss.

Steward und ich zuckten gleichzeitig zusammen. Ich wagte nicht, die Augen zu öffnen. Erst das Wimmern, das kurz danach zu vernehmen war, zwang mich dazu. Ich sah Anton, der auf dem Boden kniete und weinte. Vor ihm lag Krüger, die Pistole noch in der Hand. Aus seinem Mundwinkel rann Blut. Zuerst wusste ich nicht, was geschehen war, aber dann kam der andere Wachmann, der die ganze Zeit im Hintergrund gestanden und die Situation stumm verfolgt hatte, zu uns herunter und legte Anton tröstend die Hand auf die Schulter. In seiner Hand hielt er das Gewehr, mit dem er seinem Kameraden das Leben gerettet hatte. Er drehte sich kurz zu uns um und meinte nur: ‹Und ihr beiden verschwindet hier jetzt am besten ganz schnell.›»

Martha Oswald hatte Tränen in den Augen. «Sie entschuldigen», meinte sie mit zitteriger Stimme und tupfte sich mit einem Taschentuch das Gesicht ab. Als sie ihre Fassung wiedergewonnen hatte, erzählte sie weiter.

«Nach dem, was geschehen war, konnte Steward nicht bei mir bleiben. Das war uns beiden klar. Er sagte zu mir, er werde versuchen, sich zu den englischen Truppen durchzuschlagen. Es gebe für ihn die Möglichkeit, unbemerkt über die Elbe zu gelangen. Wenn alles vorüber sei, so verabredeten wir es, würde er den Weg zu mir finden. Aber ich habe ihn nie wiedergesehen. Seine Spur verlor sich in den Wirren der Nachkriegszeit. Drei Wochen nachdem wir uns getrennt hatten, stellte ich fest, dass ich schwanger war.»

«Sie wissen nicht, was aus Jackson geworden ist?»

«Doch. Ich hatte ja den Namen. Und damit konnte ich Nachforschungen betreiben. Aber das Einzige, was ich von den militärischen Stellen erfahren habe, war, dass Steward mit einer Spezialeinheit am Koreakrieg teilgenommen hatte und seither als vermisst galt.»

«Und Ihr Sohn wusste das alles?»

«Na ja. Inger wusste erst seit der Sache mit dem Rentenamt, dass er nicht der leibliche Sohn von Rudolf war.

Nicht sein konnte. Ich habe ihm dann von seinem Vater erzählt.»

«All das, was Sie auch mir erzählt haben?», fragte Gero.

Martha Oswald nickte. «Er kam immer wieder damit an und wollte mehr Details erfahren. Zuletzt vor einigen Wochen. Da interessierte er sich vor allem für den Auftrag, den Steward damals gehabt hatte. Aber ich musste ihn enttäuschen. Mehr als ich Ihnen erzählt habe, weiß ich nicht darüber.»

«Von dem Geigerzähler, den sein Vater mit sich führte, haben Sie ihm berichtet?»

Sie nickte. «Auch von seinem Auftrag und dass die Alliierten vermutet hatten, die Deutschen hätten auf der Geesthachter Anlage womöglich eine Atombombe oder etwas Vergleichbares versteckt.»

Gero merkte, dass es an der Zeit war, den Besuch zu beenden. Die Erzählung hatte die alte Dame aufgewühlt. Sie sah mitgenommen aus. «Ich danke Ihnen von ganzem Herzen.»

Sie schüttelte den Kopf und zwang sich zu einem Lächeln. «Ich habe Ihnen zu danken.»

«Eine letzte Frage habe ich dennoch. Die beiden Wachmänner der Muna, wissen Sie, was aus ihnen geworden ist?»

«Nein. Ich habe die Bonbon-Fabrik nie wieder betreten. Was aus Anton geworden ist, entzieht sich meiner Kenntnis.»

«Und der andere Wachmann. Können Sie sich an seinen Namen erinnern?»

«Ich kannte ihn nur vom Sehen. Mit seinem Namen

kann ich Ihnen leider nicht dienen. Sein Gesicht habe ich noch vor Augen. Er hat uns allen das Leben gerettet. So etwas vergisst man nicht. Ich kann mich nur daran erinnern, dass er ein Bein nachgezogen hat.»

KAPITEL 23

Es ging Gero nicht aus dem Kopf. Ein geheimnisvoller Auftrag, der im Zusammenhang mit dem ebenso rätselhaften Angriff auf die Geesthachter Sprengstofffabriken in Verbindung stand und für den sich Inger Oswald bis zuletzt brennend interessiert hatte. Weil es sein leiblicher Vater gewesen war, der diesen Auftrag ausführen sollte, oder hatte es noch einen anderen Grund für Oswalds Interesse gegeben? Auf der anderen Seite eine tragische Liebesgeschichte aus den letzten Tagen des Krieges, die mit einem Drama in der Möllner Munitionsanstalt geendet hatte, in das ein Mann, der sein Bein nachgezogen hatte, involviert gewesen war. War es wirklich sein eigener, Geros, Vater gewesen, der aus einer Notlage heraus seinen Vorgesetzten getötet hatte, um einen Kameraden zu retten? Wäre er somit ein Täter, oder doch ein Held?

Seine Gedanken drehten sich wie in einem Karussell. Er musste Klarheit über diesen Verdacht haben, anders kam er nicht zurecht. Gero dachte an das, was ihm seine Mutter berichtet hatte. Wie sie seinen Vater nach Kriegsende wiedergetroffen hatte und dass er sich verändert hatte, weil er wegen eines Vorfalls in der Muna inhaftiert gewesen war. Er hatte dem Wachbataillon angehört. Das alles passte nur zu genau zu Martha Oswalds Erzählung. Er musste ihr ein Bild von seinem Vater zeigen. Die Vorstellung wühlte ihn auf.

«Irgendetwas bedrückt dich doch?» Lena hatte sich mit dem Abendessen wie immer außerordentliche Mühe gegeben. Es gab Kaninchen mit gedünstetem Paprikagemüse und Kartoffelgratin. Und nun hatte sie ihn dabei ertappt, wie er gedankenverloren in dem Arrangement auf seinem Teller herumstocherte.

«Es tut mir leid. Das Essen ist ausgezeichnet.» Gero zwang sich ein Lächeln ab. Er wusste nicht, wo er anfangen sollte. Schließlich erzählte er von seinem Besuch bei Martha Oswald, ihrer Erzählung und dem Verdacht, dass vielleicht sein eigener Vater eine Schlüsselrolle in ihrer Geschichte gespielt hatte.

«Das hättest du doch gleich sagen können. Natürlich beschäftigt dich das. Gibt es denn noch eine Möglichkeit, herauszufinden, ob es wirklich dein Vater gewesen ist?»

«Ich werde Martha Oswald ein Bild von ihm zeigen. Ruth hat noch Bilderalben aus der Zeit, die ich bislang gar nicht kannte.»

Lena blickte ihn fragend an. «Und wenn er es wirklich war?»

«Ich will es einfach nur wissen. Vielleicht kann ich dann bestimmte Dinge, die mir an meinem Vater immer rätselhaft vorgekommen sind, besser verstehen.»

«Gero! Ich habe inzwischen den Verdacht, dass sich deine Prioritäten gerade verschieben. Du arbeitest an einem Mordfall, vergiss das nicht.»

«Mag sein. Der Verdacht steht mir momentan im Weg.

Ich kann keinen klaren Gedanken fassen, solange ich keine Antwort darauf habe. Aber ich glaube eben, dass des Rätsels Lösung irgendwo in der Vergangenheit zu suchen ist. Auch Oswald hat sich zuletzt mit dem beschäftigt, was sein Vater gemacht hat. Vielleicht ist ihm das zum Verhängnis geworden. Er wurde mit einer alten Wehrmachtspistole erschossen. Dagegen spricht die Tatsache, dass alle möglichen Beteiligten von damals inzwischen verstorben sind oder ein greisenhaftes Alter haben. Ich kann mir nicht vorstellen, dass ein über Achtzigjähriger in der Lage ist, den toten Körper eines Erwachsenen auf das Förderband dieser Maschine zu wuchten, wo wir Oswald gefunden haben.»

Gero nahm eins von den Grappagläsern, die Lena deutlich zu voll geschenkt hatte.

«Ich versuche nur das, womit sich Inger Oswald beschäftigt hat, nachzuvollziehen. Er war es, der dieses Labyrinth hinterlassen hat. Ich gehe lediglich seinen Weg nach, in der Hoffnung, dass ich an irgendeiner Stelle über das stolpere, was ihn das Leben gekostet hat. Was ich noch nicht durchschaut habe, ist die Zweigleisigkeit seiner Interessen. Einerseits die Beschäftigung mit Geschehnissen aus der Zeit des Krieges, und das schon zu einem Zeitpunkt, wo er noch nichts von seinem leiblichen Vater gewusst haben konnte, und andererseits sein Engagement für diese Bürgerinitiative und die Vorgänge auf dem Gelände der GKSS im Jahr 1986. Das sind zwei grundverschiedene Dinge, die mehr als vierzig Jahre auseinanderliegen und die ich bislang strikt voneinander getrennt betrachtet habe. Vielleicht ist genau hier mein Denkfehler. Denn die Bürgerinitiative vermutet ja, dass es bei der GKSS in den achtziger Jahren heimliche, weil eigentlich verbotene militärische Versuche gegeben hat und es eben 1986 zu diesem verheerenden Unfall gekommen ist, den man bis heute zu vertuschen versucht. Diese Vorgänge wären letztendlich aber nichts anderes als eine konsequente Fortsetzung dessen, was man bereits seit hundert Jahren an diesem Standort gemacht hat: Waffenforschung und Waffenproduktion. Oswald muss auf etwas gestoßen sein, was diese lokale Stringenz beweist.»

Er leerte den Grappa in einem Zug. «Ich denke, genau da liegt der Hund begraben.»

Gero trudelte mit deutlicher Verspätung im Kommissariat ein. Er konnte seine Gedanken nicht halten. Sie sausten wie die Landschaft am Fenster eines rasenden Zuges vorbei. Immer, wenn er eine Sache fixiert hatte, tauchte ein neues Bild auf. Dazu die Übermüdung. Die üblichen Träume, irgendwo zwischen Beklemmung und Apokalypse. Erst das hektische Treiben auf dem Flur des Kommissariats rüttelte ihn wach. Irgendetwas musste vorgefallen sein. Wieder während seiner Abwesenheit. Langsam hatte er den Eindruck, nicht mehr Herr der Lage zu sein.

«Was ist los?», fragte er Matthias Rörupp, der ihm aufgeregt entgegenkam.

«Mischke!», meinte Matthias nur.

«Schon wieder?»

«Er hat heute Morgen angerufen und meinte, während er hier war, sei jemand bei ihm auf dem Hof gewesen. Alles sei durchwühlt, und es würden etliche Dinge fehlen.»

«Ja, die Spurensicherung war da», entgegnete Gero ärgerlich. «Mag sein, dass Peters Leute nicht alles wieder an seinen Platz gestellt haben. Was erwartet er? Dass wir kommen und aufräumen? Und was soll fehlen? Das Tafelsilber oder eine kostbare Münzsammlung? Mensch, der Kerl ist pleite. Vielleicht versucht er nun, etwas zu drehen.» Gero merkte selbst, wie gereizt er auf das Thema Mischke reagierte.

«Nein. Halt dich fest. Es sind Dinge, die Oswald gehört haben und die er in einem Schuppen aufbewahrt hat: Einmachgläser mit Erde darin.»

«Wie bitte?» Die Worte trafen Gero wie ein Blitzschlag. «Wieso hat er uns davon nichts erzählt? Was sagt Peter? Hast du ihn schon angerufen?» Mischke war von vornherein kein kooperativer Partner gewesen. Er antwortete nur auf das, was man ihn fragte. Gero überlegte, ob Mischke die Bedeutung der Einmachgläser kannte.

Rörupp nickte. «Zum Zeitpunkt, als die Spurensicherung da war, gab es keine Einmachgläser. Meinst du, er will uns verarschen?»

«Nein. Ganz und gar nicht. Das sind Bodenproben, die Oswald für die Bürgerinitiative gesammelt hat. Darum muss es sich handeln. Schick Peter nochmal hin. Wenn sich da jemand vorm Eintreffen der Spurensicherung bedient hat, sind vielleicht noch Spuren zu finden.»

«Das wäre den Kollegen von der Sicherung doch aufgefallen.»

«Vielleicht, wenn sie davon gewusst hätten. Haben sie aber nicht. Die waren auf der Suche nach belastendem Material, nicht auf der Suche nach Einbruchspuren.»

Matthias verdrehte die Augen. «Peter wird begeistert sein.»

«Interessiert mich nicht. Das ist sein Job. – Wo steckt Paul?»

«Der ist in Mölln, stöbert in irgendwelchen Archiven. Er sagte, du wüsstest Bescheid.»

Ja, natürlich wusste er Bescheid. Schließlich war Paul auf seine Bitte hin unterwegs. Am liebsten hätte er ihn sofort angerufen und ihm mitgeteilt, auch alles über einen Siegfried Krüger in Erfahrung zu bringen. Vielleicht gab es irgendwelche Akten, aus denen hervorging, was sich im April 1945 an diesem Tag in der Muna abgespielt hatte und ob dafür jemand zur Rechenschaft gezogen worden war.

«Und dann hat heute Morgen noch eine Frau Koslowski angerufen und wollte dich sprechen.»

«Kolowski», verbesserte Gero. «Bettina Kolowski.» Er schloss die Tür hinter sich, räumte den Aktenstapel vom Sessel, der in der Ecke seines Zimmers stand, öffnete das Fenster einen Spalt, und dann tat er, was wirklich selten vorkam. Er setzte sich in den Sessel, schloss die Augen und zwang sich zu einem Kurzurlaub. Keine Gedanken an Oswald, Mischke oder Bettina. Wenigstens für zehn Minuten.

Es half nichts. Er bekam den Kopf nicht frei. Auch nach weiteren zehn Minuten kreuzten sich seine Gedankengänge immer noch zu einem undurchsichtigen Knäuel. Zunächst versuchte er, Bertram Niebohr zu erreichen, aber bei dem lief wieder nur der Anrufbeantworter. Auch sein Arbeitgeber hatte keine Ahnung, wo er stecken könnte. Es sei allerdings auch nicht üblich, dass sich die Mitarbeiter bei ihm abmeldeten. Dr. Hillmer meinte, er könne möglicherweise schon auf dem Weg nach Norwegen sein.

Sollte er etwas von Niebohr hören, würde er Gero unverzüglich informieren. Gero bedankte sich, zögerte einen Augenblick, dann wählte er Bettinas Nummer.

Sie wollte sich mit ihm treffen. Wie er es vermutet hatte. Ob er zu ihr kommen könne, ihr stehe momentan kein fahrbarer Untersatz zur Verfügung. Gero hatte sofort eingewilligt. Er notierte ihre Adresse in Niedermarschacht. Ein neutraler Ort wäre ihm lieber gewesen. Als er um kurz vor drei aus dem Wagen stieg, klopfte sein Herz. Er hätte noch Blumen besorgen können, hatte aber ganz bewusst darauf verzichtet. Der Carport neben der schlichten Doppelhaushälfte war verwaist, der Garten vernachlässigt. Ein Spiegel momentaner Prioritäten. Wer hätte es ihr übelnehmen können? Bettina erwartete ihn in der Haustür. Sie trug Jeans und eine weiße Bluse. Ihr Haar hatte sie locker zu einem Pferdeschwanz zusammengebunden. Den warmen Temperaturen der letzten Tage angemessen, empfing sie ihn barfuß. Die Bluse war dennoch einen Hauch zu transparent. Ihr schüchtern verspielter Augenaufschlag, dazu das Lächeln – er konnte nicht umhin, sie in den Arm zu nehmen.

Für eine Begrüßung war die Umarmung deutlich zu lang und wahrscheinlich auch zu innig. Hilflos musste er feststellen, wie seine Hände über ihre Schulterblätter streiften. Ein Automatismus, der mit der Feststellung einherging, dass sie unter der Bluse nichts weiter trug. Entweder als provokante Hommage an ihre gemeinsame Zeit, oder sie war sich jeder Mode zum Trotz selbst treu geblieben. Ihre Brüste waren deutlich kleiner als die von Lena und hatten weder damals noch heute irgendeiner

Stütze bedurft. Er spürte ihre Wärme. Auch nach über dreißig Jahren war die Erinnerung an ihren Körper nicht verblasst.

Während Bettina ihnen einen Eiskaffee mixte, warf Gero einen Blick auf das CD-Regal. Wie er es vermutet hatte, waren die alten Songs Bestandteil ihrer Sammlung. Carlos Santanas *She's not there* konnte er sich gerade noch verkneifen. Er wählte Billy Joel. Als *She's always a woman* aus den Lautsprechern tönte, kam Bettina gerade mit den Gläsern aus der Küche zurück. «Das hätte ich nicht schöner auswählen können», sagte sie, und nahm ihm gegenüber auf der alten Quatro-Landschaft Platz. Ein nur noch selten anzutreffendes Relikt aus den Achtzigern – damals unumgängliche Spiel- und Liegewiese in den verrauchten Wohnzimmern der späten Achtundsechziger-Generation. Heute, wenn überhaupt, nur noch als Gästebett in Gebrauch oder in den Keller verbannt. Gero kam sich vor wie ein Dinosaurier.

Er vermied es, neben ihr Platz zu nehmen, und wählte das freistehende Hockerelement. Er schlug die Beine übereinander.

«Wie geht es deinem Sohn?», fragte er, als *The Stranger* still zum Ende gekommen war. Das Knacken der Auslaufrille gab es schon lange nicht mehr. Sie hatten sich die ganze Zeit über nur Blicke der Erinnerung zugeworfen. Musik war eine der sentimentalsten Rückblenden überhaupt. Es war an der Zeit, in die Gegenwart zurückzukehren.

«Seine Werte werden von Tag zu Tag besser», antwortete Bettina. «Er hat gute Chancen, sagen die Ärzte.»

«Warst du heute da?»

Sie nickte. «Jeden Tag. Und wenn es nur für eine Stunde ist.»

Wieder dieser sehnsuchtsvolle Blick. Gero wusste nicht, ob er ihrem Sohn oder ihm selbst galt. Sie zog ihre nackten Füße zu sich heran, streifte das Haarband ab und schüttelte ihre Mähne. In ihrer lasziv-schüchternen Art war sie immer noch so verführerisch wie früher. Ein Idiot, wer eine solche Frau verlässt, dachte Gero bei sich. Dabei hatte er weniger sich selbst vor Augen als vielmehr den Kerl, der ihr seinen Namen gegeben hatte. Eine Geste mehr, und er würde auf das eingehen, was sie ihm unzweifelhaft anbot. Anders war es nicht zu verstehen. Er betrachtete ihre Hände. Erinnerungen wurden wach. Er versuchte, sie zu verdrängen. Warum war er überhaupt gekommen? Bedeutete ihm das, was er hatte, so wenig? Es war ein Tanz auf dem Vulkan. Er selbst war Bestandteil einer intakten und glücklichen Familie. Warum dieses Risiko, dem er sich freiwillig aussetzte? Bestätigung brauchte er nicht. Vielleicht war es die Macht der Gewohnheit, die ihn und Lena aneinanderfesselte. Die Macht der Vertrautheit und die Macht des Vertrauens. Und er war gerade dabei, dieses Vertrauen aufs Spiel zu setzen. Es war nur ein kleiner Schritt. Er konnte sich jetzt neben Bettina setzen, ihr den Arm um den Hals legen, und er war sich sicher, dass sie ihn nicht zurückgewiesen hätte. Ewige Liebe hatten sie sich einst geschworen. Irgendetwas Unverfängliches musste her.

«Gero, ich muss dir etwas sagen ...»

Er befürchtete schon das Schlimmste.

«Ich weiß nicht, ob das für dich von Wichtigkeit ist, aber ich denke, du solltest es wissen. Es geht um einen gewissen Peter Philippi. Ich habe seine Frau, Marian Philippi, zufällig in einem Seminar für betroffene Eltern im UKE kennengelernt. Die Philippis haben einen Sohn, der ebenfalls an Leukämie erkrankt ist. Marian Philippi erwähnte mir gegenüber, dass die Erkrankung von ihrem Sohn Kai – er ist bereits 26 – möglicherweise in Verbindung mit ihrem ehemaligen Wohnort stünde. Da bin ich natürlich sofort hellhörig geworden, denn sie erwähnte, dass sie früher in Grünhof gewohnt haben. Es war keine Anklage in Marian Philippis Stimme, aber ich hatte den Eindruck, dass sie sich sehr wohl mit den Gegebenheiten auseinandergesetzt hat. Ich habe die Angelegenheit auf einem der Treffen der Bürgerinitiative zur Sprache gebracht, und ich musste feststellen, dass Philippi dort kein Unbekannter war. Ganz im Gegenteil. Philippi war Mitte der achtziger Jahre bei der GKSS angestellt, und er ist einer von denjenigen, die im Jahre 1986 Hals über Kopf die Region verlassen haben.»

Geros erotische Phantasien waren schlagartig verschwunden. Er spitzte die Ohren.

«Wie ich erfahren habe, hat man vonseiten der Initiative bereits früher versucht, mit ihm in Kontakt zu treten, aber er hat sich den Interessen der Bürgerinitiative stets verweigert. Hinnerk Woltmann vermutete, dass man sein Schweigen erkauft hat. Aber nun, wo sein eigener Sohn zum Opfer geworden war, sähe die Sache vielleicht anders aus. Möglicherweise sei er nun gesprächsbereit. Inger Oswald war bei diesem Treffen auch anwesend, und er erklärte sich sofort bereit, Philippi aufzusuchen.»

«Wann war das? Weißt du, ob Oswald bei ihm gewesen ist?»

«Nein. Ich weiß nur, dass er es vorgehabt hat. Das Treffen war vor etwas mehr als drei Wochen. Danach habe ich Inger Oswald nicht mehr gesehen.»

Gero machte einen schweren Atemzug. «Warum erzählst du mir das erst jetzt?», fragte er mit vorwurfsvollem Unterton.

«Weil ich mit meinen Gedanken momentan ganz woanders bin. Kannst du das nicht verstehen?»

«Doch. Entschuldige bitte.» Er bereute seinen maßregelnden Tonfall sofort und setzte sich neben sie. Der Arm, den er um sie legte, sollte tröstenden Charakter haben. Alles andere versuchte er in diesem Moment zu verdrängen.

Sie entzog sich ihm nicht. «Es vergeht keine Minute, in der ich nicht an Lukas denke. Das geht nun schon seit Wochen so. Und dann trittst auch noch du wieder in mein Leben. Neulich, als ich dich sah ... Ich wusste gar nicht, wo mir der Kopf stand. Ich hatte das, was ich über Oswald wusste, völlig verdrängt.» Sie hatte Tränen in den Augen. «Es tut mir leid – du hättest dir keinen beschisseneren Zeitpunkt aussuchen können, um aufzutauchen. Jeder Gedanke an dich ... an unsere Zeit damals ... jedes schöne Gefühl geht mit einem schlechten Gewissen Lukas gegenüber einher. Er braucht mich so sehr, liegt ganz allein im Krankenhaus, und ich schmachte nach Liebe und Zärtlichkeit wie eine egoistische Nymphomanin. Ich bin so ungerecht ...»

Gero zog Bettina an sich und drückte sie. «Nein. Du darfst kein schlechtes Gewissen haben, nur weil du hin und wieder an etwas anderes denkst als an deinen Sohn. Du widmest ihm mehr Zeit als irgendeiner Sache sonst.

Sowohl in Gedanken als auch dann, wenn du bei ihm bist. Aufopfern darfst du dich nicht. Es ist schön, dass wir uns wiedergetroffen haben, und glaube mir, wahrscheinlich geht es mir nicht anders als dir ... Auch, was das schlechte Gewissen angeht. Bei mir ist es allerdings begründet. Sobald dein Sohn das Schlimmste überwunden hat und aus dem Krankenhaus entlassen worden ist, fände ich es toll, wenn ihr beide uns besuchen würdet. Dann wirst du auch meine Frau kennenlernen ...»

«Ich weiß gar nicht, ob ich das will.» Hemmungslos wischte sie ihre Tränen an seinem Hemd ab.

«Meinetwegen können wir auch ein kleines Fest organisieren, und ich lade alle mir bekannten Junggesellen ein. So attraktiv und verführerisch, wie du immer noch aussiehst, wirst du dich vor Angeboten nicht retten können ...»

Ein dankbares Lachen mischte sich unter ihre Tränen. «Du hast dich nicht verändert.»

«Ein klein wenig. Ich bin grau geworden.»

«Grau und weise. Ich danke dir für deine aufmunternden Worte.»

«Und ich danke dir, dass du es mir nicht noch schwerer machst, dir zu widerstehen. Ich finde es schön, mit jemandem reden zu können, ohne ein Blatt vor den Mund zu nehmen. Dass wir uns so lange kennen und immer noch mögen, vereinfacht es, bestimmte Dinge unumwunden auszusprechen. Du nimmst es mir nicht übel, und ich verzeihe dir auch alles. Ich denke gern an unsere gemeinsame Zeit zurück.»

Inzwischen hatten sie sich wie frisch verliebt umklammert und ihre Körper dicht aneinandergepresst. Bestimmt eine Stunde lang wagte es keiner von ihnen, den anderen loszulassen. Für Gero war es mehr eine Trostspende als körperliches Verlangen. Unangenehm war es ihm trotzdem nicht. Sie hatten ihre Basis gefunden, zu kommunizieren – und zweifelsfrei die Grenzen abgesteckt. Für jeden anderen, insbesondere für Lena, hätte es in diesem Moment wahrscheinlich nach etwas ganz anderem ausgesehen.

Gegen sechs war Gero zurück in der Dienststelle. Ausnahmsweise gab es mal keine Hiobsbotschaften, die ihn erwarteten. Schweim war noch einmal mit kleinem Aufgebot bei Mischke gewesen. Er bestätigte, was dieser zu Protokoll gegeben hatte. Auf einem verstaubten Regalbrett hatte er tatsächlich Spuren von Glasböden gefunden, acht an der Zahl. Das Regal stand in einem Nebengelass des Hofes und war nach Mischkes Angaben stets mit einem Vorhängeschloss gesichert gewesen. Er konnte auch einen Schlüssel vorweisen. Vom Schloss gab es ebenso wenig eine Spur wie von einem möglichen Täter. In der Nachbarschaft hatte niemand etwas Verdächtiges beobachtet. Die Untermieter hatten auch nichts bemerkt oder waren nicht zu Hause gewesen. Nur das spätere Eintreffen der Spurensicherung war registriert worden. Schweim hatte dennoch alle Abdrücke gesichert, versprach sich allerdings nicht viel davon, weil es keine wirklich frischen Spuren gab. Die Fingerabdrücke am Regal waren eindeutig Inger Oswald zuzuordnen, und die am Türdrücker stammten sowohl von Oswald als auch von Mischke.

Matthias Rörupp hatte die Pläne von Oswald überarbeitet und maßstabsgerecht auf das heutige Straßennetz kopiert. Gero warf einen flüchtigen Blick auf die mühsame und aufwendige Arbeit. Dann erzählte er von dem, was er von Bettina erfahren hatte. Endlich hatten sie jemanden, der gegebenenfalls so etwas wie ein Motiv hätte haben können. Er versuchte, Hinnerk Woltmann zu erreichen, aber dort nahm niemand das Telefon ab. Die Adresse war auch ohne dessen Hilfe leicht herauszubekommen. Philippi stand im öffentlichen Telefonverzeichnis: Professor Peter Philippi, wohnhaft in der Droysenstraße in Hamburg-Othmarschen.

«Vorladung?», fragte Matthias.

Gero schüttelte den Kopf. Nicht schon wieder eine übereilte Aktion. «Nein, keine Ankündigung. Behutsame Kontaktaufnahme, dennoch spontan.»

Er griff zum Telefon, schaltete den Anschluss unsichtbar und wählte Philippis Nummer. Als sich eine männliche Stimme am anderen Ende der Leitung meldete, legte Gero auf. «Er ist zu Hause. Also stehen wir morgen um die gleiche Zeit bei ihm vor der Tür. Zwei Stunden vorher postieren wir einen Wagen, der das Haus beobachtet, und kündigen unseren Besuch dann kurzfristig telefonisch an. Nur das Nötigste. Kein Wort über Oswald, GKSS oder sonst etwas. Er wird lediglich als Zeuge benötigt. Du kannst schon mal die Hamburger Kollegen verständigen.»

Dascher steckte den Kopf zur Tür herein. «So spät noch bei der Arbeit?», fragte er und schob einen Handwagen mit Aktenmaterial ins Zimmer. «Die sind wirklich gut bestückt in Mölln. Das ist alles, was ich auftreiben konnte. Der Name Mischke taucht im Personenindex zwischen den Jahren 1928 und 1951 auf. Ich habe die Bestände grob gesichtet und lieber gleich alles mitgenommen.»

Gero blickte auf die Aktenstapel und konnte sich ein Grinsen nicht verkneifen. «Genug für eine Doktorarbeit, schätze ich.»

«Das denkst du. Für eine bessere Ausbeute soll ich mich ans Landesarchiv in Schleswig wenden, sagte mir der Stadtarchivar. Da liegt noch einmal das Zehnfache an Material zum Thema Nationalsozialismus im Herzogtum Lauenburg. Das hier ist nur der Bestand zur NSDAP-Ortsgruppe Mölln.»

«Na, das hast du doch bis morgen Mittag durch», feixte Matthias.

«Bevor du dich an die Arbeit machst», warf Gero ein. «Es wäre schön, wenn du deine Recherche noch ein wenig ausweiten könntest. Mich interessieren zusätzlich etwaige Vorkommnisse im April 1945 in der Heeresmunitionsanstalt in Mölln. Insbesondere eine Personalie ist dabei von Interesse. Der Name lautet Siegfried Krüger. Das ist der damalige Kommandant dieser Einrichtung gewesen. Und wenn du schon dabei bist – vielleicht findest du in dem Zusammenhang auch einen Eintrag oder etwas anderes zu einem NSDAP-Mitglied, das damals dem Wachbataillon der Muna angehörte. Otto Herbst. Kein Zufall, der Nachname. Es handelt sich dabei um meinen Vater.»

KAPITEL 24

«Es ist ein Puzzlespiel», stöhnte Matthias.

Gero stand zusammen mit Matthias über die Pläne gebeugt. Gemeinsam rätselten sie, was die unterschiedlichen farblichen Markierungen zu bedeuten hatten, die Oswald in seinen Plänen eingezeichnet oder in Form bunter Nadeln und Fähnchen gesetzt hatte. Die noch existenten Gebäude waren dunkel ausgemalt, die ursprünglichen nur umrandet, aber es gab auch schraffierte Bauten auf beiden Anlagen – und das alles in den Farben Rot, Grün, Gelb und Blau, außerdem wenige Markierungen in Orange und Lila. Zu den Farben waren auch einige Geländeabschnitte markiert, umrandet oder ebenfalls schraffiert. Zu allem Überfluss waren noch einige Wegstrecken auf den Plänen farblich hervorgehoben, aber dabei sollte es sich um die Routen handeln, die Oswald bei seinen historischen Spaziergängen gemeinsam mit Interessierten abschritt. Das hatten sie von Hillmer erfahren, der diese Touren auch einmal im Vierteljahr begleitete. Wechselweise, je nach Themenschwerpunkt, auf dem Gelände der ehemaligen Düneberger Fabriken oder auf dem Krümmel. Von besonderer Bedeutung mussten die orange- oder lilafarbenen Kennzeichnungen sein, denn es gab deutlich weniger davon.

Nach einiger Zeit hatten sie herausgefunden, dass die orangefarbenen Markierungen mit den Gebäuden übereinstimmten, in denen sich betriebsbedingte Unfälle oder Explosionen ereignet hatten. Die meisten der dortigen Gebäude waren schraffiert dargestellt, nur in zwei Zonen waren sie als Strichskizze umrandet.

«Alles nur eine Frage der Geduld und der Systematik», antwortete Gero geistesabwesend und machte sich Notizen.

«Sag mal», hob Matthias nach einer Weile an, «was du gestern Abend sagtest. Das mit deinem Vater – das war kein Scherz, oder?»

«Nein, war es nicht», antwortete Gero beiläufig. «Wir haben nur zwei lila Fähnchen auf beiden Plänen. Die Farbe stimmt jeweils mit den eingezeichneten Umrandungen überein. Einmal im Bereich Düneberg, etwa dort, wo die nördliche Grenze des Geländes liegt, unweit des Marschenbahndamms, die andere Markierung auf dem Krümmel, ungefähr da, wo die Grenze zwischen dem Gelände der GKSS und dem Kernkraftwerk eingezeichnet ist. Oswald hat bei beiden Einträgen handschriftlich vermerkt: Gelände IVG.»

«Damit kann ich nichts anfangen», entgegnete Matthias.

«Ich auch nicht. – Mein Vater war damals in der Muna in Mölln stationiert. Den Erzählungen von Oswalds Mutter nach wäre es denkbar, dass er auf die eine oder andere Weise an den dortigen Geschehnissen zum Kriegsende hin beteiligt gewesen sein könnte. Ich möchte nur Klarheit haben.»

«Das kann ich gut verstehen.» Matthias merkte, dass Gero das Thema nicht näher erörtern wollte, und hakte nicht weiter nach.

«Bei dem Gelände Düneberg stimmen die Markierungen mit den eingezeichneten besonderen Vorkommnissen überein. In diesem Fall scheint es dort zu einer Explosion gekommen zu sein.»

«Gebäude gibt es dort aber keine mehr», merkte Matthias an. «Meinst du, wir sollten uns das Gelände einmal vorknöpfen?»

«Jedenfalls fangen wir dort an. Wenn überhaupt.» Gero blickte zur Uhr. «Und jetzt Abmarsch nach Hamburg. Jürgen und Bernd sind schon vor Ort. Philippi ist vor zwanzig Minuten nach Hause gekommen. Fahrzeit eine gute Stunde. Das sollte reichen. Ich rufe jetzt an und kündige unseren Besuch an.»

Die Droysenstraße lag inmitten eines Viertels mit großbürgerlichen Wohnstraßen, jenseits des tiefen Grabens der Autobahn, der den Stadtteil in Arm und Reich unterteilte. Die Straßen trugen die Namen alteingesessener Familien oder bedeutender Altonaer Persönlichkeiten. Die meisten der Häuser mussten zwischen oder nach den Weltkriegen erbaut worden sein, nur wenige davor. Roter Backstein und weiße Sprossenfenster dominierten die Straßenzüge, ganz offensichtlich ein Viertel der Besserverdienenden. Die Grundstücke waren im Vergleich zum Westend der Elbvororte in übersichtlicher Größe gehalten, der vorwiegend am Straßenrand stehende Fuhrpark zeugte im Gegensatz zu den vergleichbaren Wohnvierteln nördlich der Alster noch von hanseatischer Zurückhaltung, was bedeutete, dass man die Millionen auf dem Konto nicht zur Selbstdarstellung mittels automobiler Protzereien einsetzte. Die medizinische Versorgung des Viertels konnte als gesichert angesehen werden. An etwa jedem fünften Gartenzaun hingen Hinweisschilder diverser Arztpraxen. Nur Privatpatienten – Sprechstunde nach Vereinbarung. Das Übliche halt. Man hatte es nicht nötig, lebte nicht von der Arbeit, sondern vom Vermögen. Wenn überhaupt, war der Beruf allein Reputation, der die gesellschaftliche Stellung sicherte und der Gemahlin das *Frau Doktor* auf dem Wochenmarkt. Zudem war die Praxis im eigenen Haus eine Empfehlung des Steuerberaters, Geldwäsche für Besserverdiener.

Gero stoppte den Wagen kurz neben den Kollegen, die Philippis Haus observiert hatten, ließ die Scheibe herunter und fragte, ob es irgendwelche erwähnenswerten Vorkommnisse gegeben hatte, was nicht der Fall war. Peter Philippi war nach wie vor zu Hause und erwartete sie. Auch das Haus der Philippis ordnete sich dem architektonischen Credo des Straßenzugs unter. Roter Backstein, zweieinhalb Geschosse, flaches Walmdach, kein Bauschmuck. Kaffeemühlen hießen diese quadratischen Villen im Volksmund. Die Fensterrahmen von Philippis Haus waren im Gegensatz zu den Nachbarhäusern blau gestrichen. Eine individuelle Note.

Peter Philippi öffnete ihnen die Tür und bat sie herein. Er musste etwa in Geros Alter sein, höchstens Mitte fünfzig, war einen halben Kopf größer und Bartträger. Krawatte und Anzug wirkten etwas aufgesetzt. So etwas trug man nicht nach Feierabend, und schon gar nicht in den eigenen vier Wänden. Wahrscheinlich hatte er sich extra für den Besuch umgezogen. Das Haus machte einen unpersönlichen Eindruck, wirkte, als sei es von einem Stilberater eingerichtet worden. Im Windfang begrüßten den Besucher signierte Plakate von Horst Janssen, der Flur war mit silbergerahmten Hamburgensien und farblich passenden Blumenarrangements geschmückt, das Wohnzimmer mit Klassikern aus dem Bauhaus-Katalog eingerichtet, natürlich aus italienischer Produktion. Nur der hochglanzpolierte Flügel passte nicht ins Ambiente. Im Hintergrund tönten Vivaldis *Jahreszeiten* in Flüsterlautstärke, bis Philippi den *Frühling* mittels einer Fernbedienung ausläutete und die scheinbar frei an der Wand drehende CD innehielt. Auch die ehemals futuristisch anmutende Hi-Fi-Anlage von B&O war längst zum Klassiker bürgerlichen Unterhaltungsstils mutiert.

«Kriminalpolizei Ratzeburg, sagten Sie. Was führt Sie von so weit her zu mir, meine Herren?» Eine eventuelle Nervosität überspielte Philippi gekonnt. Er bot ihnen an, Platz zu nehmen.

Gero hatte die Wahl zwischen Mies van der Rohe, Le Corbusier und Rietveld. Er entschied sich für das legofarbene Holzgestell, bereute seinen Entschluss jedoch sofort. Der Sessel war unglaublich unbequem. «Wir benötigen von Ihnen ein paar Informationen zu einer Person, mit der Sie sich möglicherweise getroffen haben. Der Name des Mannes ist Inger Oswald.»

Peter Philippi nahm eine grüblerische Pose ein. Es wirkte aufgesetzt. «Der Name kommt mir irgendwie bekannt vor. Helfen Sie mir bitte auf die Sprünge.»

Matthias Rörupp schien es ähnlich wie Gero zu gehen. Auch er kämpfte mit den Proportionen von Le Corbusiers Sessel, der deutlich zu schmal bemessen war – oder Matthias zu füllig. «Wir wissen nur, dass sich Herr Oswald mit Ihnen verabreden wollte.»

«Weshalb sollte ich mich mit Herrn Oswald getroffen haben?»

«Wir hatten gehofft, das von Ihnen zu erfahren. Vor allem aber benötigen wir erst mal die Information, ob es zu diesem Treffen gekommen ist. Herr Oswald ist für eine Bürgerinitiative tätig, die sich mit Vorkommnissen an Ihrem ehemaligen Wohnort beschäftigt.» Gero sprach absichtlich nicht in der Vergangenheit, wenn er auf Oswald zu sprechen kam. Seine Sensoren waren auf höchste Empfindlichkeit eingestellt.

«Jetzt, wo Sie es sagen. Richtig. Ich erinnere mich. Er rief mich an. Aber er hat sich nicht wieder gemeldet.»

«Sie haben sich nicht mit ihm getroffen?», präzisierte Matthias.

Philippi schüttelte den Kopf. «Nein. Wie ich sagte. Er hat sich nicht wieder gemeldet, und ich hatte keine Kontaktdaten, die es mir ermöglicht hätten, meinerseits aktiv zu werden.»

Philippi drückte sich gestelzt aus. Es klang, als denke er zweimal über jeden Satz nach, bevor er ihn aussprach. Entweder war das seine Art zu reden, oder er hatte Angst, sich irgendwie zu verraten.

«Sie kennen aber den Anlass, weshalb sich Oswald mit Ihnen treffen wollte?», fragte Gero.

«Er hat nichts Konkretes verlautbaren lassen.»

«Aber Sie können es sich denken.»

«Nur bedingt.» Philippi schaute nervös zur Uhr.

«Es geht um Ihren Sohn, Kai. Ihre Frau erwähnte einer Bekannten von Herrn Oswald gegenüber, dass er an Leukämie erkrankt sei.»

«Ja, es ist ein Drama mit Kai. Er ist unser einziges Kind. Wir sind sehr in Sorge.»

Wenn er wirklich in Sorge war, wirkte jedenfalls die Art

und Weise, wie er darüber redete, erstaunlich emotionslos. Wieder der Blick ans Handgelenk zur Uhr, als stünde er unter Zeitdruck oder erwartete jemanden.

Der stille Alarm seines Handys verriet Gero, dass er mit seiner Einschätzung genau richtiggelegen hatte. Das verabredete Signal. Jemand betrat das Grundstück. «Ihre Frau sagte, dass Sie annähmen, die Erkrankung könne möglicherweise mit bestimmten Vorkommnissen an Ihrem ehemaligen Wohnort Grünhof, in der Nähe des AKW Krümmel, in Verbindung stehen.»

Philippi erhob sich. «Das sind Hirngespinste. Meine Frau ist völlig überreizt. Sie befindet sich zurzeit in psychologischer Behandlung.»

«Besteht die Möglichkeit ...» Die Türklingel unterbrach Geros Frage.

«Sie entschuldigen einen Augenblick.» Es war Philippi anzumerken, dass ihm die Unterbrechung gerade recht kam. Er wirkte erleichtert. Nach kurzer Zeit kam er mit einem weiteren Gast zurück. Der Mann trug gediegenen, handgenähten Zwirn und maßgefertigte Schuhe. Der dunkle Teint verriet entweder einen kürzlichen Urlaub oder stammte von einer wohldosierten Portion Solarium. «Sie gestatten ... mein Rechtsbeistand, Dr. Müller.»

Gero erhob sich und reichte Dr. Müller die Hand. Er war froh, auf diese Weise dem Rietveld entkommen zu sein. Der Anwalt hatte frisch manikürte Finger. Unter den Manschetten war eine Rolex zu erahnen.

«Dessen Anwesenheit hoffentlich nicht in unserem Besuch begründet ist. Angenehm. Herbst. Kripo Ratzeburg.»

«Man kann nie vorsichtig genug sein», entgegnete

Dr. Müller und begrüßte auch Rörupp, der ebenfalls aufgestanden war.

«Wo waren wir stehengeblieben?», fragte Philippi.

«Wir sprachen gerade über Ihre Frau. Ist es möglich, sie zu der Sache zu befragen?»

«Sie ist nicht im Haus», erklärte Philippi. «Die Sache mit Kai hat sie zu sehr mitgenommen. Sie hatte einen Nervenzusammenbruch.» Mehr zu Dr. Müller gewandt: «Marian ist zurzeit für niemanden zu sprechen. Sie befindet sich in einer Privatklinik.»

Ein ganz ausgekochtes Schlitzohr, dachte Gero bei sich.

«Darf ich mich kurz einmischen?» Dr. Müller wandte sich an Gero. «Um was genau geht es bei dieser Befragung? Herr Professor Philippi deutete mir gegenüber an, es handle sich um eine Zeugenbefragung. In welcher Angelegenheit, wenn ich fragen darf?»

«Wir ermitteln in einem Mordfall», erklärte Gero knapp und bündig. Er merkte, wie Dr. Müller fast die edle Hornbrille von der Nase rutschte.

«Ein Mordfall?»

«Davon müssen wir ausgehen. Und da sich das Opfer kurz vor seinem Tod mit Herrn Philippi …»

«Professor Philippi», verbesserte Dr. Müller.

«Entschuldigung. Professor Philippi natürlich», korrigierte sich Gero geduldig. «… mit Professor Philippi verabreden wollte, haben wir natürlich Fragen an Herrn Professor Philippi. Vor allem, ob es zu einem Treffen gekommen ist.»

«Wann soll das gewesen sein?», fragte Dr. Müller.

«Es kam zu keinem Treffen», erklärte Philippi. «Er bat

mich lediglich, mit mir sprechen zu dürfen. Ich erörterte meine Bedenken, stimmte einem Treffen aber zu. Danach habe ich nie wieder etwas von ihm gehört.»

«Wenn das so weit klar ist», sagte Dr. Müller bestimmend. «Haben Sie sonst noch Fragen an meinen ...» Er ließ das Wort ‹Mandanten› unausgesprochen im Raum stehen und versuchte sich an einem autoritären Lächeln. «... Freund?»

«Aber ja doch», antwortete Gero mit einem aufgesetzten Lächeln. Dann wendete er sich Philippi zu. «Wir möchten natürlich noch gerne wissen, wo sich Herr Professor Philippi am Dienstag, dem 14. Juli, zwischen zehn Uhr vormittags und zwölf Uhr mittags aufhielt.»

«Ein Alibi für die Tatzeit», erklärte Dr. Müller an Philippi gewandt. Plötzlich klang seine Stimme ganz vertraulich. «Peter, hast du etwas dazu zu sagen? Du musst jetzt keine Angaben zur Sache machen.»

«Ich habe nichts zu verbergen», sagte Philippi. Er blätterte in einem krokoledernen Kalender, der auf einem kleinen Sekretär lag. «Vom 11. bis zum 16. Juli bin ich am CERN in Genf gewesen. Man benötigte mich dort zur Vorbereitung der LHC-Versuchsreihe, die wir im Oktober starten werden. Dabei werden wir Protonen zu Kollisionsversuchen in den Tunnel injizieren.» Er blickte triumphierend auf. Nicht nur, weil er ein offenbar unerschütterliches Alibi gefunden hatte, sondern auch mit dem Bewusstsein, dass keiner der Anwesenden eine Ahnung von der Materie hatte, mit der er sich beschäftigte.

«Da gibt es ja sicherlich eine ganze Armee von Mitarbeitern, die das bezeugen können. Sonst noch Fragen, meine Herren?» Dr. Müller wippte ungeduldig auf seinen Budapestern.

«Ich denke, das genügt fürs Erste.» Gero schüttelte erst Dr. Müller, dann Philippi die Hand. «Wenn es Ihrer Frau wieder bessergeht, würden wir uns gerne auch noch mit ihr unterhalten.» Er überreichte Philippi eine Karte. «Ihrem Sohn alles Gute.»

«Warum hast du ihn nicht auf seine ehemalige Tätigkeit bei der GKSS festgenagelt?», fragte Matthias, als sie wieder im Wagen saßen.

«Weil er genau dazu kein einziges Wort gesagt hätte. Hast du gemerkt, wie der feine Pinkel von Anwalt fast in Ohnmacht gefallen wäre, als er hörte, dass es um einen Mordfall geht? Der ist mit Sicherheit nicht auf Strafrecht spezialisiert. Philippi hat etwas ganz anderes erwartet – und zwar genau die Fragen, die wir nicht gestellt haben. Deshalb hat er auch diesen Anwalt zu sich gebeten. Und die Sache mit seiner Frau … Er hat sie erst mal in Sicherheit gebracht. Ruhigstellen nennt man das wohl. Egal. Nicht unser Problem. Aber eins könnte ich wetten: Der Anwalt wird ganz sicher nicht von Philippi bezahlt.»

«Von wem denn?»

«Wenn ich das wüsste. Ich tippe auf diejenigen, die kein Interesse daran haben, dass etwas über die Vorfälle aus dem Jahr 1986 an die Öffentlichkeit kommt. Philippi ist jedenfalls einer von denen, die mehr wissen, als sie sagen dürfen. Ob er selbst Dreck am Stecken hat, kann ich nicht beurteilen. Denkbar wäre es immerhin. Aber unser Täter ist er nicht. Wir prüfen das mit der Schweiz natürlich trotzdem.»

KAPITEL 25

Der Anruf der Geesthachter Kollegen kam gerade noch rechtzeitig. Eigentlich war Gero bereits auf dem Weg zu Woltmann gewesen, aber der konnte warten.

«Es gab heute Nacht einen Vorfall auf dem Gelände der GKSS», erklärte Butenschön am Telefon. «Und da ich weiß, dass du die Anlage im Auge hast, musste ich sofort an dich denken. Die Anzeige ist vor zwei Stunden eingegangen.»

«Was ist passiert?», fragte Gero.

«Allem Anschein nach ein Einbruch. Dem Wachdienst ist beim morgendlichen Rundgang ein zerschnittener Zaun aufgefallen. Der sicherheitsrelevante Bereich rund um den Reaktor soll aber unversehrt sein. Wir waren noch nicht vor Ort.»

Gero kündigte sein Kommen innerhalb der nächsten Stunde an und machte sich sofort auf den Weg. Auf dem Rückweg konnte er dann auch bei Ruth vorbeischauen und nach alten Bildern seines Vaters forschen.

Sven Baumgärtner erwartete ihn startklar mit einem weiteren Kollegen. Die Stunde Fahrzeit hatte Gero nicht einhalten können, aber niemand gab einen Kommentar dazu ab. Gero schaute noch schnell bei Butenschön rein, bedankte sich, dann machten sie sich auf den Weg.

«Wahrscheinlich wieder einer von den Geo-Cachern», meinte Baumgärtner. «Das Gebiet ist ja auch zu genial für solche Sachen. Überall die Ruinen, das verwilderte Gelände und weit und breit niemand, der einen bei der Suche stört.»

Gero bat um Aufklärung. Er hatte noch nie von Geo-Caching gehört.

«Das ist so eine Art moderner Schnitzeljagd», erklärte Baumgärtner. Er war mindestens zwanzig Jahre jünger als Gero. «Jemand versteckt einen Gegenstand, teilt die genaue Position mittels GPS-Daten im Internet mit, und die Cacher machen sich auf die Suche. Klingt langweilig, kann aber durchaus spannend sein.» So, wie er darüber redete, hatte er wahrscheinlich schon selbst daran teilgenommen. «Ist natürlich nicht ganz ungefährlich. Die gesprengten Ruinen auf dem Gelände können da leicht zur Falle werden. Vor allem, wenn man buddeln muss.»

«Das GPS ist ja nicht auf den Quadratmeter genau», meinte der andere Kollege. Auch er war in Baumgärtners Alter und kannte sich anscheinend genauso gut in der Materie aus. «Ist halt nur blöd, wenn man solche Sachen auf einem umzäunten Gelände macht. Fremdes Eigentum zu zerstören ist eigentlich nicht Sinn des Spiels. Ich weiß auch nicht, warum einige Leute die Zäune kaputt machen. Da kann man doch auch anders rüber … Das ist jetzt schon das dritte Mal in diesem Jahr, dass wir da hinmüssen. Das Loch im Zaun, ein paar zerknickte Zweige und irgendwo auf dem Gelände ein Loch im Boden. Mehr werden wir auch diesmal nicht finden.»

Gero ersparte sich jeden Kommentar zu der Sache. Ein Loch im Boden konnte auch bedeuten, dass jemand eine Bodenprobe entnommen hatte. Und Bodenproben waren hier in der Gegend ja offenbar groß in Mode.

Der Wachdienst wartete bereits im Pförtnerhaus. Bevor man den Schaden in Augenschein nahm, wurde erst einmal Kaffee getrunken. Die beiden Wachleute hatten Rambo-Kaliber. Ausrasierter Nacken, Springerstiefel und eine grüne Grenzschützer-Montur. Natürlich bewaffnet, Funkgerät an der Brust baumelnd. Besonders stolz schien man auf die Koppel mit dem Bundesadler zu sein. Früher durften das nur Bedienstete des Staates tragen. Aus jeder Tasche des Survival-Outfits ragte ein Gegenstand. Allein fünf Stifte am linken Oberarm. Gero bezweifelte, dass die Kameraden überhaupt mehr als einen Hauptsatz zustande bringen würden. Dumpfbacken aus der Muckibude eben. Er merkte, wie sich wieder einmal seine Vorurteile aufbauten, und bremste die latente Aggression, die er immer dann verspürte, wenn er mit privaten Sicherheitsdiensten konfrontiert war. Egal, die Jungs machten eben auch nur ihren Job.

Gero ließ sich das Gelände auf der Karte an der Wand erklären. Er versuchte, eine Deckung mit den Plänen von Oswald zu erreichen, was ihm nicht gelang. So, wie es hier aussah, gab es auf dem eingezäunten Gebiet überhaupt keine Gebäude, die von der GKSS genutzt wurden. Fragte sich nur, warum es dann eingezäunt war.

«Sicherheitsgründe», murmelte der Wachmann auf Geros Frage. Aha.

Dann führte er sie zu der Stelle, wo der Zaun beschädigt war. Baumgärtner machte ein paar Aufnahmen mit der Digitalkamera. Für einen Seitenschneider war der Draht zu dick. Da musste schon jemand mit einem Bolzenschneider beigegangen sein. Sie zwängten sich vorsichtig durch das Loch. Vor ihnen breitete sich norddeutsches Dickicht aus. Der Wachmann ging gebückt stöhnend voran und kämpfte fluchend mit Zweigen und Körpermasse.

«Eine Machete gehört nicht zu eurer Grundausstattung?» Gero konnte sich den Spruch nicht verkneifen, erhielt aber keine Antwort. Sinnvoller als Trommelrevolver und Handschellen wäre ein Buschmesser allemal gewesen.

Nach hundert Metern hatten sie das Unterholz überwunden. Vor ihnen breitete sich ein atemberaubender Blick über die Elbgeest aus. In der Ferne die Kirchtürme von Lüneburg, unter ihnen der Elbstrom. Zur Rechten Wald und Ruinen, dahinter ragte der Schornstein des Kraftwerks durch die Baumwipfel. Ein schmaler Pfad führte zu einem Plateau, daneben gab es eine Landschaft von ausgedehntem Grün, unterbrochen von diversen Betonteilen, die wie gespenstische Relikte der Urzeit wirkten. Gero hatte Gemälde von Caspar David Friedrich vor Augen. Er betrachtete das Gelände. Auf den Plänen hatte es nichts von dem gegeben, was er nun sah. Nach weiteren hundert Metern offenbarte sich das starke Gefälle des Geesthangs. Bodenwellen und Hügel, so weit man sehen konnte. Was suchten sie hier eigentlich? Ein Loch im Boden, einen Hinweis darauf, dass ein Eindringling Spuren hinterlassen haben könnte? Auf einem Gebiet von zwanzig Hektar Fläche? Welch ein Wahnsinn. Sie stießen auf ein Gebiet, auf dem kein einziger Baum stand. Die Fläche lag brach, wirkte planiert, als wenn sie zum Bau eines Gebäudes vorbereitet worden wäre. Nur wildes Buschwerk, kniehohes Gras hatte sich darüber ausgebreitet.

«Was ist das hier für ein Areal?», fragte Gero und betrat die Fläche, die wie eine Wiese wirkte.

«Keine Ahnung.» Der Wachmann zuckte die Schultern. «Das ist IVG-Gelände. Hier haben wohl früher mal ein paar Gebäude gestanden, die irgendwann abgerissen wurden.» Er hatte Schweißperlen auf der Stirn.

«Wissen Sie, wann das war?»

«Keinen Schimmer. Aber es gibt ein paar alte Fotos von der Gegend. Auch Luftaufnahmen. Darauf sind noch ein paar Gebäude zu erkennen. Das Gelände wurde Ende der achtziger, Anfang der neunziger Jahre planiert. Das war zu der Zeit, als man auch den alten Reaktor abgebaut hat.»

«Es sieht so aus, als hätte man hier etwas Neues bauen wollen.»

Der Wachmann zuckte erneut die Schultern. «Keine Ahnung. Fragen Sie mich nicht.»

«Hier hat es doch auch mal ein Feuer gegeben, wenn ich recht informiert bin?»

Der Mann nickte. «Ja, so etwas ist mir auch zu Ohren gekommen. Vor vielen Jahren hat es wohl mal einen Brand in einem Laborgebäude gegeben. Aber fragen Sie mich nicht, wo das gestanden hat. Ich bin erst seit sechs Jahren dabei.»

«Ich denke, wir haben genug gesehen.» Mit einem fragenden Blick wandte sich Gero an Sven Baumgärtner und seinen Kollegen. «Oder suchen wir noch etwas Bestimmtes?»

Beide nickten. Anscheinend hatte keiner von ihnen Lust, den Spaziergang fortzusetzen, um mögliche Löcher im Erdreich aufzuspüren. Für sie stand längst fest, dass es sich hier um eine tote Akte handeln würde.

Gero nutzte die Gunst der Stunde. Wenn er schon mal in der Gegend war, konnte es nicht schaden, Andreas

Hillmer einen spontanen Besuch abzustatten. Er hatte einen ganzen Katalog von Fragen notiert. Vorher rief er Hinnerk Woltmann an, der ausnahmsweise einmal den Hörer abnahm. Zuerst kam Gero auf die Bodenproben zu sprechen, die wahrscheinlich aus dem Schuppen bei Mischke gestohlen worden waren, worauf Woltmann merkwürdig gelassen reagierte. Zu gelassen, wie Gero fand.

«Nein, von weiteren Bodenproben ist mir nichts bekannt», erklärte Woltmann. «Wir haben alles, was wir benötigen.»

Dann erzählte Gero von seinem Gespräch mit Philippi, und Woltmann wirkte überrascht. «Woher wissen Sie von Philippi?», fragte er, was Gero offen im Raum stehenließ. «Philippi war unser letzter Trumpf im Ärmel», meinte er, nachdem Gero ihm von dessen Alibi erzählt hatte. Woltmann klang verärgert. «Warum haben Sie den Besuch bei Philippi nicht mit mir abgestimmt? Es war eine einmalige Gelegenheit, vielleicht doch noch einen Zeugen für die damaligen Geschehnisse bei der GKSS zu einer Aussage bewegen zu können.»

Gero erwähnte nicht, dass er mehrmals vergeblich versucht hatte, ihn zu erreichen. Er legte seine ganze Autorität in die Stimme. «Herr Woltmann, ich arbeite an einem Mordfall. Das hat für mich absolute Priorität. Dass Sie mir nichts von Philippi erzählt haben, kann ich gerade noch so hinnehmen, auch wenn es schon grenzwertig ist. Aber dass Sie mir verschwiegen haben, dass Inger Oswald und Philippi sich treffen wollten, das könnte für Sie strafrechtliche Konsequenzen nach sich ziehen. Unabhängig davon wirkte Philippi auf mich alles andere als kooperationswillig. Ganz im Gegenteil. Er hat seinen Anwalt zu dem Gespräch hinzugezogen.»

Seine Worte zeigten Wirkung. Woltmann legte den Rückwärtsgang ein und ruderte zurück. Ein kleinlautes «Entschuldigung» war zu vernehmen. «Ich habe ja auch nicht gewusst, ob es bereits zu dem Treffen gekommen ist. Als Sie mir von Oswalds Tod erzählten, habe ich es schlicht vergessen zu erwähnen. Ich weiß, das mag für Sie kaum nachvollziehbar sein, aber es ist so.»

Gero beließ es dabei. Er erzählte von dem durchtrennten Zaun bei der GKSS und fragte, ob Woltmann eventuell etwas darüber wisse. Es war klar, dass die Bürgerinitiative ihr eigenes Süppchen kochen wollte und ihre Aktionen bestimmt auch nicht immer ganz gesetzeskonform abliefen. Und jetzt, wo ihnen Oswald mit seinen Beziehungen nicht mehr zur Verfügung stand, war es durchaus denkbar, dass man sich auf anderem Weg Zutritt zum Gelände der GKSS verschaffen wollte. Woltmann verneinte jedoch und betonte abermals, dass man alles habe, was man für eine wissenschaftliche Beweisführung benötigen würde. Das Gelände der GKSS sei für die Bürgerinitiative inzwischen uninteressant, da man davon ausging, dass alle verräterischen Spuren längst beseitigt worden waren. Er hatte Gero durchschaut. Dennoch hakte Gero noch einmal nach und fragte nach den örtlichen Gegebenheiten. Vor allem, was es mit dem Terrain auf sich habe, das ihm vorhin aufgefallen war.

Woltmann wusste sofort, was Gero meinte. «Das ist sehr wahrscheinlich die Stelle, wo sich 1986 der Unfall ereignet hat. Das betreffende Gebäude hat man wenige Tage später in einer Nacht-und-Nebel-Aktion abgerissen. Inger hat das Gelände gut gekannt. Er meinte, man habe dort im großen Stil kontaminiertes Erdreich abgetragen. Das bestätigen auch die von ihm entnommenen Bodenproben. Einzig in den Proben, die er genau dort entnommen hat, sind keine verräterischen Partikel enthalten. Das ist ein sehr deutliches Zeichen dafür, dass man die oberen Bodenschichten abgetragen hat.»

Gero fragte, ob man dem Verdacht weiter nachgegangen sei. Schließlich müssten Belege darüber existieren, wer die Arbeiten ausgeführt hatte und wo der Boden entsorgt worden war.

«Das haben wir alles herauszufinden versucht», gab Woltmann zur Antwort. «Alle Unterlagen darüber sind angeblich verbrannt. Sehr wahrscheinlich hat man alles jenseits der Zonengrenze in Schönberg auf der Deponie entsorgt. Beweisen lässt sich das allerdings nicht, da wir auf die dortigen Unterlagen keinen Zugriff haben. Wenn darüber überhaupt Unterlagen existieren», fügte er noch hinzu. «In Schönberg hat man damals ja alles angenommen, egal welcher Herkunft. Und die Macht der Devisen haben wohl alle westlichen Institutionen ausgenutzt, die Problemstoffe zu entsorgen hatten.»

Gero bedankte sich für die Informationen, bat darum, zukünftig über alle Vorhaben und Aktionen der Bürgerinitiative informiert zu werden, und kündigte einen weiteren Besuch auf dem nächsten Treffen an. Dann machte er sich auf den Weg zu Andreas Hillmer.

Wie nicht anders zu erwarten, hatte Hillmer sofort ein offenes Ohr, als Gero ihm von den Dingen erzählte, die er von Martha Oswald erfahren hatte. Dass Steward Jackson der leibliche Vater von Oswald war, erwähnte er in dem Zusammenhang nicht. Es reichte, dass ein Amerikaner direkt nach dem Bombardement abgesprungen war und auf dem Gelände der DAG spioniert hatte. Vor allem der Umstand, dass er sehr wahrscheinlich eine Art Geigerzähler in seinem Gepäck gehabt hatte, war für ihn dabei von besonderem Interesse.

«Das ist schon erstaunlich», meinte Hillmer. «Es gab ja immer wieder Spekulationen darüber, dass die Deutschen damals möglicherweise viel weiter in der Entwicklung einer nuklearen Waffe waren als bisher angenommen. Nur Beweise dazu gab es bislang nicht. Aber was Sie da erzählen, stimmt mich wirklich nachdenklich. Vor allem, weil es das erste Mal ist, dass die hiesigen Örtlichkeiten damit in Verbindung gebracht werden. Bei allem, was man bislang wusste, konzentrierte sich die Forschung im Dritten Reich um die Anlage und den Versuchsreaktor Haigerloch in Süddeutschland. Interessant ist das vor allem deshalb, weil sich dadurch erklären lassen könnte, warum der Angriff auf die Düneberger Anlagen so spät stattfand. Es gab nämlich etwa zeitgleich einen ähnlichen Bomberangriff auf eine Munitionsfabrik in Baden-Württemberg, dessen Sinn sich bis heute ebenfalls nicht erschließt. Das hieße dann, die Alliierten hatten einen Hinweis darauf, dass den Deutschen möglicherweise spaltbares Material zur Verfügung stand. Also nahm man die in Frage kommenden Anlagen aufs Korn. Wenn dem so war, dann müssen sie genau gewusst haben, wo man die Sachen lagerte – vielleicht hatte man einen Informanten. Das würde auch erklären, warum das Bombardement auf die Düneberger Anlagen und den Krümmel nicht wie sonst üblich flächendeckend stattfand, sondern eher gezielt auf wenige Einrichtungen. Denn die eigentlichen Zerstörungen entsprachen keineswegs der Masse von Bombern.»

Gero merkte, wie fasziniert Hillmer von dieser Vorstellung war, erklärte sie doch so manche Fragezeichen in der Geschichte, mit denen man sich bislang ergebnislos beschäftigt hatte.

«Und weiterhin hätten wir eine Erklärung für den übereilten Abbau ganzer Anlagen durch die Engländer, lang bevor die eigentliche Demontage eingeleitet wurde. Die wussten anscheinend genau, was sie wollten. Bleibt die Frage, ob und was dieser Jackson gefunden hat. Darüber haben Sie keine Informationen?»

«Leider nicht. Das Einzige, was ich weiß, ist, dass er sich auch für den Standort bestimmter Vergeltungswaffen interessiert hat.»

«Was passen würde. Das war die Angst der Alliierten, dass V-Raketen mit nuklearen Sprengköpfen zur Verfügung stünden. Der Spruch ‹Der Krieg wird an der Elbe entschieden› scheint nicht von ungefähr gekommen zu sein. Natürlich hatten die Alliierten einen Heidenrespekt vor den deutschen V-Waffen, schließlich hatte man dem nichts Vergleichbares entgegenzusetzen.» Hillmer schien irgendwo in die Waffentechnik des Zweiten Weltkriegs abgetaucht zu sein.

«Haben Sie inzwischen etwas von Bertram Niebohr gehört?», fragte Gero.

Hillmer schreckte aus seinen Gedanken hoch. «Nein. In Norwegen ist er nicht, das habe ich bereits überprüft. Und am Sonntag soll er eine Gruppe durch die Düneberger Anlagen führen. Auf dem Programm steht der ehemalige Raketenprüfstand Kringel. Das ist eins seiner Spezialgebiete. So langsam mache ich mir etwas Sorgen. Er ist sonst sehr zuverlässig.»

Gero suchte das Gelände der Anlage Kringel auf dem Plan an der Wand. Es war die gleiche Karte, die sie auch im Kommissariat hatten. Selbst die Markierungen stimmten überein. Der Raketenprüfstand lag ganz im Nordwesten des Düneberger Gebiets, jenseits der ehemaligen Marschenbahn. Er zeigte auf die Fläche östlich davon, die auch auf diesem Plan lila gekennzeichnet war. «Was hat es mit diesem Gebiet auf sich?»

Hillmer zog seinen Teleskopstab aus der Brusttasche und fuhr die Grenze des Gebiets ab. «Das ist IVG-Gelände.»

«Das steht wofür?» Auf dieser Karte war das Kürzel nicht handschriftlich vermerkt.

«Eine Verwertungsgesellschaft, die auf die Montanunion zurückgeht», erklärte Hillmer. «Sie wurde während des Ersten Weltkriegs gegründet. 1943 wurden Geländeteile der DAG an die Verwertungsgesellschaft abgetreten. Bis heute sind sie im Besitz der 1951 in Industrieverwaltungsgesellschaft mbH umbenannten Gesellschaft, von der Kernkraftwerkbetreiber und GKSS immer noch Grund und Boden gepachtet haben. 1986 wurde das Unternehmen in eine Aktiengesellschaft umgewandelt und in großen Teilen privatisiert.»

Er tippte auf eine Stelle inmitten der Markierung. «Für uns ist das Gelände ziemlich interessant, weil es einen der wenigen wirklichen Volltreffer bei dem Bombardement von 1945 abbekommen hat. Unseren Unterlagen nach muss es sich um ein Feuchtlager von Hexogen oder

Nitroguanidin gehandelt haben. Auf einer alten Luftaufnahme ist ein Krater von mehr als dreihundert Metern Durchmesser zu erkennen. Aber davon ist heutzutage nichts mehr zu sehen. Im Verlauf der Räumungsarbeiten auf dem Gelände, die nach der Sprengung durch die Engländer stattfanden, hat man das gesamte Düneberger Werk entseucht. Das dauerte vom Mai 1951 bis zum September 1952, durchgeführt von der Munitionsräumgruppe des Landes Schleswig-Holstein. Dabei wurde das Erdreich von Explosivstoffen und Chemikalien gereinigt und verseuchter Boden abgetragen. Die Gegend, wo einst der Krater gewesen sein muss, wurde planiert. Da steht nichts mehr.»

KAPITEL 26

Gero stellte das Bild seines Vaters vor sich auf den Schreibtisch. Es zeigte ihn in Wehrmachtsuniform. Der rückseitigen Notiz nach war es 1945 in der Muna aufgenommen worden. Am liebsten wäre er sofort zu Martha Oswald gefahren und hätte es ihr gezeigt. Aber da war etwas, das Vorrang hatte. In Oswalds Unterlagen gab es einen eigenen Ordner zu den von Hillmer angesprochenen Aufräumarbeiten nach Kriegsende. Dazu zwei alte Fotoalben, die den Einsatz der Munitionsräumtrupps dokumentierten. Die lila Markierungen auf den Plänen betrafen zwei entfernt voneinander liegende Gebiete. Auch wenn vierzig Jahre die jeweiligen Vorfälle trennten, so waren sie dennoch fast identisch. In beiden Bereichen war kontaminiertes Erdreich entseucht und entsorgt worden. Hochgiftig, möglicherweise radioaktiv verseucht. Das konnte Zufall sein oder auch nicht. Mit beiden Vorgängen hatte sich Oswald bis zuletzt intensiv beschäftigt. Und das war ganz sicher kein Zufall. Gero erinnerte sich an das, was ihm Hannah Oswald von ihrem letzten Telefonat mit ihrem Mann erzählt hatte.

Was hatte er zu ihr gesagt? Er sei den Verantwortlichen für den Tod ihrer Tochter nun auf der Spur und dass es ganz anders sei als bisher angenommen.

Gero überflog die Aktennotizen in Oswalds Ordner. Dann nahm er sich die Fotoalben vor. Die Munitionsräumungstrupps bei der Arbeit. Stolz hielten die Arbeiter ihre Fundstücke in die Kamera. Bei vielen von ihnen war nachträglich der zugehörige Name auf das Bild geschrieben worden. Die meisten lächelten, standen in Grüppchen beisammen. Niemand trug Schutzkleidung. Entweder war es damals verpönt, sie zu tragen, sie war nicht vorhanden, oder die mögliche Gefahr hatte sich durch die erlebten Schrecken des Krieges relativiert. Hier und dort ein paar Gummistiefel, einige trugen Handschuhe. Im Hintergrund Baracken, eine Kolonne von alten Deutz-Kippern, provisorisch aus vorhandenem Material zusammenmontierte Bagger. Unverwüstliche Magirus-Eckhauber, von denen einige bis in die Siebziger überlebt hatten. Gero kannte die Ungetüme aus seiner Zeit beim Katastrophenschutz. Sie zu bewegen bedeutete Schwerstarbeit hinter dem Lenkrad. Zwanzigtonner ohne Servolenkung. Wahrscheinlich standen einige Exemplare immer noch in den Hallen des Fuhrparks. Gero blätterte weiter durch die Alben. Die Bilder ähnelten sich.

Er rief beim Ministerium für Landwirtschaft und Umwelt an, ließ sich zum Amt für Katastrophenschutz durchstellen und landete schließlich beim Kampfmittelräumdienst. Der zuständige Sachbearbeiter winkte jedoch ab. Es gab keine Aktenbestände mehr zu den Aufräumarbeiten aus den fünfziger Jahren. Das meiste sei inzwischen vernichtet oder an Archive historischer Einrichtungen übergeben worden. Und das Altlastenkataster werde erst seit 1984 geführt, fügte er fast entschuldigend hinzu.

Geros Nachfrage, ob es dort gegebenenfalls Einträge zu den von der IVG verwalteten Flächen in Geesthacht gebe, wurde ebenfalls verneint. Es wäre auch zu einfach gewesen. Der Mann verwies Gero an die GEKA in Munster. In dieser Bundeseinrichtung besaß man die entsprechenden Möglichkeiten, um kontaminiertes Erdreich zu säubern. Aber auch in Munster konnte man Gero nicht weiterhelfen. Unterlagen aus der Zeit um 1951 hatte man nicht, und 1986 wären insgesamt nur 260 Kubikmeter angeliefert worden; der Großteil davon sei vom benachbarten Truppenübungsplatz gekommen. Insgesamt eine Menge, die viel zu gering bemessen war. Man gab ihm den Tipp, sich an die Deponie Ihlenberg zu wenden, die ehemalige VEB Deponie Schönberg. Gero dachte an das, was ihm Woltmann gesagt hatte. Er versuchte es trotzdem, wurde jedoch von einer freundlichen Frauenstimme darüber belehrt, dass solche Informationen grundsätzlich nicht herausgegeben würden, da sie unmittelbare Geschäftsgeheimnisse des inzwischen privaten Betreibers beträfen. Es sei ihm natürlich freigestellt, dennoch einen schriftlichen Antrag zu stellen.

Ein Anruf bei den zuständigen Kollegen in Mecklenburg-Vorpommern bestätigte, was Woltmann ausgesprochen hatte. Die Anlage sei nach der Wende privatisiert worden, und der derzeitige Betreiber, die IAG, sei eine GmbH, die sich bislang erfolgreich gegen alle Versuche einer Einsichtnahme gewehrt habe. Zurzeit beiße sich gerade eine Bürgerinitiative an der IAG die Zähne aus.

«Auf dem Amtsweg?», wiederholte Claas Neubauer Geros Frage. Er klang fast amüsiert. «Da muss man schon ein ziemliches Geschütz auffahren, um sie zur Herausgabe von Informationen zu zwingen.» Gero kannte Neubauer von mehreren länderübergreifenden Einsätzen. Ein ehemals hochmotivierter Kollege, der durch die Arbeit inzwischen so frustriert war, dass in jedem zweiten Satz ein bitterer Zynismus durchklang.

«Reicht Mord?», fragte Gero.

Neubauer reagierte mitleidig. «Mach dich nicht lächerlich, Gero. Die örtliche Bürgerinitiative sagt, das ist eine Müllmafia. Da sind schon parlamentarische Untersuchungsausschüsse gegen die Wand gelaufen.»

«Über deinen Vater habe ich nichts gefunden», meinte Paul Dascher, während er sein Material vor Gero ausbreitete. «So viel schon mal vorweg.»

Gero blickte auf das Bild auf seinem Schreibtisch. Wehrmachtsuniform, gescheitelte Frisur und ausrasierter Nacken. Trotzdem das hintergründige Lächeln, das er kannte. Seine Gedanken schwirrten irgendwo in die Vergangenheit. Pisa und Taormina rückten wieder heran. Sein Vater habe vergessen wollen, hatte Ruth zu ihrem Sohn gesagt. Deshalb habe er kein Wort mehr über diese Dinge verloren. Ein Kind seiner Zeit eben. Man hatte das Verdrängen als Neuanfang gesehen, eine ganze Generation hatte es so gehandhabt.

«Dafür umso mehr über Wilhelm Mischke und Siegfried Krüger», erklärte Paul. «Wilhelm Mischke ist der Großvater von unserem Florian. Er hatte drei Söhne, Rudolf, August und Herbert. Aber ich greife vor.»

Er hatte keine Gesichter vor Augen, versuchte aus der Schilderung von Martha Oswald Gestalten zu projizieren.

«Bereits im Jahr 1924 taucht der Name Mischke bei der Reichstagswahl am 4. Mai auf. Damals erreichten die Nationalsozialisten beziehungsweise der Deutsch-Völkisch-Soziale Block in Mölln fast 25 Prozent der Stimmen. Das muss man sich mal auf der Zunge zergehen lassen. Mölln war so eine Art Vorreiter der Braunen in ganz Schleswig-Holstein. Deshalb wurde Mölln auch Sitz der späteren Kreisleitung der NSDAP. Mischke gehörte zur Führungsspitze des lauenburgischen Land- und Bauernbundes. Bei der Wahl zum preußischen Landtag im April 1932 kandidierte er, und die NSDAP wurde erstmals zur stärksten Partei im Kreis. Bei den Reichstagswahlen im gleichen Jahr kam die Partei auf fast 50 Prozent der Stimmen. Immer an seiner Seite: Siegfried Krüger, ältester Sohn des in Mölln ansässigen Fischhändlers Gottfried Krüger. Die beiden waren für die Stimmung in der Stadt verantwortlich, die in der Folgezeit zum organisatorischen Zentrum des Nationalsozialismus im Kreis werden sollte. Bedeutend dabei ist, dass weder Mischke noch Krüger wirkliche Spitzenpositionen in der städtischen Verwaltung einnahmen. Sie hielten sich stets im Hintergrund.

Krüger, zeitweise Leiter der SA in Mölln, zielte auf eine militärische Karriere, er wurde 1940 zum Kommandanten der Heeresmunitionsanstalt in Mölln befördert und leitete sie bis kurz vor Kriegsende. Seine Akte endet mit dem Eintrag: ‹Fiel im ruhmreichen Kampf für das Vaterland im April 1945›.»

Mit heruntergelassener Hose, dachte Gero, sprach seinen Gedanken aber nicht aus.

«Kommen wir zu den Mischkes. Wilhelm Mischke, das Familienoberhaupt des Clans, überstand den Krieg mehr oder weniger unbeschadet. Er zeigte sich sehr schnell kooperativ gegenüber den Besatzungsmächten. Eine Entnazifizierung war nach Ansicht der damaligen Ordnungskräfte nicht notwendig. Er wurde als Mitläufer eingestuft, was daran liegen mag, dass er seine Besitztümer und Immobilien großzügig den Offizieren des englischen Militärs zur Verfügung stellte. Zeitweise waren alle Gebäude, in erster Linie hochherrschaftliche Gutshäuser und Besitzungen, die er unter fragwürdigen Umständen während der Nazizeit erworben hatte, von den englischen Besatzungskräften belegt, die dort ihre Verwaltungsstellen eingerichtet hatten. Über sein Ableben ist nichts vermerkt. Ich habe dennoch etwas recherchiert. Wilhelm Mischke starb am 6. April 1950, kurz nachdem er seinem zweitältesten Sohn August alle Vollmachten über die Besitztümer der Familie überschrieben hatte. Nachdem sein erstgeborener Sohn Rudolf, der amtliche Vater von Inger Oswald, im März 1945 gefallen war, übernahm so der ältere Bruder von Florian Mischkes Vater Herbert das Vermögen der Familie. August Mischke war übrigens auch in der neuen Republik politisch aktiv.

Er war Staatssekretär der ersten schleswig-holsteinischen Landesregierung. Sonst ist wenig über ihn bekannt. Er starb 1957. Über Herbert Mischke gibt der Aktenbestand keine Auskunft.»

«Typisch für die Zeit», merkte Gero an. «Die Elite wurde widerspruchslos übernommen und kam gleich wieder an die Schalthebel der Macht. Das kommt einem doch bekannt vor. Denk nur daran, was sich alles unter Adenauer im Bundeskabinett versammelt hat. Das hat man auch erst viel später begriffen.»

Dascher hatte ein wissendes Lächeln auf den Lippen. «Es kommt noch viel besser. Es gab nämlich noch einen Dritten im Bunde. In Wirklichkeit war es nämlich ein Trio, das die Partei während der Weimarer Republik an die Schalthebel der Macht brachte. Das ist vor allem deswegen interessant, weil die während der Naziherrschaft erworbenen Besitztümer auch nach dem Krieg nicht angefochten wurden und dann entscheidend für die erneute Verteilung der Macht waren.»

Gero nahm das Papier entgegen, das Paul ihm regelrecht vor die Nase hielt. «Schau dir das mal an. Eine Verfügung aus dem Jahr 1950. Ausgestellt von Wilhelm Mischke, womit er die Nutzung von fünf mal 300 Hektar Boden aus dem Grundbesitz der Familie mittels Pachtvertrag überträgt. Und an wen? Kommt dir der Name nicht irgendwie bekannt vor?»

Als Gero den Namen las, fingen seine Gedanken an, Kapriolen zu schlagen. Auf einmal wurde ihm klar, was er übersehen hatte, als er die Alben betrachtet hatte. Er war auf der falschen Spur gewesen. Die Namen der Arbeiter waren völlig irrelevant. Auch das, was sie in den Händen hielten, war unspektakulär. Er blätterte vor, dann wieder zurück. Endlich hatte er ein Foto gefunden, auf dem es zu erkennen war. Warum war er nicht selbst darauf gekommen? Lag es daran, dass die Schriftzüge auf den Kippern nur undeutlich zu erkennen waren? Alles war verdreckt. Auf den zweiten Blick sah man, was dort stand.

Seine Finger zeigten auf den Namen. Die anderen sahen es auch. Schweigen breitete sich aus. «Das ist kein Zufall», brachte es Gero schließlich auf den Punkt. «Was auch immer der Hintergrund ist. Hier laufen die Fäden zusammen.»

KAPITEL 27

Die wichtigsten Eckdaten der Firma waren schnell zusammengetragen. Da die Kirst Beton- und Kieswerke GmbH erst 1949 gegründet worden war, gab die Firmengeschichte über den davorliegenden Werdegang des Gründers keinerlei Auskünfte. Das war aber auch nicht entscheidend. Oswalds Leiche wurde auf dem Gelände einer Kirst-Grube gefunden. Davon gab es allein im Kreis fünf an der Zahl, weitere in Stormarn und seit zehn Jahren auch zwei Schürfgebiete in Mecklenburg. Die Firma war immer noch in Familienbesitz und firmierte seit fünfundzwanzig Jahren unter dem Namen A. R. Kirst GmbH.

«Wofür steht das ‹A. R.›?»

«Armin Roderich Kirst. Jedenfalls offiziell», meinte Dascher. «Sein Vater hieß Adolf. Gut möglich, dass er ebenfalls als Adolf geboren wurde. Auf diesen Vornamen hat man nach dem Krieg gerne verzichtet. Im Regelfall hat man sich einen Addi oder Alf zugelegt. Aber Roderich Kirst wurde erst nach dem Krieg geboren. Er muss so Mitte fünfzig sein.»

«Ein angesehenes Mitglied unserer Gesellschaft. Mäzen und Stifter, Sponsor der Musikfestspiele. Er selbst lebt sehr zurückgezogen und scheut öffentliche Auftritte», erklärte Matthias. «Nur seine Frau scheint Gefallen daran zu finden, bei jeder Gelegenheit in den Klatschspalten der Boulevardpresse aufzutauchen.»

«Und du liest so was natürlich ...»

«Weniger», entgegnete Matthias schnippisch. «Aber Rosa, du kennst ja meine Frau, tummelt sich gerne auf den dortigen Gartenfesten und Veranstaltungen. Zusammen mit dem Weihnachtsmarkt auf Gut Kirst sind das seit Jahren die Highlights der Upper Class im Plöner Raum. Und das zugehörige Gestüt hat Weltniveau. Frau Kirst war unter ihrem Mädchennamen eine bekannte Dressurreiterin.»

Gero rollte mit den Augen. «Das Leben der Hautevolee ist mir ehrlich gesagt momentan ziemlich schnuppe. Der Vater von Kirst war nach dem Krieg an den Aufräumarbeiten in Düneberg beteiligt. Es ist gut möglich, dass damals nicht nur durch Kampfstoffe und Chemikalien kontaminiertes Erdreich entsorgt wurde, vielleicht waren Teile davon sogar radioaktiv verstrahlt. Wie finden wir heraus, ob die Firma Kirst eventuell auch bei der Entsorgung des Erdreichs bei der GKSS 1986 beteiligt war?»

«Reicht das hier nicht schon aus?», fragte Paul.

«Nicht schon wieder! Willst du Kirst verhaften, weil die Firma 1951 bei der Entseuchung des ehemaligen

DAG-Geländes beteiligt war? Was haben wir gegen ihn in der Hand?»

«Oswalds Leiche wurde auf seinem Firmengelände entdeckt. Das ist doch kein Zufall.»

«Sehr wahrscheinlich nicht. Vor allem dann nicht, wenn der Täter davon ausgehen konnte, dass der Leichnam niemals entdeckt werden würde. Anderenfalls wäre er ein solches Risiko kaum eingegangen. Aber das reicht nicht für eine schlüssige Beweiskette, solange wir kein Motiv haben.»

«Wie wäre es mit Erpressung?»

«Oswald soll Kirst erpresst haben? Gut denkbar, aber womit? Dass sich Adolf Kirst während der Nazizeit die Hände schmutzig gemacht hat und das Firmenimperium möglicherweise durch enteignetes jüdisches Vermögen aufgebaut wurde? Soviel wir bislang wissen, war es Mischke, der damals zugegriffen hat, nicht Kirst. Nein, das reicht als Motiv nicht aus. Auch wenn es natürlich unangenehm für den Filius sein mag, vor allem wenn eine solche Verstrickung in der Öffentlichkeit breitgetreten wird. Aber er hätte sich mit Unkenntnis herausreden können, so wie Hunderte andere Firmenchefs vor ihm. Er hätte auf seine Stiftungen verwiesen und vielleicht noch eine Entschädigung und Wiedergutmachung obendrauf gesetzt, und sein guter Name wäre ihm erhalten geblieben. Nein, es muss sich um etwas anderes handeln. Etwas, das Oswald herausgefunden hat und das wir bislang noch nicht kennen. – Paul, du recherchierst alles über die Firma und über Kirsts weitere Aktivitäten. Dann versuchst du herauszufinden, ob Kirst im Jahr 1986 beim Abtransport von Erdreich bei der GKSS beteiligt war. Frag die Leute, die dort an der Zufahrt wohnen, ob sie sich erinnern. Vielleicht gibt es noch einen Kollegen bei der Feuerwehr, der etwas mitbekommen hat. Schließlich war die Feuerwehr zuerst vor Ort, auch wenn die Werkswehr die Hilfe abgelehnt hat. – Matthias, es wäre schön, wenn du dich um Schönberg kümmern könntest, also um die Mülldeponie Ihlenberg, wie sie jetzt heißt. Es muss einen Weg geben, um zu erfahren, ob das Erdreich vom Gelände der GKSS möglicherweise dort gelandet ist. Entscheidend ist dabei, ob es von der Firma Kirst angeliefert wurde. In den Fünfzigern gab es die Deponie noch nicht. Wahrscheinlich hat man damals alles irgendwo in der Ostsee versenkt. Morgen um zwölf treffen wir uns dann hier zur Lagebesprechung.»

Vielleicht hatte Oswald seiner Mutter gegenüber den Namen erwähnt. Bislang war der Name Kirst in ihren Erzählungen nicht aufgetaucht. Aber wenn Martha Oswald Mischke und Krüger gekannt hatte, dann war es gut möglich, dass sie sich auch an Adolf Kirst erinnerte. Gero war sich fast sicher, dass es einen dunklen Fleck in seiner Vergangenheit geben musste. Und dann war da noch die Sache mit seinem Vater. Er schaute auf die Fotografie, die neben ihm auf dem Beifahrersitz lag. Was war es für ein Geheimnis, das sein Vater ein Leben lang mit sich herumgetragen hatte? Vielleicht war es Einbildung, vielleicht auch nur Wunschdenken, aber der Fall vermischte sich immer mehr mit der Vergangenheit seines eigenen Vaters.

Gero ließ die Scheibe herunter und zündete sich eine

Zigarette an. Im Radio dudelte das breiige Einerlei eines lokalen Best-of-Senders. Sein Finger drückte den Sendersuchlauf, bis er auf eine ihm bekannte Melodie stieß. Marius – alte Zeiten taten sich auf. *Mit achtzehn rannt' ich in Düsseldorf rum ...* Er wartete auf den Refrain und sang lautstark mit: *Ich will zurück auf die Straße ... will wieder singen ... nicht schön, sondern ... geil und laut ... Denn Gold find' man bekanntlich im Dreck ... und Straßen sind aus Dreck gebaut.* Aus Dreck gebaut. Gero durchfuhr es wie ein Blitz. Er trat auf die Bremse und fuhr rechts ran. Die Gänsehaut hatte seinen ganzen Körper erfasst. Gero brauchte einen Augenblick, um seine Gedanken zu ordnen. Dann wendete er den Wagen, schnippte die Zigarette aus dem Fenster und klopfte sich die heruntergefallene Asche von der Hose. «Denn Gold find' man bekanntlich im Dreck ... und Straßen sind aus Dreck gebaut.»

Als Gero in die Dorfstraße von Bütlingen einbog, hatte die Dämmerung bereits eingesetzt. Das Licht der Laternen spiegelte sich auf den glänzenden Steinen des Kopfsteinpflasters. Im Schritttempo suchte Gero die alten Gemäuer nach ihren Hausnummern ab. Er brauchte nicht lange zu suchen. Die Kate lag etwas abseits der Straße, schon aus der Ferne konnte man erkennen, dass jemand zu Hause war. Zumindest brannte Licht. Vergeblich suchte Gero nach einer Klingel, also klopfte er mehrmals gegen die Tür. Erst mit den Knöcheln, dann mit der Faust. Im Schein der Lampen konnte er erkennen, wie jemand zur Tür schlich.

Woltmann schien ihn auf den ersten Blick nicht erkannt zu haben. Er blickte ihn fragend wie einen Fremden an. Sein glasiger Blick verriet, dass er getrunken hatte.

«Herbst. Gero Herbst», meinte Gero und zog, als müsse er Woltmanns Erinnerungsvermögen auffrischen, seinen Dienstausweis. Es war erst ein paar Stunden her, dass sie miteinander telefoniert hatten. «Wir müssen reden.»

Woltmann nickte, trat einen Schritt zurück und hielt ihm die Tür auf. Gero konnte seine Schnapsfahne riechen, als er eintrat. «Was haben Sie auf dem Herzen?»

Er ging mit leicht schwankendem Schritt voran und bot Gero in der ausgebauten Tenne einen Stuhl an.

«Es geht um die Bodenproben», sagte Gero, nachdem er Platz genommen hatte. Er merkte sofort, dass sich Woltmanns Anspannung noch verstärkte. Ganz wie er es vermutet hatte.

«Ja, klar.»

«Alle Bodenproben, die Inger Oswald entnommen hat, hat er der Bürgerinitiative übergeben. Und zwar Ihnen, wie ich annehmen darf?»

Woltmann nickte.

«Dann haben Sie ja einen Überblick.» Er bezweifelte, dass Woltmann in seiner momentanen Verfassung den Überblick über irgendetwas hatte. «Ich frage mich», setzte Gero langsam fort, «warum er Ihnen die Bodenproben, die vor ein paar Tagen aus seinem Schuppen gestohlen wurden, nicht übergeben hat.»

«Keine Ahnung.»

«Besteht vielleicht die Möglichkeit, dass diese Proben gar nicht für Sie bestimmt waren?»

Es stand außer Frage, dass Woltmann wusste, worauf die Frage abzielte. Nun ging es darum, ihm klarzumachen, dass Gero das auch wusste.

«Ich weiß nicht, was Sie meinen. Für wen sollte er sie sonst entnommen haben?»

«Stellen Sie sich mal vor, dass Oswald einer Sache auf der Spur war, über die er Sie nicht gleich informieren wollte. Ich rede von Bodenproben, die nicht zwingendermaßen hier in der Samtgemeinde oder der näheren Umgebung entnommen worden sind. Und ich kann mir gut vorstellen, dass ihm diese Proben zum Verhängnis geworden sind. Von daher sind sie für unsere Ermittlung von enormer Bedeutung.»

«Ich weiß nicht ...»

«Ich denke, dass Sie sehr genau wissen, was ich meine. Im Übrigen kann ich es auch arrangieren, dass die Spurensicherung hier in der nächsten Stunde auftaucht. Es gab nämlich durchaus verwertbare Spuren bei dem Einbruch.» Es war gelogen, aber einen Versuch wert. Wer außer Woltmann und der Bürgerinitiative hätte ein Interesse an den Bodenproben haben können?

«Ich verspreche Ihnen, dass kein Stein auf dem anderen bleiben wird. Die Jungs sind da sehr akribisch. Vor allem, wenn sie wissen, wonach zu suchen ist.» Eine unterschwellige Drohung war in einer solchen Situation immer das erste Mittel der Wahl. «Das gleiche Schicksal würde dann auch alle anderen in Frage kommenden Personen aus der Bürgerinitiative treffen.»

«Das meinen Sie nicht im Ernst. Ich dachte, Sie ermitteln auch in unserem Sinne?»

«Die Nummer, die Sie sich bisher geleistet haben, steht mir schon hier ...» Gero strich mit der Handkante seiner rechten Hand entlang seiner Unterlippe. «Ich mache Ihnen also einen letzten Vorschlag zur Güte: Sie händigen mir die Proben aus, wie auch immer sie in Ihre Hände gelangt sein mögen, und ich verspreche Ihnen, dass es kein Nachspiel für Sie geben wird.»

Woltmann überlegte einen Augenblick, in dem sich Gero Mühe gab, keine Miene zu verziehen. Dann erhob er sich langsam und verließ wortlos den Raum. Nach etwa drei Minuten kam er mit einem Flaschenkorb in der Hand zurück und stellte ihn vor Gero auf den Tisch. «Der Aufschrift nach sind sie für die Belange der Initiative eh nicht interessant.»

Gero nahm eins der Marmeladengläser in die Hand und versuchte, die Beschriftung zu entziffern. Mit Bleistift hatte Oswald auf einem Etikett vermerkt, wo er den Inhalt entnommen hatte: Weiningenhaus.

«Das habe ich mir fast gedacht», murmelte Gero mehr zu sich selbst. Auf der Anlage in Weiningenhaus hatten sie Oswalds Leiche gefunden. Er betrachtete den Inhalt, ein harmlos wirkendes Granulat aus graubrauner Erde, vermengt mit feinem Steinzeug. «Sie haben nicht zufällig einen Geigerzähler im Haus?»

Verdutzt sah Woltmann ihn an. «Ja, doch», meinte er schließlich und nickte. «Der gehört der Initiative. Es ist ein Handgerät, aber die Strahlung möglicher Nuklide lässt sich damit nur sehr ungenau bestimmen. Für eine wissenschaftliche Analyse taugt das Ding nicht. Dafür bedarf es der Untersuchung durch ein geeignetes Labor.» Er kam mit einem grauen Gerät in der Größe eines Multimeters zurück.

Gero fühlte sich an die Mobiltelefone der ersten Generation erinnert. Die Bedienung war einfach. «Hat sich Inger Oswald das Gerät mal von Ihnen geliehen?»

Woltmann nickte bestätigend. «Mehrmals sogar. Ich habe ihm auch erklärt, was ich Ihnen bereits gesagt habe ...» Er hielt inne, als Gero mit dem Gerät in die Nähe der Gläser kam. Das leise Knistern hatte etwas Unheimliches.

Als Gero das Besprechungszimmer betrat, empfing ihn neugieriges Schweigen. Für einen kurzen Augenblick streifte sein Blick durch den Raum, keiner der Anwesenden gab einen Mucks von sich. Mit einem Lächeln zog er schließlich das Blatt Papier hervor, welches das Faxgerät vor einer Minute ausgespuckt hatte.

«Mit einem schönen Gruß von Staatsanwältin Wissmann. Wir haben grünes Licht, was Kirst betrifft. Zugriff morgen früh um sechs.»

Gemurmel setzte ein.

«Mit den Kollegen aus Lübeck», fügte Gero hinzu. «Die Einsatzleitung bleibt bei uns. Das MEK hält sich in Bereitschaft, falls es wider Erwarten Schwierigkeiten geben sollte. Wir starten mit kleiner Mannschaft. Die Spurensicherung habe ich bereits informiert. Zur gleichen Zeit werden die Grube in Weiningenhaus und alle anderen Anlagen von Kirst abgesperrt.»

Er blickte in die Runde.

«Einen Wermutstropfen gibt es dabei. Sollte sich der Verdacht gegen Kirst im Laufe des Einsatzes erhärten oder gar bestätigen, sollte der Kampfmittelräumdienst zudem in einer von Kirsts Anlagen fündig werden, übergeben wir den Fall sofort ans LKA. Das ist eine Nummer zu groß für uns. Gibt es noch irgendwelche Fragen, die nicht unmittelbar den morgigen Ablauf betreffen?»

Schweigen.

«Dann treffen wir uns in vier Stunden zur Einsatzbesprechung in Lübeck.»

KAPITEL 28

Die letzte halbe Stunde verbrachten sie wartend auf einem Feldweg ganz in der Nähe von Kirsts Wohnsitz. Obwohl Gero die Nacht über kein Auge zugemacht hatte, fühlte er sich hellwach. Matthias Rörupp hatte noch bis in den Abend hinein Nachforschungen zur Person von Kirst betrieben, und seine Recherchen bestätigten, was Paul Dascher über die Strukturen der Firma herausgefunden hatte. Seit der Wiedervereinigung war Kirst auch als Müllmakler tätig. Mit mehreren Unternehmungen war er indirekt an der Deponie Ihlenberg beteiligt.

«1986 also noch nicht?» Eigentlich erschien ihm die Frage überflüssig, denn es war auszuschließen, dass jemand aus dem Westen irgendeine Kontrolle über einen volkseigenen Betrieb in der DDR gehabt hatte.

Matthias zuckte mit den Schultern. «Über Umwege wäre so etwas sicher denkbar ... Allerdings reichte meine Zeit nicht, etwaige Verbindungen in die DDR zu überprüfen. Ich weiß nur so viel, dass die Deponie zu DDR-Zeiten einen Vertragspartner im Westen hatte, der die alleinigen Vermarktungsrechte besaß. Ob Kirst möglicherweise Kontakte zum Hauptgesellschafter dieses Unternehmens hatte, konnte ich wie gesagt noch nicht eruieren. Aber vorstellbar ist es durchaus. – Haben wir schon eine Rückmeldung vom Labor, was den Inhalt der Marmeladengläser betrifft?»

«Schön wäre es. Die genaue Analyse wird etwa zwei Tage dauern. Nach einer ersten Einschätzung liegt die Strahlung knapp über der Grenze von schwach radioaktivem Abfall. Ich habe keine Ahnung, was das genau zu bedeuten hat, aber mir war schon mulmig zumute, als der Geigerzähler Laut gegeben hat.»

«Das kann ich mir vorstellen.»

«Unsere Labormaus hat sich auch Mühe gegeben, mich zu beruhigen. Sie meinte, die mögliche Dosis, die ich abbekommen habe, wäre so gering, dass ich mir keine Sorgen zu machen brauchte. Etwas anderes sei es, wenn ich direkten Körperkontakt mit dem Inhalt gehabt hätte. Aber das ist ja Gott sei Dank nicht der Fall gewesen.»

«Was meinst du, woher das Zeugs stammt?»

«Das wird uns wohl Kirst beantworten müssen. Ich kann nur so weit spekulieren, dass es entweder vom Gelände der GKSS kommt, oder es stammt noch aus der Zeit nach dem Krieg.»

Hier also schloss sich der Kreis. Das war es, was Oswald herausgefunden hatte. Kirst war das verbindende Glied zwischen den örtlich und zeitlich so weit auseinanderliegenden Vorfällen. Irgendwann war er über den Namen gestolpert, wer weiß, vielleicht ebenfalls beim Betrachten der alten Fotos. Danach brauchte er nur noch eins und eins zusammenzuzählen. Wie lange er wohl gebraucht hatte, um das verseuchte Erdreich zu finden?

«Der Beschriftung nach hat Oswald die Proben auf dem Gelände der Kirst-Grube in Weiningenhaus entnommen. Wir wissen aber nicht genau, wo. Und du weißt selbst, wie groß die Anlage ist. Es kann Wochen dauern, bis man die Stelle gefunden hat. Aber der Anfangsverdacht reicht allemal aus.» Und mit diesem Beweis in der Hand hatte er Kirst zur Rede gestellt. Ja, so musste es gewesen sein. Allein das, was Oswald seiner Frau gegenüber angedeutet hatte, passte nicht. Wie konnte Kirst für den Tod ihrer Tochter verantwortlich sein?

Gero blickte zur Uhr. «Noch fünf Minuten.»

Punkt sechs steuerte Gero den Wagen durch das Torhaus, hinter dem sich das herrschaftliche Anwesen von Kirst verbarg. Ein Streifenwagen und zwei VW-Transporter mit Kollegen von der Bereitschaft folgten ihm im Schritttempo über die lange Auffahrt aus weißem Kies, dessen Herkunft klar auf der Hand lag. Das Herrenhaus, ein roter Backsteinbau aus dem 19. Jahrhundert, wurde auf beiden Seiten von großen Wirtschaftsbauten flankiert. Zur Rechten befanden sich die Stallungen des Gestüts. Eine zierliche Frau in schickem Reitdress stellte sich den Wagen in den Weg. Unter der schwarzen Kappe lugte ein blonder Pferdeschwanz hervor. Auf den ersten Blick wirkte sie wie eine Zwanzigjährige, aber als Gero sie näher betrachtete, war deutlich zu erkennen, dass allein die gertenschlanke Figur als letzte Reminiszenz an die längst verblühte Jugend übrig geblieben war.

«Darf ich fragen, was Sie hier machen?» Sie nahm die Reitkappe ab und schüttelte ihre blond gefärbten Haare in einer einstudierten Bewegung. «Dies ist Privatbesitz.»

«Das ist uns sehr wohl bekannt. Frau Kirst?», fragte Gero höflich, aber bestimmt.

Sie nickte und bleckte die Zähne wie ein Pferd. Die

Haut über ihren Lippen spannte sich wie faltenloses Pergament. Allein die Augenpartie benötigte eine dringende Auffrischung.

«Wir möchten gerne zu Ihrem Mann.»

«Haben Sie Ihren Besuch angekündigt?» Ein letzter Hauch von Hochnäsigkeit.

«Nein, wir haben keinen Termin. In diesem Fall brauchen wir das auch nicht.» Gero zog die richterliche Verfügung aus der Tasche.

Sie warf nur einen flüchtigen Blick auf das Dokument, dann machte sie stumm eine Geste, ihr zu folgen.

Zum Portal des Herrenhauses gelangte man über eine zweiflügelige Freitreppe. «Mein Mann ist in seinem Arbeitszimmer.» Sie öffnete die schwere Tür. «Er wird gar nicht begeistert sein …»

«Das können wir uns durchaus vorstellen. Begeistert sind wir von diesem Besuch auch nicht unbedingt.» Gero war, als hätte er soeben hinter einem der Fenster im ersten Stock schwach die Umrisse eines Mannes erkannt.

«Ich wollte Sie auch nur vorwarnen. Mein Mann neigt in solchen Fällen schon mal zu Zornesausbrüchen.»

Mit forschem Schritt ging sie durch die Eingangshalle. Ein Angestellter in dunklem Anzug blickte den Vorbeieilenden wortlos hinterher.

Das Treppenhaus war mit dunklen Holzzargen eingefasst. Sie passierten eine Ahnengalerie goldgerahmter Porträts, die unmöglich Vorfahren der Familie zeigen konnten. Allein der Kleidung nach hätte die Familie hier seit mehr als zweihundert Jahren residieren müssen, und so alt waren die Gebäude noch gar nicht. Sie wussten inzwischen, dass Adolf Kirst aus bescheidensten Verhältnissen zum Kies- und Zementbaron aufgestiegen war. Der Ausstattung des Hauses nach zu urteilen, schien sein Sohn auf die Insignien dieses Aufstiegs keinesfalls verzichten zu wollen.

Zaghaft klopfte Frau Kirst gegen die Tür des Arbeitszimmers, bevor sie sie öffnete. «Hier ist jemand, der dich sprechen möchte.»

Armin Roderich Kirst hatte ihnen den Rücken zugewandt und schaute in weltmännischer Pose durch die Scheiben der Balkontür auf den Hof seines Anwesens. Wie seine Frau trug er eine Reiterhose und gewienerte Schaftstiefel. Dazu ein kariertes, mit Leder besetztes Sakko aus Harris-Tweed.

«Franziska. Bitte lass uns alleine.» Kirst machte keine Anstalten, sich den unwillkommenen Gästen zuzuwenden.

«Was ist denn los?», fragte seine Frau besorgt. «Ist etwas passiert?»

«Bitte! Frag nicht. Lass uns alleine!»

Ohne Widerrede verließ sie das Zimmer und schloss die Tür hinter sich.

«Herr Kirst. Mein Name ist Herbst, und das ist mein Kollege Rörupp. Kriminalpolizei Ratzeburg. Wir haben ein paar Fragen an Sie.»

Gero wusste nicht, wie oft er diesen Vers schon aufgesagt hatte. Es ging ihm von den Lippen wie der begrüßende Singsang einer Telefonistin. Normalerweise hatte er Blickkontakt zu den Menschen, denen er sich vorstellte, aber Kirst rührte sich nicht. Sein Blick blieb auf das Fenster geheftet.

«Etwas viel Aufwand für ein paar Fragen. Sparen Sie

sich das Geplänkel. Sie haben ihn gefunden, oder irre ich mich?»

Gero war irritiert. Nicht nur, weil Kirst sich ihnen nicht zuwandte, sondern auch deswegen, weil er vom Leichenfund in seiner Kiesgrube sprach, als sei das ein Geheimnis. Ein persönliches Treffen hatte es zwar nicht gegeben, aber natürlich war er als Besitzer informiert worden. Gero entschied sich, die Frage zu ignorieren und Kirst direkt mit ihrer Vermutung zu konfrontieren. «Er hat versucht, Sie zu erpressen?»

«Ich lasse mich nicht erpressen. Nein, sie wollten mehr. Sie beabsichtigten, mich und die Firma zu ruinieren. Es ging nicht um Geld. Mir blieb nichts anderes übrig. Ich dachte, mit diesem Oswald hätte die Sache ein Ende gehabt.»

Langsam dämmerte es Gero, auf wen sich Kirsts Plural bezog. «Hatte es aber nicht», folgerte er. «Was wollte Bertram Niebohr von Ihnen?»

«Das Gleiche wie dieser Oswald, nehme ich an. Was sonst? Es ergab sich keine Gelegenheit, ihn zu fragen. Mein Fehler. Ich hatte gedacht, Oswald sei ein Einzelgänger, ein Verrückter. Wer sonst kommt auf die Idee, die alten Kamellen auszugraben? Das interessiert doch niemanden mehr.»

«Offenbar doch», konstatierte Gero.

«Wissen Sie, was mich am meisten ärgert? Dass es eine von meinen eigenen Maschinen war, die nicht funktioniert hat. Ich wäre doch nie das Risiko eingegangen ... Aber was rede ich? Das wissen Sie ja schon längst. Ein Wort vom Vorarbeiter der Grube an mich hätte genügt, und ich wäre zu einer anderen Anlage gefahren. Niemanden hätte es interessiert, und Sie wären jetzt nicht hier.»

Kirst machte eine stockende Bewegung, dann drehte er sich endlich um. «Es ist tragisch. Ich hätte mir nicht vorstellen können, dass es einmal so endet.»

«Erzählen Sie uns von Oswald. Was wusste er? Was hatte er vor?»

«Er wusste alles. Keine Ahnung, wie er es herausgefunden hat. Er muss wahnsinnig gewesen sein – nach all den Jahren! Wie kommt jemand auf die Idee, die Zeit zurückzudrehen? Er redete über Dinge, die sich abgespielt haben, als ich noch ein Kind war. Er wusste von Sachen, die meinen Vater betrafen, von denen sonst kein Mensch wissen konnte. Woher er diese Informationen hatte, weiß ich bis heute nicht. Es waren Vorgänge, über die selbst ich nicht so genau unterrichtet war.»

«Aber Inger Oswald sah in Ihnen den Verantwortlichen. Wofür genau?»

«Es begann irgendwann nach dem Krieg. Mein Vater hat mich erst viele Jahre später eingeweiht, als es darum ging, Brachflächen bestimmter Gruben nicht mehr anzurühren. Dort lauere der Tod, sagte er zu mir, was ich zuerst mit Verständnislosigkeit aufgefasst habe. Dann erzählte er mir davon, dass dort Erdreich lagere, das kontaminiert sei. Mit Kampfstoffen aus dem Weltkrieg. Mit dem Abtransport der Erdmassen hatte er die Firma zu dem ausbauen können, was sie später darstellen sollte. In kleinen Dosen, so hatte er es ursprünglich vorgehabt, sollte das verseuchte Erdreich mit anderen Partien vermischt werden. Granulat, Bauschutt, Sand, Mutterboden ... Ab einem bestimmten Mischungsverhältnis sei es unbedenklich, das war seine Devise. Und so wurde es auch gehandhabt. Alles, was von den Gruben und aus den Betonwerken abtransportiert wurde, bestand zu geringem Prozentsatz aus ebendiesem Erdreich.»

Und Strassen sind aus Dreck gebaut, ging es Gero wieder durch den Kopf. Er hatte richtiggelegen. Schlagartig wurde ihm klar, welch menschenverachtendem Vorgang Inger Oswald auf der Spur gewesen war. Womit hatte man viel Geld verdient? Es war nicht nur Material für den Strassenbau und Erdreich für öffentliche Grünanlagen und Liegewiesen, nein, wahrscheinlich war selbst der Sand für Kinderspielplätze wissentlich mit Schadstoffen belastet verkauft worden.

«Man kassiert für die Annahme und den Abtransport, danach kassiert man für den Verkauf», sagte Gero.

«So funktioniert das Geschäft.» Kirst tat, als wäre es die normalste Sache der Welt. «Nur waren es solche Mengen, dass es Jahrzehnte gedauert hätte. Zuerst steigerten wir das Mischungsverhältnis, aber dann kamen immer mehr neue Aufträge hinzu. Aufträge, welche die Firma zu dem gemacht haben, was sie heute darstellt.»

«Wussten Sie von der radioaktiven Belastung bestimmter Bodenflächen, die in Ihren Anlagen – nennen wir es: verdünnt wurden?»

Kirst zuckte unbeteiligt mit den Schultern. «Mag sein, dass so etwas auch darunter war. In diesem Geschäft fragt man nicht nach Details. Schmutzig ist schmutzig.»

«Hat Inger Oswald Sie nicht mit der Tatsache konfrontiert, dass er im Besitz von Bodenproben war, die radioaktiv strahlende Bestandteile beinhalteten?»

«Doch, das hat er. Aber was sollte ich dazu sagen? Ich

wusste doch nicht, woher das Zeug kam. Zu meiner Zeit wurde jedenfalls kein radioaktiver Abfall in den Gruben angenommen. Es gibt inzwischen elegantere Möglichkeiten, sich solcher Problemstoffe zu entledigen. Man muss nur über die nötigen Kontakte verfügen.»

Es war klar, worauf Kirst anspielte. Seine Beteiligung an der Deponie Ihlenberg war ihnen ja bekannt.

«Aber die Existenz solcher Stoffe auf Ihrem Gelände konnten Sie nicht abstreiten.»

«Natürlich nicht. Das waren Sachen, die zu Zeiten meines Vaters angehäuft wurden. Woher der Boden genau kam, entzieht sich meiner Kenntnis. Und darüber wurde verständlicherweise nicht Buch geführt. Oswald wollte mir dann irgendwelche Märchen erzählen. Er meinte doch tatsächlich, das Erdreich stamme aus einer Geesthachter Fabrik, in der man während des Krieges Nuklearwaffen gebaut habe. So ein Quatsch!»

«Die Beteiligung der Firma Kirst bei der Entseuchung des Geländes der ehemaligen Düneberger Pulverfabrik ist dokumentiert», warf Gero ein.

«Das mag sein, und das bestreitet ja auch niemand. Aber dort hat man keine Kernwaffen gebaut, sondern Treibladungen für Geschosse. Oswald war jedoch wie besessen von der Idee, dass dort kernwaffenfähiges Material gelagert und er Reste davon in einer unserer Kiesgruben ausfindig gemacht habe. Nun, der Mann machte auf mich so oder so einen verwirrten Eindruck. Mit dem war nicht zu reden. Und er war nicht davon abzubringen, die Sache an die Öffentlichkeit zu bringen. Mir wäre ja eine gütliche Einigung viel lieber gewesen. Was glauben Sie, was ich ihm alles angeboten habe …»

«Was er ablehnte.»

«Ja. Er meinte, nichts in der Welt würde ihn davon abbringen, die Angelegenheit öffentlich zu machen. Ich habe ihn dann gefragt, warum er sich eigentlich mit mir verabredet hätte, wenn sein Entschluss so oder so feststehen würde. Und was meinen Sie, was er darauf entgegnet hat? Er hat nur gesagt, dass er mich hätte kennenlernen wollen. Und dann hat er mich gefragt, ob ich Kinder hätte.»

«Was haben Sie ihm geantwortet?»

«Ich habe ihm gesagt, er solle mir nicht als Gutmensch kommen. Von wegen Verantwortung für zukünftige Generationen und dergleichen. Es war ja klar, worauf seine Frage abzielte. Aber ich kann es nicht mehr hören. Was denken Sie, wie lächerlich gering diese paar Kubikmeter belasteten Erdreichs gegenüber den Müllbergen allein im asiatischen Raum sind?»

Gero schüttelte den Kopf. Der Mann war unverbesserlich. Konnte oder wollte er nicht anders?

«Der Kies Ihrer Auffahrt ist sicherlich unbelastet, wie ich mir vorstellen kann.» Geros Worte klangen zynisch, bewusst zynisch. «Und? Haben Sie nun Kinder?» Ein Punkt, den sie bislang außer Acht gelassen hatten.

«Nein, ich habe keine Kinder. Das blieb mir verwehrt, oder besser: Es blieb mir erspart. Keine eigenen Nachkommen, und auch sonst keine Kinder in der Verwandtschaft. Von daher hat die Firma Kirst an dieser Stelle ihr Ende.» Mit einer eher beiläufigen Bewegung zog er eine Pistole aus der Innentasche seines Sakkos.

«Machen Sie keinen Quatsch!», rief Gero.

Matthias schien es geahnt zu haben. Er hatte seine

Dienstwaffe bereits im Anschlag. «Waffe runter!», schrie er.

Kirst verharrte in Regungslosigkeit. Er hielt die Waffe nicht auf sie gerichtet. Der Lauf der alten Luger zeigte auf den Boden. «Ich bin es nicht gewohnt, Befehle zu erhalten.»

«Nehmen Sie sofort die Waffe runter!», wiederholte Matthias. «Auf den Boden damit!»

«Haben Sie mich nicht verstanden?», sagte Kirst ganz ruhig. «Wenn ich Sie beide erschießen wollte, hätte ich es längst getan. Genau in dem Augenblick, als Sie hier zur Tür hereingekommen sind. Aber das hätte das Ende nur unwesentlich hinausgezögert. Es war ein Fehler, Oswald zu töten. Ich hätte ihn mit seinen phantastischen Behauptungen der Lächerlichkeit aussetzen sollen. Auch seine Anschuldigungen hätte ich überlebt. Aber nun? Ich kann meine Tat nicht ungeschehen machen.»

Die Entfernung war zu weit. Es bestand keine Möglichkeit, an ihn heranzukommen. Kirst stand mehr als fünf Meter von ihnen entfernt. Gero schaute abwechselnd auf Matthias, der neben ihm Schießposition eingenommen hatte und seine Waffe mit ausgestreckten Armen vor sich hielt, und auf Kirst, der völlig unbeteiligt wirkte. Langsam hob er die rechte Hand. Gero kniff die Augen zusammen. Matthias würde schießen, er wusste es. Fahr zur Hölle, dachte er, als er den Schuss hörte.

Gero holte tief Luft, bevor er die Augen öffnete. Matthias sah ihn an und schüttelte den Kopf. Er hatte keinen Schuss abgegeben. Gero nickte ihm zu. Armin Roderich Kirst lag tot vor ihnen. Er hatte sich selbst in den Mund geschossen.

Als Gero den Bericht fertig geschrieben hatte, verspürte er eine unglaubliche Leere in seinem Körper. Es war eine Art Schwebegefühl zwischen Befriedigung und der Erleichterung, diesen Fall abgeschlossen zu haben. Zumindest formal war es ein Schlussstrich, den er ziehen konnte. Aber endete damit auch all das, was er in den letzten Wochen gesehen und erlebt hatte? Nach und nach holten ihn die Geschehnisse wieder ein. Und damit die Fragen, die offengeblieben waren. Die gerade noch empfundene Befriedigung wich einer fast hilflosen Ohnmacht, je mehr ihm seine Gedanken die nach wie vor ungeklärten Fakten und Vorkommnisse vor Augen führten.

Was war 1945 bei dem Bombenangriff auf die Düneberger Fabrik wirklich zerstört worden? Waren es nur Produktionsstätten und chemische Lager, die zur Herstellung von Treibladungen dienten, oder hatte dort tatsächlich angereichertes Material zum Bau einer Kernwaffe gelagert? Gero fragte sich, ob man anhand der Bodenanalysen auf Kirsts Anlagen nachweisen konnte, welcher Herkunft die radioaktiven Bestandteile waren. Und selbst wenn eine solche Analyse abermals den Verdacht nahelegte, dass die Bestandteile aus Düneberg stammen könnten, dann setzte eine militärhistorische Aufarbeitung der damaligen Geschehnisse voraus, dass jemand das Wagnis einging, Dinge zu behaupten, die bislang dem Reich der Phantasie zugeordnet wurden. Solange die englischen und amerikanischen Militärarchive verschlossen blieben, würde es keine neuen Erkenntnisse darüber geben, ob Deutschland bei den atomaren Waffen am Ende des Krieges nicht vielleicht doch viel weiter gewesen war als bisher dargestellt. Und da die Archive eben nicht geöffnet wurden, musste man davon ausgehen, dass es genug Stellen gab, die keine andere Darstellung wünschten.

Ähnlich war es mit den Geschehnissen im September 1986 auf dem Gelände der GKSS. Nach allem, was Gero dazu gehört, gelesen und letztendlich selbst erlebt hatte, war auch er inzwischen davon überzeugt, dass dort etwas geschehen sein musste, das man bislang erfolgreich vertuscht hatte. Sehr wahrscheinlich gedeckt durch allerhöchste Stellen, wenn nicht sogar in deren Auftrag. Nicht wegen der dramatischen Folgen für die überschaubare Schar der Betroffenen, sondern weil das Eingeständnis unabsehbare politische Folgen mit sich gebracht hätte und nach wie vor bringen würde. Gero bezweifelte, dass die entsprechenden Behörden, selbst wenn die Bürgerinitiative um Hinnerk Woltmann noch so eindeutige Indizien in den Händen hielte, diesem Verdacht nachgehen würden, nachgehen durften. So etwas nannte man für gewöhnlich einen Maulkorb. Und was sollte er als kleiner Kriminalkommissar gegen diese unsichtbare Übermacht ausrichten, wo schon ganz andere Kaliber abgeblitzt waren?

Er erinnerte sich an die Worte seines Kollegen Claas Neubauer, der meinte, nicht einmal parlamentarische Untersuchungsausschüsse könnten bestimmten Verbrechern das Handwerk legen. Und hier ging es sehr wahrscheinlich noch ein paar Treppchen höher hinauf. Gegenüber Waffenhandel und Militärpolitik war selbst die Müllmafia nur ein kleiner Fisch. Nein, für ihn war der Fall abgeschlossen. Wenn auch nur aus beruflicher Perspektive.

Um alles Weitere würden sich andere Behörden kümmern – oder eben auch nicht. Es war nicht mehr ihr Aufgabenbereich. Und damit gaben sie auch die Verantwortung in fremde Hände. Die Verantwortung, die möglichen Folgen der Verbrechen von Kirst lückenlos aufzudecken, lag ab jetzt bei den Kollegen von der Umweltkriminalität im LKA. War es überhaupt möglich, den Weg des kontaminierten Erdreichs im Nachhinein aufzuspüren? Die Saat des Bösen war wortwörtlich in alle Himmelsrichtungen verstreut worden. Über Jahre, über Jahrzehnte. Es hatte Kirst anscheinend nicht einmal interessiert, wie gefährlich die Kontamination gewesen war, ob Menschen durch das Erdreich zu Schaden gekommen waren. Ein verbrecherischer Ignorant, der sich für die möglichen Folgen seines Handelns nicht interessiert hatte. Wie schon sein Vater. Im Nachhinein hatte Gero das Gefühl, dem personifizierten Bösen gegenübergestanden zu haben, und er versuchte, die Gedanken über dessen selbstgewähltes Ende nicht in Worte zu fassen. Auf dem Papier blieb er ein geständiger Doppelmörder, der sich der Verhaftung durch Selbsttötung entzogen hatte.

Die Leiche von Bertram Niebohr hatte man gegen Mittag in einem ehemaligen Zementwerk der Firma Kirst gefunden, auf dem Boden eines Hochsilos, begraben unter einer dünnen Schicht Kalk. Den ersten Erkenntnissen nach war er aus nächster Nähe durch einen Kopfschuss getötet worden, sehr wahrscheinlich mit Kirsts Luger, der Wehrmachtswaffe seines Vaters, mit der er auch Inger Oswald und schließlich sich selbst erschossen hatte. Was Niebohr von Kirst gewollt hatte, würden sie wahrscheinlich nie in Erfahrung bringen. Entweder war er von Oswald eingeweiht worden, oder aber er hatte sich unwissentlich mit seinem Mörder verabredet, weil er Oswalds letzte Schritte nachzuzeichnen versuchte. In seiner Jackentasche befand sich unter anderem eine Art Arbeitspapier, auf dem auch Kirsts Telefonnummer verzeichnet war. Gero kam sich vor wie jemand, der kurz vor Fertigstellung eines riesigen Puzzles feststellen musste, dass ein paar Puzzlesteine fehlen. Er hatte noch so viele Fragen, auf die er nie eine Antwort bekommen würde.

Mit dem Bild seines Vaters machte er sich auf den Weg zu Martha Oswald. Seine Gedanken waren schwermütig. Sollte er ihr von Kirst erzählen? Hatte sie nicht ein Anrecht darauf zu erfahren, wer ihren Sohn getötet hatte? Oder war es besser, sie in dem Glauben zu lassen, dass er eines natürlichen Todes gestorben war? Sie hatte ihn nie konkret darauf angesprochen, hatte nie gefragt. Vielleicht ahnte sie es sogar, wollte es aber nicht hören. Sehr wahrscheinlich war es so. Bis zuletzt haderte Gero mit seiner Unentschlossenheit, dabei hatte die alte Dame ihm die Entscheidung längst abgenommen.

Schwester Amelie kam ihm auf dem Flur entgegen. Das mitleidige Lächeln, das sie auf den Lippen trug, nahm ihre Worte bereits vorweg.

«Frau Oswald ist letzte Nacht verstorben», gab sie nahezu emotionslos zu verstehen. «Wir hätten uns noch bei Ihnen gemeldet.»

Sie öffnete die Tür von Martha Oswalds Apartment mit einem Generalschlüssel.

Gero presste die Lippen aufeinander. Er dachte an die fehlenden Puzzlesteine. Wortlos folgte er Schwester Amelie.

«Diesen Brief haben wir heute Morgen gefunden.» Sie reichte Gero einen Zettel, auf dem Martha Oswald eine Art letzte Verfügung notiert hatte. Gero las die Zeilen.

«Hat sie sich selbst ... ich meine ...»

Schwester Amelie lächelte und schüttelte den Kopf. «Nein, dafür gibt es keine Anzeichen. Sie lag in ihrem Bett. Ganz friedlich. Ist einfach nicht wieder aufgewacht. So etwas erleben wir hier häufiger.»

«Aber warum dann der Brief? An mich ...?»

«Vielleicht hat sie es gespürt», entgegnete Schwester Amelie. «So etwas soll es ja geben. Man merkt, dass es zu Ende geht.» Sie nahm die Handschuhe von der Anrichte und reichte sie Gero. «Wir haben die Zeilen natürlich gelesen.»

Gero nahm die Handschuhe entgegen und betrachtete sie. Es waren graue Lederhandschuhe. Im Futter war eine amerikanische Flagge eingenäht. Dann las er abermals den Brief von Martha Oswald, der mit den Worten endete: *Das Einzige, was von einem geliebten Menschen geblieben ist, soll erhalten bleiben. Ich weiß, dass die Erinnerung bei Ihnen gut aufgehoben ist. Martha Oswald.*

Das für dieses Buch verwendete FSC®-zertifizierte Papier
Lux Cream liefert Stora Enso, Finnland.